THE SILENT WATERS

Ce livre est un ouvrage de fiction. Les noms, personnages, lieux et événements sont le produit de l'imagination de l'auteur ou utilisés de façon fictive. Toute ressemblance avec des faits réels, des lieux ou des personnes existants ou ayant existé serait purement fortuite.

Modèle de la couverture : Luke Ditella
Design de couverture : © Quirky Bird

Pour la présente édition : *The Silent Waters*
Ouvrage dirigé par Isabelle Solal
Collection New Romance® dirigée par Hugues de Saint Vincent
© 2017, Éditions Hugo Roman
Département de Hugo & Cie
34-36, rue La Pérouse
75116 - Paris
www.hugoetcie.fr

ISBN : 9782755633344
Dépôt légal : juin 2017
Imprimé en France
par Corlet Imprimeur S.A.
N° 187976

B R I T T A I N Y C. C H E R R Y

NEW ROMANCE®

THE SILENT WATERS

SÉRIE THE ELEMENTS · LIVRE 3

Roman

Traduit de l'anglais (États-Unis)
par Marie-Christine Tricottet

Hugo Roman

Du même auteur :

The Air He Breathes
The Fire
Loving Mr. Daniels
Art&Soul
The Space in Between

À tous ceux qui, comme moi,
se laissent dériver au gré des courants.
À ces ancres qui nous ramènent toujours à la maison.

MOMENTS

Nous autres, êtres humains, n'oublions jamais les moments qui ont compté.

Nous gardons en mémoire les événements déterminants qui nous ont conduits au point où notre destin nous attendait. Les propos qui nous ont inspirés ou nous ont dévastés. Les incidents qui nous ont marqués et nous ont totalement absorbés. J'ai eu beaucoup de moments comme cela dans ma vie. Des moments qui m'ont changée, qui m'ont mise au défi, qui m'ont effrayée et qui m'ont submergée. Cependant, quand je repense aux plus notables – les plus bouleversants et les plus troublants –, je sais qu'il en faisait toujours partie.

Tout a commencé par une veilleuse en forme de fusée et un garçon qui ne me connaissait pas.

PROLOGUE

MAGGIE

8 juillet 2004 – Six ans

Cela va être différent cette fois, Maggie, je te le jure. Cette fois, c'est pour toujours, me promit mon père en ralentissant devant la maison de briques jaunes au coin de Jacobson Street. Katie, sa future épouse, attendait sous le porche de sa maison en regardant notre vieux break entrer dans l'allée de son garage.

Magique.

C'était magique de se retrouver dans cette maison. Je passais d'un logement exigu à un palais. J'avais vécu toute ma vie avec mon père dans un minuscule deux pièces, et maintenant nous emménagions dans une maison de deux étages avec cinq chambres, un salon, une cuisine aussi grande que la Floride, deux salles de bain et demie, et une vraie salle à manger – pas un living dans lequel mon père installait des plateaux télé à cinq heures de l'après-midi tous les jours pour le dîner. Papa m'avait dit qu'il y avait même une piscine couverte à l'arrière de la maison. Une *piscine* ! Dans le *jardin* !

J'avais toujours vécu avec une seule personne et j'allais faire partie d'une famille.

Le côté famille n'était pas vraiment nouveau, cependant. Aussi loin que je pouvais me rappeler, j'avais fait partie de beaucoup de familles avec papa. La première, je ne l'avais pas vraiment connue, puisque maman nous avait quittés, mon père et moi, avant que j'aie prononcé mon premier mot. Elle avait trouvé quelqu'un d'autre qui lui donnait plus le sentiment d'être aimée que papa, ce que j'avais du mal à croire. Papa se donnait totalement à l'amour, quel que soit le prix à payer. Après qu'elle fut partie, il m'avait donné une boîte qui contenait des photos d'elle, mais j'avais trouvé cela bizarre. Comment pourrais-je me rappeler une femme qui n'était jamais là ? Après elle, il développa un certain talent pour tomber amoureux d'autres femmes, et le plus souvent ces femmes tombaient amoureuses de lui, elles aussi. Elles venaient s'installer dans notre petit univers avec toutes leurs affaires, et papa me disait que c'était pour toujours, mais toujours était *toujours* plus court que ce qu'il avait espéré.

Cette fois, c'était différent.

Cette fois, il avait rencontré l'amour de sa vie sur un forum de discussion sur AOL. Papa avait eu son compte d'aventures ratées après le départ de maman, alors il s'était dit que ce serait mieux d'essayer de rencontrer quelqu'un sur Internet, et ça avait marché. Katie avait perdu son mari plusieurs années auparavant et elle n'avait connu personne d'autre jusqu'à ce qu'elle s'inscrive sur Internet et fasse la connaissance de papa.

Et cette fois, contrairement à toutes les précédentes, c'est nous qui nous installions chez Katie, avec ses enfants, et non l'inverse.

– Cette fois, c'est pour toujours, je répondis à voix basse à papa.

Katie était aussi belle que toutes les femmes qu'on voyait à la télévision. Avec papa, nous regardions la télé en mangeant le soir et j'avais remarqué que les personnes qu'on y voyait étaient toutes très belles. Katie était exactement comme ça. Elle avait de longs cheveux blonds et des yeux d'un bleu transparent, un peu comme les miens. Son vernis à ongles rouge vif était toujours assorti à son rouge à lèvres et elle avait de longs cils noirs et épais.

Quand papa arrêta la voiture dans son – *dans notre* – allée, elle nous attendait, vêtue d'une jolie robe blanche et chaussée de hauts talons jaunes.

– Ah, Maggie ! s'écria-t-elle en se précipitant vers moi pour ouvrir brusquement la portière de la voiture et me prendre dans ses bras. Je suis si contente de faire enfin ta connaissance.

Je haussai un sourcil, hésitant à lui rendre son embrassade, même si elle sentait la noix de coco et la fraise. Je ne savais pas que la noix de coco et les fraises allaient si bien ensemble, avant de connaître Katie.

Je jetai un coup d'œil à mon père qui me regardait en souriant et il fit un petit signe de tête pour me donner la permission d'embrasser cette femme.

Elle me serra si fort en me soulevant hors de la voiture que je pouvais à peine respirer, mais je ne me plaignis pas. Cela faisait longtemps qu'on ne m'avait pas serrée si fort. La dernière fois, ça devait être quand grand-père était venu nous rendre visite et m'avait serrée dans ses bras.

– Allez, viens, je vais te présenter mes enfants. On va passer d'abord par la chambre de Calvin. Vous avez le même âge tous les deux, alors vous irez à l'école ensemble. Il est avec un de ses copains.

Katie ne prit pas la peine de me reposer et continua à me porter vers l'escalier pendant que papa sortait une partie de nos bagages. En passant la porte d'entrée, j'ouvris de grands yeux. *Waouh.* C'était aussi beau que le palais de Cendrillon. Elle m'emmena à l'étage vers la dernière porte sur la gauche, qu'elle ouvrit. Deux garçons étaient en train de jouer à la Nintendo en se chamaillant. Katie me reposa par terre.

– Les garçons, vous pouvez faire une pause ?

Ils continuèrent à se disputer comme si de rien n'était.

– *Les garçons,* répéta Katie sur un ton plus sévère. *Pause.*

Pas de réaction.

Elle souffla et posa les mains sur ses hanches.

Je soufflai en l'imitant.

– LES GARÇONS !

Elle débrancha la console de jeu.

– MAMAN !

– MADAME FRANKS !

Je me mis à rire. Les garçons se tournèrent vers nous, l'air outragé, et Katie sourit.

– Maintenant que j'ai votre attention, je voudrais vous présenter Maggie. Elle vient vivre avec nous, ainsi que son père. Calvin, tu te souviens ? Je t'ai dit que tu allais avoir une sœur.

Les garçons me lancèrent un regard dénué d'expression. Il était évident que Calvin c'était le blond, c'était le portrait craché de Katie. Le garçon assis à côté de lui avait les cheveux bruns en désordre et des yeux marron, il avait aussi un trou dans son t-shirt jaune pâle et des miettes de chips plein son jean.

– Je ne savais pas que tu avais une autre sœur, Cal, dit-il en me regardant fixement.

Plus il me regardait, plus mon estomac se nouait. J'allai me cacher derrière Katie, le rouge aux joues.

– Moi non plus, répliqua Calvin.

– Maggie, lui, c'est Brooks. Il habite en face, mais ce soir il dort chez nous.

Je jetai un coup d'œil à Brooks, qui me fit un petit sourire avant de manger les miettes qui étaient sur son pantalon.

– On peut reprendre notre partie ? demanda-t-il en prenant sa manette et en regardant l'écran de télévision éteint.

Katie rigola en secouant la tête.

– Ah, les garçons ! murmura-t-elle à mon intention en rebranchant la console.

Je secouai la tête en ricanant, moi aussi, exactement comme Katie.

– Ouais, les garçons !

Ensuite elle m'emmena dans une autre chambre. C'était la chambre la plus rose que j'aie jamais vue, et une fille était assise par terre en train de dessiner. Elle portait des oreilles de Minnie et une robe de princesse et elle mangeait des Doritos dans un bol en plastique rose.

– Cheryl, dit Katie en entrant dans la chambre.

Je me réfugiai dans ses jambes.

– Voici Maggie. Elle va vivre avec nous ainsi que son père. Tu te souviens que je t'en ai parlé ?

Cheryl leva les yeux, sourit et continua à enfourner des Doritos dans sa bouche.

– D'accord, maman.

Elle reprit son dessin et ses boucles rousses se balancèrent quand elle se mit à fredonner une chanson pour elle-même. Soudain elle fit une pause et releva les yeux.

– Hé, tu as quel âge ?

– Six ans.

Elle sourit.

– Moi j'ai cinq ans ! Tu aimes jouer à la poupée ?

Je fis oui de la tête.

Elle sourit de nouveau et recommença à dessiner.

– Ok. Salut.

Katie se mit à rire et sortit de la chambre en m'entraînant avec elle.

– Je suis sûre que vous allez très bien vous entendre, toutes les deux, murmura-t-elle.

Ensuite, elle me montra ma chambre. Papa était en train d'y déposer mes sacs. J'ouvris de grands yeux en voyant toute cette place – et rien que pour moi. Je pris une profonde inspiration.

– Waouh... C'est ma chambre ?

– Oui, c'est ta chambre.

Waouh.

– Vous devez être fatigués, tous les deux, après toute cette route, alors je vais te laisser mettre Maggie au lit.

Katie sourit à papa et l'embrassa sur la joue.

Quand il sortit mon pyjama, je lui demandai :

– Est-ce que Katie pourrait me border ?

Elle ne discuta pas. Pendant qu'elle me bordait, je lui souris et elle me sourit. Nous échangeâmes un tas de sourires et nous discutâmes aussi.

– Tu sais, j'ai toujours voulu avoir une deuxième fille, me dit-elle en me brossant les cheveux.

Je ne le dis pas, mais j'avais toujours voulu une maman, moi aussi.

– On va bien s'amuser, Maggie. Toi, Cheryl et moi. On pourra se faire les ongles et aller s'asseoir au bord de la piscine pour boire de la limonade en feuilletant des magazines. On pourra faire tout ce que les garçons détestent faire.

Elle me serra dans ses bras pour me souhaiter bonne nuit, puis elle s'en alla en éteignant la lumière.

Et je ne réussis pas du tout à m'endormir.

Je me tournai et me retournai dans mon lit en pleurnichant pendant un long moment, mais papa ne pouvait pas m'entendre parce qu'il était tout en bas, au rez-de-chaussée, en train de dormir dans sa chambre avec Katie. Et même si j'avais voulu aller le chercher, je ne pouvais pas, parce qu'il faisait noir dans le couloir et que je détestais l'obscurité plus que tout. Je reniflai un peu en essayant de compter les moutons dans ma tête, mais rien n'y faisait.

– Qu'est-ce qui t'arrive ? dit soudain une ombre qui se tenait dans l'embrasure de ma porte.

Je poussai un cri étouffé et m'assis dans mon lit en serrant mon oreiller contre moi.

L'ombre se rapprocha et je poussai un petit soupir en voyant que c'était Brooks. Ses cheveux ébouriffés se dressaient sur sa tête et il avait les marques de son oreiller sur la joue.

– Il faut que t'arrêtes de pleurer. Tu m'empêches de dormir.

Je reniflai.

– Excuse-moi.

– Qu'est-ce que t'as ? Tu as le mal du pays ou quoi ?

– Non.

– Ben, c'est quoi, alors ?

Je baissai la tête, gênée.

– J'ai peur du noir.

– Ah ?

Il plissa les yeux une seconde avant de ressortir de la chambre.

Je continuai à serrer mon oreiller et je fus encore plus étonnée quand Brooks revint avec quelque chose à la main qu'il alla brancher dans le mur.

– Calvin n'a pas besoin de veilleuse. Sa mère l'a laissée dans sa chambre.

Il haussa un sourcil.

– C'est mieux comme ça ?

Je fis oui de la tête. C'était *beaucoup* mieux.

Il bâilla.

– Bon, ben, bonne nuit... heu... c'est quoi ton nom, déjà ?

– Maggie.

– Bonne nuit, Maggie. T'as pas à t'inquiéter, tu sais. Ici, dans cette ville, il ne se passe jamais rien. Tu es en sécurité, ici. Et si ça ne va pas mieux, tu peux toujours venir dormir par terre dans la chambre de Calvin. Ça ne le dérangera pas.

Il s'en alla en se grattant la tête et en bâillant une nouvelle fois.

Je regardai la veilleuse en forme de fusée juste avant de fermer les yeux. J'avais sommeil. J'étais en sécurité. Je me sentais protégée par une fusée que m'avait donnée un garçon que je venais tout juste de rencontrer.

Avant je n'en étais pas sûre, mais cette fois je le savais.

Papa avait raison.

– Pour toujours, me murmurai-je à moi-même, en m'enfonçant de plus en plus profondément dans mes rêves. Cette fois, c'est pour toujours.

PREMIÈRE PARTIE

1

MAGGIE

25 juillet 2008 – Dix ans

Petit mot pour le garçon qui est amoureux de moi
Par : Maggie May Riley

Mon cher Brooks Tyler,

J'ai été longtemps contrariée l'autre jour après que tu m'as insultée et poussée dans une flaque. Tu as abîmé ma robe préférée et mes sandales rose et jaune. J'étais super ~~facher~~ fâchée contre toi parce que tu m'avais poussée. Ton frère Jamie dit que si tu es méchant avec moi c'est parce que tu m'aimes. Tu m'insultes parce que c'est ce que font les garçons quand ils sont amoureux. Tu m'as poussée seulement parce que tu voulais être près de moi. Je trouve que c'est idiot, mais ma maman dit que tous

les hommes sont idiots, alors ce n'est pas ta faute. C'est dans ton ADN.
Alors, j'accepte ton amour, Brooks. Je te permets de m'aimer pour la vie.
J'ai déjà commencé à penser au mariage.
Ce sera dans quelques jours, dans les bois, où vous, les garçons, vous allez toujours pêcher. J'ai toujours voulu me marier près de l'eau comme mon papa et ma maman. Tu as intérêt à mettre une cravate, et pas la marronnasse que tu portais à l'église dimanche dernier, elle était affreuse. Emprunte de l'eau de Cologne à ton père, aussi. Je sais que tu es un garçon, mais ce n'est pas une raison pour sentir mauvais.
Je t'aime, Brooks Tyler Griffin. Pour la vie.

Ta future épouse,
Maggie May

***

Petit mot pour la fille qui est folle
Par : Brooks Tyler Griffin

Maggie May,
Je. Ne. T'aime. Pas. Du tout ! Disparais, pour toujours et pour toute la vie.

Ton JAMAIS futur mari,
Brooks Tyler

***

Petit mot pour le garçon qui est drôle
Par : Maggie May Riley

Mon Brooks Tyler,
Tu me fais rire. Jamie m'avait dit que tu répondrais ça. Que penses-tu de mauve et rose, comme couleurs pour la cérémonie ? Nous devrions probablement emménager ensemble, mais je suis trop jeune pour faire un emprunt. On pourrait peut-être habiter avec tes parents jusqu'à ce que tu trouves un boulot stable pour nous entretenir, moi et nos animaux.
On aura un chien qu'on appellera Skippy et un chat qu'on appellera Confiture.

Ta Maggie May

* * *

Petit mot pour la fille qui est toujours aussi folle
Par : Brooks Tyler Griffin

Maggie,
Nous n'allons pas nous marier. Nous n'allons pas avoir d'animaux. Nous ne sommes même pas amis. JE TE DÉTESTE, MAGGIE MAY ! Si ton frère n'était pas mon meilleur ami, je ne te parlerais plus JAMAIS ! Je pense que tu es folle.

Skippy et Confiture ? C'est débile. C'est la chose la plus débile que j'aie jamais entendue. En plus, tout le monde sait que c'est Jif[1], le meilleur beurre de cacahuètes.

POUR JAMAIS À TOI,
Brooks

* * *

Petit mot pour le garçon qui ne sait pas ce qui est bon

Par : Maggie May Riley

Brooks Tyler,
Maman dit toujours que pour qu'une relation soit réussie il faut deux choses principales : aimer les trucs que le couple a en commun et aussi respecter les choses différentes.
J'adore le fait que nous aimions tous les deux le beurre de cacahuètes, et je respecte ton opinion au sujet de Jif. Même si tu as tort.

Pour toujours,
Maggie May

P.-S. : as-tu trouvé une cravate ?

* * *

1. NdT: Skippy et Jif sont des marques de beurre de cacahuètes. (NdT, ainsi que pour toutes les notes suivantes.)

Petit mot pour la fille qui est toujours,
TOUJOURS aussi folle
Par : Brooks Tyler Griffin

Maggie May,
Je n'ai pas besoin de cravate parce que nous n'allons jamais nous marier.
Et ça s'écrit « ressemblances », espèce d'idiote.

Brooks

***

Petit mot pour le garçon qui m'a fait pleurer
Par : Maggie May Riley

Brooks,
Ça c'était méchant.

Maggie

***

Petit mot pour la fille qui est toujours, TOUJOURS
folle, mais qui ne devrait jamais pleurer
Par Brooks Tyler Griffin

Maggie May,
Excuse-moi. Je suis vraiment crétin, des fois.

Brooks

***

Petit mot pour le garçon qui m'a fait sourire
Par : Maggie May Riley

Brooks Tyler Griffin,
Je te pardonne.
Mets la cravate marronnasse si tu veux. Même si tu es mal habillé, je serai follement heureuse de devenir ta femme.
À samedi prochain, à cinq heures, entre les deux arbres tordus.

Pour la vie entière,
Maggie May Riley

2

BROOKS

Je détestais Maggie May.

J'aurais voulu trouver un plus grand mot pour décrire mes sentiments pour cette fille agaçante, braillarde qui me suivait partout depuis quelque temps, mais détester semblait être le seul qui me venait à l'esprit quand elle était près de moi. Je n'aurais jamais dû lui donner cette veilleuse toutes ces années auparavant. J'aurais simplement dû faire comme si elle n'existait pas.

– Pourquoi elle vient avec nous ?

Je grognais en rangeant la canne à pêche, les flotteurs, les plombs et les hameçons dans ma boîte de pêche. Depuis deux ans, j'allais à la pêche avec mon père, mon grand frère, Jamie, Calvin et son nouveau père, Eric – que j'appelais monsieur Riley. On allait à Harper Creek, à environ un quart d'heure à pied, et on s'asseyait dans le bateau de monsieur Riley, et on riait et on plaisantait tous ensemble. Le lac était tellement immense qu'on voyait à peine l'autre rive où se trouvaient les boutiques de la ville. Avec Calvin, nous essayions souvent de montrer les bâtiments du doigt, comme la bibliothèque, le supermarché et le centre commercial. Ensuite, nous faisions de notre mieux pour attraper du poisson. C'était une journée entre mecs où nous mangions trop de cochonneries et où on s'en fichait si notre ventre était près d'exploser. C'était notre rituel, et il allait maintenant être bousillé par une stupide gamine de dix ans qui chantait tout le temps et n'arrêtait pas de tourner sur elle-même. Il n'y avait pas d'autre mot pour définir Maggie May que : énervante. C'était la vérité vraie. Une fois j'ai cherché son nom dans le dictionnaire et la définition était « demi-sœur énervante de Calvin ».

Il se pourrait que j'aie ajouté cette définition moi-même et que je me sois fait disputer par maman parce que j'avais écrit dans un livre, mais n'empêche, c'était vrai.

– Mes parents ont dit qu'elle devait venir, expliqua Calvin en soulevant sa canne à pêche. Ma mère doit emmener Cheryl chez le médecin alors il n'y a personne pour la garder.

– On ne pourrait pas l'enfermer dans la maison ? Tes parents pourraient lui laisser un sandwich au beurre de cacahuètes et à la gelée et un carton de jus de fruits, par exemple.

Calvin sourit.

– J'aimerais bien. C'est tellement idiot.

– C'est elle qui est idiote ! Elle s'est mis dans la tête qu'elle allait se marier avec moi dans les bois. Elle est folle.

Jamie ricana.

– Tu dis ça parce que tu es secrètement amoureux d'elle.

– C'est pas vrai, criai-je. C'est dégoûtant. Maggie May me rend malade. Rien que de penser à elle, je fais des cauchemars.

– Tu dis ça parce que tu l'aimes, se moqua Jamie.

– Tu ferais mieux de la fermer si tu ne veux pas que je te fasse taire, crétin. Elle a dit que c'était toi qui avais répandu la rumeur comme quoi je l'aimais ! C'est à cause de toi qu'elle pense qu'on va se marier.

Il se mit à rire.

– Oui, je sais.

– Pourquoi tu as fait ça ?

Jamie me frappa l'épaule.

– Ben, parce que je suis ton grand frère et les grands frères sont censés rendre la vie impossible à leurs petits frères. C'est dans le contrat fraternel.

– Je n'ai jamais signé de contrat.

– Tu étais trop petit alors maman a signé pour toi, mon pote.

Je levai les yeux au ciel.

– Bref. Tout ce que je sais, c'est que Maggie va nous gâcher la journée. Elle a le chic pour tout gâcher. En plus *elle ne sait même pas pêcher* !

– Bien sûr que si, je sais ! glapit Maggie en sortant en trombe de chez eux vêtue d'une robe, avec des sandales jaunes et tenant à la main une canne à pêche Barbie.

Pouah ! Qui est-ce qui va pêcher en robe et avec une canne à pêche Barbie ?

Elle passa ses doigts dans ses cheveux filasse et plissa son énorme nez.

– Je parie que je vais prendre plus de poissons que Calvin et Brooks réunis ! Pas toi, Jamie. Je suis sûre que tu es un bon pêcheur.

Elle lui décocha un sourire qui me donna envie de vomir. Elle avait un sourire horrible. Jamie lui rendit son sourire.

– Et moi, je parie que tu n'es pas mauvaise non plus, Maggie.

Je levai les yeux au ciel, encore une fois. Jamie faisait toujours ça – il était super aimable avec Maggie parce qu'il savait que ça m'énervait. Moi je savais que c'était impossible qu'il l'aime bien, parce que personne ne pouvait l'aimer.

– Vous allez rester assis là toute la journée, ou on se met en route pour descendre jusqu'au ruisseau? demanda monsieur Riley en sortant de la maison avec tout son matériel de pêche.

– Allez, on y va.

On se mit tous en marche le long de la route – enfin, les mecs marchaient. Maggie, elle, sautait, virevoltait et chantait plus de chansons pop qu'un individu normal ne peut en supporter. Je le jure, si je devais la regarder faire la Macarena une fois encore, j'allais devenir fou. Une fois dans les bois, je nous imaginai, nous les garçons, monter dans le bateau de monsieur Riley et Maggie rester à terre, je ne sais pas comment.

Quel fantasme parfait !

– Il nous faut des appâts, dit monsieur Ryley en sortant une petite bêche et son seau en métal. C'est le tour de qui ?

– Brooks, dit Calvin en me montrant du doigt.

Toutes les fois où nous allions pêcher, l'un d'entre nous était chargé d'aller creuser dans les bois pour rapporter des vers de terre. Je pris la bêche et le seau sans rouspéter. Pour dire la vérité, creuser pour chercher des vers était un des côtés de la pêche que je préférais.

– Je pense que Maggie devrait l'accompagner, ricana Jamie en faisant un clin d'œil à Maggie, dont le visage s'illumina d'espérance.

Je dus me retenir pour ne pas mettre mon poing dans la figure de mon frère.

– Non, ce n'est pas la peine. Je peux le faire tout seul.

– Moi je veux bien y aller, dit Maggie avec un sourire fendu jusqu'aux oreilles.

Quel sourire affreux !

– Papa, je peux aller avec Brooks ?

En jetant un coup d'œil en direction de monsieur Riley, je sus que j'étais fichu, parce qu'il souffrait d'une forme aiguë de SPG – Syndrome du Papa Gâteux. Je ne l'avais jamais vu dire non à Maggie, pas une fois, et je doutais qu'il ait l'intention de s'y mettre cet après-midi-là.

– Bien sûr, ma chérie. Amusez-vous bien tous les deux.

Il sourit.

– On va préparer le bateau, et on vous attendra pour larguer les amarres.

Avant de me diriger vers les sous-bois, je ne manquai pas de donner un coup à Jamie sur le bras. Il me frappa encore plus fort, ce qui fit rire Maggie. Je m'éloignai en mettant mes écouteurs raccordés à mon MP3 et je pressai le pas, dans l'espoir de la perdre, mais ses petits bonds et ses tournoiements étaient plus rapides que je ne l'aurais cru.

– Alors, tu t'es trouvé une cravate ?

Je levai les yeux au ciel. La musique dans mes oreilles ne couvrait pas sa grande bouche.

– Je ne vais pas me marier avec toi.

Elle gloussa.

– On se marie dans deux jours, Brooks. Ne sois pas bête. Je suppose que c'est Calvin ton garçon d'honneur, à moins que ce soit Jamie ? Ma demoiselle d'honneur c'est Cheryl. Hé, tu ne veux pas me faire écouter ta musique, un peu ? Calvin dit que tu as ce qu'il y a de mieux, et je pense que je devrais savoir ce que tu écoutes si on se marie.

– On ne se marie pas, et il n'est pas question que tu touches à mon lecteur MP3.

Elle se mit à glousser comme si j'avais dit quelque chose de drôle.

Je commençai à creuser autour de moi tandis qu'elle se balançait à la branche d'un arbre.

– Tu viens m'aider ou quoi ?

– Je ne risque pas de toucher des vers de terre.

– Ben, pourquoi t'es venue avec moi, alors ?

– Pour qu'on puisse finaliser l'organisation ensemble. En plus, j'espérais qu'on pourrait aller jeter un coup d'œil à la cabane pas loin d'ici. On pourrait y habiter, si tu veux. On pourrait l'arranger pour nous deux, plus Skippy et Confiture. Elle n'est pas habitée, de toute façon. Elle est assez grande pour notre famille.

Cette fille était vraiment complètement folle.

Pendant que je continuais à creuser, elle continuait de parler. Plus je creusais vite, plus elle parlait de trucs de fille dont je me fichais complètement – chaussures, maquillage, première danse, gâteau de mariage, décorations. Elle parla même de la façon dont on pourrait se servir de la cabane abandonnée pour y installer le buffet pour la réception. Et la liste s'allongeait. Un instant j'envisageai de planter là la bêche et le seau et de prendre mes jambes à mon cou – clairement, Maggie voulait ma mort. Quand elle mentionna le prénom de notre premier enfant, je sus que les choses étaient allées trop loin.

– Écoute !

Je hurlai en renversant le seau qui contenait les quelques vers de terre que j'avais trouvés. Ils se tortillèrent pour essayer de rentrer d'où ils venaient, et je n'essayai même pas de les en empêcher. Je gonflai le torse et me dirigeai vers elle en traînant les pieds. Je levai le poing et lui criai au visage.

– On ne va pas se marier ! Ni aujourd'hui, ni demain, ni jamais ! Tu me dégoûtes, et j'ai été sympa dans ma dernière lettre seulement parce que Jamie m'a dit que si je t'écrivais encore des lettres méchantes il le dirait à nos parents et que je serais puni. D'accord ? Alors, arrête avec tes histoires de mariage.

Nos visages n'étaient qu'à quelques centimètres l'un de l'autre. Elle avait les mains serrées dans le dos et je vis le léger tremblement de sa lèvre inférieure. Elle plissa les yeux en m'observant comme si elle essayait de décoder les paroles pourtant sans ambiguïté que je venais de lui balancer. Elle fronça les sourcils un instant, puis tout de suite reprit son sourire hideux. Avant que j'aie eu le temps de lever les yeux au ciel, elle se pencha vers moi, me saisit les joues entre ses mains et rapprocha mon visage du sien.

– Qu'est-ce que tu fais ? demandai-je entre mes joues écrasées.

– Je vais t'embrasser, Brooks, parce que nous devons nous entraîner pour notre premier baiser avant de le faire devant la famille et les amis.

– Tu ne vas certainement pas m'embrass...

Je m'arrêtai, le cœur battant. Maggie posa ses lèvres sur les miennes et m'attira plus près d'elle. Sans l'ombre d'une hésitation, je m'écartai brutalement. Je voulais dire quelque chose, mais parler semblait difficile, alors je la regardai fixement, gêné et mal à l'aise.

– On devrait réessayer, dit-elle en hochant la tête.

– Non ! Ne m'embrasse...

De nouveau, elle m'embrassa. Je sentis mon corps s'échauffer de... colère ? Ou de confusion ? Non. De colère. Absolument. *À moins que...*

– Tu vas arrêter, oui ?

Je hurlai en reculant violemment encore une fois.

– Tu ne peux pas continuer comme ça à embrasser les gens qui ne veulent pas qu'on les embrasse.

Son regard s'assombrit et le rouge lui monta aux joues.

– Tu n'as pas envie de m'embrasser ?

– Non ! Je ne veux rien avoir à faire avec toi, Maggie May Riley ! Je ne veux plus être ton voisin. Je ne veux pas être ton ami. Je ne veux pas t'épouser, et je ne veux certainement pas t'embrasser...

Je fus encore interrompu, mais cette fois par moi-même. Sans m'en apercevoir, pendant ma diatribe, je m'étais rapproché d'elle, et mes lèvres interceptèrent son prochain souffle. Je posai les mains sur ses joues et les pressai en l'embrassant sans douceur pendant dix bonnes secondes. Je les comptai l'une après l'autre. Quand nous nous écartâmes l'un de l'autre, nous restâmes figés.

– Tu m'as embrassée, murmura-t-elle.

– C'était une bêtise.

– Une bonne bêtise ?

– Une mauvaise bêtise.

– Oh.

– Ouais.

– Brooks ?

– Maggie ?

– Est-ce qu'on peut recommencer ce baiser dû à une mauvaise bêtise ?

Je donnai des coups de pied dans l'herbe en me massant la nuque.

– Cela ne voudra pas dire que je vais me marier avec toi.

– D'accord.

Je haussai un sourcil.

– Je le pense. Ce sera juste dix secondes et puis c'est tout. On ne s'embrassera plus jamais. *Jamais.*

– D'accord, répliquai-je en hochant la tête.

Je me rapprochai, et nous écrasâmes nos visages l'un contre l'autre.

Pendant le baiser, je fermai les yeux, et je comptai jusqu'à dix.

Je comptai lentement, aussi lentement que les vers de terre bougeaient.

1...

1.3...

1.5...

2...

– Brooks ?

En ouvrant les yeux, je vis que Maggie me regardait fixement.

– Oui ?

Nos mains étaient toujours pressées sur nos joues.

– On peut arrêter de s'embrasser, maintenant. J'ai déjà compté cinq fois jusqu'à dix.

Je reculai, embarrassé.

– Ah bon. Il faut qu'on retourne au bateau, de toute façon.

Je me précipitai pour essayer de récupérer les vers de terre, sans y parvenir, et du coin de l'œil je vis Maggie qui faisait tournoyer sa robe en chantonnant.

– Au fait, Brooks. Je t'ai dit que tu pouvais mettre ta cravate marronnasse pour le mariage, mais je pense qu'une verte t'irait mieux. Apporte-la demain pour la répétition. Retrouve-moi ici à sept heures.

Ses lèvres se relevèrent en un sourire, et à ce moment-là je ne pus m'empêcher de me demander ce qui avait changé chez elle.

Son sourire n'était plus aussi affreux.

Comme elle s'apprêtait à partir, je me redressai brusquement en renversant les vers une fois de plus.

– Hé, Maggie ?

Elle pivota sur elle-même.

– Oui ?

– On pourrait pas essayer ce truc de s'embrasser encore une fois ?

Elle sourit en rougissant et c'était très beau.

– Pendant combien de temps ?

– Je ne sais pas...

J'enfonçai les mains dans mes poches en haussant les épaules, les yeux baissés, alors qu'un ver de terre se tortillait sur mon lacet.

– Peut-être dix secondes encore.

3

MAGGIE

J'aimais Brooks Tyler.

J'aurais voulu trouver un plus grand mot pour décrire mes sentiments pour ce beau garçon grossier, qui m'avait embrassée. Mais aimer semblait être le seul mot qui me venait à l'esprit quand il était près de moi.

Alors que j'étais allongée sur mon lit et que je pensais et repensais à notre dernier baiser de dix secondes, j'entendis Cheryl crier :

– Non, mais tu rigoles ou quoi ?

Je ne savais pas qui criait le plus fort, du vent à l'extérieur ou de Cheryl.

– Je ne sais pas comment on fait pour être demoiselle d'honneur, moi ! pleurnicha Cheryl en se laissant tomber à côté de moi.

Ses boucles rousses sautaient comme des ressorts quand elle se mit à bondir sur mon matelas. Cheryl était ma meilleure amie depuis que j'étais venue vivre avec sa famille, en plus d'être ma demi-sœur. Donc elle était obligée d'être ma demoiselle d'honneur.

– Tu n'as rien à faire, en réalité, à part tout ce que je ne veux pas faire, et quand je suis stressée par les préparatifs du mariage, c'est sur toi que je crie sans arrêt. Oh, et tu dois porter ma traîne pendant que je marche vers l'autel.

– Pourquoi il faut que je porte ta traîne ?

Je haussai les épaules.

– Je ne sais pas, mais la demoiselle d'honneur de ma tante a porté la sienne, donc je pense que ça fait partie de ce qu'on fait quand on se marie.

Sur le sol, au milieu de ma chambre, j'avais organisé tout l'agencement de la cérémonie du mariage avec mes poupées Barbie, mes peluches et mes figurines My Little Pony. Ken était Brooks en marié, et Barbie me représentait moi.

– Comment est-ce qu'on trouve un petit ami, d'ailleurs ? demanda Cheryl en continuant à sauter sur le lit.

– *Un fiancé*. Oh, c'est assez facile, en fait. Je suis sûre que tu pourrais en trouver un. Tu n'as qu'à tortiller tes cheveux et lui écrire une lettre pour lui dire qu'il va t'épouser.

– C'est vrai ? dit Cheryl d'une voix aiguë. C'est tout ?

Je hochai la tête.

– Oui, c'est tout.

– Waouh !

Elle soupira d'un air stupéfait. Je ne voyais pas pourquoi. C'était facile de se trouver un garçon. Maman disait que c'était plutôt de s'en débarrasser qui posait problème.

– Comment tu sais tout ça ?

– C'est maman qui me l'a dit.

Elle fit la moue.

– Et pourquoi pas à moi ? Je suis sa fille, moi aussi. En plus, c'était *ma* maman en premier.

– C'est sans doute que tu es trop jeune. Elle te le dira probablement l'année prochaine.

– Je n'ai pas envie d'attendre un an.

Elle arrêta de sauter sur le lit et se mit à entortiller ses cheveux autour de ses doigts.

– Il me faut du papier et un crayon, dit-elle. Ou alors, enfin... tu es sûre que Brooks ne voudrait pas se marier avec moi aussi ?

Je posai brusquement mes mains sur mes hanches et haussai un sourcil.

– Qu'est-ce que tu veux dire par là ?

Elle cessa de tortiller sa mèche de cheveux.

– Je disais ça comme ça. J'ai remarqué qu'il me souriait tout le temps.

Oh. Mon. Dieu.

Ma sœur était une traînée. Maman disait que je ne devais pas dire ce mot, mais je l'avais entendue appeler sa sœur comme ça une fois parce qu'elle tournait autour d'un homme marié, et Tante Mary n'avait pas du tout apprécié. Cheryl était pour ainsi dire en train de faire la même chose.

– Il est sympa. Il sourit à tout le monde. Je l'ai même vu sourire à un écureuil, un jour.

– Tu compares les sourires qu'il me fait aux sourires qu'il fait à des écureuils ? demanda-t-elle en haussant la voix.

J'hésitai un instant en y pensant. Cheryl et les écureuils avaient des points communs. Par exemple, les écureuils aiment voler des noix, et elle, elle s'imaginait qu'elle allait pouvoir me voler Brooks.

Cheryl se redressa et souffla en continuant à entortiller sa mèche autour de son doigt.

– Tu as mis trop longtemps pour me répondre ! Tu vas voir, je vais dire à maman tout ce que tu m'as dit ! Je peux avoir tous les petits amis que je veux, Maggie May, et ce n'est pas toi qui vas dire le contraire !

– Je m'en fiche. Mais tu ne peux pas me prendre mon fiancé.

– Si, je peux.

– Non, tu ne peux pas.

– Si !

– Tais-toi et arrête de te triturer les cheveux comme une idiote !

Elle poussa un cri étouffé, les larmes aux yeux, se mit à pleurnicher et sortit de la chambre comme une furie.

– Je n'irai pas à ton mariage !

– Tu n'es pas invitée, de toute façon ! répondis-je en hurlant.

Aussitôt après maman entra dans ma chambre, les sourcils froncés.

– Vous vous êtes encore disputées toutes les deux, c'est ça ?

Je haussai les épaules.

– Elle fait du cinéma, une fois de plus.

– Pour deux meilleures amies vous avez du mal à vous supporter, on dirait.

– Ouais, eh bien, c'est un peu toujours comme ça entre filles, non ?

Elle sourit, totalement d'accord avec moi.

– Enfin, n'oublie pas qu'elle est plus jeune que toi, Maggie, et qu'elle a plus de difficultés que toi. Elle est un peu solitaire et asociale, elle ne se mélange pas aux autres. Tu es sa seule vraie amie, et aussi sa sœur. C'est ta famille, et que font les membres d'une famille ?

– Ils se serrent les coudes ?

Maman hocha la tête et m'embrassa sur le front.

– C'est ça. On se serre les coudes, même les jours où ce n'est pas évident.

Maman me disait ça chaque fois que je me disputais avec Cheryl. *Les membres d'une famille veillent les uns sur les autres.* Surtout les jours où ce n'était pas évident, même de se regarder les uns les autres.

Je me rappelai la première fois qu'elle avait dit ça. Avec papa, ils nous avaient fait asseoir dans le salon, Calvin, Cheryl et moi, et nous avaient dit qu'on pouvait les appeler maman et papa si on voulait. C'était le soir de leur mariage, et nous étions officiellement devenus une famille. Alors que nous étions assis là, ils nous avaient demandé d'empiler nos mains les unes sur les autres et nous avaient fait promettre de toujours veiller les uns sur les autres. *Parce que c'est ce que font les membres d'une même famille.*

– Je vais lui demander pardon, me murmurai-je à moi-même en parlant de Cheryl.

Après tout, c'était ma meilleure amie.

Je passai le reste de l'après-midi à organiser le mariage. J'avais rêvé de mon mariage depuis l'âge de sept ans, ce qui faisait très longtemps. Je me demandais quel genre de musique plaisait à Brooks. Comme il ne voulait pas me la faire écouter, il fallait que je devine toute seule. Calvin et lui s'amusaient avec les guitares de papa tous les soirs et ils prétendaient qu'ils seraient des musiciens célèbres un jour. Au début je n'y croyais pas beaucoup, mais à force de pratiquer l'instrument tous les soirs, ils jouaient de mieux en mieux. Ils pourraient peut-être jouer pour le mariage. Je choisirais peut-être sa chanson préférée pour sortir après la cérémonie. En même temps, mon frère et lui avaient chanté *SexyBack* de Justin Timberlake toute la semaine, et cela ne faisait pas assez mariage à mon goût.

Pour notre première danse, peut-être.

* * *

Tous les soirs, après que maman et papa nous avaient mis au lit, j'entendais de la musique en bas dans le salon. C'était toujours la même chanson : *You Send Me* de Sam Cooke – la chanson de leur première danse. Je sortais de ma chambre sur la pointe des pieds et j'allais en haut de l'escalier pour regarder en bas. Les lumières étaient tamisées, papa prenait la main de maman et lui demandait chaque fois :

– Tu danses ?

Tous les soirs ils se mettaient à danser. Papa faisait tourner maman, et ils riaient tous les deux comme des gamins. Maman avait un verre de vin à la main, et quand papa la faisait tourner, le vin débordait du verre et tombait sur la moquette blanche. Ils riaient de plus belle en voyant les dégâts et se serraient l'un contre l'autre. Maman posait la tête sur la poitrine de papa et il lui murmurait des choses à l'oreille, et ils dansaient très lentement.

Pour moi, c'était ça le véritable amour.

Le véritable amour c'était quand on pouvait rire de ses bêtises.

Le véritable amour c'était quand on pouvait se murmurer des secrets.

Le véritable amour c'était quand on ne dansait jamais seul.

* * *

Quand je me réveillai, le lendemain, j'étais prête pour la journée qui s'annonçait.

– Aujourd'hui c'est la répétition de mon mariage !

Je criai en m'étirant et en sautant sur mon lit.

– C'est ma répétition ! C'est le jour de ma répétition !

Calvin arriva en titubant dans ma chambre, en se frottant les yeux, les paupières encore lourdes de sommeil.

– Bon sang, Maggie, qu'est-ce qui te prend de crier comme ça ? Il est trois heures du matin, ronchonna-t-il en bâillant.

Je souris d'un air satisfait.

– Et alors ? C'est le jour de ma répétition, Calvin !

Il continua à râler et m'insulta, mais je m'en fichais.

Papa arriva dans ma chambre en vacillant, en se frottant les yeux et en bâillant exactement comme mon frère. Il vint jusqu'à mon lit et j'accrochai mes bras autour de son cou pour l'obliger à me soulever en l'air.

– Papa, tu sais quoi ? Tu sais quoi ?

Je criais, tout excitée.

– Laisse-moi deviner, aujourd'hui c'est la répétition de ton mariage ?

Je fis oui de la tête et me mis à rire quand il me fit tournoyer.

– Comment tu le sais ?

Il sourit.

– J'ai deviné juste !

– Tu peux lui dire d'arrêter de crier pour qu'on puisse aller se recoucher ? grogna Calvin. Ce n'est même pas un vrai mariage !

J'étouffai un cri et j'allais lui répondre qu'il mentait, mais papa m'arrêta en murmurant.

– Ce n'est pas un lève-tôt. Et si nous retournions tous nous coucher quelques heures ? Après je te préparerai un bon petit déjeuner de veille de mariage ?

– Des gaufres avec des fraises et de la crème Chantilly ?

– Et des vermicelles en chocolat !

Il sourit.

Calvin retourna dans sa chambre en ronchonnant et en tapant des pieds et papa me reposa sur mon lit en me faisant des baisers esquimaux.

– Essaye de dormir encore quelques heures ma chérie, ok ? C'est un grand jour qui t'attend.

Il me borda, comme il le faisait tous les soirs.

– D'accord.

– Maggie May ?

– Oui ?

– C'est grâce aux battements de ton cœur que le monde continue de tourner.

D'aussi loin que je me souvenais, il m'avait dit ces mots tous les jours.

En sortant de la chambre il éteignit la lumière, et je restai allongée dans mon lit en regardant les étoiles phosphorescentes collées au plafond, avec un grand sourire et les mains croisées sur la poitrine, où je sentais chacun des battements de mon cœur qui faisaient tourner le monde.

Je savais que j'aurais dû dormir, mais je n'y arrivais pas parce que c'était la veille de mon mariage et que j'allais épouser un garçon qui, même s'il ne le savait pas encore, serait mon meilleur ami une fois que nous aurions fêté notre dixième anniversaire de mariage.

Il lui faudrait probablement ces dix ans pour s'apercevoir qu'il voulait effectivement être mon mari.

Et nous serions évidemment heureux à tout jamais.

***

Au petit matin, j'étais la première en bas en train d'attendre mes gaufres. Papa et maman dormaient encore quand je me faufilai dans leur chambre.

– Hé, vous dormez ?

Pas de réponse. J'enfonçai le doigt dans la joue de papa et je répétai :

– Hé papa, tu dors ?

– Maggie May, il est trop tôt, murmura-t-il.

– Mais tu avais dit que tu ferais des gaufres !

– Le matin.

– C'est le matin.

En grognant j'allai à la fenêtre et je tirai les rideaux.

– Tu vois ? Le soleil est levé.

– Le soleil est un menteur, c'est pour ça que Dieu a créé les rideaux, dit maman en bâillant et en se retournant sur le côté.

Elle ouvrit les yeux et regarda le réveil sur la table de nuit.

– Cinq heures et demie le samedi, ce n'est pas le matin, Maggie May. Retourne te coucher et nous viendrons te réveiller.

Ils attendirent huit heures du matin pour venir me réveiller – mais bien sûr, j'étais déjà debout. La journée passa plus lentement que je ne l'aurais voulu, et mes parents m'obligèrent à aller assister au spectacle de danse de Cheryl, qui dura bien plus longtemps qu'il n'aurait dû, mais une fois rentrée à la maison, j'étais impatiente d'aller retrouver Brooks.

Maman m'avait dit que je ne pouvais aller jouer dehors que si j'emmenais Cheryl avec moi, mais même après que je me fus excusée, elle ne voulait toujours pas être ma demoiselle d'honneur, alors je dus sortir en douce, toute seule, pour aller rejoindre Brooks dans les bois. Je descendis le long des rues du quartier en sautillant et en regardant les pelouses parfaitement tondues et les fleurs parfaitement plantées. Harper County était une petite ville où tout le monde se connaissait, et il ne faudrait pas longtemps avant que quelqu'un appelle maman pour lui dire qu'on m'avait vue sautiller seule dans les rues. Alors il fallait que je fasse vite. Mais pas *trop* vite quand même, parce que je devais toujours m'arrêter au carrefour, regarder de chaque côté avant de traverser la rue jusqu'à la maison de madame Boone. La pelouse de madame Boone était totalement l'opposé de toutes les autres. Il y avait des fleurs qui poussaient partout, sans aucune logique. Des roses jaunes, de la lavande, des pavots – toutes les fleurs imaginables poussaient dans le jardin de madame Boone.

Personne ne s'arrêtait devant chez la vieille dame. Tout le monde la trouvait malpolie, peu aimable et distante. La plupart du temps, elle était assise seule sous son porche et se balançait dans son fauteuil à bascule en marmonnant tandis que son chat, Muffins, se prélassait dans le jardin.

Le moment que je préférais dans la journée c'était quand madame Boone rentrait chez elle pour se faire du thé. Je ne connaissais personne qui buvait autant de thé qu'elle. Un jour, avec Cheryl, nous l'avions observée depuis l'autre côté de la rue et nous avions été stupéfaites du nombre de fois où elle avait quitté son rocking-chair pour revenir avec une tasse de thé.

Chaque fois qu'elle disparaissait dans la maison, je me faufilais dans son jardin de devant qui était fermé par une palissade blanche. Je humais autant de fleurs que je pouvais et après je me roulais dans l'herbe haute avec Muffins.

Ce soir-là, j'entrai rapidement dans son jardin parce que je n'avais pas beaucoup de temps devant moi avant d'aller rejoindre Brooks.

– Hé ! La fille d'Eric ! Sors de ma pelouse ! siffla madame Boone en poussant sa porte moustiquaire avec sa tasse de thé.

Je lui avais dit mon nom une centaine de fois, mais elle refusait d'en tenir compte.

– Maggie, je dis en me levant avec Muffins qui ronronnait dans mes bras. Je m'appelle Maggie, Madame Boone. *Maggie.*

La deuxième fois je le dis plus fort et en articulant pour être sûre qu'elle comprenne.

– Oh, je sais qui tu es, espèce de petite peste ! Maintenant éloigne-toi de mes fleurs et de mon chat !

Je fis comme si je n'avais pas entendu.

– Waouh, Madame B., vous avez les plus jolies fleurs que j'aie jamais vues dans votre jardin. Vous le savez ? Mon nom est Maggie, je vous le dis, au cas ou vous l'auriez oublié. Vous pouvez m'appeler Maggie May, si vous voulez. On m'appelle souvent comme ça dans ma famille. En parlant de famille et de fleurs, je me disais que si j'osais... vous pensez que je pourrais vous emprunter quelques fleurs pour mon mariage, demain ?

– Ton mariage ?

Elle plissa les yeux, qui étaient bien trop maquillés. Maman disait toujours que le mieux est l'ennemi du bien. Clairement, madame Boone devait penser le contraire.

– Tu n'es pas un peu jeune pour te marier ?

– Il n'y a pas d'âge pour s'aimer, Madame B.

Je tendis la main vers un pavot que je cueillis et je me le mis sur l'oreille alors que Muffins sautait de mes bras.

– Si jamais tu cueilles encore une fleur, je te préviens, tu ne pourras plus jamais rien cueillir de toute ta vie, me dit-elle en fronçant les sourcils d'un air ronchon.

– Je vous apporterai de la glace pour les fleurs, Madame B. ! Je peux les cueillir maintenant, comme ça vous n'aurez pas à vous inquiéter de...

– *Fiche-moi le camp !* cria-t-elle.

Sa voix me donna des frissons. Je me redressai, ouvris de grands yeux paniqués, et je reculai.

– D'accord. Bon, ben, si vous changez d'avis, je repasserai demain, avant le mariage. Vous pouvez venir, si vous voulez. Ce sera entre les deux arbres tordus dans les bois, à cinq heures demain après-midi. Maman fait le gâteau et papa fait du punch. Vous pouvez venir avec Muffins, aussi ! Au revoir Madame B. ! À demain !

Elle continua à ronchonner et je sortis précipitamment de son jardin en cueillant deux roses jaunes pour les emporter avec moi. Je partis en sautillant et fis un signe de la main à la vieille dame grincheuse qui n'était sans doute pas vraiment grincheuse, mais qui aimait probablement être à la hauteur de la réputation que ses voisins lui faisaient.

Plus je me rapprochais des arbres tordus et plus mon cœur battait vite. Ma respiration se faisait plus pressante sous l'effet de l'excitation. Chaque pas me rapprochait de Brooks. *Ça y est.* Enfin mon rêve devenait réalité. J'allais connaître ce que papa et maman vivaient. J'allais être à lui et il serait à moi.

Cette fois, c'est pour toujours.

***

Il était en retard.

Je savais qu'il y avait des pendules chez lui, et je savais qu'il était capable de lire l'heure, et pourtant, Brooks était en retard.

Comment pourrions-nous être heureux pour toujours s'il n'arrivait pas à l'heure ?

Je jetai un coup d'œil à ma montre Barbie, et mon cœur se serra.

19 : 16

Il était en retard. Je lui avais dit dix-neuf heures, il avait seize minutes de retard.

Où était-il ? Est-ce qu'il me posait un lapin ? *Il ne ferait pas ça.*

Est-ce qu'il ne m'aimait pas autant que je l'aimais ? *Si, bien sûr.*

Le cœur lourd, je me mis à marcher dans les bois à la recherche d'un garçon stupide avec de beaux yeux.

– Il a dû se tromper d'arbres tordus, dis-je pour me rassurer, en écoutant le bruissement des feuilles sous mes pas.

– Il va arriver, dis-je avec certitude en regardant le ciel s'assombrir de plus en plus.

Je n'avais pas le droit de rester dehors après que les lampadaires s'allument dans la rue, mais je savais que ce ne serait pas grave parce que j'allais me marier le lendemain et je ne serais pas seule dans le noir, puisque Brooks allait me rejoindre.

19 : 32

Par où est-ce que j'étais arrivée ? Et où étaient passés les deux arbres tordus ? Je pressai le pas, le cœur battant de plus en plus vite et les mains moites.

– Brooks ! je criai, d'autant plus nerveuse que j'avais perdu mon chemin.

Mais il allait me trouver. *Il arrive.* Je continuai à marcher. Est-ce que je m'enfonçais dans la forêt ? Est-ce que je m'éloignais des arbres ? Comment le savoir ? Je ne retrouvais plus mon chemin. Où étaient les arbres ?

19 : 59

L'eau.

Il fallait que je trouve l'eau où les garçons allaient pêcher. Peut-être que Brooks était là-bas ? Mais de quel côté était l'eau ? Je me mis à courir. Je courus et je courus en espérant voir l'eau aller et venir, ce qui me permettrait de savoir où j'étais et comment rentrer à la maison, ou comment retrouver Brooks. Il s'était peut-être perdu, lui aussi. Il était peut-être seul, effrayé et en sueur. Peut-être qu'il me cherchait, lui aussi. Il fallait que je le trouve, parce que je savais que tout irait bien une fois que nous serions ensemble.

20 : 13

L'eau.

Je l'avais trouvée.

J'avais trouvé les vaguelettes, et les cailloux et les bruits apaisants.

J'avais trouvé l'eau et je l'avais trouvé, lui.

– Ne t'en va pas, Julia, je t'en prie. Écoute-moi.

Brooks ?

Non.

Ce n'était pas lui.

C'était quelqu'un d'autre, qui n'était pas seul. Un homme était là avec quelqu'un.

Une femme. Elle n'arrêtait pas de lui dire non, qu'elle ne pouvait plus être avec lui, et il n'aimait pas ça.

– Nous avons notre vie, tous les deux, Julia. Nous avons une famille.

– Vas-tu m'écouter ? Je ne veux plus vivre avec toi.

– C'est à cause de ce type au boulot ?

La femme leva les yeux au ciel.

– Ne recommence pas avec ça. Tu vois, c'est de ça qu'il s'agit. Tu as ces accès de colère. Je ne peux pas laisser notre fils vivre ça. Nous ne pouvons pas continuer comme ça.

Il se passa les doigts dans les cheveux.

– Tu baises avec lui, c'est ça ? Tu baises avec ce mec à ton boulot.

Sans la laisser répondre, il se mit de plus en plus en colère, sa poitrine se soulevait.

C'était un homme qui m'empêchait de respirer et qui rendait ma peur encore plus effrayante. J'avais moins peur quand j'étais toute seule à côté des arbres tordus. J'aurais dû rester là-bas, même si ce n'était pas les bons arbres tordus.

Il se mit à crier, sa voix se brisant.

– Espèce de putain !

Il la gifla violemment. Elle recula en titubant et gémit en se frottant la joue.

– Je t'ai tout donné. Nous avions une vie tous les deux. Je viens de prendre la direction de l'entreprise. On allait s'en sortir. Tu as pensé à notre fils ? À notre famille ?

Il la gifla encore et encore.

– On avait une vie !

Il la fit tomber par terre, les yeux exorbités comme s'il était fou – dérangé.

Ma gorge se serra tandis que je regardais fixement en face de moi l'homme qui me faisait penser à un ciel obscur entourer de ses mains le cou de la femme.

– Tu ne peux pas me quitter, dit-il d'un ton suppliant, en l'étranglant et en la secouant.

Elle cria, en lui agrippant les mains. Il la secouait. Elle criait en essayant d'attraper de l'air. Il la secouait. Elle cria et soudain je sentis les mains de l'homme.

C'était comme si elles étaient autour de mon cou. M'étranglant. Me secouant. Me traînant sur le sol.

Je passai mes doigts autour de mon cou et je serrai en tentant désespérément d'avaler de l'air, sachant que si j'avais l'impression de ne pas pouvoir respirer, la femme, elle, souffrait encore plus.

Ensuite le méchant homme se mit à traîner son corps vers l'eau.

À ce moment-là je sus qui il était.

Le diable.

Le diable tira le corps de la femme jusqu'à l'eau et lui plongea la tête sous les vagues.

Et j'arrêtai de respirer.

* * *

Il la noyait.

Il la noyait.

Le diable avait noyé une femme sur la rive de Harper Creek.

Je compris qu'elle mourait. Elle se débattait mais le diable lui maintenait la tête sous l'eau. Le diable la tenait au bord du lac et continuait à lui plonger la tête sous l'eau.

Au début la femme se débattit, en l'agrippant de ses doigts, faisant de son mieux pour attaquer le diable. Le corps de la femme résistait, mais chaque fois que le diable sortait la tête de la femme de l'eau, elle continuait à inspirer et expirer, elle s'étranglait, se débattait pour respirer. Le diable l'entraîna plus loin dans l'eau, en éclaboussant bruyamment. Le diable avait de l'eau jusqu'au cou et je ne voyais plus du tout la femme.

– Ne me quitte pas, la suppliait-il. Ne me quitte pas, Julia.

J'aurais dû arrêter de regarder.

Je ne pouvais pas arrêter de regarder.

Elle était complètement immergée, et tout ce que je voyais, c'était la noirceur du diable.

Il sortit de l'eau le corps inanimé de la femme et le traîna jusqu'à la rive en lui parlant sans cesse.

– Comment as-tu pu ? Comment as-tu pu nous faire ça ?

Il prit la main gauche de la femme et retira son alliance, qu'il passa à son propre doigt.

Il avait tué la femme.

Il l'avait tuée.

Et moi, je le vis prendre conscience de la portée de ses actes, se rendre compte de ce qu'il avait fait. Il commença à secouer la femme, à secouer ce corps sans vie.

– Julia, gémit-il. Julia, réveille-toi.

Il se laissa tomber sur le sol à côté d'elle et la secoua encore en essayant de la faire revenir à elle, en vain. Il se mit à sangloter sur son corps.

– S'il te plaît, reviens.

Je fis un pas en arrière et cassai une branche.

Il leva les yeux.

Il avait tué cette femme et il me regardait.

Ne me regarde pas.

Je serrai les poings, ma tête se mit à tourner. Je reculai en titubant, manquai de tomber à la renverse, mes tongs brisant toutes les branches au passage. Mon dos heurta violemment le tronc de l'arbre le plus proche alors que les yeux marron foncé du diable dansaient sur tout mon corps. L'air pétrifié, il lâcha la dame.

– Hé ! cria-t-il en me regardant. Hé, qu'est-ce que tu fais là ?

Il s'approcha de moi en traînant les pieds. L'eau dégoulinait de ses vêtements.

Ne va pas te promener toute seule, Maggie May. C'est compris ? Tu ne dois pas t'éloigner sans ta sœur.

Les paroles de maman tournaient dans ma tête. L'homme se rapprochait de plus en plus, alors je poussai un cri aigu en me détournant de lui. Je me mis à courir aussi vite que je pouvais, passant entre les branches, mon cœur battant à se rompre.

Le bruit de ses pas résonnait de plus en plus fort, mais je ne pouvais pas me retourner pour regarder. Il courait derrière moi. De plus en plus près. *Cours, Maggie.* Plus vite, plus vite, plus vite. *Cours !*

Tout à coup je sentis qu'on agrippait ma robe et je fus brutalement tirée en arrière, le pavot dans mes cheveux alla voler sur le sol de la forêt. Ses doigts s'accrochèrent dans ma robe et il me jeta sur le sol. Le souffle court, je poussai un cri mais il me plaqua au sol en m'écrasant de tout son poids, couvrant ma bouche de ses mains dégoûtantes pour étouffer mes cris.

Je donnai des coups de pied et je criai, je criai et je donnai des coups de pied. Il allait me tuer.

Il me tuerait.

Non, s'il vous plaît.

Je me débattais et des larmes ruisselaient sur mes joues.

– Tu n'aurais pas dû te trouver là, dit-il d'une voix sifflante en se mettant à sangloter. Tu n'aurais pas dû voir ça. C'était un accident. Je ne voulais pas...

Non !

Il mit une main autour de mon cou et serra, j'avais de plus en plus de mal à respirer. Il pleurait. Il pleurait tellement. Il pleurait et s'excusait. Il me demandait pardon de me faire du mal, pardon d'enfoncer ses doigts dans mon cou. J'avais de plus en plus de mal à reprendre mon souffle. Il me dit qu'il l'aimait, que c'était l'amour qui lui faisait ça, à lui, à elle. Il jurait qu'il ne lui ferait jamais de mal. Il promettait qu'il ne ferait jamais de mal à la femme qu'il venait de tuer.

– Tu n'aurais pas dû te trouver là, mais maintenant tu y es, dit-il en penchant son visage vers moi. Je suis désolé. Je suis désolé.

Il sentait le tabac et la réglisse, et sur son avant-bras il y avait un grand tatouage représentant deux mains jointes avec le nom d'une personne écrit dessous.

– Comment es-tu arrivée ici ? demanda-t-il.

Sa bouche était à quelques centimètres de la mienne, et il secouait la tête. J'entrouvris les lèvres pour appeler Brooks en priant pour qu'il m'entende et qu'il me trouve. Il posa un doigt sur ma bouche, puis posa les lèvres sur ses doigts et émit un son pour me faire taire.

– Chut, murmura-t-il.

J'avais les yeux écarquillés de terreur.

– Je t'en prie, ne crie pas. C'était un accident.

Il posa les lèvres sur mon front et appuya sa bouche sur ma peau.

– Chut, dit-il de nouveau.

Ses lèvres descendirent vers le lobe de mon oreille et je sentis sa bouche sur moi, puis il poussa un dernier...

– Chut...

Je me perdis moi-même.

À cet instant il me vola à moi-même.

Je me sentis sale.

Je me sentis utilisée.

Je me sentis prisonnière.

– Maggie May ! Où es-tu ?

C'était Brooks qui appelait, sa voix sortant brusquement le diable de ses pensées.

Il s'écarta de moi et partit en courant.

Je me relevai en titubant sans prendre la peine de brosser la terre, les feuilles et les brindilles dont j'étais maculée. J'étais mouillée. Ses vêtements trempés avaient mouillé les miens, et je m'étais fait pipi dessus, en plus. Je me mis à courir avec difficulté, mais je courus. Je courus aussi vite que je pouvais vers la voix de Brooks. Plus sa voix devenait forte, plus mon cœur battait vite.

– Quand même, Maggie ! Je suis venue avec cette cravate violette idiote parce que tu étais tellement contre la marron, et toi tu me poses un lapin ! Je n'arrive pas à le croire !

Quand je discernai son dos, il donnait des coups de pied dans l'herbe et marmonnait tout seul.

Brooks.

Lorsqu'il se tourna vers moi, toute sa colère s'évanouit pour être remplacée par une expression d'intense inquiétude. En courant vers lui je m'emmêlai les pieds et il tendit les bras pour m'empêcher de tomber.

– Waouh, Maggie, qu'est-ce qui t'arrive ?

J'ouvris la bouche pour parler mais tout ce que j'entendais dans ma tête c'était le diable qui me faisait taire, en pressant sa peau contre ma peau, son doigt sur mes lèvres. Sur mon front. Sur mon oreille. Sur moi. *Il allait me tuer.*

Soudain il y eut un bruit dans les feuillages derrière nous. Je sursautai, les yeux arrondis de terreur, et je me serrai contre Brooks pour réclamer sa protection.

– Maggie, tout va bien. Ce n'est qu'un écureuil. Qu'est-ce qui t'a fait flipper ? Qu'est-ce qui t'est arrivé ?

Aucun mot ne pouvait sortir de ma bouche. Je m'accrochai désespérément à la chemise de Brooks pour le tirer plus près de moi. Il ne me posa pas de questions mais me serra fort dans ses bras.

– Tout va bien, Maggie. Ça va aller.

Je me mis à sangloter dans son t-shirt et il me serra plus fort.

4

MAGGIE

Je clignai des yeux.

Les lumières étaient déjà fortes et l'infirmière n'arrêtait pas de me mettre sa lampe dans les yeux. Dans le nez. Dans les oreilles. Dans la bouche.

Je clignai des yeux.

Papa avait les larmes aux yeux, mais elles ne coulaient pas. Il était appuyé contre le mur, le poing serré, posé sur sa bouche, sa bouche qui ne disait rien.

Clignement d'yeux.

Maman se mit à pleurer quand l'infirmière mentionna une recherche ADN. Je ne savais pas ce que c'était mais cela fit pleurer maman.

Clignement d'yeux.

L'infirmière me tamponna partout. Sur mes lèvres, mes joues, mes cuisses, mon...

Clignement d'yeux.

Elle passa un peigne dans mes cheveux. Des feuilles tombèrent. Elle trouva du sang. Papa se mit à pleurer en silence.

Clignement d'yeux.

Elle découpa ma robe et la secoua. Il y avait de la terre. Ma robe était sale. J'étais sale. Partout. J'avais perdu ma fleur de pavot. Où était passée ma fleur de pavot ? Elle gratta mes ongles. Mon vernis à ongles était fichu. Mes ongles étaient fichus. J'étais fichue.

Clignement d'yeux.

On me transporta dans la voiture. Je me roulai en boule. Les feux de circulation passaient du rouge au vert. Les feux orange étaient brouillés. Je voyais son visage dans ma tête.

Clignement d'yeux.

Calvin et Cheryl attendaient sous le porche lorsque j'arrivai à la maison. Ils ne dirent rien. Moi non plus.

Clignement d'yeux.

Maman et papa m'emmenèrent dans leur chambre et je me mis à pleurer dans leurs draps. Je tremblais, je me sentais sale, brisée, utilisée. J'avais peur. Tellement peur.

Chut...

Chut...

Est-ce que l'infirmière l'avait senti ? Avait-elle senti le goût de l'homme sur mes lèvres ? Avait-elle senti sa peau sur ma peau ? Avait-elle... ?

Clignement d'yeux.

Je fermai les yeux. Je ne voulais rien ressentir. Je ne voulais pas être. Je ne voulais plus cligner des yeux. Je gardai les yeux fermés. Je ne voulais pas voir, mais pourtant, je voyais toujours. Je le voyais. Je le sentais. Je sentais son goût.

Tout devint sombre.
Tout devint ombres.
Tout devint noir.

5

MAGGIE

Maman faisait les cent pas dans leur chambre en se tordant les mains. J'étais assise au bord de leur lit, et j'écoutais le claquement de ses hauts talons sur le parquet. Le matelas était comme un énorme tas de plumes et c'était presque impossible de ne pas m'enfoncer dans cette douceur. En plus j'étais fatiguée, alors cette combinaison n'était pas favorable. Je luttais pour garder les yeux ouverts, même si dernièrement il me semblait préférable de rêver plutôt que de rester éveillée. Le seul problème, avec les rêves, c'est qu'ils se transformaient parfois en cauchemars, et je m'enlisais dans les cauchemars, depuis quelque temps.

– Cela fait des jours que tu n'as pas parlé, Maggie May, me dit maman sur un ton de reproche. Pas prononcé un seul mot. Ton père et moi nous faisons beaucoup de souci.

Ses cheveux blond foncé pendaient sur ses épaules et elle n'arrêtait pas de les repousser derrière ses oreilles. Quand elle ne tripotait pas ses cheveux, ses ongles manucurés se promenaient le long de ses avant-bras et elle se les plantait dans la peau. L'inquiétude qui la minait lui faisait accélérer le pas. J'aurais aimé que papa soit à la maison et pas au travail. En général, il réussissait à enrayer les crises de panique de maman.

– Qu'est-ce qui t'est arrivé là-bas, Maggie ? Que faisais-tu dans ces bois ? Nous t'avions bien dit, ton père et moi... nous t'avions demandé de ne pas t'éloigner de la maison.

J'enfonçai les doigts dans le côté du matelas en gardant la tête baissée.

– Tu n'avais pas le droit d'être dehors à cette heure-là, murmura-t-elle d'une voix tremblante. Je t'avais bien demandé d'être à la maison avant que les lampadaires ne s'allument, non ?

Elle se mit à bégayer, ce qui faisait bizarre, venant d'elle, toujours si posée et qui s'exprimait si bien.

– Je t'-t'avais dit de ne p-pas traîner dehors le soir, Maggie May.

Une fois encore j'ouvris les lèvres pour parler, mais aucun son ne sortit. Maman se tourna vers moi et se mordit la lèvre inférieure. Les bras croisés, elle coinça ses mains sous ses aisselles avant de venir vers moi. Je détournai les yeux.

– Regarde-moi, Maggie, m'ordonna-t-elle.

Je secouai la tête.

Quelques larmes coulèrent sur mes joues et tout mon corps se mit à trembler.

– Maggie May, quand je te dis de me regarder, tu dois obéir !

La panique filtrait dans sa voix, un peu comme si elle avait peur que sa petite fille ne soit partie pour toujours.

C'était peut-être vrai. Peut-être m'étais-je enfoncée si profondément au fond de mon esprit que je n'aurais jamais besoin de me rappeler ce que cela faisait de ressentir, d'avoir mal, de craquer, de respirer. J'avais mal aux yeux à force de ne pas dormir, depuis si longtemps, mais cette douleur n'était rien en comparaison de la douleur dans ma poitrine. J'avais encore dans les oreilles les hurlements de la personne qui avait été agressée. Dans ma tête je la voyais toujours se débattre pour rester vivante, et dans mon cœur, je sentais toujours le monstre contre mon âme.

Quelques larmes roulèrent sur mes joues et je me mis à trembler.

– Oh, ma chérie, s'écria maman.

Elle me releva le menton du bout des doigts.

– Un mot à la fois, dis-moi ce qui s'est passé. Que t'est-il arrivé dans ces bois ?

Du coin de l'œil je voyais Calvin et Brooks qui écoutaient notre conversation dans le couloir. Ils étaient appuyés contre le mur, les yeux fixés sur nous. Il y avait dans ceux de Brooks une tristesse que je n'aurais jamais crue possible. Calvin, les poings serrés dans le dos, cognait régulièrement dans le mur derrière lui. Maman suivit mon regard et quand elle les vit, ils s'enfuirent précipitamment. Mais j'étais certaine qu'ils n'étaient pas allés loin. Ces deux garçons n'avaient pas quitté mon chevet depuis plusieurs jours.

Cheryl, elle, c'était tout le contraire. On aurait dit qu'elle avait peur de venir près de moi. Comme si j'avais une maladie qu'elle risquait d'attraper en me regardant. Je l'avais entendue pleurer l'autre soir parce qu'elle avait manqué son spectacle de danse. À cause de moi, parce que nos parents n'avaient pas voulu que je reste seule.

– Maggie May, murmura maman.

Je détournai la tête et elle soupira encore une fois.

– Je t'en prie, Maggie. Parle-moi. Je ne vois pas comment je pourrais t'aider si tu refuses de me dire ce qui s'est passé.

Elle continuait à me supplier de lui dire quelque chose, encore et encore, mais je ne pouvais pas. Ma gorge était sèche. Peut-être qu'il fallait que je boive de l'eau glacée. Il me fallait quelque chose pour me détendre, quelque chose qui ferait sortir les mots de ma bouche, mais je ne pouvais pas bouger.

– Je ne comprends pas. Je ne comprends pas pourquoi tu refuses de me parler. Tu dois me le dire, mon bébé, parce que sinon, j'imagine le pire. Est-ce que quelqu'un t'a fait du mal ? Est-ce que quelqu'un t'a...

Elle n'arrivait pas à prononcer les mots, mais je savais ce qu'elle me demandait.

– Dis-moi simplement ce qui s'est passé, même si quelqu'un t'a fait du mal, ma chérie. Je ne te gronderai pas, je te le promets. Maman veut juste savoir si on t'a fait du mal.

Elle déglutit avec difficulté.

– Fais un signe de tête si on t'a fait du mal, ma chérie. Tu peux me le dire. Tu te souviens quand on avait parlé d'être en sécurité ? Et que les gens n'avaient pas le droit de te toucher, et que si cela arrivait, tu devais nous le dire à ton papa et à moi ? Est-ce que c'est ce qui s'est passé ? Je veux dire, je sais bien que les médecins ont vérifié, mais ces tests... ça prend du temps. Est-ce que quelqu'un...

Une fois de plus les mots lui manquèrent.

Je baissai la tête. L'inconnu ne m'avait pas violée physiquement, et je savais que c'était ça qu'elle me demandait. Mais malgré tout, la vérité était qu'il m'avait violée de presque toutes les façons possibles. Il avait violé mon innocence.

Mon enfance.

Ma voix.

Il avait volé tant de choses en moi quand j'avais été témoin de son acte horrible et quand il avait essayé de mettre fin à mes jours. Il avait volé la plus grande partie de mon âme.

Mais je fis non de la tête pour maman. Il ne m'avait pas violée, physiquement.

Elle poussa un soupir de soulagement avant d'éclater en sanglots de façon incontrôlable. Elle couvrit son visage de ses mains et se mit à trembler violemment. Quand elle parla, j'eus du mal à la comprendre.

– Pourquoi refuses-tu de parler ?

Parce que je n'ai plus rien à dire.

– Je crois que ça ira comme ça, Katie, dit une voix.

Je levai les yeux, papa était debout dans l'embrasure de la porte, nous regardant fixement. Il devait être rentré plus tôt du travail pour prendre soin d'elle. Maman allait toujours mieux quand il était dans les parages.

Elle alla vers lui et immédiatement il serra contre lui sa frêle silhouette. Il lui murmura quelque chose à l'oreille qui apparemment était ce qu'il fallait, parce que maman arrêta de pleurer et elle fit oui de la tête à ce qu'il venait de dire.

Au bout de quelques minutes, elle sortit de la chambre en disant qu'elle avait besoin de prendre l'air.

Papa vint vers moi, s'agenouilla et me fit son plus beau sourire.

– Maggie May ?

Oui, papa.

– C'est grâce aux battements de ton cœur que le monde continue de tourner.

Il frotta son nez contre le mien, pour un de ses baisers d'esquimaux.

– Et tout va s'arranger. Tu sais pourquoi ?

Je secouai la tête et il poursuivit.

– Parce que aucun de nous n'est jamais seul. Tu as une famille qui t'aime et qui sera toujours là pour toi. Ok, ma grande ?

Ok, papa.

Il sourit comme s'il entendait les paroles que je ne prononçais pas.

– Et si on allait manger une glace, dans la soirée ? Je crois que ça nous ferait du bien de sortir un peu. Ça te dirait ?

Oui.

Son sourire s'élargit, comme s'il me comprenait encore une fois.

Peut-être les parents savent-ils toujours ce que leurs enfants pensent. Peut-être qu'il avait un sixième sens. J'étais contente que papa ait des super pouvoirs.

Il sortit pour vérifier que maman allait bien. Je restai dans leur chambre, assise sur le matelas de plumes, et je m'autorisai à me laisser aller dans cette douceur. Je m'allongeai sur le dos, les jambes pendant sur le côté du lit et je fermai les yeux. Depuis quelque temps mes oreilles étaient devenues sensibles au moindre bruit autour de moi, depuis le vent qui frappait le pommier dans le jardin derrière la maison à la mouche qui volait dans la salle de bain au bout du couloir.

J'ouvris les yeux brusquement avant même que Brooks ait dit le moindre mot. Je l'entendis venir vers moi à pas feutrés. Calvin marchait toujours lourdement, comme s'il mettait tout son poids dans chacun de ses pas. Brooks, lui, était beaucoup plus délicat, c'était presque comme s'il marchait sur la pointe des pieds. Je me demandais s'il marchait toujours comme cela, ou s'il avait pris cette habitude ces derniers jours. J'aurais menti en disant que j'avais déjà remarqué le bruit de ses pas auparavant. Je me demandais combien de choses comme ça échappaient aux gens parce qu'ils parlaient trop.

– Ça va, Maggie ? demanda-t-il depuis la porte.

Je ne me relevai pas mais tournai la tête dans sa direction. Quand nos regards se croisèrent, sa poitrine se serra et ses épaules s'affaissèrent. Il avait les mains enfoncées dans les poches de son jean.

– Calvin et ton paternel sont dehors avec ta mère. Elle m'a demandé de rentrer chez moi, et je lui ai dit oui, mais je ne pouvais pas partir sans venir te voir, voir si je pouvais faire quelque chose.

Je haussai les épaules. Il fronça les sourcils.

– Je peux entrer ?

Je fis oui de la tête.

Il fronça un peu plus les sourcils puis vint s'asseoir sur le lit avant de se pencher pour s'allonger à côté de moi. J'avais la tête tournée vers lui, et maintenant il me faisait face.

– Ta mère a dit que tu ne voulais pas parler. Elle dit que tu n'as rien à dire, mais je crois que ce n'est pas vrai. Je pense que tu as plein de choses à dire, mais que tu ne sais pas comment les dire.

Une larme unique se mit à rouler sur ma joue et je me tournai de l'autre côté pour qu'il ne me voie pas pleurer. Il avait déjà vu la larme unique. Je gardais les autres qui coulaient sur mon visage pour moi et pour l'oreiller de maman.

Il se mit à parler doucement.

– C'est ma faute, tu sais. J'aurais dû te rejoindre dans les bois pour notre répétition, mais j'ai perdu trop de temps à chercher une cravate qui te plairait. Je sais que tu as dû penser que je t'avais posé un lapin, mais ce n'était pas ça, Maggie May. Je te jure que je venais te rejoindre mais quand je suis arrivé, tu n'étais nulle part. Je suis tellement désolé.

Mes larmes redoublèrent lorsque je l'entendis renifler. Il continua de parler.

– Je m'en veux tellement. Excuse-moi, excuse-moi...

Nous restâmes comme ça pendant encore quelques instants. Mes larmes coulaient toujours, et il n'essaya pas de me persuader d'arrêter de pleurer. C'était peut-être dans mon imagination, mais j'eus l'impression un instant que Brooks pleurait juste à côté de moi.

* * *

– Qui est d'accord pour aller manger une glace ? dit papa en entrant soudain dans sa chambre où nous étions toujours, Brooks et moi.

Sans que je sache comment, à un moment, Brooks et moi nous étions pris la main, et je n'avais pas encore trouvé l'énergie de retirer la mienne.

Nous nous redressâmes tous les deux en même temps, et Brooks retira vivement sa main de la mienne.

– Moi, je suis partant pour une glace ! hurla-t-il.

Maman arriva derrière papa en fronçant les sourcils.

– Brooks, cela fait un moment que tu n'es pas rentré chez toi. Tu devrais peut-être y aller. Nous avons probablement besoin d'un peu de temps en famille, si ça ne te dérange pas.

Elle ne voulait pas être impolie mais je vis à son sourire que Brooks était un peu vexé.

Pour la plupart des gens ce sourire aurait été normal, mais moi je savais que c'était le sourire qu'il faisait quand il était gêné.

– Bien sûr, Madame Riley. Excusez-moi. J'y vais.

Il se tourna vers moi et me fit un sourire en coin.

– Tu vas bien, aujourd'hui, Maggie May ?

Depuis l'incident, il m'avait posé cette question tous les jours. Je hochai la tête lentement.

Je vais bien, Brooks.

Il se leva et commença à avancer vers la porte de la chambre, mais papa s'éclaircit la voix.

– Je pense que Brooks pourrait venir manger une glace avec nous.

– Eric, protesta maman, mais papa lui posa une main rassurante sur l'épaule.

– C'est-à-dire, seulement si Maggie est d'accord, dit-il en me regardant.

Brooks lança vers moi un regard plein d'espoir, et je ne vois pas comment j'aurais pu lui dire non. Après tout, il écoutait mon silence. Après que j'eus accepté, nous mîmes tous nos chaussures et nous nous dirigeâmes vers la porte d'entrée. Alors que tout le monde était sorti, je m'arrêtai à la porte.

Je fus prise de panique et ma poitrine se serra. Et s'il était encore là, dehors ? Et s'il m'attendait ? Et s'il attendait pour me faire du mal ? Ou s'il faisait du mal à quelqu'un d'autre, ou... ?

– Maggie, dit maman en me regardant.

Elle haussa un sourcil.

– Tu viens, ma chérie ?

J'essayai de toutes mes forces de sortir de la maison. D'avancer. Mais la panique était plus forte que moi. Chaque fois que mon esprit me disait d'avancer, quelque chose me faisait reculer.

– Qu'est-ce que tu fais? demanda Calvin en me regardant comme si j'avais perdu l'esprit.

Tout le monde me regardait comme ça.

Est-ce que c'était ça ?

Est-ce que j'avais perdu l'esprit ?

Je l'entends me dire chut, pensai-je en moi-même. *Il me voit. Il peut me faire du mal.*

Je reculai de plus en plus loin et je me cognai dans le mur, ce qui me fit sursauter de peur. Je ne pouvais pas sortir. Je n'étais pas en sécurité dehors. Je le savais, et tout ce que je voulais, c'était me sentir en sécurité.

Le monde était effrayant, et j'avais plus de peur que de force, ces temps-ci.

– Allez, Maggie, grogna Cheryl. Tu embêtes tout le monde.

Maman pinça le bras de Cheryl.

– Arrête, Cheryl Rae !

Mais elle avait raison. Je gâchais le plaisir de tout le monde. *Je suis désolée. Je suis désolée.* Je fis un autre pas en arrière et, sans même m'en rendre compte, je retournai en courant dans la chambre de mes parents. C'était l'endroit le plus sûr que je connaissais, et je ne savais pas comment en sortir. Je me pelotonnai sous les draps en tremblant violemment. J'avais du mal à respirer. Je n'arrivais pas à faire taire les bruits dans ma tête. Je n'arrivais pas à faire taire mon esprit.

Lorsque les couvertures se mirent à bouger, je m'accrochai au bord, en me débattant pour l'empêcher de m'atteindre. *Il m'a retrouvée, il m'a retrouvée.*

Un grand soulagement m'envahit lorsque je croisai le regard de papa. Mes yeux étaient écarquillés de terreur, et je pouvais ressentir son inquiétude. Il souleva la couverture et vint s'asseoir à côté de moi. Je n'arrivais pas à m'arrêter de trembler.

Chut...

Chut...

La voix du diable empoisonnait mes souvenirs. Toutes mes pensées s'accompagnaient du souvenir de sa voix me faisant taire. Je ne pouvais pas sortir de la maison. Sinon il me verrait. Je ne pouvais pas parler. Si je parlais il m'entendrait.

– Cela va s'arranger, Maggie, dit papa en me prenant dans ses bras. Quoi qu'il arrive, ça va s'arranger.

C'était la première fois que papa me mentait.

Lorsqu'il se leva pour aller parler à maman dans le couloir, je tirai les couvertures sur moi. Je n'arrivais pas à m'empêcher de trembler en écoutant maman exprimer ses craintes.

– Et si elle n'arrivait pas à s'en sortir ? Et si elle ne redevenait jamais elle-même ? Qu'est-ce que les gens vont penser ? Qu'est-ce qu'ils vont dire ?

– Depuis quand est-ce que nous accordons de l'importance à ce que les gens disent ?

– Depuis toujours, Eric. Nous accordons toujours de l'importance à ce que les gens disent.

Pour la première fois, je sentis se fissurer le socle de l'amour de mes parents.

Et c'était à cause de moi.

6

BROOKS

Cette stupide cravate marron. Cette stupide cravate violette. Stupide, stupide, stupide !

Je balançai toutes les cravates dans le premier tiroir de ma commode. Je détestais les cravates, parce que c'était à cause d'elles que j'étais arrivé en retard. Je me détestais parce que c'était à cause de moi que Maggie s'était retrouvée toute seule dans les bois.

En poussant le tiroir pour le refermer, je sentis ma colère redoubler et encore plus quand il résista parce qu'il était trop plein.

– Allez ! je hurlai en le frappant du poing. Je te déteste ! Je te déteste !

Je donnai un grand coup de pied dans la commode, ce qui eut pour résultat de me faire boiter en frottant mon orteil.

– Tout va bien, Brooks ? dit maman en entrant, l'air inquiet.

Elle avait déjà mis sa blouse blanche pour aller travailler à l'hôpital où elle était infirmière, et la façon dont elle regarda sa montre me dit qu'elle était en retard.

– Ça va, dis-je en soufflant et en boitillant vers mon lit pour m'asseoir et me masser les orteils.

Elle vint vers moi et posa le dos de sa main sur mon front.

– Qu'est-ce qui ne va pas, mon chéri ?

– C'est rien. Tu vas être en retard.

Elle retira sa montre et la posa derrière elle. Puis elle me sourit.

– Pas de souci. On a le temps de parler. Je sais que ça n'a pas été facile pour toi après ce qui est arrivé à Maggie.

– Non. C'est pas ça. C'est juste que je n'arrivais pas à fermer mon tiroir.

Je me mis à rougir et je serrai les poings.

– C'est à cause de ces idiotes de cravates, murmurai-je les dents serrées.

– Les cravates ?

– Ouais ! J'ai sorti toutes ces cravates idiotes de ce tiroir, et maintenant je n'arrive plus à les remettre dedans, alors j'ai donné un coup de pied dans la commode et je me suis fait mal au pied.

– Pourquoi les avais-tu sorties ?

– Parce que...

J'hésitai et regardai maman en haussant les sourcils.

– Tu vas être super en retard.

Elle me passa la main dans les cheveux en souriant.

– Ne t'inquiète pas. Ça va aller. Dis-moi ce qui te tracasse en vrai.

– Eh bien... je devais retrouver Maggie dans les bois pour notre répétition.

– Quelle répétition ?

– Pour notre mariage.

– Vous alliez vous marier tous les deux ?

Je baissai les yeux en rougissant de plus belle. Comment avais-je pu ne pas dire à ma mère que j'allais me marier ? Maggie l'avait dit à tout le monde, et moi ? À personne.

– Ouais, en fait, je n'en sais rien. C'était une idée idiote de Maggie. J'ai joué le jeu parce que Jamie m'a obligé. Bref, Maggie m'avait dit de mettre une cravate et de la retrouver dans les bois, ce qui n'aurait pas dû poser de problèmes, mais j'ai perdu du temps à choisir une cravate. Alors elle s'est retrouvée toute seule dans les bois, et c'est ma faute s'il lui est arrivé quelque chose là-bas. C'est à cause de moi qu'elle a flippé, parce que je suis arrivé en retard aux arbres tordus.

Maman soupira et se mit à me frotter le dos.

– Oh, mon chéri. Ce n'est pas ta faute.

– Si. C'est ma faute parce que je n'étais pas là pour la protéger, et maintenant elle ne parle plus et elle ne sort plus de chez elle parce que quelque chose l'a effrayée, et j'aurais dû être là pour l'empêcher, pour la sauver.

– Brooks...

Maman baissa la voix et serra ses mains l'une contre l'autre.

– Il est arrivé quelque chose de terrible à Maggie, mais ce n'est pas ta faute. S'il y a une chose que la vie m'a apprise, c'est que cela ne sert à rien de ressasser une situation dans sa tête. On ne change pas le passé, mais on peut préparer l'avenir en agissant bien dans le présent. Sais-tu comment tu peux aider Maggie, maintenant ?

– Comment ? demandai-je plein d'espoir en me redressant.

Je ferais n'importe quoi pour l'aider.

– En étant son ami. Elle a probablement très peur pour l'instant et elle se sent perdue. Seule, même. Elle n'a pas besoin que tu sois désolé pour elle, mon chéri. Elle a seulement besoin d'un ami. Quelqu'un qui passe la voir pour savoir comment elle va, de temps en temps. Quelqu'un qui lui demande si elle va bien. Quelqu'un qui lui montre qu'elle n'est pas seule.

Ouais. Un ami.

– Ça je peux le faire. Je peux être un très bon ami, je crois.

Elle rigola doucement et se pencha vers moi pour m'embrasser sur le front.

– Je suis sûre que oui. Attends une seconde, je vais te donner quelque chose.

Elle sortit précipitamment de la chambre et quand elle revint elle avait le poing fermé. Elle s'assit à côté de moi et ouvrit la main. Elle tenait une médaille en forme d'ancre au bout d'une cordelette.

– C'est ton père qui me l'a donnée quand nous étions jeunes, après la mort de mon père, et il m'a fait la promesse qu'il serait toujours là quand j'aurais besoin de lui. Il a dit qu'il serait mon ancre quand j'aurais l'impression de partir à la dérive. Il a toujours été un ami exceptionnel pour moi, et c'est toujours vrai. Tu peux peut-être la donner à Maggie, pour qu'elle retrouve le sourire.

Je pris le collier des mains de ma mère en la remerciant. Elle m'aidait plus qu'elle ne le pensait, et si cette ancre pouvait faire sourire Maggie, alors elle était à elle. Je ferais n'importe quoi pour faire renaître ses beaux sourires affreux.

* * *

– Tu vas bien, aujourd'hui, Maggie May ? je demandai en me tenant à l'entrée de sa chambre avec mon MP3 à la main.

Elle était debout près de la fenêtre et regardait la rue. Elle se retourna lentement vers moi, les bras serrés autour de son corps. Son regard était triste, ce qui me rendit triste, mais je ne le montrai pas. Je lui fis juste un petit sourire.

– Tu vas bien ? répétai-je.

Elle hocha lentement la tête, et je sus que c'était un mensonge, mais ça ne faisait rien. Elle pouvait prendre tout le temps qu'il fallait pour aller bien, cela ne me dérangeait pas. Je n'avais l'intention d'aller nulle part.

– Je peux entrer ?

Elle hocha la tête encore une fois.

En entrant j'ajustai ma cravate – la verte, celle qu'elle aimait. Mes mains étaient moites sur mon lecteur MP3, et je reniflai en m'asseyant avec elle sur son lit. Je ne savais pas quoi dire. Je veux dire, la plupart du temps, quand deux personnes sont amies, elles parlent toutes les deux. Plus le silence s'installait, plus j'étais nerveux. Je me mis à taper du pied en regardant les mains de Maggie serrées l'une contre l'autre sur ses genoux. Elle était super pâle, et son regard était super lourd, et à ce moment-là, la seule chose qui m'avait agacé pendant si longtemps me manqua.

Sa voix me manqua.

– Est-ce que je peux te prendre la main ?

Elle glissa sa main gauche dans ma main droite et je soupirai. Ses doigts étaient comme de la glace.

– Tu serres ma main une fois pour dire non, et deux fois pour oui, d'accord ?

Elle hocha la tête et ferma les yeux.

– Tu as peur ?

Deux pressions.

– Tu es triste ?

Deux pressions.

– Tu préfères être seule ?

Une pression.

– Est-ce que tu crois que peut-être... est-ce que tu crois que je pourrais être ton ami ? dis-je en chuchotant.

Elle ouvrit les yeux et me regarda fixement. Je me demandai si les battements de son cœur étaient comme les miens – affolés, désordonnés, paniqués.

Elle baissa les yeux sur nos mains et serra une fois. Puis elle serra une deuxième fois, et mon cœur explosa.

Je relâchai le souffle que je contenais depuis un moment.

De ma main libre, je sortis le collier de maman de ma poche.

– Tiens, c'est pour toi. C'est un collier qui scelle notre amitié. C'est une ancre. Je promets d'être ton ami, et un bon ami, en plus. Je veux dire, je ferai de mon mieux. Je serai ton ancre. Je t'aiderai à garder les pieds sur terre quand tu auras l'impression de partir à la dérive. Je...

Je soupirai en baissant les yeux sur la médaille dans ma main.

– Je voudrais que tu retrouves le sourire. Je veux que tu aies les choses que tu as toujours voulues, et je vais faire tout ce que je pourrai pour que tu les aies, même si c'est un chien appelé Skippy et un chat qu'on appelle Confiture. Je veux que tu saches...

Je soupirai de nouveau parce que chaque fois qu'elle avait les larmes aux yeux, ma poitrine se serrait.

– Je veux que tu saches que, même si tu décides de ne plus jamais reparler, il y aura toujours quelqu'un auprès de toi pour t'écouter, Maggie. D'accord ? Je serai toujours là pour écouter ton silence. Alors, tu le veux ? Tu veux le collier ?

Elle serra ma main à deux reprises, et un sourire minuscule, presque inexistant, passa sur ses lèvres.

– Si tu veux, nous pouvons écouter ma musique ensemble. Je sais bien que j'avais dit que je ne te la ferais jamais écouter, mais je veux dire, tu peux si tu veux. Jamie m'a fait une nouvelle playlist sur son ordinateur hier soir, et je l'ai enregistrée sur mon MP3. Je ne sais pas ce qu'il y a mis, mais nous pouvons l'écouter ensemble.

De nouveau elle pressa ma main deux fois. Je lui passai un des écouteurs et je pris l'autre. Nous nous allongeâmes sur son lit, avec les jambes pendantes. J'appuyai sur le bouton play. La première chanson, c'était *Low* de Flo Rida avec T-Pain en invité. *Purée, Jamie.* Pas la meilleure chanson en ce moment. J'allais la changer, mais Maggie pressa ma main une fois, ce qui arrêta mon geste. Elle avait les yeux fermés et quelques larmes coulèrent sur ses joues, mais je fus certain de voir son sourire minuscule. Il était si ténu que d'autres que moi l'auraient probablement pris pour une grimace, mais moi, je ne m'y trompai pas.

Mon cœur se serra en voyant ce semblant de sourire sur ses lèvres. Je fermai les yeux, et quelques larmes coulèrent de mes yeux, aussi, tandis que nous écoutions Flo Rida. Je ne sais pas pourquoi, mais chaque fois qu'elle pleurait, cela me faisait pleurer aussi.

À cet instant je sus qu'elle avait raison sur toute la ligne, depuis le début.

Elle avait raison à propos de moi, d'elle, de nous.

Elle serait la seule fille que j'aimerais pour toujours.

Malgré tout ce que la vie ferait pour essayer de nous faire changer.

DEUXIÈME PARTIE

7

MAGGIE

15 mai 2016 – dix-huit ans

Papa et maman ne dansaient plus jamais.

Pendant les dix années qui venaient de s'écouler, j'avais remarqué beaucoup de changements entre eux, mais de tous, c'était celui-là le plus triste. Ils se serraient toujours dans les bras l'un de l'autre le matin, et papa l'embrassait toujours sur le front avant de partir travailler à l'université. En sortant, il disait toujours :

– Je...

Et maman finissait toujours sa phrase.

– ... t'aime.

Ils s'aimaient encore, mais ils ne dansaient plus jamais.

Généralement, le soir, maman passait du temps au téléphone avec ses meilleures amies. Elle parlait de moi, des différents thérapeutes, elle lisait des articles sur Internet, ou elle payait des factures. Papa, assis dans le salon, corrigeait les copies de ses étudiants ou regardait *The Big Bang Theory.*

Au début, papa essayait de passer la chanson de leur mariage, mais maman était trop fatiguée pour danser avec lui.

– Tu danses ? lui demandait-il.

– Pas ce soir. J'ai mal à la tête, Eric.

Elle ne s'en apercevait pas, mais moi je voyais que papa était triste quand elle s'en allait.

– Je..., disait-il en la regardant partir.

– ... t'aime, murmurait-elle par habitude.

Quand elle levait les yeux et qu'elle me voyait en haut de l'escalier, elle fronçait les sourcils. Elle fronçait tout le temps les sourcils en me regardant, comme si j'étais la fêlure dans le portrait de famille.

– Au lit, Maggie May. Il y a école demain matin.

Parfois elle restait là à me regarder, en attendant une réponse. Puis, comme aucune ne venait, elle soupirait et s'en allait, l'air encore plus fatiguée qu'un instant auparavant.

C'était dur de savoir à quel point je l'épuisais.

C'était encore plus dur de savoir à quel point je m'épuisais moi-même.

– Ça va, ma grande ? demanda papa en passant une tête dans ma chambre.

Je souris.

– Bien, bien, dit-il en passant la main sur sa barbe qui était maintenant parsemée de gris. Prête pour la blague ?

Mon père était un intello au bon sens du terme. Il était professeur d'anglais à l'université Harper Lane, et il connaissait mieux la littérature que la plupart des gens, mais son vrai talent consistait à connaître les pires blagues du monde. Tous les soirs il me sortait quelque chose de nul.

– Qu'aurait-on pu trouver dans la cuisine de Charles Dickens ?

Il tapa sur ses jambes comme pour un roulement de tambour et cria :

– Le meilleur et le pire de tous les thyms[2].

Je levai les yeux au ciel, même si celle-ci était la plus drôle que j'aie jamais entendue.

Il vint vers moi et m'embrassa sur le front.

– Bonne nuit, Maggie. C'est grâce aux battements de ton cœur que le monde continue à tourner.

* * *

Tous les soirs, dans mon lit, j'écoutais Calvin qui jouait de la musique au bout du couloir. Il restait toujours debout très tard, à écouter de la musique en faisant ses devoirs, ou en passant du temps avec sa petite amie, Stacey. Je savais quand elle était là parce qu'elle gloussait tout le temps comme le fait une fille quand elle est follement amoureuse d'un garçon. Cela faisait tellement longtemps qu'ils sortaient ensemble qu'ils portaient tous les deux des anneaux de fiançailles qui les promettaient l'un à l'autre pour toujours.

Vers onze heures du soir j'étais réveillée par Cheryl qui sortait de la maison sur la pointe des pieds pour aller rejoindre son copain, Jordan. Jordan était le bad boy classique, du genre de ceux qu'on trouve dans les romans

2. Jeu de mots sur la citation « *C'était le meilleur et le pire de tous les temps* », extraite de *Le Conte de deux cités* de Charles Dickens.

que je lisais, et dont Cheryl aurait mieux fait de rester à l'écart, mais je ne pouvais pas le lui dire. Et même si j'avais pu, elle ne m'aurait pas écoutée.

Chacun des membres de ma famille avait trouvé sa propre façon de s'accommoder de moi et de mon silence au cours des dix dernières années. Calvin était devenu l'un de mes meilleurs amis. Brooks et lui passaient beaucoup de temps avec moi. Nous jouions à des jeux vidéo, nous regardions des films que nous n'étions pas censés voir, et nous découvrions les meilleures musiques avant tout le monde.

Maman m'ignorait plus ou moins depuis qu'elle avait compris que je ne reparlerais jamais. Elle avait lâché son travail pour me faire étudier à la maison, mais nos échanges se cantonnaient généralement au travail scolaire. En vérité, je voyais bien que d'une certaine façon elle se considérait comme responsable de ce qui m'était arrivé. C'était un peu difficile pour elle de me voir tous les jours, alors elle avait construit un mur. Comme elle ne savait pas trop quoi me dire, au bout d'un moment nos échanges muets étaient devenus un peu trop pesants pour elle. Parfois, lorsque j'entrais dans une pièce, elle s'en allait. Mais je ne lui en voulais pas. Ma présence lui rappelait qu'elle n'avait pas remarqué que j'étais sortie de la maison pour aller retrouver Brooks toutes ces années auparavant. Me voir était pour elle un rappel douloureux.

Papa, lui, était toujours égal à lui-même, voire même encore plus loufoque et aimant qu'avant. Je lui en étais reconnaissante. Il était ma seule constante. Il ne me regardait jamais comme si j'étais brisée, non plus. À ses yeux, j'étais toujours moi-même.

Cheryl, en revanche, me détestait. Le terme était peut-être un peu fort, mais c'était le seul qui me venait à l'esprit. Il faut reconnaître qu'elle avait un tas de bonnes raisons de m'en vouloir. En grandissant, elle avait été un peu mise sur la touche à cause de mes problèmes. Il y avait les sorties en famille qui ne pouvaient pas avoir lieu, les concours qu'elle avait manqués en raison de mes séances de thérapie à domicile, le manque d'argent dû à tous les frais que j'occasionnais à nos parents. Pour couronner le tout, depuis que maman ne me regardait plus, elle était tout le temps sur le dos de Cheryl, la disputant pour des détails, lui reprochant tout ce qui n'allait pas. Rien d'étonnant, dans ces conditions, qu'à l'adolescence Cheryl ait commencé à se révolter contre le monde entier. Jordan était sa plus grande forme de rébellion et sa plus grosse erreur.

Je m'endormais en écoutant la musique de Calvin, puis je me réveillais vers trois heures du matin quand Cheryl rentrait en douce.

Parfois je l'entendais pleurer, mais je ne pouvais pas aller voir ce qui n'allait pas, parce qu'elle m'aimait mieux quand je me faisais oublier.

* * *

– T'en as encore pour longtemps ?

Calvin, debout dans le couloir, tambourinait sur la porte de la salle de bain. Ses cheveux se dressaient sur sa tête, et son pantalon de pyjama était tout froissé, avec une jambe tirebouchonnée et l'autre qui traînait par terre. Il avait une serviette de toilette sur l'épaule. Il recommença à frapper à la porte.

– Cheryl ! Allez ! Brooks va arriver d'une minute à l'autre, et je ne serai pas prêt. Sors de là. Tu peux mettre tout le mascara que tu veux, ça n'arrangera pas ta figure.

Elle ouvrit brusquement la porte et leva les yeux au ciel.

– Et toi, tu peux te laver autant que tu veux, tu ne sentiras pas moins mauvais.

– Ah, elle est bonne, celle-là. Je me demande ce que maman en penserait, sans parler du fait que tu es sortie en cachette la nuit dernière.

Cheryl plissa les yeux et passa devant lui en le bousculant.

– Tu es le mec le plus énervant que je connaisse, putain !

– Moi aussi je t'aime, sœurette.

Elle lui fit un doigt d'honneur.

– Il n'y a plus d'eau chaude, j'ai tout pris.

Elle retourna dans sa chambre en tapant des pieds et me regarda au passage, puisque ma porte était ouverte.

– Tu m'as jamais vue, espèce de tarée ?

Puis elle rentra dans sa chambre en claquant la porte.

Calvin me regarda en rigolant.

– C'est un vrai rayon de soleil, cette petite. Bonjour, Maggie.

Je lui fis un signe de la main.

Mes préparatifs quotidiens pour l'école était plutôt simples. Je me réveillais, je lisais un de mes livres préférés, me brossais les dents, me coiffais, et ensuite j'allais dans la salle à manger, où je suivais mes cours.

Le moment de la journée que je préférais c'était quand Brooks passait me voir. Il passait tous les jours prendre Calvin pour aller au lycée, et comme Cheryl monopolisait toujours la salle de bain, Calvin était en retard tous les matins.

Brooks faisait partie de ces personnes que tout le monde aime instantanément. Même avec son côté hipster, il était toujours l'un des jeunes les plus populaires du lycée. Ce n'était pas surprenant, il était tellement sociable. Personne ne résistait à son charme, par conséquent il avait toujours une petite amie. Lacey Palmer était l'élue du moment, mais il y avait toute une liste de filles qui attendaient leur tour avec impatience. Rien d'étonnant, là non plus, parce qu'en plus d'être charmant, il était vraiment canon. Il avait le teint parfaitement halé, les bras musclés et des cheveux ondulés qui étaient rebelles juste ce qu'il fallait.

Son sourire était parfait, lui aussi. Il souriait toujours du côté gauche de sa bouche, et riait du côté droit. Sa tenue était invariablement constituée de t-shirts de groupes de rock indépendant, qu'il récupérait dans les différents concerts auxquels il assistait accompagné de Calvin, et de leurs deux potes, Oliver et Owen. Il portait toujours des jeans troués qui tenaient avec une ceinture de cuir ornée de petits pin's sur lesquels on pouvait lire des paroles de chansons de ses musiciens favoris. Il avait toujours dans sa poche de devant plusieurs médiators qu'il passait entre ses doigts à longueur de journée, et ses Converse blanches n'étaient jamais lacées, et toujours coloriées au surligneur.

Il avait aussi le chic pour porter des chaussettes dépareillées. Si jamais il portait des chaussettes assorties, cela voulait dire qu'il s'était habillé dans le noir.

– Tu vas bien, aujourd'hui, Maggie ?

Je hochai la tête. Il me posait cette question chaque fois qu'il passait me voir, c'est-à-dire tous les jours. Après l'incident, des années plus tôt, Brooks avait promis de veiller sur moi, et il tenait sa promesse. Depuis quelque temps il m'appelait Magnet, parce qu'il disait qu'il était aimanté par notre amitié.

– Il y a cette attirance magnétique d'amitié entre nous, Maggie. Tu es mon aimant.

Ce surnom était évidemment apparu après une nuit de fiesta avec mon frère au cours de laquelle il avait trop bu et avait fini par vomir sur le sol de ma chambre, mais, en fin de compte, il m'était resté.

– Je peux entrer ?

Bizarrement, il demandait toujours la permission. La réponse était toujours oui.

Il entra en bondissant dans ma chambre – même à sept heures du matin, il débordait d'énergie.

– J'ai quelque chose que je voudrais te faire écouter.

Il vint vers moi en sortant son iPod de sa poche arrière. Nous nous allongeâmes sur mon lit, les jambes pendantes, les pieds touchant le sol. Il mit un écouteur dans son oreille, et je pris l'autre, puis il appuya sur Play.

La musique était aérienne et légère, mais il y avait une solide ligne de basse qui parcourait tout le morceau. C'était romantique et libre – sauvage.

– *All Around And Away We Go* par Mr Twin Sister, dit-il en marquant la mesure du doigt sur le lit à côté de moi.

Brooks était mon juke-box humain. Il m'avait dit de ne jamais allumer la radio pour trouver des chansons, parce que ce n'était que de la soupe débilitante venue de Hollywood. Alors, tous les jours, matin et soir, il m'apportait une livraison de ce qu'il considérait comme les pépites de la musique.

Allongés sur mon lit, nous regardions le plafond en écoutant la musique jusqu'à ce que Calvin arrive en courant dans ma chambre avec les cheveux mouillés et un muffin dans la bouche.

– Je suis prêt ! criait-il en faisant tomber des miettes sur ma moquette.

Brooks et moi nous redressions et il reprenait ses écouteurs qu'il enroulait autour de son iPod.

– Très bien, je reviendrai avec autre chose après les cours, Magnet, disait-il en me souriant. Et n'oublie pas, n'accepte de la drogue que si c'est de la bonne, et reste à l'école seulement si tu en as envie.

Et ils s'en allaient.

Je regardais la pendule sur mon mur.

Soupir.

Plus que onze heures environ à attendre avant le retour de la musique.

8

MAGGIE

Tous les jours, à cinq heures de l'après-midi, je prenais un bain que je faisais durer une heure. Je m'asseyais dans la baignoire avec un roman dans une main et je lisais pendant trois quarts d'heure. Puis, pendant dix minutes, je posais le livre et je me lavais. Mes doigts étaient fripés comme des raisins secs et je fermais les yeux en me passant le savon parfumé à la lavande de haut en bas sur les bras. J'adorais l'odeur de la lavande, presque autant que celle des gardénias. Les gardénias étaient le top de mes favoris. Tous les mercredis, papa allait au marché et me rapportait un bouquet de fleurs qu'il posait sur le rebord de ma fenêtre.

La première fois qu'il avait acheté des gardénias, il avait vu que je les adorais, peut-être au sourire qui avait effleuré mes lèvres, peut-être au nombre de fois où j'avais hoché la tête en les respirant, ou peut-être parce qu'il avait appris à décoder mon silence.

Mon père devinait presque tout de moi, rien qu'en observant le moindre de mes gestes et mes plus petits mouvements. Ce qu'il ne savait pas, c'était que tous les jours je concluais mon bain en glissant la tête sous l'eau et en retenant ma respiration pendant les cinq dernières minutes.

Pendant ces cinq minutes je me rappelais ce qui m'était arrivé. C'était important pour moi de faire ça – de me remémorer le diable et ce à quoi il ressemblait. Ce que j'avais ressenti. Si cela ne me revenait pas, il m'arrivait de me reprocher ce qui m'était arrivé en oubliant que c'était moi la victime, ce soir-là. Quand je me rappelais, j'avais moins de mal à respirer. C'est quand j'étais sous l'eau que je réfléchissais le mieux. Quand j'étais immergée, je me débarrassais de tout sentiment de culpabilité.

Elle ne pouvait plus respirer.

Ma gorge se serrait comme si c'était mon cou à moi que le diable entourait de ses doigts et pas celui de la femme.

Le diable.

En tout cas, à mes yeux, il était le diable.

Cours, Maggie, cours ! *Je me répétais ça dans ma tête, mais je restais figée, incapable de détourner mon regard de l'horreur qui se déroulait sous mes yeux.*

– Maggie !

Je sortis la tête de l'eau en entendant mon nom et poussai une longue expiration avant de remplir à nouveau mes poumons d'air.

– Maggie, madame Boone est là, elle est venue pour te voir, cria papa du bas de l'escalier.

Je me mis debout dans la baignoire et ouvris la bonde, en regardant l'eau s'écouler en tournoyant dans le tuyau.

Mes longs cheveux blond filasse me pendaient jusqu'aux fesses et ma peau était toujours d'un blanc spectral.

Je regardai la pendule au mur.

18 : 01

Madame Boone était en retard. Très en retard.

Des années plus tôt, quand elle avait entendu parler de mon traumatisme, elle avait proposé de passer me voir tous les jours, afin que j'aie la possibilité d'interagir avec quelqu'un. Au fond de moi, je me disais qu'elle venait me voir tous les jours surtout pour oublier sa propre solitude, mais cela m'était égal. Lorsque deux âmes solitaires se rencontrent, elles se raccrochent l'une à l'autre, quelles que soient les circonstances. Je n'avais pas encore déterminé si c'était une bonne ou une mauvaise chose. On aurait pu penser que, quand deux personnes solitaires se reconnaissent, l'aspect négatif de part et d'autre s'annule pour créer du positif, mais ce n'était pas le cas. Les deux semblaient au contraire se rassembler pour créer un degré de solitude encore plus profond, dans lequel les personnes semblaient se complaire.

Souvent madame Boone amenait son chat, Muffins, pour me distraire à l'heure du déjeuner. Elle venait toujours vers midi, et nous prenions le thé en mangeant des sandwichs dans la salle à manger. Je détestais le thé, et madame Boone le savait, pourtant elle se sentait obligée de m'en apporter tous les jours. Elle l'achetait à la pâtisserie du coin, Sweetest Addictions.

– Tu es jeune, ce qui revient à dire que tu es stupide, et donc tu ne sais pas à quel point le thé est souverain pour toi. Tu y viendras petit à petit, je te promets.

Cette promesse ne s'est jamais réalisée. Je n'y suis jamais « venue ». Et même, plus le temps passait, et plus je détestais ça.

Elle avait vécu en Grande-Bretagne quand elle était jeune, c'était sans doute de là qu'elle tenait son goût immodéré pour cette boisson immonde. Depuis la mort de son mari, des années auparavant, elle rêvait de rentrer en Angleterre. Elle était venue en Amérique pour le suivre, mais après sa disparition, je suppose qu'il y avait tellement longtemps qu'elle était là qu'elle n'avait plus l'énergie suffisante pour repartir.

– Stanley, c'était ma maison, disait-elle toujours en parlant de son mari défunt. Peu importait l'endroit où nous vivions, du moment qu'il était là, j'étais chez moi.

Après son décès, madame Boone s'était sentie comme SDF. Quand Stanley avait fait ses bagages pour partir dans l'autre monde, il avait emporté le refuge de madame Boone – les battements de son cœur – avec lui. Je me demandais souvent s'il lui arrivait de fermer les yeux quelques instants pour se souvenir des battements de son cœur.

Je savais que moi je le ferais.

– Maggie, cria papa en me sortant de mes pensées.

Je pris le drap de bain blanc posé sur le bord du lavabo et je m'enveloppai dedans. En sortant de la baignoire je passai devant la glace et saisis ma brosse. Tout en me démêlant les cheveux je regardai fixement mes yeux bleus, si semblables à ceux de papa, et les pommettes saillantes que je tenais également de lui. Les taches de rousseur sur mon nez venaient de ma grand-mère, et mes longs cils de mon grand-père. Je pouvais voir la lignée de mes ancêtres tous les jours simplement en regardant dans le miroir. Et, bien que je sache que c'était impossible, il m'arrivait de reconnaître en moi le sourire de maman et son froncement de sourcils.

– Maggie, cria papa encore une fois. Tu m'as entendu ?

J'hésitai à répondre, parce que j'étais contrariée que madame Boone pense qu'elle pouvait passer si tard dans l'après-midi comme si je n'avais rien d'autre à faire. Elle était censée passer à midi. Nous avions nos habitudes, un emploi du temps fixe, et elle ne les avait pas respectés cet après-midi. D'ailleurs, je ne comprenais pas vraiment pourquoi elle s'embêtait à passer tous les jours, ni pourquoi je la laissais venir déjeuner tous les jours. Elle était terriblement impolie la plupart du temps, me disait que j'étais stupide, et que c'était ridicule que je ne prononce pas un seul mot.

Elle disait que c'était puéril.

Immature, même.

J'imagine que je la supportais tous les après-midi parce que je n'avais pas beaucoup d'amis. Parfois ses commentaires désagréables étaient si sévères qu'ils me tiraient une réaction – un sourire minuscule, des petits rires silencieux que j'étais seule à entendre. Cette vieille bique septuagénaire était une des meilleures amies que j'aie jamais eues. Elle était aussi ma meilleure ennemie. Notre relation était compliquée, alors ennemies était le mot le plus adapté pour nous décrire – les meilleures ennemies du monde. De plus, j'aimais toujours son chat, autant que lorsque j'étais petite, et il me suivait partout dans la maison, en se frottant contre mes jambes.

– Maggie May, cria papa pour la troisième fois en frappant à la porte de la salle de bain. Tu m'as entendu ?

Je frappai deux fois sur la porte. Un coup voulait dire non, deux coups, oui.

– Bon, alors on ne va pas faire attendre madame Boone, d'accord ? Dépêche-toi de descendre.

Je faillis taper une fois sur la porte pour montrer que je faisais ce que je voulais, mais je me retins. Je nattai mes cheveux encore mouillés en une très longue tresse qui pendait sur mon épaule gauche. J'enfilai mes sous-vêtements, puis glissai ma robe jaune pâle par-dessus ma tête. J'attrapai mon roman resté sur le bord de la baignoire avant d'ouvrir la porte puis de descendre rapidement pour aller rejoindre mon ennemie préférée dans la salle à manger.

Madame Boone s'habillait toujours comme si elle allait rencontrer la reine Élisabeth. Elle portait tous ses bijoux et ses pierres précieuses autour du cou et aux doigts et ils étincelaient sur son étole de fausse fourrure. Elle disait toujours que c'était de la vraie, mais je n'étais pas dupe. J'avais lu assez de livres qui parlaient des années quarante pour voir la différence entre de la vraie et de la fausse fourrure.

Elle portait toujours des robes avec des collants, des chandails et des petits talons, et puis elle mettait un collier aux couleurs étincelantes autour du cou de Muffins, assorti à sa tenue à elle.

– C'est impoli de faire attendre les personnes âgées, Maggie May, dit madame Boone en pianotant de ses ongles sur la table de chêne.

Ce n'est pas moins impoli de faire attendre les jeunes, Madame Boone.

Je lui fis un petit sourire pincé et elle haussa un sourcil. Je m'assis à côté d'elle et elle poussa ma tasse de thé vers moi.

– C'est du thé noir Earl Grey. Il va te plaire, celui-là.

J'en bus une gorgée et je faillis m'étrangler.

Encore une fois, elle se trompait. Elle sourit, satisfaite de mon déplaisir.

– Tes cheveux sont affreux. Vraiment, tu ne devrais pas les laisser sécher à l'air libre comme ça. Tu vas attraper froid.

Mais non.

– Mais si, dit-elle en soufflant.

Elle savait toujours ce que je ne disais pas. Ces derniers temps je m'étais demandé si elle n'était pas un peu sorcière. Peut-être que, lorsqu'elle était petite, une chouette était apparue sur le bord de sa fenêtre et avait laissé tomber une invitation à s'inscrire dans une école réservée aux sorcières et aux sorciers, mais en cours de route elle était tombée amoureuse d'un Moldu et était venue vivre avec lui dans le Wisconsin, en faisant le choix de l'amour plutôt que de l'aventure.

Si c'était moi, je ne ferais jamais ce choix.

J'accepterais l'invitation de la chouette.

Cette idée était ironique si on pensait que les seules aventures que j'avais vécues se trouvaient dans les romans.

– Qu'est-ce que tu lis, en ce moment ? demanda-t-elle en sortant de son immense sac à main deux sandwichs à la dinde.

Ils étaient enveloppés dans le papier brun de chez Sweetest Addictions, mais même sans les voir je savais qu'ils étaient à la dinde. Madame Boone prenait toujours les mêmes sandwichs : dinde, tomate, salade, mayo sur du pain complet. Rien de plus, rien de moins. Les jours où j'avais envie de thon, il ne me restait qu'à imaginer que la dinde était du poisson.

Elle en posa un devant moi, déballa le second et mordit dedans à belles dents. Pour une femme aussi menue, on pouvait dire qu'elle ne se laissait pas abattre.

Je posai mon livre devant elle et elle soupira.

– Encore ?

Oui. Encore.

Cela faisait un mois que je relisais la série des *Harry Potter*, ce qui n'était peut-être pas étranger au fait que je croyais que madame Boone était une sorcière. Pour être tout à fait honnête, elle avait aussi, près du nez, la verrue classique de la sorcière.

– Il y a tellement de livres dans ce monde, et tu trouves le moyen de toujours lire et relire les mêmes. Tu ne dois plus avoir la moindre surprise, au bout d'un moment.

Il était clair qu'elle n'avait jamais lu ni relu *Harry Potter.*

Chaque fois, c'était différent.

À la première lecture, je n'avais vu que ce que l'histoire avait d'excitant.

En les relisant, j'y voyais beaucoup plus de souffrance.

Personne ne lit deux fois un livre exceptionnel sans modifier sa perception. Un livre exceptionnel nous réserve toujours des surprises et nous ouvre à de nouvelles idées, de nouvelles façons de voir le monde, quel que soit le nombre de fois où on l'a lu.

– Je commence à croire que tu es une adepte de la Wicca[3], dit-elle en mordant dans son sandwich tout en sirotant son thé.

Une chose étonnante venant d'une sorcière qui s'adresse à une Moldu, si vous voulez mon avis.

Muffins sortit de sous la table et se frotta sur ma jambe pour me saluer. Je me penchai pour le caresser. *Salut, mon pote.* Muffins miaula avant de se rouler sur le côté pour que je lui caresse le ventre. Quand je ne le caressais pas comme il voulait, j'aurais pu jurer qu'il m'insultait dans la langue des chats, avant de s'éloigner, sans doute pour chercher ma mère, qui savait exactement comment s'y prendre avec lui.

---

3. La Wicca est un mouvement religieux *New Age* fondé sur « l'Ancienne Religion » définie par le Britannique Gerald Gardner. Ses adeptes prônent un culte de la nature et s'adonnent à la magie.

– Qu'est-ce qui arrive à ton visage ? aboya madame Boone en me regardant les yeux plissés.

Je levai les sourcils sans comprendre.

Elle secoua vigoureusement la tête.

– Tu as les yeux battus, comme si tu n'avais pas dormi depuis des jours. Tu devrais vraiment demander à Katie de t'apporter du maquillage. Tu es affreuse.

Je touchai le dessous de mes yeux. C'était toujours inquiétant quand quelqu'un disait que vous aviez l'air fatigué alors que vous ne le ressentiez pas particulièrement.

– Écoute, Maggie. Il faut qu'on parle.

Madame Boone se redressa sur son siège et s'éclaircit la voix.

– Ce que je veux dire, c'est qu'il faut que tu m'écoutes quand je te parle.

Je me redressai aussi. Je savais que cela devait être grave parce que, chaque fois qu'elle allait être sérieuse, ses narines palpitaient, ce qui était le cas à ce moment-là.

– Tu dois quitter cette maison.

Je faillis rire.

Quitter la maison ?

C'était ridicule. Elle connaissait ma situation – enfin, elle ne *connaissait* pas vraiment ma situation, mais elle en savait assez. Cela faisait dix ans que je n'étais pas sortie de la maison. Papa et maman m'avaient inscrite pour l'enseignement à domicile, et si jamais j'avais besoin de voir le dentiste ou le médecin, mes parents s'arrangeaient pour les faire venir à la maison. Madame Boone ne l'ignorait pas, c'était la raison pour laquelle nous ne buvions jamais son thé innommable chez elle.

Elle prit un air grave.

– Je ne plaisante pas, Maggie May. Il faut que tu partes. Que vas-tu faire ? Rester ici éternellement ?

Tu vas bientôt finir tes études secondaires. Tu n'as pas envie d'aller à la fac ?

Je n'avais pas de réponse à ça.

Madame Boone fronça les sourcils.

– Comment pourrais-tu vivre ta vie ? Comment feras-tu pour tomber amoureuse ? Ou faire des randonnées en montagne ? Ou voir la tour Eiffel de nuit ? Nous ne pouvons pas continuer à te prendre en charge comme ça, Jessica, dit-elle.

Je la regardai en haussant un sourcil. *Jessica ?*

– Ton père et moi sommes à bout, nous n'en pouvons plus. Tu n'as pas envie de devenir quelqu'un ? De faire quelque chose de ta vie ?

Un grand silence emplit la pièce et madame Boone baissa les sourcils, comme plongée dans ses pensées. Un voile de perplexité passa sur son visage et elle pressa la paume de ses mains sur ses yeux. Elle secoua légèrement la tête avant de prendre sa tasse de thé et d'en boire une gorgée.

Lorsqu'elle releva les yeux vers moi, une expression d'intense confusion emplit son regard.

– Qu'est-ce qu'on disait, déjà ?

Où était-elle donc partie ?

– Ah oui. Tu dois partir, Maggie May. Pense à tes parents. Tu crois qu'ils n'ont rien de mieux à faire que de passer le reste de leurs jours assis à côté de toi dans cette maison ? N'ont-ils pas le droit de vivre leur vie de couple, sans enfants chez eux ? Ils n'ont pas signé pour ça.

Je lui tournai le dos, contrariée et vexée, mais surtout j'avais honte, parce qu'elle avait raison. Du coin de l'œil, je voyais qu'elle continuait à froncer les sourcils. Et plus elle fronçait les sourcils, plus j'étais en colère.

Allez-vous-en.

– Ah. Maintenant tu es en colère et tu piques ta crise, murmura-t-elle.

Je cognai une fois sur la table. *Non.*

Elle cogna deux fois sur la table.

– Si. Une adolescente caractérielle qui pique une crise, c'est d'une originalité ! Finis ton sandwich, espèce de ronchon. Je reviendrai demain.

C'est ça, vieille bique. Et ne sois pas en retard.

Je levai les yeux au ciel et me mis à taper des pieds. Seigneur, je piquais ma crise. *Quelle originalité !*

– Tu es furieuse contre moi, c'est normal, dit-elle en faisant une boule du papier brun.

Elle se leva de sa chaise, passa son sac sur son épaule et souleva mon livre. Puis elle fit quelques pas vers moi et me releva le menton.

– Mais ce qui te met en colère c'est de savoir que j'ai raison.

Elle posa le livre sur mes genoux.

– Tu peux te contenter de lire ces livres en pensant que tu vis. C'est leur histoire qu'ils racontent, pas la tienne, et cela me fend le cœur de voir quelqu'un d'aussi jeune passer à côté de sa chance d'écrire sa propre histoire.

9

MAGGIE

— Tu commences vraiment à me faire chier, Cheryl.

Cheryl se disputait avec son petit ami, Jordan, dans le couloir de la maison juste devant ma chambre. Assise sur mon lit, je lisais un roman.

Je corrige : Cheryl se disputait avec son *ex*-petit ami, Jordan, dans le couloir juste devant ma chambre. Assise sur mon lit, je lisais un roman.

– Je dis juste que..., grogna Cheryl, en cognant dans le mur avec le talon de sa chaussure.

Elle se tenait les bras croisés, tout en faisant claquer son chewing-gum.

– ... ce n'est pas moi, c'est toi. Je ne te kiffe plus autant.

– Tu te fous de moi, ou quoi ? souffla Jordan en arpentant le couloir bruyamment. J'ai largué mon ex pour toi ! J'ai dépensé plus de cent balles pour nos entrées au bal de promo – un putain de bal où je n'avais même pas envie d'aller – pour toi. Je me suis mis en quatre pour te faire plaisir. J'ai renoncé à des teufs pour regarder des films de gonzesses avec toi.

Cheryl entortilla une mèche de cheveu autour de son doigt en haussant les épaules.

– Personne ne t'a demandé de faire tout ça.

Jordan ricana, stupéfait.

– Si ! Toi ! Tu as même fumé mon herbe tous les soirs.

– C'était pour être gentille avec toi. Fumer de la beu tout seul, ça ferait de toi un camé, alors qu'en fumant avec moi tu deviens quelqu'un de vachement sociable.

– Arrête tes conneries, coupa-t-il en se passant la main dans les cheveux. Le bal c'est demain. Qu'est-ce que je vais faire, putain ?

– Y aller tout seul.

Cheryl était belle, on ne pouvait pas le nier. Au fil des années son corps s'était transformé – belle poitrine, larges hanches, taille fine – bien plus vite que le mien. À mon sens, elle avait un corps parfait, et après des années d'appareils dentaires, un sourire tout aussi parfait. Après s'être perçue comme marginale pendant des années, elle s'était créé un personnage dans lequel elle était déterminée à entrer – même si cela supposait des mesures extrêmes pour perdre du poids et attirer l'attention.

Une autre chose était sûre en ce qui concernait ma sœur, c'était qu'elle avait conscience de sa beauté, et qu'elle l'utilisait dans presque toutes les situations pour obtenir tout ce qu'elle voulait – peu lui importait le mal qu'elle faisait. Et puis après elle venait dans ma chambre pour me parler du nombre de mecs qu'elle avait utilisés et maltraités uniquement pour leur soutirer des trucs.

Des rendez-vous, de l'argent, des cadeaux, du sexe, tout et n'importe quoi.

Parfois je me disais qu'elle me racontait tout ça pour se venger de lui avoir fait manquer tant de choses lorsqu'elle était enfant. D'autres fois, je pensais qu'elle se sentait coupable et que mon silence la rassurait parce qu'il minimisait la gravité de ce qu'elle avait fait.

C'était une fausse amoureuse professionnelle de l'amour. Elle conduisait les mecs à croire en l'amour, ce qui n'est pas facile pour des garçons de notre âge – surtout un bad boy assagi comme Jordan. Un gros connard comme lui devenait littéralement le plus adorable des toutous quand il était avec elle. On avait toujours l'impression qu'il quémandait son amour – sauf quand elle le mettait vraiment en colère. Dans ces cas-là, sa vraie nature réapparaissait. Les gens peuvent cacher leur vraie personnalité un certain temps, mais à la longue, les masques finissent toujours par tomber.

– Non. Pas question. Tu disais que tu m'aimais.

Jordan s'étrangla, comme s'il était au bord des larmes.

– Ouais, aimais – *au passé.*

Je risquai un coup d'œil par-dessus le bord de mon livre pour les observer. Jordan était tout rouge et Cheryl semblait s'amuser énormément de le voir si contrarié.

– Non, dit-il d'une voix sifflante en la saisissant par le bras.

Je posai mon livre.

– Non. Tu ne peux pas me faire ça. Pas sans une vraie raison.

– Tu veux une vraie raison ? D'accord.

Cheryl se dégagea brutalement et se dressa face à lui en le regardant droit dans les yeux.

– J'ai couché avec Hank.

Jordan écarquilla les yeux.

– Quoi ? Non, tu n'as pas fait ça.

– Si.

Elle arrondit les yeux, elle aussi, et un sourire méchant passa sur ses lèvres.

Oh non. Elle allait lui bousiller le moral, comme elle l'avait déjà fait pour beaucoup d'autres garçons dans notre couloir.

– J'ai baisé avec lui pendant la teuf chez Tim quand tu étais malade, et chez lui quand je t'ai dit que j'allais chez le coiffeur, et dans ma chambre hier quand...

Jordan ferma les yeux en serrant les poings.

– Hank, c'est mon meilleur pote.

Elle ricana et le repoussa en lui donnant un petit coup dans la poitrine, pour qu'il s'écarte d'elle.

– Tu devrais mieux choisir tes amis.

Son rire s'arrêta quand son visage tourna violemment sur le côté sous la gifle de Jordan. Son dos alla cogner contre le mur et elle se laissa glisser sur le sol.

Sans préméditation, je me retrouvai dans le couloir, mon livre à la main, prête à frapper Jordan si jamais il faisait un pas de plus vers ma sœur. La joue de Cheryl rougissait après le coup qu'elle avait reçu et elle se tenait le visage.

– Espèce de pute, dit Jordan en lui crachant dessus.

Ses mots me firent mal, et ses actes encore plus.

Il se mit à crier, sa voix se brisant.

– Espèce de putain !

Il la gifla violemment. Elle recula en titubant et gémit en se frottant la joue.

– Je t'ai tout donné. Nous avions une vie tous les deux... Tu as pensé à notre fils ? À notre famille ?

Il la gifla encore et encore.

– On avait une vie !

Il la fit tomber par terre, les yeux exorbités, comme s'il était fou – dérangé.

– Tu vas le regretter, fais-moi confiance, dit Jordan à ma sœur. Tu vas me trouver quand tu reviendras en courant.

Je levai haut les bras, prête à le frapper. Je tapai des pieds, mon esprit allant et venant entre le passé et le présent à chaque clignement de mes yeux. Je tapai des pieds sans cesse jusqu'à ce que Jordan se retourne vers moi. Quand nos regards se croisèrent, je reculai.

Le côté sombre de Jordan surgissait. Tout le monde avait un côté sombre, un démon personnel que nous tenions en laisse la plupart du temps. Le diable nous murmurait des mensonges à l'oreille, suscitant nos peurs et nos doutes et nous poussant à faire des choses mauvaises. Le principal objectif étant de maintenir les appels du diable sous contrôle et de ne pas lui permettre de pointer le nez hors du placard où il était enchaîné. Le diable ne pouvait vraiment prendre le dessus sur l'esprit d'une personne que si celle-ci le libérait et le laissait entrer.

Le diable de Jordan s'était libéré de ses chaînes ce soir-là.

Sa noirceur me fit peur.

Chut...

Je clignai lentement des paupières et quand je rouvris les yeux, Jordan affichait un sourire narquois.

– Et tu vas faire quoi, espèce de tarée ? Tu vas me battre à mort en silence avec ton livre ?

Il avança vers moi et prit son élan comme s'il allait me frapper.

Tout à coup je sentis qu'on agrippait ma robe et je fus brutalement tirée en arrière, le pavot dans mes cheveux alla voler sur le sol de la forêt. Ses doigts s'accrochèrent dans ma robe et il me fit tomber. Le souffle court, je poussai un cri mais il me plaqua au sol en m'écrasant de tout son poids, couvrant ma bouche de ses mains dégoûtantes pour étouffer mes cris.

Je donnai des coups de pied et je criai, je criai et donnai des coups de pied. Il allait me tuer.

Lorsque je rouvris les yeux, j'étais par terre, couvrant mon visage avec le livre que je n'avais pas lâché, tremblant de peur, tremblant à cause de mes souvenirs. Je détestais cette partie de moi – celle qui retournait parfois dans mon passé. Je détestais sa façon de m'ébranler, cette possibilité qu'elle avait de reprendre possession de moi par moments, mais surtout je détestais que les autres s'en aperçoivent. J'avais réussi à dissimuler la plupart de mes crises de panique. À les garder secrètes.

Il se mit à rire en voyant ma réaction.

– Elle est vraiment complètement cinglée, celle-là. Moi je me casse d'ici.

Il descendit les escaliers en courant et sortit en claquant la porte.

Rapidement je me relevai et me précipitai aux côtés de Cheryl. Je me penchai et lui tendis la main pour l'aider à se relever. Elle la repoussa vivement.

– Seigneur, Maggie. Tu ne veux pas te contenter de t'occuper de ta vie, et de sortir de la mienne ?

Elle se releva en grommelant et se frotta la joue.

– Tu me fous vraiment la honte.

Elle rentra précipitamment dans sa chambre et claqua la porte derrière elle. Je courus dans ma chambre, pris mon carnet de notes et un stylo et retournai frapper à sa porte.

Elle ouvrit et leva les yeux au ciel.

– Qu'est-ce que tu veux encore ?

Je griffonnai sur le carnet. ***Tu n'as pas couché avec Hank.***

Elle se passa les doigts dans les cheveux et dansa d'un pied sur l'autre.

– Va-t'en, Maggie.

Tu faisais des courses avec maman, hier. Tu n'as pas couché avec Hank.

– Cela ne te regarde pas.

Jordan t'a frappée.

– Je l'avais provoqué.

Il t'a fait mal.

– Je l'avais poussé à bout, Maggie. Je l'avais poussé à bout.

Je dois dire à maman et papa qu'il t'a frappée.

– Tu ne veux pas la fermer, Maggie ? murmura-t-elle d'un air excédé en déchirant la page de mon carnet qu'elle froissa en boule avant de la lancer dans sa chambre. Tu ne connais rien aux relations amoureuses, ni aux garçons, d'ailleurs. Jordan, il est comme ça parfois, c'est tout. Je le pousse à bout, il réagit. Arrête de faire des histoires pour tout. Tout le monde n'est pas aussi traumatisé et bousillé que toi, ok ? Et ce n'est pas parce que tu es tarée, et que tu n'as pas de vie personnelle, que tu dois te mêler de la mienne.

Je fis un pas en arrière.

Aïe.

Pendant une seconde la lèvre supérieure de Cheryl trembla et son regard se troubla. Elle regrettait peut-être de m'avoir fait de la peine ? Elle secoua la tête énergiquement pour dissiper ce sentiment.

– Je n'ai pas l'intention de m'excuser, d'accord ? Tu m'as cherchée, Maggie, et tu m'as trouvée. De toute façon, Jordan et moi on n'est même plus ensemble, alors on s'en fout. J'ai d'autres choses en tête, bien plus intéressantes, maintenant. Alors si ça ne te dérange pas...

De la main, elle me fit signe de partir.

– Salut.

En soupirant je retournai dans ma chambre, pour retrouver la tranquillité de mon petit univers, et je repris mon livre.

Parfois je me demandais comment ce serait si je sortais de la maison, mais s'il y avait des gens comme Jordan dehors, j'étais mieux à l'intérieur.

* * *

Je n'arrivais pas à me concentrer.

Cela faisait un moment que j'étais assise sur mon lit avec mon livre ouvert à la page deux cent neuf, mais j'étais incapable de lire. L'image de Jordan frappant ma sœur tournait dans ma tête. L'expression de surprise de Cheryl en recevant la gifle. Le cri étouffé qui s'était échappé de ses lèvres.

Je fermai les yeux.

Chut...

– Comment ça va ce soir, Magnet ? dit Brooks en apparaissant dans l'embrasure de ma porte un peu plus tard dans la soirée, avec son sac à dos accroché à l'épaule.

J'ouvris les yeux et poussai un soupir de soulagement. Sans qu'il le sache, son timing était parfait et il arrivait toujours au moment où j'avais besoin de lui.

Je refermai mon livre et m'assis en tailleur sur mon lit en levant les yeux vers lui. Ses cheveux en bataille avaient poussé – son côté rock star – et tombaient sur ses sourcils. De temps en temps il secouait légèrement la tête pour les écarter de ses yeux. Parfois il avançait les lèvres et soufflait pour repousser sa mèche, mais jamais – je dis bien jamais – il ne les repoussait de la main. Son large sourire lorsqu'il me regardait était communicatif. Je n'avais pas toujours envie de sourire, mais avec Brooks ? C'était comme si je n'avais envie de rien d'autre.

– Je peux entrer ?

La réponse était oui. La réponse était toujours oui.

Il s'assit sur mon lit. Je pris le carnet et le stylo sur ma table de nuit et je l'ouvris à la première page vierge. Il y avait à côté de mon lit une corbeille pleine de boules de papier datant des soirées précédentes où Brooks était venu me rendre visite. C'était comme ça que nous communiquions le mieux. Le matin nous ne faisions qu'écouter de la musique, mais l'après-midi, il parlait et moi j'écrivais. J'avais essayé ce mode de communication avec madame Boone, mais elle m'avait dit qu'elle n'avait pas l'intention de m'aider en tuant des arbres. De plus, avait-elle ajouté, j'avais une voix et je devrais être capable de m'en servir.

– J'ai cru comprendre que tu t'étais disputée avec madame Boone, dit Brooks.

Je levai les yeux au ciel et il rigola.

– Elle n'est pas méchante, tu sais, hein ? Je suis allé chez elle pour lui ramener Muffins, et elle m'a répété tout ce qu'elle t'avait dit. Je ne dis pas qu'elle s'y est bien prise, mais cela partait d'une bonne intention...

Il s'interrompit en voyant mon regard excédé. Il rigola.

– Elle avait raison. Tu es de mauvaise humeur.

J'écrivis sur mon carnet. ***Elle m'a appelée Jessica.***

Son visage se rembrunit.

– Ouais.

Il changea de position et leva les yeux. Je haussai un sourcil.

Il fit semblant de ne pas le remarquer et leva les yeux plus haut. Je lui donnai un coup de coude.

– Je ne suis pas censé en parler, Maggie.

Je lui donnai un autre coup de coude. Il soupira.

– Ok, mais tu dois me promettre de n'en parler à personne, d'accord ?

Je plissai le nez. *À qui j'en parlerais ?*

Il se mit à rire et tapa deux fois sur mon nez.

– J'oubliais que je parle à la seule fille qui est parfaite pour garder un secret. Donc, ma mère dit que madame Boone a des problèmes de mémoire. Elle l'a trouvée en train d'errer dans la rue le week-end dernier, et madame Boone semblait ne plus savoir où elle était. Maman a dit qu'elle pensait que c'était peut-être le premier stade de la maladie d'Alzheimer, et elle voulait que madame Boone se fasse examiner, simplement pour le cas où.

Elle l'a fait ?

Il fit la grimace.

– Tu connais madame Boone. Elle est plutôt bornée, c'est le moins qu'on puisse dire. Elle a dit qu'elle allait très bien et qu'elle n'avait pas besoin qu'on se mêle de ses affaires.

Un sentiment d'inquiétude me noua le ventre quand j'imaginai que quelque chose de grave pouvait arriver à madame Boone. J'avais beau la détester, je l'adorais. La simple idée qu'il lui arrive quelque chose me donnait la nausée.

Au moment où j'allais écrire quelques mots à Brooks, il arrêta mon geste.

– Attends, j'ai quelque chose pour toi. Pour nous.

Il retira son sac à dos, l'ouvrit et en sortit une immense ardoise blanche avec une nouvelle pochette de marqueurs.

– Je me suis dit que ce serait plus facile pour écrire sans gâcher tout ce papier. Et puis, si jamais nous nous confions des secrets, je n'aurai pas à les dire tout haut, et nous pourrons effacer les preuves.

Je souris.

Il sourit.

Je pris un marqueur et je m'apprêtai à écrire, mais il se mit à parler.

– J'ai rompu avec Lacey aujourd'hui.

Mon marqueur glissa sur la tablette et je restai bouche bée. Il haussa les épaules en riant nerveusement.

– Ouais, je sais.

Cela faisait environ neuf mois que Brooks et Lacey sortaient ensemble – neuf mois, deux semaines et quatre jours pour être exacte, non pas que j'aie compté.

Pourquoi ?

– Ben, en fait, c'est plutôt elle qui a rompu avec moi, je suppose. Elle a dit qu'elle ne pouvait pas s'habituer à l'idée de tenir la troisième place dans ma vie.

Troisième ?

– Après la musique... et, enfin...

Il me fit un sourire qui tenait plus de la grimace.

– Toi.

Ma poitrine se serra et je me redressai. Il poursuivit.

– Elle trouve que je passe trop de temps avec toi, en venant tous les jours. Elle est un peu jalouse et elle s'est mis dans la tête qu'il y avait quelque chose entre toi et moi.

Est-ce que c'était le cas ? Y avait-il quelque chose entre nous ?

Il leva les yeux au ciel.

– Ce qui est idiot, bien sûr. Je lui ai dit que nous étions seulement amis, toi et moi, parce que c'est la vérité.

Oui, bien sûr. Il n'y avait rien entre nous. Je pris entre mes doigts l'ancre accrochée au collier que je portais toujours autour du cou et je la serrai légèrement.

Brooks et moi, nous étions amis, rien d'autre. Pourquoi est-ce que cela me faisait comme un coup de poing dans le ventre ?

– Bref, j'ai pensé qu'il valait mieux que je te le dise moi-même. Mais ça craint, quand même, parce que j'ai dépensé un paquet de fric pour mon smoking pour le bal de promo demain. Bon, enfin, c'est pas très grave.

Pourtant je voyais bien que c'était grave pour lui, parce que, comme chaque fois qu'il était malheureux, il se mordillait le pouce droit.

Je suis désolée, Brooks. Je suis désolée que tu sois malheureux.

– Ouais, moi aussi. Je l'aimais bien, tu sais ? Lacey, elle était géniale. Mais...

Il fronça les sourcils en lisant les mots sur la tablette blanche, puis il les effaça du plat de la main.

– Tu vois ? Un geste de la main et la tristesse disparaît.

Il se leva et se mit à marcher autour de ma chambre en passant le bout des doigts sur la tranche de tous mes livres. Je savais qu'il était toujours malheureux, parce qu'une autre chose que Brooks faisait quand il était triste, c'était les cent pas en caressant mes livres du pouce. La bibliothèque minuscule que j'avais depuis mon enfance croulait maintenant sous les livres et ceux qui n'y entraient pas étaient posés les uns contre les autres tout autour de ma chambre.

Contrairement à la plupart des gens, je ne les classais pas par genre ou par auteur. Je les regroupais en fonction de la couleur de leur reliure. Tous les rouges ensemble, tous les violets ensemble et ainsi de suite, ce qui faisait que quand une personne entrait dans ma chambre elle voyait un arc-en-ciel entourant tout l'espace.

– C'est quoi, ça ? demanda Brooks en ramassant un petit carnet avec une reliure de cuir.

Me levant d'un bond, je me précipitai sur lui. Il sourit d'un air malicieux.

– Oh la la… ce ne serait pas le journal intime de Magnet, par hasard ?

Je sautai pour l'attraper mais il le tint au-dessus de sa tête. Je sautai de nouveau et il le passa derrière son dos. Je battis des bras sauvagement pour essayer de le lui arracher des mains.

– Quel genre de trucs écris-tu là-dedans, hein ? Tes petits secrets ? Je ne peux pas m'empêcher de me demander…

Son sourire s'élargit, ce qui me rendit heureuse, et furieuse et excitée et effrayée, tout ça à la fois. Plus il sautait en l'air pour m'empêcher de lui reprendre le journal, plus je sautais haut pour tenter de le récupérer. Chaque effleurement de nos peaux l'une contre l'autre me donnait envie de me rapprocher de lui. Chaque contact avec lui me donnait envie d'en avoir plus. Il n'arrêtait pas de rire.

– Excuse-moi, Maggie. Je sais que tu ne me le pardonneras jamais, mais je dois le faire. Il faut que j'en lise une page pour savoir quel genre de pensées traverse ton…

Il l'ouvrit à la première page.

Il arrêta de bouger.

Il arrêta de parler.

Il arrêta de rire, aussi.

– Liste des choses à faire de Maggie ?

Le rouge me monta aux joues, mon estomac se noua. Je retournai m'asseoir sur mon lit.

Il me suivit, s'assit et me tendit le journal.

C'était la faute de la lecture.

La lecture était à la fois un cadeau et une malédiction pour moi. Ces livres me permettaient de m'évader dans un monde que je ne connaissais pas, mais en même temps ils me rappelaient toutes ces choses que j'avais manquées.

Alors j'avais fait une liste.

Une liste pour, au cas où, d'une façon ou d'une autre, je deviendrais capable de passer la porte pour sortir à l'extérieur, avoir des choses à faire, à voir, à explorer.

C'était peut-être un vœu pieux, mais les livres m'avaient appris au moins une chose : rêver était toujours une cause qui valait la peine qu'on y prenne part.

Ma liste s'allongeait tous les jours, d'ailleurs. Chaque fois qu'une nouvelle aventure excitante se produisait dans une de mes lectures, je l'ajoutais dans mon carnet, suivie du titre du roman où j'avais trouvé l'idée. Monter à cheval, grâce à *Le Grand National.* Aller à un bal et m'enfuir d'une façon spectaculaire, à cause de *Cendrillon.* Me trouver à deux endroits en même temps, trouvé dans *À tout jamais.*

Il y avait des centaines d'entrées dans ma liste de choses à faire, et il m'arrivait de me demander si je pourrais jamais en rayer au moins une.

– C'est une liste des choses que tu veux faire ? demanda-t-il d'un air entendu.

Je hochai la tête.

– Tu peux les faire toutes, tu sais.

Peut-être.

Puis j'effaçai les mots.

Il écrivit : ***Absolument.***

Il effaça le mot qu'il avait écrit mais celui-ci resta gravé dans mon esprit.

Nous restâmes silencieux pendant un moment en regardant tous les deux l'ardoise blanche.

– Qu'est-ce que tu veux faire plus tard, Maggie ?

J'avais beaucoup réfléchi à cette question. Que voulais-je devenir ? Que *pouvais*-je devenir ? Écrivain, peut-être. Je pouvais publier des livres sur Internet sans jamais sortir de chez moi. Ou peintre, et papa pourrait exposer mes tableaux dans des Salons pour les vendre. Ou peut-être...

Je ramassai mon marqueur et j'écrivis exactement ce que je voulais être.

Je veux être heureuse.

Brooks prit un autre marqueur et écrivit ce qu'il voulait lui aussi.

Être heureux.

Du bout des doigts il effaça ce que nous avions écrit, puis il se leva d'un bond, alla jusqu'à mon bureau et se mit à fouiller dans mes stylos et mes crayons. Quand il trouva celui qu'il voulait, il revint près de moi et se mit à écrire sur l'ardoise.

Un jour tu vas te réveiller et quitter ta maison, Maggie, et tu vas découvrir le monde. Un jour tu iras voir le monde entier, Maggie May, et ce jour-là, quand tu sortiras et que tu prendras ta première bouffée d'air, je veux que tu viennes me chercher. Quoi qu'il arrive, viens me chercher, parce que je serai celui qui te le montrera. Je vais t'aider à rayer des choses dans ta liste. Je vais te montrer le monde entier.

Et juste comme ça, je devenais sienne, et il ne le saurait même jamais.

Promis ? j'écrivis.

Promis, répliqua-t-il.

J'allais effacer les mots mais quand ma main glissa dessus, seul mon ***promis*** disparut. Brooks sourit et me montra son marqueur.

– Il ne s'efface pas. Je veux que tu la gardes comme elle est. Garde-la comme preuve de la promesse que je te fais. Je t'en apporterai une autre demain pour nos conversations habituelles.

Mes lèvres s'entrouvrirent comme si j'allais parler mais aucun son n'en sortit.

Il sourit d'un air entendu.

– Ce n'est rien. Et maintenant, musique ?

Je fis oui de la tête, nous nous allongeâmes sur mon lit et il sortit son iPod.

– *Waterfall,* par les Fresh & Onlys. La façon dont le son de la guitare électrique monte sur cette chanson est absolument incroyable. On a l'impression d'être au milieu de nulle part et partout en même temps. Si tu écoutes bien, tu verras que le bassiste est parfait, aussi. La façon dont ils se déplacent sur le manche, c'est...

Il soupira et se frappa la poitrine de la main.

– C'est de l'or.

En général je ne comprenais pas grand-chose à ce qu'il disait quand il parlait de musique, mais j'aimais la façon dont il s'animait.

– Brooks ?

Calvin passa la tête à ma porte et haussa un sourcil en regardant son meilleur pote.

– Répétition dans cinq minutes. Tu viens ? On doit relire la lettre qu'on va envoyer avec les bandes de démo.

Brooks et Calvin étaient célèbres... enfin, d'une certaine façon – d'une célébrité que j'étais la seule à connaître. C'étaient les chanteurs de leur groupe et ils étaient extrêmement bien rodés à se produire dans notre garage. Même si on ne les avait pas encore découverts, moi je savais qu'un jour ils auraient du succès.

Ils étaient trop bons pour qu'on ne les remarque pas.

– Tu viens nous enregistrer, Magnet, d'accord ? demanda Brooks en se levant, apparemment plus en forme que jamais.

Bien sûr que je venais. J'attrapai mon Caméscope et me mis debout. De l'autre main je pris le livre que je lisais en ce moment. Je ne manquais jamais une répétition du groupe, c'était le meilleur moment de ma journée. Je les enregistrais de la cuisine. Papa et maman m'avaient donné un Caméscope quelques années auparavant parce qu'un thérapeute leur avait dit que je pourrais peut-être m'ouvrir et parler à la caméra. Je m'étais retrouvée à passer des heures à me regarder fixement en clignant des yeux, alors plutôt qu'il ne serve à rien, je m'en servais pour enregistrer mon frère et son groupe.

Avant de descendre j'allai à la fenêtre de ma chambre qui donnait sur la rue et d'où je voyais le porche de madame Boone, en face. Elle se balançait sur son rocking-chair avec Muffins qui dormait à côté d'elle.

Ses lèvres bougeaient comme si elle était en pleine conversation avec l'homme invisible assis dans le fauteuil en osier à côté d'elle. *Son Stanley.*

Je posai les doigts sur la vitre fraîche et je vis le coin de ses lèvres se relever en un sourire. Elle se mit à rire à quelque chose qu'elle venait de dire puis toucha le fauteuil vide à côté d'elle et le fit bouger au même rythme que le sien.

La vie de madame Boone ralentissait et durant des jours entiers elle vivait dans ses souvenirs. Quand elle ne vivait pas dans ses souvenirs, elle me disait que je devrais fabriquer les miens. Peut-être la façon dont elle vivait maintenant paraîtrait-elle triste à beaucoup, mais moi je trouvais qu'elle avait de la chance. Elle vivait peut-être seule, mais dans sa tête elle n'était jamais vraiment seule.

J'avais peu de souvenirs, et certains d'entre eux – sans doute même la plupart –, je les avais volés dans des romans. D'un certain point de vue, la façon dont elle me bousculait me mettait en colère, mais en même temps je savais que j'en avais besoin. Elle était en partie à l'origine de ma liste de choses à faire. Même si elle était brutale, au moins elle croyait que j'avais un avenir.

Ceux qui croient en vous quand vous n'y croyez pas vous-même sont ceux qu'il faut garder près de vous.

10

MAGGIE

— Un, deux, un, deux, trois, quatre ! lança Calvin dans le garage, avant de commencer à jouer de la guitare avec Brooks et leur groupe.

Assise par terre dans la cuisine, à côté de la porte du garage, je les enregistrais et, dès qu'ils s'arrêtaient pour discuter, je reprenais ma lecture.

Lorsque j'étais enfant, la lecture n'était pas mon fort, mais les années passant, elle avait remplacé la voix que j'avais perdue. C'était comme si les personnages des romans vivaient dans ma tête et partageaient leurs pensées avec moi, et inversement.

En dix ans, j'avais lu plus de huit cents livres. J'avais vécu plus de huit cents « il était une fois ». J'étais tombée amoureuse six cent quatre-vingt-dix fois, éprouvé une attirance sexuelle peut-être vingt fois et de la haine au moins dix milliards de fois. À travers ces pages, j'avais fumé de l'herbe, fait des sauts en chute libre et pris des bains de minuit. J'avais été poignardée dans le dos par des amies – au sens propre comme au sens figuré – et j'avais pleuré la perte d'êtres chers.

J'avais vécu la vie de chacun des personnages sans quitter les murs de ma chambre.

Tous les quinze jours, les jours de paye, mon père me rapportait un nouveau livre – ou plusieurs. J'ai estimé qu'il passait au moins vingt pour cent de son temps dans des librairies, à la recherche de ma prochaine lecture.

Le meilleur moment de la journée pour moi c'était quand les garçons rentraient de l'école et faisaient de la musique dans le garage pendant que je lisais en les écoutant dans la cuisine. Je faisais toujours une pause dans ma lecture quand ils se bagarraient à propos des paroles, ou des accords, ou de la façon de jouer de la batterie d'Owen.

– Je dis seulement, Rudolph, que tu traînes sur le tempo, disait Oliver, aux claviers, en grognant. Oliver était gros et transpirait plus qu'il ne respirait. Tous ses t-shirts étaient constellés d'auréoles de transpiration. Quand il se levait de son tabouret, on pouvait voir des traces de sueur sur le fond de son pantalon et les autres se moquaient toujours de lui. Et en plus Oliver avait faim – en permanence. Quand il n'était pas en train de manger, il parlait de manger. C'était un vrai mangeur de viande. Je n'avais jamais vu quelqu'un aimer autant la viande, sans discrimination aucune. En plus de sa transpiration excessive et de son amour pour le steak, Oliver était aussi le plus gros nounours du groupe. Il ne se disputait jamais avec personne sur rien, sauf avec Owen, connu aussi sous le nom de Rudolph. Ils se disputaient à longueur de temps, à propos de tout et de n'importe quoi. Ce jour-là, cela commença parce que Rudolph traînait sur le tempo, il traînait toujours sur le tempo.

– Tu dis n'importe quoi, Oli. C'est toi qui accélères. Il faut que tu joues moins vite.

Rudolph était tout le contraire d'Oliver. Végétarien, mince comme un fil de fer et toujours vêtu de plusieurs couches de vêtements superposées parce que, quelle que soit la température, il était tout le temps frigorifié. Il avait toujours le nez rouge, d'où son surnom[4].

– Eh, man, tu rigoles ou quoi ? Tu n'y connais rien à rien. Il faut que tu... commença Oliver.

Rudolph lui coupa la parole.

– Non, il faut que TU...

– ... TE LAVES LES OREILLES ! crièrent Oli et Rudolph en chœur.

À peine deux secondes plus tard, ils se tenaient face à face et se poussaient, se bousculaient l'un l'autre en criant. Oliver passa le bras autour du cou de Rudolph et lui coinça la tête sous son aisselle.

– Beurk ! C'est répugnant. Arrête, Oli ! Personne ne mérite un truc pareil ! cria Rudolph dont tout le visage prenait la même couleur écarlate que son nez. Lâche-moi maintenant !

– Dis-le ! Dis-le ! ordonna Oliver. Dis que c'est moi le meilleur aux claviers !

– Tu es le meilleur aux claviers, ça va comme ça, ducon ?

– Et dis que c'est moi que maman préfère parce que je suis né le premier ! ajouta Oliver d'un ton moqueur.

4. *Rudolph le Renne au nez rouge* est, au départ, un conte de Noël américain, écrit en 1939, par Robert L. May, puis une chanson, *Rudolph, the Red-Nosed Reindeer,* écrite par Johnny Marks, en 1949.

– Va te faire foutre, Oli...

Oliver poussa la tête de Rudolph plus profondément sous son bras, et Rudolph se mit à pleurnicher comme un petit chien.

– Ok ! C'est toi que maman préfère ! C'est toi qu'elle préfère, espèce de patate.

Oliver relâcha son étreinte sur son jeune frère – plus jeune que lui de dix-sept minutes – pour taper des mains avec un grand sourire.

C'étaient des faux jumeaux, et ils se bagarraient donc tout le temps. C'était amusant de les voir faire.

Pendant ce temps-là, Brooks et Calvin, se tenant debout dans un coin, regardaient un carnet dans lequel ils gribouillaient des paroles de chansons et toutes les idées qui leur venaient pour le groupe. La plupart du temps Brooks et mon frère étaient aussi débiles que les jumeaux, sauf quand ils répétaient. Ils étaient motivés, concentrés et déterminés à devenir les perles rares venues de Harper County, Wisconsin, qui avaient réussi à Hollywood.

Maman entra dans la cuisine avec quatre pizzas dans les mains.

– Les garçons, à table.

Cela suffit à les faire tous rentrer dans la maison. La seule chose qui était meilleure que Hollywood, c'était la pizza aux poivrons.

Je m'assis à la table avec eux pour les écouter parler de leurs projets d'acheter des villas immenses, des Ferrari, des yachts, et des singes une fois qu'ils seraient célèbres.

– Vous ne croyez pas qu'on devrait trouver un nom pour le groupe ? demanda Rudolph en engloutissant sa pizza au fromage sans gluten.

–Attends, qu'est-ce que tu fais du nom les Perroquets Sans Parents ? demanda Brooks en s'essuyant la bouche avec le dos de la main.

– Moi, je trouvais ça plutôt génial, dit Olivier.

– Et moi, je trouvais ça ridicule ! le contredit Rudolph. On devrait trouver un truc avec des ninjas.

– Non, des pirates !

– Des pirates ninjas ! cria Calvin.

Les garçons se mirent à parler tous en même temps, pendant que je grignotais ma pizza en silence, tout en les observant. La plupart du temps j'avais l'impression d'être comme une mouche sur le mur chaque fois que je me trouvais en compagnie d'autres personnes, comme si je les espionnais, parce que, pour la plupart, ils oubliaient jusqu'à mon existence en raison de mon silence.

Mais de temps en temps...

– Qu'est-ce que tu en penses, Magnet ?

Brooks me donna un coup de coude affectueux et ce simple contact me fit rougir. Ses yeux me souriaient et mon cœur se mit à battre plus vite. C'est ce que j'aimais en lui. Lui, il me voyait quand tout le reste du monde oubliait que j'existais. Je lui fis un petit sourire, et il haussa les épaules.

– Allez, dit-il en ouvrant son carnet à une page vierge avant de me tendre son stylo.

En le lui prenant des mains, je laissai mes doigts s'attarder sur sa main. Il observait le moindre de mes mouvements et je faisais tout pour que tous mes mouvements comptent.

Les sentait-il ? Ma chaleur, mon désir, mon besoin ?

Lorsque je commençai à écrire, il sourit en étudiant la courbe de ma main qui courait sur le papier. Quand j'eus terminé je poussai le carnet vers lui.

– Crooks, lut-il à voix haute en tenant le carnet à bout de bras.

– Crooks, mugit Rudolph, déconcerté.

– *Crooks,* répéta Oliver d'une voix un ton plus aiguë que celle d'Owen.

– C pour Calvin, O pour Owen, encore un O pour Oliver, et puis Brooks pour finir, expliqua-t-il, c'est bien ça, Maggie ?

Je hochai la tête.

Oui. Oui.

Le fait qu'il ait compris le sens du nom sans que j'aie besoin de l'expliquer faillit faire exploser mon cœur. Comment pouvait-il comprendre les idées que j'avais dans la tête sans que je les formule ? Comment parvenait-il à lire en moi si facilement ?

– Crooks ! cria Calvin en tapant de la main sur la table. J'adore ! Putain, j'adore ça. Imaginez ce que ça donnerait sur scène « Bonsoir, nous sommes les Crooks[5], et nous allons faire main basse sur vos oreilles ce soir ! ».

Je rigolai intérieurement alors qu'ils continuaient à bavarder.

– Nous sommes les Crooks, et nous sommes ici ce soir pour vous piquer votre argent, plaisanta Oliver.

– Nous sommes les Crooks, et nous sommes ici ce soir pour voler vos cœurs, reprit Brooks en riant.

– Ouais ! Ouais ! Ou qu'est-ce que vous pensez de : Nous sommes les Crooks, et... et... et...

Rudolph plissa le front.

– Ben, heu, vous avez déjà pris les meilleures blagues.

– Celui qui traîne rate le train, frérot. Peut-être que si tu ajoutais un peu de protéines à ton régime, ton cerveau serait moins lent, gloussa Oliver.

5. NdT : crook = voleur.

– Bien sûr, Oli, parce que le fait de manger Bambi te rend plus intelligent, peut-être ? C'est probablement ce qui t'a permis d'avoir A en maths, non ? répliqua Rudolph sur un ton sarcastique. Ah non, c'est vrai, tu as eu D moins.

Les jumeaux recommencèrent à se quereller une fois de plus, et je sus que rien ne pourrait les arrêter jusqu'à ce qu'elle apparaisse. *Cheryl.* Elle avait l'air d'avoir complètement récupéré de son échange avec son ex-petit ami un peu plus tôt, et d'avoir retrouvé son côté séducteur.

– Salut les gars, dit-elle d'une voix chantante en balançant les hanches et en entortillant une mèche de cheveux autour de son doigt.

C'est moi qui t'ai appris ce truc quand nous étions petites !

– Je ne savais pas que vous seriez tous là ce soir.

Cheryl prenait toujours cette intonation bizarrement rauque quand elle parlait aux mecs. Elle pensait que cela lui donnait une voix de séductrice, mais pour moi, c'était plutôt la voix de quelqu'un qui fumait trois paquets de cigarettes par jour. C'était ridicule. Et puis, bien sûr qu'elle savait qu'ils seraient là pour répéter – ils répétaient toujours chez nous.

– Oh, salut, Cheryl.

Les jumeaux levèrent les yeux et leur regard s'arrêta sur sa paire de jumeaux personnelle.

– Tu as l'air en forme, aboya Rudolph.

– Non, tu as l'air super en forme, cria Oliver.

– Superbe !

– Sublime!

– Sexy ! hurlèrent-ils en chœur.

Cheryl battit des paupières mais les ignora complètement, préférant concentrer son regard sur

Brooks, qui ne lui accordait pas l'attention qu'elle souhaitait. Calvin et Brooks étaient de nouveau plongés dans leur carnet, absorbés par leurs projets. Brooks n'avait jamais l'air très intéressé par ma sœur, probablement parce qu'il la connaissait depuis l'époque où elle portait encore des couches. Je voyais bien que cela ennuyait Cheryl – toutes les filles voulaient attirer l'attention de Brooks... y compris moi.

– Salut, Brooks, dit-elle. Comment vas-tu ?

Elle n'arrêtait pas de faire tournoyer ses cheveux, et moi, je n'arrêtais pas de lever les yeux au ciel. Brooks lui jeta un coup d'œil et sourit avant de retourner à son carnet.

– Ça roule, Cheryl. Et toi ?

D'un bond, elle s'assit sur la table de la salle à manger, puis rassembla ses nichons en appuyant ses coudes de chaque côté.

– Bof ! Jordan a rompu avec moi aujourd'hui.

Ah bon ? C'est lui qui a rompu ? Ce n'est pas ce que j'ai cru entendre...

– Ah oui, répondit-il distraitement. Désolé pour toi.

– Ouais. Dis donc, j'ai entendu dire que toi tu avais rompu avec Lacey ?

Elle fronça les sourcils, en en rajoutant, bien sûr.

– Ou alors c'est elle qui a rompu ? Ça craint.

Brooks haussa les épaules.

– Ce sont des choses qui arrivent, j'imagine.

– Ouais, mais pour moi ça craint, surtout parce que je devais aller au bal de promo avec lui, du fait qu'il est en terminale. J'ai déjà acheté ma robe.

– Moi, je n'ai pas de cavalière ! cria Rudolph.

– Moi non plus ! s'empressa d'ajouter Oliver.

– Mais vous, vous n'avez pas encore de smokings. En revanche, je sais que Calvin et Brooks sont allés acheter les leurs… Oh, j'ai une idée ! cria Cheryl en battant des mains.

Oh, non.

– Et si on y allait ensemble, Brooks ? On pourrait y aller en amis, tu vois ? Ce serait idiot qu'on rate cette soirée, tous les deux, tu ne crois pas ?

Brooks marqua un temps d'hésitation, parce qu'il était gentil. Il ne voulait pas embarrasser Cheryl devant tout le monde, et elle le savait bien. C'était sans doute pour cela qu'elle le lui avait demandé devant le reste du groupe.

– Tu ne trouves pas que c'est une bonne idée, Maggie ? demanda-t-elle en me lançant un regard d'avertissement avant de se retourner vers Brooks et de prendre une voix sucrée.

– Maggie était là pour me soutenir après la rupture tout à l'heure. Elle savait à quel point le bal était important pour moi. Cela fait des semaines qu'on en parle.

Ce n'était pas vrai. Je ne savais même pas que ma sœur devait aller au bal jusqu'à sa dispute avec son ex-petit ami, et qu'il la frappe.

Je fermai les yeux un instant.

Chut…

– Eh bien…

La voix de Brooks se brisa et j'ouvris les yeux. Il se massa la nuque et me lança un regard pour m'appeler à l'aide. Qu'est-ce que je pouvais dire ?

Rien.

– J'imagine que ça pourrait être sympa, d'y aller en amis, tu ne crois pas.

C'était stupéfiant de constater qu'un cœur peut voler en éclats dans une pièce pleine de monde sans que personne n'entende le moindre bruit.

11

MAGGIE

Je détestais tout, dans les bals de promo – les robes, les slows, les fleurs. Je trouvais que tout avait l'air artificiel et cliché, tout sonnait faux, mais surtout je détestais le fait que je n'avais jamais pu y aller parce qu'on me faisait l'école à domicile. Je détestais aussi le fait que cette année Cheryl était la seule élève de première qui allait pour la *deuxième* fois au bal des terminales.

– Je veux dire, ce n'est pas comme si tu pouvais y aller avec lui, et ce serait idiot qu'il y aille tout seul, tu vois ?

Cheryl, debout devant ma coiffeuse, n'arrêtait pas de faire claquer son chewing-gum tout en appliquant sa quinzième couche de rouge à lèvres. Assise sur mon lit avec un livre posé sur la poitrine, j'écoutais son bavardage incessant.

Elle essuya son rouge à lèvres rouge pour le remplacer par un violet profond. Quand elle eut fini, elle sourit à son image comme si elle était très fière de sa beauté

– comme si elle y était pour quelque chose, et que ce n'était pas seulement génétique. Sa longue robe dorée brillait à chaque balancement de ses hanches, qui étaient fréquents.

– En plus, dit-elle avec un sourire mauvais, je crois qu'il en pince pour moi.

Je ricanai intérieurement.

Je ne crois pas, non.

Elle se retourna brusquement pour me faire face et avança les lèvres.

– Qu'est-ce que tu en penses ? Cette couleur ? Ou le rouge ?

Elle fit la grimace.

– Je ne sais même pas pourquoi je te le demande. Tu ne connais rien au maquillage. Ce ne serait peut-être pas le cas si tu n'avais pas toujours le nez dans un livre.

Elle se précipita vers moi et s'assit sur le lit. Je serrai mon livre un peu plus fort contre ma poitrine, mais elle me l'arracha des mains et le jeta par terre.

Oh mon Dieu.

C'était une forme d'agression, non ? Elle venait littéralement de molester et de tuméfier des dizaines de personnages – des dizaines d'amis à moi. C'était grossier de m'arracher le livre des mains, mais le jeter comme ça était une raison suffisante pour mettre fin à notre relation familiale.

– Sérieux, Maggie. C'est déjà assez bizarre que tu ne parles pas et que tu refuses de sortir de la maison. Tu veux vraiment être connue comme la fille qui ne fait rien d'autre que lire ? C'est plutôt flippant.

C'est ta tête qui est flippante.

Je me contentai de sourire en haussant les épaules.

Elle fit virevolter ses cheveux.

– Bon, revenons aux choses importantes. Je veux dire, je suis quasiment certaine qu'il est encore triste que Lacey ait rompu juste avant le bal. D'autre part, je sais que tu tiens beaucoup à lui, c'est pour ça que je lui ai proposé d'être sa cavalière, je savais que tu ne voudrais pas qu'il rate la seule chose qu'il attendait avec impatience. C'est pour toi que j'y vais, Maggie.

Comme c'est généreux de ta part.

Je dus faire un effort considérable pour ne pas lever les yeux au ciel. J'avais du mal à la considérer comme ma sœur, ces temps-ci.

– En tout cas, j'ai dit à Brooks que tu approuvais totalement mon idée d'y aller avec lui, alors merci pour ton soutien.

Elle me fit un sourire mielleux en faisant voleter ses cheveux sur ses épaules une fois de plus.

– Je crois que Calvin et Stacey doivent venir dans le jardin derrière la maison pour faire des photos avec Brooks et moi, dans une dizaine de minutes. Alors, quel rouge à lèvres ?

Je désignai le violet parce que je voulais qu'elle soit affreuse.

Elle choisit le rouge, qui lui allait à merveille.

– Parfait !

Elle se leva, lissa sa superbe robe et se dandina une dernière fois devant mon miroir.

– Je ferais mieux d'y aller. Brooks doit déjà être en train de m'attendre.

Elle sortit de ma chambre en balançant les hanches de gauche à droite.

Dès qu'elle fut hors de ma vue, je me jetai sur mon livre, le ramassai et caressai sa couverture. *Désolée, mes amis.* Le livre serré sous le bras, je me précipitai vers la fenêtre qui donnait sur le jardin et je vis mon frère et sa copine, vêtus de leurs habits de soirée, rire et se faire des câlins. Calvin avait le truc pour faire rire Stacey si fort que le son fusait dans le ciel. Elle posa les mains sur son torse et il la dévora des yeux. Je me demandais toujours quel effet cela faisait d'être regardée par des yeux pleins d'amour.

Mon regard se déplaça vers Cheryl qui faisait des selfies, tout en s'impatientant de ne pas voir Brooks venir se pendre à son bras comme un trophée. Ce n'était pas son genre d'être en retard, alors je fus quelque peu surprise de voir qu'il n'était pas encore arrivé. L'estomac noué, je me précipitai vers l'autre fenêtre pour voir s'il était toujours chez ses parents de l'autre côté de la rue. Je ne me souvenais pas d'avoir déjà vu Brooks en smoking et j'aurais menti en disant que je n'avais pas envie de voir ça. Il avait toujours si belle allure et l'air si heureux.

Mon cœur battait la chamade tandis que j'attendais de le voir traverser la rue, en guettant de le voir craquer sur Cheryl.

Je fermai les yeux en prenant une profonde inspiration. Une petite prière traversa mon esprit.

Ne fais pas ça, Brooks.

Il méritait mieux que ça. Il méritait mieux que les petits jeux de Cheryl.

Il méritait d'être aimé de quelqu'un qui savait à quel point ses sourires en coin étaient séduisants, à quel point son esprit était brillant, et à quel point il était doué pour communiquer sans qu'un mot ne sorte de ses lèvres.

– Comment ça va, aujourd'hui, Magnet ?

C'étaient les mots que je préférais entendre. J'ouvris les yeux et me retournai, Brooks se tenait à ma porte, vêtu d'un smoking bleu marine, avec une cravate à pois noirs et blancs, et des chaussettes assorties. Ses cheveux châtain foncé étaient lissés vers l'arrière, et ses yeux marron foncé souriaient, comme toujours. Il tenait à la main une boîte transparente contenant un tour de poignet, une jolie composition de fleurs jaunes et de rubans roses.

Waouh, Brooks.

Il était encore plus beau que ce que j'avais imaginé et c'est avec des papillons qui voletaient dans mon estomac que je passai mes doigts dans mes cheveux emmêlés. Je souris. Il me sourit aussi, comme toujours, du côté gauche de sa bouche. Je me demandai s'il savait... ? S'il savait à quel point ce sourire me faisait tourner la tête.

– Je peux entrer ? demanda-t-il en enfonçant les mains dans les poches de son pantalon.

Je hochai la tête. *Toujours.*

Il entra dans ma chambre et se dirigea vers la fenêtre qui donnait sur le jardin de derrière, où Cheryl écrivait un texto, ses deux pouces frappant nerveusement sur le clavier. Quelques secondes plus tard, le téléphone de Brooks signala un texto.

– Elle est déjà vénère parce que je suis en retard, expliqua-t-il en se balançant sur place.

Son téléphone tinta encore deux fois.

– C'est le dix-septième texto qu'elle m'envoie.

Je regardai fixement ma sœur qui sortait avec Brooks simplement pour me rendre jalouse. Pour une raison que j'ignorais, cela la rassurait sur elle-même de voir à quel point je me sentais mal de ne pas pouvoir parler ni sortir de la maison.

– Je n'avais pas envie d'y aller avec elle, expliqua Brooks.

Il inclina la tête et fronça les sourcils.

– Quand Lacey a rompu, je me suis dit que je resterais chez moi. Que je jouerais à des jeux vidéo. Ou que je viendrais ici, pour écouter de la musique avec toi, par exemple, mais Cheryl n'arrêtait pas de me dire que tu tenais absolument à ce que j'y aille avec elle.

Je haussai un sourcil.

Il ricana.

– Ouais. J'aurais dû m'en douter.

Nous gardâmes le silence un moment, en regardant Cheryl paniquer, et Calvin et Stacey, de plus en plus amoureux. Des oiseaux passèrent devant la fenêtre et Brooks poussa un soupir.

– Tu crois que Calvin et Stacey savent à quel point c'est agaçant de les voir si parfaitement heureux ?

Je hochai la tête, et il rigola. Ouais, ils le savaient.

– Cal et moi on joue au bal, ce soir. Il te l'a dit ?

Oui, il l'avait fait. Après toutes ces années à les écouter jouer dans le garage de mes parents, ça aurait été génial de les voir en live, ce soir. Un rêve qui serait devenu réalité.

– Stacey va nous enregistrer et elle t'enverra l'enregistrement, tu sais, si tu veux le voir.

Je pris sa main dans la mienne et la serrai deux fois. *Oui.*

Il serra ma main à son tour.

Oui. Oui.

– Tu veux danser avec moi, Maggie May ?

Je me tournai vers lui, il était tout rouge. Je fixai ses lèvres en me demandant si je n'avais pas imaginé qu'il avait prononcé ces mots. Il se mordillait nerveusement la lèvre inférieure et un petit gloussement lui échappa.

– C'est-à-dire... tu n'es pas obligée. Excuse-moi. C'était idiot. C'est juste que... Avec Lacey qui rompt, et Cheryl qui... enfin Cheryl, quoi, j'ai pensé que ce serait sympa de danser avec une personne qui compte vraiment pour moi le jour de mon bal de promo.

Je respirais bruyamment et mon livre glissait de ma main alors que mon regard paniqué croisait son regard nerveux.

Je n'avais jamais dansé. Je ne savais pas danser.

Je n'avais fait que lire à propos de danse, de bals de promo, et de deux personnes ne faisant plus qu'une dans les bras l'une de l'autre.

– Tu n'es pas obligée. Excuse-moi.

Il se racla la gorge et regarda par la fenêtre. Je l'entendis murmurer le mot « imbécile » et j'en déduisis qu'il se sermonnait intérieurement.

Je posai mon livre sur le rebord de la fenêtre et je fis oui de la tête.

Il devait me regarder du coin de l'œil parce que son sourire s'élargit sans qu'il tourne la tête vers moi.

– Oui ? demanda-t-il.

Oui.

Je me passai la main dans les cheveux et ma peau se couvrit de chair de poule. Ma robe longue blanche était minable à côté de celles de Cheryl et de Stacey. Je ne portais pas de maquillage et mon corps, d'une pâleur fantomatique, n'avait que peu de rondeurs, mais Brooks semblait s'en moquer. La façon dont il me regardait toujours me donnait l'impression que je lui suffisais comme j'étais.

Il se retourna vers moi en souriant.

– Tu me donnes ton poignet ?

Je tendis la main, il ouvrit la boîte contenant le tour de poignet de Cheryl et me le glissa autour du bras.

– Simplement pour un moment, tu vois, pour que cela fasse plus vrai.

Il sortit son iPod de sa poche et fit dérouler sa playlist pour trouver la chanson qu'il avait choisie. Il me tendit un écouteur et prit l'autre, puis il appuya sur play et mit le iPod dans la poche avant de son pantalon. Je haussai un sourcil, ne reconnaissant pas la chanson.

– C'est un truc que j'ai écrit et que j'ai joué à la guitare sèche il y a quelque temps. Il n'y a que la musique. Personne n'a encore entendu les paroles, mais j'imagine que tu peux les entendre maintenant. Parce que je les ai écrites pour toi.

Je me pâme.

Je l'adorais déjà.

Il s'avança vers moi et me tendit les mains ouvertes. Je fis un pas en avant, il entoura mes reins de ses bras et je croisai les bras autour de son cou quand il m'attira contre lui. Sa peau sentait la crème à raser et le miel – ma nouvelle senteur préférée. Si c'était un rêve, je voulais ne jamais me réveiller. Tandis que nous nous balancions, il m'attira plus près de lui. Et en me serrant contre lui, il se mit à chanter.

Elle est allongée contre ma poitrine, des gouttes de pluie commencent à tomber
Elle se sent si faible, flottant sans but, se cognant contre les murs
Priant pour trouver un moment de répit où ne pas commencer à se noyer
Son cœur cherche désespérément une réponse aux souffrances muettes que son âme garde captives.

Je sentis un nœud se former dans ma poitrine en écoutant sa voix. Ses lèvres effleurèrent les miennes, déversant ses mots sur moi. Je sentais son souffle ténu me pénétrer et ses doigts tremblants posés sur mon dos. Je sentais son âme, mon corps pressé contre le sien, mes yeux rivés sur ses lèvres alors qu'il chantait. *Brooks...*

Je serai ton ancre
Je t'empêcherai de dériver jusqu'au bout de la nuit
Je serai ta stabilité
Pendant les marées sombres et solitaires
Je te tiendrai serrée contre moi, je serai ton phare, je t'assurerai que tu seras sauve
Je serai ton ancre
Et nous traverserons cette épreuve

Il me rendait folle. Son étreinte, son contact, sa voix, ses mots. Tout dans son âme allumait le feu en moi, et j'étais fière de me consumer près de lui.

Elle essaie chaque jour d'échapper aux tourments de son esprit
Elle perd espoir quand les ténèbres l'emprisonnent sans répit
Elle glisse entre mes doigts quand j'essaie de la retenir
Je promets que dès le matin tout va finir

Je serai ton ancre
Je t'empêcherai de dériver jusqu'au bout de la nuit
Je serai ta stabilité
Pendant les marées sombres et solitaires
Je te tiendrai serrée contre moi, je serai ton phare, je t'assurerai
que tu seras sauve
Je serai ton ancre
Et nous traverserons cette épreuve

Je te tiendrai contre moi, je brillerai pour toi dans la nuit, je te promettrai que tout ira bien
Je te tiendrai contre moi, je serai ton phare, bébé, tout ira bien
Je serai ton ancre
Et nous échapperons aux ténèbres

– Maggie, murmura-t-il contre moi, nos lèvres ne se touchant pas encore. Nos corps tremblaient l'un contre l'autre et il se mit à rire.

– Tu trembles.

Toi aussi.

Il sourit comme s'il lisait dans mes pensées, et j'essayai de toutes mes forces de lire dans les siennes.

– Tu es ma meilleure amie, Magnet, mais...

Ses lèvres se rapprochèrent des miennes et je suis sûre que je sentis leur contact. Il me caressait le dos du bout des doigts en dessinant des cercles et je fondais chaque fois qu'il en complétait un.

– Et si elle avait raison ? Si Lacey avait senti quelque chose ? S'il y avait entre nous plus que de l'amitié ?

Il resserra son étreinte sur mes reins, m'attira tout contre lui. Nos lèvres se frôlèrent encore et mon estomac se noua.

– Si tu recules je reculerai aussi, me dit-il.

Je me rapprochai un peu plus en posant les mains sur son torse, et je sentis les battements de son cœur. Ses yeux se posèrent sur mes lèvres et ses tremblements se mêlèrent aux miens.

– Dis-moi de ne pas t'embrasser, Maggie. Si tu recules je ne t'embrasserai pas.

Je restai immobile.

Évidemment, je restai immobile.

Je restai et j'attendis, et je mourus, et j'attendis.

Quand il trouva sa place, quand ses lèvres se posèrent sur les miennes, ma tête se mit à tourner et je revins à la vie.

Sa bouche s'écrasa sur la mienne, délicatement au début, et mon être tout entier devint une partie de lui. Ses doigts se déployèrent sur ma taille et il m'attira encore plus près, appuyant ses lèvres plus fort sur les miennes, et pour la première fois depuis très longtemps, je me sentis...

... Heureuse.

Est-ce que c'est réel ?

Est-ce que j'y ai droit ?

Ai-je le droit d'être heureuse ?

La dernière fois qu'un garçon m'avait embrassée, c'était celui-là même qui me tenait dans ses bras maintenant, qui me tenait contre lui comme si je représentais la promesse d'un rêve qu'il faisait sans le savoir.

Ce baiser ne ressemblait pas à celui qui remontait à une époque si lointaine. Cette fois-ci nous ne comptions pas les secondes, pourtant je comptais le nombre de respirations qu'il me volait.

Un...

Deux...

Vingt-cinq...

Cette fois le baiser était si réel, si parfait, avec un goût d'éternité si prononcé.

Cette fois c'est pour toujours.

– Maggie, tu as vu...

Brooks relâcha brutalement son étreinte et fit un bond en arrière en tournant le dos à la personne qui se tenait à la porte. L'écouteur que j'avais dans l'oreille fut arraché brusquement, ce qui me fit basculer vers l'avant.

Quand je levai les yeux, maman se tenait là, stupéfaite.

– ... le rouge à lèvres de Cheryl ?

Un silence gêné s'installa et maman plissa les yeux tandis que Brooks rajustait sa cravate.

– Brooks, je crois que Cheryl t'attend en bas pour prendre des photos.

– Oui, bien sûr. Merci, Madame Riley. Juste le temps de...

Il vint vers moi et reprit délicatement le tour de poignet sur mon bras, et juste comme ça, l'éternité toucha à sa fin.

– À... heu... à plus tard, Maggie.

Gêné, il passa rapidement devant maman en gardant la tête baissée.

Maman restait là à me regarder fixement, et dans son attitude je sentis toute sa déception. J'allai précipitamment chercher le bâton de rouge à lèvres que Cheryl avait laissé sur la coiffeuse et le lui tendis.

Elle fronça les sourcils.

– C'est ta sœur, Maggie May, et elle va au bal avec Brooks. À quoi penses-tu ?

Je baissai la tête.

Je ne sais pas.

– Je sais que Cheryl n'est pas toujours facile, mais... *c'est ta sœur.*

Elle repartit avant que j'aie eu le temps d'écrire une réponse. Elle ne l'aurait pas lue, de toute façon. Maman était comme madame Boone, pour ça : elle voulait de vraies paroles, pas des bouts de papier.

J'allai regarder par la fenêtre, Brooks avait passé le bras autour de la taille de Cheryl pour les photos. Il affichait son plus beau faux sourire pour l'appareil photo, et quand il leva les yeux vers la fenêtre, je reculai pour qu'il ne me voie pas.

C'était un beau rêve, lui et moi.
Mais ce n'était rien de plus.
Un rêve dont on m'avait tirée de force.

* * *

– Espèce de salope !

Cheryl fit une entrée fracassante dans ma chambre alors que j'étais en train d'enfiler mon pantalon de pyjama.

Je remontai vivement mon pantalon et je tombai à la renverse, stupéfaite. Ses larmes faisaient couler son mascara sur ses joues et son rouge à lèvres était tout étalé autour de sa bouche. Le bas de sa robe était maculé comme s'il avait traîné dans l'herbe et elle ouvrait des yeux écarquillés.

– Je n'y crois pas ! Je n'arrive pas à croire que tu leur aies tout raconté, putain !

Je clignai des yeux, sans comprendre.

Raconté quoi à qui ?

– Oh, ce n'est pas la peine de jouer les innocentes.

Elle partit d'un rire hystérique, et je vis qu'elle avait pris quelque chose, ses pupilles étaient trop dilatées pour que ce ne soit pas le cas.

– En fait, c'est incroyable, tout le monde tombe dans le panneau, avec toi, alors qu'en réalité tu es un monstre ! Je n'en reviens pas que tu sois allée raconter à maman et papa ce qui s'est passé avec Jordan hier !

Mes lèvres s'entrouvrirent mais aucun son n'en sortit, ce qui la mit encore plus en colère. Rapidement, je pris une feuille de papier et un stylo pour écrire que je n'avais rien dit à nos parents, mais elle me l'arracha des mains.

– Qu'est-ce qui ne tourne pas rond chez toi, putain ! Pourquoi t'ouvres la bouche alors que tu ne vas rien dire ? À quoi ça sert d'écrire sur une feuille de papier ? C'est pareil que de parler, Maggie ! Putain ! Sers-toi de ta voix, espèce de tarée.

Tout mon corps se mit à trembler à mesure que sa colère montait. Elle alla vers le mur où mes livres étaient parfaitement alignés et se mit à les faire tomber. Puis elle les balança à travers la chambre, furieuse, et commença à en arracher les pages.

– Qu'est-ce que tu penses de ça ? Hein ? Ça te plaît de voir quelqu'un te pourrir la vie de la même façon que tu as pourri la mienne ?

Je ne l'avais jamais vue dans un tel état de fureur et de frustration.

– Papa s'est pointé au bal et il a insulté Jordan. Il m'a mis la honte, putain ! Mais il n'y a pas que ça... non. Avant d'être humiliée devant tous les élèves, j'avais essayé d'embrasser Brooks et il m'a dit qu'il ne pouvait pas. Tu sais pourquoi ?

Elle rit méchamment, ramassa un de mes livres et commença à en arracher des pages. Je me précipitai sur elle pour l'en empêcher, mais elle était plus forte que moi.

– Il m'a dit que c'était parce qu'il avait des sentiments pour toi. Pour toi ! Tu y crois à ça ? Parce que moi, non. Pourquoi quelqu'un voudrait-il de toi ? Qu'est-ce que tu vas faire ? Sortir avec lui sans jamais sortir de la maison ? Vous allez faire des petits dîners romantiques dans la salle à manger ? Voyager à travers le monde sur Discovery Channel dans le salon ? Tu n'es pas digne de Brooks. Tu n'es digne de personne, merde !

– Cheryl, cria papa en montant les escaliers quatre à quatre. Va dans ta chambre.

– Tu rigoles ? Elle bousille ma vie et c'est moi qui vais être punie ?

– Cheryl, gronda-t-il, lui qui ne se mettait jamais en colère. Va dans ta chambre, immédiatement. Tu es ivre et tu as pris de la drogue, et demain matin, tu regretteras ce que tu as fait à ta sœur.

– Ce n'est pas ma sœur, répondit-elle sèchement, avant de laisser tomber les dernières pages du roman qu'elle serrait dans sa main.

– Je regrette qu'on t'ait retrouvée dans ces bois.

Elle poussa papa pour passer et ajouta d'une voix sifflante :

– Et toi, tu n'es pas mon père.

Sur le visage de mon père je le vis : une partie de son cœur vola en éclats. Il se baissa pour ramasser mes livres mais je l'arrêtai en posant une main sur son bras.

Il sentit mes tremblements et je sentis les siens.

Il posa le bout des doigts sur sa tempe en respirant difficilement.

– Ça va ?

Je hochai lentement la tête.

– Ta mère a trouvé le billet froissé dans la chambre de Cheryl. Nous le lui avons dit mais elle était trop ivre pour l'entendre. Brooks avait déjà essayé de lui dire de rentrer à la maison, mais elle est partie en trombe avec Jordan avant que nous puissions l'en empêcher et j'imagine qu'elle est allée plus vite que nous.

Il retira ses lunettes et se pinça l'arête du nez.

– J'aurais dû conduire plus vite, elle n'aurait pas passé sa colère sur toi, ni détruit ta chambre comme elle l'a fait.

Il avait les larmes aux yeux.

– Tes livres.

Je lui pris la main et la serrai une fois. *Non.* Ce n'était pas sa faute.

– Je vais t'aider à ranger tout ça.

Je serrai sa main encore une fois. *Non.*

Il me fit un petit sourire sans joie, me serra dans ses bras et m'embrassa sur le front.

– C'est grâce aux battements de ton cœur que le monde continue à tourner.

J'avais envie de le croire, vraiment, mais ce soir-là, le monde s'était effondré *à cause* des battements de mon cœur.

* * *

– Oh, putain ! murmura Brooks debout à la porte de ma chambre, ce même soir.

Sa cravate dénouée pendait autour de son cou et ses mains étaient enfoncées dans les poches de son pantalon. J'étais assise par terre, au milieu de mes livres et de leurs pages déchirées. C'était impossible de retrouver quel morceau allait avec quelle histoire.

Elles étaient toutes détruites.

Je croisai le regard de Brooks, et en voyant la tristesse dans ses yeux, je me rendis compte à quel point cela paraissait grave. J'étais assise au milieu d'un puzzle de récits et je n'avais pas la moindre idée de la façon d'emboîter les pièces.

Il fit la grimace.

– Ça va, Magnet ?

Je fis non de la tête.

– Je peux entrer ?

Je fis oui de la tête.

Il contourna les livres en marchant sur la pointe des pieds pour éviter de piétiner les reliures.

– Ce n'est pas si grave que ça.

Menteur.

En l'entendant étouffer un soupir, je baissai les yeux sur ses mains qui tenaient mon journal.

– Oh, non... dit-il doucement.

Mon émotion prit le dessus.

Ma liste de choses à faire – elle était complètement déchirée. Des dizaines et des dizaines d'aventures que j'espérais vivre un jour avaient été réduites à néant, et j'éclatai en sanglots. Je savais que c'était excessif, mais ces livres, ces personnages, c'étaient mes amis, mon refuge, ma protection.

Cette liste était ma promesse d'avenir.

Maintenant, je n'avais plus rien.

En moins d'une seconde, Brooks me prit dans ses bras et me serra contre lui, je me laissai aller sur sa poitrine en sanglotant.

– Ça va aller, Maggie, murmura-t-il.

Cette promesse sonnait creux.

– Tu es fatiguée, c'est tout. On réglera tout ça demain matin. Tout va bien.

Il me conduisit jusqu'à mon lit et m'aida à m'allonger puis il se mit à faire le tour de ma chambre en cherchant dans les piles de livres. Quand il en trouva un qui n'était pas abîmé, il s'assit par terre à côté de mon lit et l'ouvrit à la première page. Il plia les genoux et posa le livre dessus. Puis il déboutonna ses manches de chemise et les roula jusqu'au coude. Finalement, il reprit le livre.

– *The Walk Home*, dit-il en lisant le titre. Chapitre un. Pour Lauren Sue Lock, la journée ne se passait pas très bien...

Il me fit la lecture alors que je continuais à pleurer sans pouvoir m'arrêter. Il me fit la lecture alors que mes larmes commençaient à se tarir. Il me fit la lecture alors que les battements de mon cœur commençaient à se calmer. Il me fit la lecture alors que mes paupières devenaient lourdes. Il me fit la lecture alors que je m'endormais.

Dans mon rêve, j'entendis sa voix qui continuait à me faire la lecture.

Lorsque je me réveillai, le lendemain matin, il était parti. En me levant je me demandai un instant s'il avait vraiment été là, mais il avait laissé suffisamment d'indices de sa présence pour confirmer que nous avions passé la nuit ensemble.

Tous mes livres étaient rangés tout autour de ma chambre, en partant des rouges pour finir aux violets. Ils étaient tous soigneusement recollés avec du ruban adhésif. Sur mon bureau se trouvait ma liste de choses à faire, placée à l'intérieur de mon journal, abîmé, mais d'une certaine façon plus entier qu'il ne l'était auparavant.

Collé sur le journal, il y avait un post-it qui disait, ***Tu vas bien aujourd'hui, Maggie May Riley.***

Je l'aimais.

Je ne savais pas exactement quand c'était arrivé. Je ne savais pas si c'était un ensemble de petits moments collectés au fil des jours, ou simplement l'acte héroïque qu'il avait accompli pendant que je dormais, mais cela n'avait pas d'importance. Ce n'était pas important de savoir quand, ni où, ni comment c'était arrivé. Ce n'était pas important de savoir combien de moments s'étaient mis bout à bout pour former cet amour. Ce n'était pas important de savoir si c'était bien ou mal.

L'amour ne s'accompagnait pas de mode d'emploi. Il ruisselait sur une personne avec l'espoir pour seul courant. Il n'y avait pas une liste de directives à suivre pour s'assurer qu'on en prenait soin correctement. Il ne vous donnait pas d'instructions pour le garder pur. Il se pointait tout simplement, sans bruit, en priant pour que vous ne le laissiez pas vous glisser entre les doigts.

12

BROOKS

Tout était affaire de timing. Avoir le bon timing dans n'importe quelle situation était primordial. Dire les bonnes choses au bon moment, faire le bon choix quand il fallait faire un choix.

En entrant dans la chambre de Maggie, j'avais la poitrine serrée. Pendant tout le temps que j'avais passé à recoller ses livres, je n'avais pas réussi à penser à autre chose qu'à ce qu'elle allait se dire en se réveillant le lendemain matin. Je voulais la faire sourire. S'il y avait une chose que je voulais faire pendant le reste de ma vie, c'était de la faire sourire, et il était temps qu'elle le sache, qu'elle sache ce que je ressentais. Qu'elle sache que, lorsque nous étions ensemble, elle occupait toujours la première place dans mon esprit. Et que lorsque nous étions séparés, c'était la même chose.

– Je voulais te rendre ton livre hier soir, mais j'avais trop envie de savoir ce qui allait arriver à Lauren Sue Lock.

Et puis je t'ai apporté une nouvelle ardoise blanche. Ça va, aujourd'hui, Mag...

Sans me laisser le temps de finir ma phrase, Maggie se précipita sur moi et appuya ses lèvres sur les miennes. Je trébuchai en arrière et la rattrapai dans mes bras. Sans me poser de questions, je m'abandonnai à son baiser. Je la laissai m'embrasser et je l'embrassai en retour. Quand elle s'écarta de moi, je repoussai ses longs cheveux derrière ses oreilles.

Elle rougit et je l'embrassai sur les joues. Elle baissa les yeux et je lui relevai le menton du bout des doigts. Je l'embrassai sur les joues encore, puis sur le front. Sur le nez. Puis sur chacune des taches de rousseur invisibles qui constellaient son visage.

Pour finir, je l'embrassai sur les lèvres.

– Bonjour, Maggie May.

Elle sourit et m'embrassa sur les joues. Puis sur le front. Sur le nez. Puis sur chacune des taches de rousseur invisibles qui constellaient mon visage.

Puis sur mes lèvres.

J'imaginai qu'elle me disait aussi *Bonjour, Brooks Tyler.*

Elle prit mes mains dans les siennes et recula, m'entraînant avec elle dans sa chambre. Une fois à l'intérieur, je refermai la porte du pied.

Pendant un moment, nous nous trouvâmes idiots et stupides, à nous regarder en souriant. Nous nous embrassâmes, aussi, et ça c'était sans aucun doute la partie que je préférais. Elle promena ses doigts le long de ma clavicule en m'examinant, comme pour s'assurer que j'étais réel. Ses doigts descendirent le long de mes bras, puis le long de mes côtes, avant de passer sur mon torse. Elle posa une main à plat sur ma poitrine, pour sentir battre mon cœur.

– Il bat pour toi.

Elle rougit encore, et je l'embrassai sur les joues encore, aussi.

Je passai le doigt sur sa clavicule, le long de ses côtes, puis je remontai la main et la posai à plat sur sa poitrine pour sentir battre son cœur.

Elle se mordit la lèvre inférieure et fit battre sa main sur son cœur avant de me désigner du doigt. *Pour moi.*

Son cœur battait pour moi, et le mien pour elle.

– Tu me plais.

Elle me désigna du doigt puis tourna le doigt vers elle en hochant la tête.

Tu me plais aussi.

– Tu veux bien sortir avec moi ?

Elle fit un pas en arrière, apparemment choquée par ce que je venais de dire. Elle secoua la tête.

Je fis un pas vers elle.

– Tu veux bien sortir avec moi ? je demandai de nouveau.

Elle fit encore un pas en arrière, en secouant la tête.

– Arrête de dire non, tu veux ? Ça devient vexant.

Elle haussa les épaules et alla chercher son carnet sur son bureau. Elle se mit à écrire.

Comment ?

– Comment ? Comment quoi ? Comment on sort ensemble ?

Oui.

– Ben, comme tout le monde, j'imagine.

Comment est-ce que tu sors avec les autres ? Comment tu faisais avec tes ex-copines ?

– Je n'en sais rien, on traînait ensemble. Certaines aimaient aller faire du shopping, ou aller au cinéma, ou...

Je m'interrompis. Elle fronça les sourcils.

Je ne pouvais pas faire avec Maggie ce que je faisais avant avec mes copines.

– Oh, je vois, mais ce n'est pas avec elles que je veux sortir. C'est avec toi. Je ne sais pas comment, mais je veux le faire. Je veux passer du temps avec toi. T'embrasser. Te tenir dans mes bras. Je veux te voir sourire. Et puis d'abord...

Je soulevai son journal.

– ... c'est sur ta liste.

Elle fit non de la tête.

– Maggie, j'ai passé plus de cinq heures à recoller toutes les feuilles de ce carnet. Je pense savoir ce qu'il y a dans ton journal.

Je le feuilletai puis le lui montrai quand je trouvai la bonne page.

– Numéro cinquante-six : sortir avec Brooks Tyler Griffin, d'après *Le Livre de Brooks.*

Elle me fit un petit sourire amusé. ***Ce n'est pas moi qui ai écrit ça.***

Je haussai les épaules.

– Écoute, tu n'as pas besoin d'être gênée. Je suis flatté. Même si ce n'est pas moi qui ai écrit cette liste, je suis là pour t'obliger à la suivre. Purée, si j'avais su que tu étais si follement amoureuse de moi, je t'aurais demandé de sortir avec moi il y a des années.

Elle haussa un sourcil et se tapa sur les hanches, et je sus exactement à quoi elle pensait.

– D'accord. Pour tout dire, quand nous avions dix ans et que tu préparais notre mariage, j'étais à l'âge où je détestais les filles. Tu ne peux pas m'en tenir rigueur.

Elle rigola en silence et leva les yeux au ciel. J'adorais ça. J'adorais la voir rire, même si c'était un rire silencieux. C'était ce qui se rapprochait le plus du son de sa voix.

– Tu vois ? C'est ça qui existe entre nous, je sais ce que tu penses sans que tu aies besoin de parler. Tu es ma meilleure amie, Maggie. Si sortir avec toi signifie passer toutes les soirées avec toi dans cette maison, eh bien je serai le mec le plus heureux du monde.

Du bout des doigts, je passai ses cheveux derrière son oreille.

– Alors, je vais te le demander encore une fois : veux-tu être ma petite amie ?

Elle fit non de la tête en riant pour aussitôt se mettre à faire oui avant de hausser les épaules. J'entendais clairement les mots qu'elle ne prononçait pas. *Bon, ben on verra bien. Je pense que je vais sortir avec toi.*

Message reçu.

Nous allâmes jusqu'à son lit, nous nous y laissâmes tomber à la renverse, et je sortis mon iPod pour notre première chanson de couple officielle. *Fever Dreaming* par No Age. La musique était forte et le rythme rapide, tout le contraire d'une chanson romantique de premier rendez-vous. J'allais en changer mais Maggie se mit à taper des doigts sur le lit. Puis à taper du pied sur le sol, et mes doigts et mes pieds firent de même lorsque la batterie entra en lice. Quelques secondes plus tard, nous étions debout, en train de sauter en l'air et de nous balancer sur la musique. Mon cœur battait la chamade alors que nous étions si près l'un de l'autre et que nous dansions à l'unisson sur cette musique. Quand la chanson se termina, nous étions hors d'haleine. Maggie attrapa son marqueur pour écrire sur son ardoise :

Encore ?

Je remis la chanson encore et encore. Nous dansâmes et nous dansâmes jusqu'à ce que nos cœurs battent à se rompre et que nous soyons à bout de souffle.

Notre timing fut parfait ce soir-là.

Nous avions trouvé le bon timing, enfin.

Tous les jours que je passais avec Maggie étaient bien.

Toutes nos mains serrées étaient chaudes.

Tous nos baisers étaient réels.

Toutes nos embrassades étaient parfaites, sauf quand elles ne l'étaient pas.

Il n'arrivait pas souvent que les choses ne soient pas parfaites entre Maggie et moi, mais je dois à la vérité de dire que certains jours étaient compliqués.

Sortir avec Maggie était l'une des meilleures décisions que j'aie jamais prises, mais cela ne voulait pas dire que c'était toujours facile. Malgré tout, c'était toujours bien.

Plus je passais de temps avec elle et plus je remarquais de petites choses que personne d'autre ne remarquait chez elle – comme la façon dont le bruit de l'eau qui coule la faisait tressaillir, ou comment, si jamais on la touchait quand elle avait le dos tourné, elle faisait un bond. Ou comment, quand il y avait plus de deux personnes dans une pièce, elle se tassait dans les coins, ou encore comment, parfois, quand nous regardions un film, des larmes coulaient sur ses joues.

– Pourquoi tu pleures ?

Elle se passait les doigts sur les yeux et semblait surprise d'y trouver des larmes. En les essuyant, elle me faisait un petit sourire pincé et prenait son ancre dans ses doigts.

Et puis, il y avait ses crises de panique.

Depuis le temps que je connaissais Maggie, je n'en avais jamais rien su.

Elle les cachait et préférait garder ça pour elle. Je ne les ai découvertes que parce qu'il m'arrivait de me faufiler dans sa chambre pour une nuit blanche. Parfois elle s'endormait et elle se tournait et se retournait tellement que j'avais l'impression que ses cauchemars allaient lui faire avoir une crise cardiaque. Lorsque je la réveillais, elle me regardait les yeux agrandis d'horreur, comme si elle ne savait pas qui j'étais.

Elle se roulait en boule et se couvrait les oreilles des mains comme si elle entendait des voix imaginaires. Son corps se couvrait de sueur, ses mains tremblaient, et elle respirait bruyamment. Parfois elle portait les doigts à sa gorge et sa respiration devenait brève et irrégulière.

À chacune de mes tentatives pour entrer plus profondément dans son esprit, elle me repoussait. Nous nous disputions, mais j'étais le seul à crier. Se disputer avec quelqu'un qui ne réplique pas était pire que de se battre avec quelqu'un qui balance des chaises. On se sent désarmé, comme si on criait devant un mur.

– Dis quelque chose ! Réagis !

Mais elle gardait toujours son calme, ce qui ne faisait que m'énerver encore plus.

Cela me rendait fou d'essayer de découvrir ce qui la rongeait encore après toutes ces années.

Cela me rendait fou de ne pas pouvoir panser ses blessures.

J'étais sorti avec un certain nombre de filles avant elle, et cela m'avait toujours paru facile. J'avais l'impression d'avoir toujours des choses à leur dire, ce qui voulait dire que nous étions bien assortis. Si nous aimions les mêmes passe-temps, on était faits pour être ensemble. Je n'avais jamais été à court de sujets de conversation avec mes ex, nous parlions toujours, parfois pendant des heures. Quand le silence s'installait, je me sentais décalé. Je cherchais toujours quoi dire ensuite, le prochain sujet de conversation.

Ça ne se passait pas comme ça avec Maggie. Elle ne réagissait pas aux mots.

Au cours de sa dernière crise de panique, je trouvai un moyen de l'aider. Avant, quand je criais, exigeant qu'elle me laisse entrer dans sa tête, ça ne marchait jamais. Quand je la suppliais de me comprendre, elle s'éloignait encore plus.

La musique l'aiderait. La musique pouvait l'aider. J'en étais sûr. La musique était la seule chose qui m'aidait toujours.

Alors qu'elle pleurait, assise sur son lit, j'éteignis la lampe de sa chambre, j'allumai mon iPod et je mis *To Be Alone With You* par Sufjan Stevens.

Ça ne fonctionna pas à la première écoute, ni à la deuxième, mais je restai assis en silence, en attendant que sa respiration redevienne normale.

– Tout va bien, Magnet, disais-je de temps en temps, sans savoir si elle m'entendait, mais en espérant que si.

Quand elle finit par reprendre ses esprits, la chanson passait pour la onzième fois. Elle s'essuya les yeux et alla chercher une feuille de papier, mais je fis non de la tête et tapotai de la main un endroit sur le sol à côté de moi.

Elle n'avait pas besoin de mots.

Parfois les mots étaient plus creux que le silence.

Elle s'assit en face de moi avec les jambes croisées. J'éteignis la musique.

– Cinq minutes, murmurai-je en lui tendant les mains. Seulement cinq minutes.

Elle mit ses mains dans les miennes, et nous restâmes assis, totalement immobiles et silencieux, à nous regarder dans les yeux pendant cinq minutes. La première minute, nous ne pouvions pas nous retenir de rire. On se sentait un peu ridicules. La deuxième minute, nous ricanions encore un peu. À la troisième minute, Maggie se mit à pleurer. À la minute quatre, nous pleurions tous les deux, parce que rien ne me rend aussi triste que de voir de la tristesse dans ses yeux. À la cinquième minute, nous souriions.

Elle laissa échapper le souffle qu'elle retenait, et je relâchai le mien.

C'était libérateur de ressentir tant de choses avec quelqu'un qui les ressentait aussi. C'est pendant ces moments-là que j'eus le sentiment d'en apprendre le plus à son sujet. C'est pendant ces moments-là qu'elle en apprit le plus à mon sujet.

Je ne savais pas qu'on pouvait entendre la voix de quelqu'un avec autant de clarté dans les moments de silence.

13

MAGGIE

Brooks ne m'interrogea plus au sujet de mes crises de panique, et j'en fus heureuse. Je n'étais pas encore prête à en parler et Brooks le comprenait. Cependant, je savais que le jour où je serais prête, si ce jour venait, il m'écouterait volontiers, et cela comptait plus pour moi qu'il ne pouvait l'imaginer.

Au lieu d'occuper notre été à des sujets sérieux, nous l'avons occupé à nous embrasser. Lorsque nous ne nous embrassions pas, nous rédigions notre liste de choses à faire pour notre avenir commun. Cela me plaisait de voir qu'il croyait qu'un jour je serais capable de sortir de la maison.

Cela me plaisait de m'imaginer voir le monde avec lui à mes côtés.

– Ce sera génial, Maggie. Et puis, comme je vais aller à la fac dans la ville d'à côté, je pourrai venir te voir tous les jours après les cours. Ce sera facile, disait-il souvent.

Les espoirs qu'il mettait en nous confortaient plus que jamais le mien.

Puis nous recommencions à nous embrasser. Nous ne faisions rien d'autre que nous embrasser.

Je n'étais pas douée pour tenter autre chose. Ce n'était pas surprenant puisque je n'avais jamais eu de petit ami pour pratiquer les choses que faisaient les autres personnes lorsqu'elles étaient en couple. Chaque fois que Brooks venait me voir et que ses mains devenaient baladeuses, je me contractais, pas parce qu'il me caressait, je voulais qu'il le fasse, mais parce je ne savais pas comment j'étais censée répondre à ses caresses.

C'était embarrassant et je détestais ça. J'avais le sentiment d'avoir lu assez de livres qui faisaient référence au sexe pour être capable de savoir comment caresser mon petit ami, pourtant c'était loin d'être la vérité.

– Ça ne fait rien.

Brooks sourit, en se relevant après une de nos sessions de baisers qui n'en finissaient jamais.

– Rien ne presse.

Je n'avais pas le sentiment d'avoir la pression, je me sentais idiote. *Où est-ce que je pose les mains ? Est-ce que ça, ça lui plaît ? Comment est-ce que je peux savoir si ça lui plaît vraiment ?*

– Je ferais mieux de descendre pour la répétition.

Il rajusta l'entrejambe de son jean, et je me sentis encore plus mal. J'étais une vraie allumeuse sans le faire exprès.

– On se retrouve en bas, ok ?

Je fis oui de la tête. Il se pencha pour m'embrasser sur le front avant de partir en courant.

Dès qu'il eut disparu, je me couvris la tête de mon oreiller pour pousser un hurlement muet tout en battant des jambes, furieuse.

C'est alors que me parvinrent des pleurs étouffés. En levant la tête, j'aperçus Cheryl qui passait dans le couloir en se tenant la joue. Elle entra précipitamment dans sa chambre et claqua la porte.

Deux secondes plus tard, je frappai.

– Va-t'en ! cria-t-elle.

Je cognai une fois. *Non.*

Je l'entendis grogner.

– S'il te plaît, Maggie, je sais que c'est toi. Laisse-moi tranquille.

Je tournai la poignée de la porte et je l'ouvris lentement. Debout devant son miroir, Cheryl examinait une entaille qu'elle avait sous l'œil. Du sang coulait sur sa joue.

– Bon Dieu, Maggie ! T'entends pas ce qu'on te dit !

En m'approchant d'elle, je l'obligeai à se tourner vers moi pour regarder son entaille de plus près. En inclinant la tête, je lui posai une question muette. Elle fit une grimace.

– J'ai laissé Jordan me raccompagner chez moi après le bal il y a des semaines, du coup il a cru que cela voulait dire que nous étions de nouveau ensemble. Et comme moi, j'ai horreur d'être seule, je suis retournée avec lui. Mais il s'est révélé qu'il ne m'avait pas tout à fait pardonnée, et avec le temps il est devenu de plus en plus mauvais. Alors quand je lui ai dit que je ne voulais plus sortir avec lui... il s'est un peu... mis en colère.

Ma poitrine se serra.

– Ne flippe pas, hein ?

Elle se retourna lentement vers moi et souleva son t-shirt. Je portai ma main à ma bouche en voyant la rougeur sur sa peau, qui montrait bien que Jordan l'avait battue.

Cheryl...

Elle ricana.

– Si tu trouves que c'est moche, tu devrais voir dans quel état il est.

Je fis la grimace.

Elle fronça les sourcils, elle aussi.

Il était probablement parti sans une égratignure, en laissant ma sœur avec des cicatrices non seulement sur le corps, mais sur l'esprit aussi.

J'allai dans la salle de bain chercher un gant de toilette mouillé et un pansement. En revenant, je l'aidai à s'asseoir sur son lit et tirai la chaise de son bureau pour m'asseoir à côté d'elle. Quand je commençai à nettoyer sa coupure, elle tremblait de tout son corps.

– Je ne veux pas porter plainte, Maggie. Je sais que c'est probablement ce que tu voudrais que je fasse, mais je ne le ferai pas. Il a plus de dix-huit ans. Il serait inculpé en tant qu'adulte, et je ne peux pas détruire sa vie comme ça...

Je continuai à nettoyer son visage sans réagir à son flot de paroles.

– Je veux dire, c'est ma faute. Je n'aurais pas dû repartir avec lui le soir du bal. Je lui ai envoyé des signaux ambigus.

Je tapai une fois sur sa jambe. *Non.*

Elle s'en voulait. Je connaissais ça. Il m'arrivait encore de me faire des reproches, parfois. *Je n'aurais pas dû me trouver dans ces bois. Maman m'avait dit de ne pas aller me promener seule. Je m'étais mise en danger moi-même. Tout était ma faute.*

Mais quand je prenais un bain et que je me laissais glisser sous l'eau, je me débarrassais de toutes ces idées.

Parfois notre esprit se retournait contre nous, et c'était notre responsabilité, pour protéger notre amour-propre, de l'envoyer balader sans ambages avec ses mensonges.

Je n'étais pas coupable.

Cheryl non plus.

Une larme coula sur sa joue et elle l'essuya.

– Qu'est-ce que ça peut te faire, d'ailleurs ? Pourquoi est-ce que tu m'aides ? J'ai tout bousillé dans ta chambre. Je t'ai dit des tas de vacheries, et toi tu m'aides. Pourquoi ?

Je haussai les épaules.

Elle tendit le bras en gémissant à cause de la douleur dans son dos et saisit un crayon et une feuille de papier.

– Pourquoi, Maggie ?

On est une famille.

Elle versa encore quelques larmes qu'elle n'essaya même pas de dissimuler.

– Je suis sincèrement désolée, tu sais, pour ce que j'ai fait dans ta chambre, pour ce que je t'ai fait à toi. C'est juste que...

Elle leva les mains en un geste d'impuissance.

– Je ne sais pas si ma vie a un sens, dit-elle d'une voix où perçaient la honte et le remords.

Je doutais que beaucoup de gens le sachent. Quiconque prétendait connaître exactement le sens de sa vie n'était qu'un menteur. Parfois je me demandais s'il y avait vraiment quelque chose à savoir, ou si nous ne faisions tous que chercher un sens là où il n'y en avait aucun.

– J'ai envie de dire à maman et papa ce qu'il a fait, murmura-t-elle les yeux pleins de tristesse. Mais je sais qu'ils vont flipper. Ils sont déjà furieux contre moi pour toutes les conneries que j'ai faites. J'ai trop déconné pour que cela les intéresse vraiment.

Je tapai sur sa jambe une fois encore. *Non.*

– Qu'est-ce que tu en sais ?

Je lui montrai une nouvelle fois le papier où j'avais écrit que nous étions une famille. Après ça elle rassembla assez de courage pour tout leur raconter. Au moment où ils la serrèrent dans leurs bras en lui disant que rien n'était sa faute, Cheryl sembla respirer librement pour la première fois depuis des années.

* * *

– Il me manque, dit Cheryl en se laissant tomber sur mon lit quelques semaines après sa rupture « officielle » avec Jordan.

L'entaille sur son visage était presque cicatrisée, mais je savais que la blessure sur son esprit ne guérirait pas aussi vite.

– Enfin, ce n'est pas *lui* qui me manque. Ce qui me manque, c'est l'idée de lui. L'idée d'avoir quelqu'un à mes côtés. Tout à l'heure j'ai essayé de me rappeler la dernière fois où j'avais été seule et je n'ai pas réussi.

Je fis la grimace et elle poursuivit.

– Tu te rends compte, et si j'étais une de ces filles qui ne peuvent pas vivre seules ? Si j'étais obligée d'être toujours avec un mec ? Qu'est-ce que je vais devenir si je n'ai pas un mec de qui parler ? Tu ne l'as peut-être pas remarqué, mais je ne suis pas vraiment douée pour avoir des copines. Il n'y a jamais aucune fille qui vient pour aller se balader avec moi, sans doute parce que j'ai piqué la plupart de leurs petits amis. Qu'est-ce que je vais devenir, bon sang ?

Je me levai et me dirigeai vers mes étagères de livres, cherchant une lecture bien particulière pour ma sœur. Je me saisis de *La Servante écarlate* de Margaret Atwood et le lui tendis.

Elle fronça les sourcils et me regarda d'un air lugubre.

– Qu'est-ce que tu veux que j'en fasse ?

Je haussai un sourcil et elle fit de même.

– Maggie, tu sais bien que je ne lis pas.

C'était la phrase la plus triste que j'avais jamais entendue. J'insistai pour lui tendre le livre et cette fois elle le prit d'un air méfiant.

– Très bien. Je vais essayer, mais c'est bien parce que je m'ennuie à mourir, car ça m'étonnerait que ça me plaise.

En trois jours elle l'avait terminé, et après elle revint me voir en le citant avec les yeux agrandis par une émotion que je ne lui avais jamais vue auparavant.

– Tu veux savoir la phrase que je préfère ? « *Ne laisse pas ces salauds te détruire.* » Putain ! C'est. Trop. Bien. Margaret Atwood est mon double spirituel.

Elle me tendit le livre en plissant les yeux.

– Tu en as d'autres, comme ça ?

Je lui passai un nouveau livre tous les trois jours. Au bout d'un moment, nous avons commencé à passer des soirées de filles, le vendredi soir, à manger des Doritos en buvant trop de soda, allongées par terre dans ma chambre avec les pieds posés sur le bord du lit.

– Purée, Maggie ! Pendant tout ce temps je croyais que tu lisais pour fuir le monde. Mais maintenant je sais que ce n'était pas pour le fuir, tu lisais pour le découvrir.

Le plus beau soir fut quand Cheryl termina *La Couleur des sentiments* de Kathryn Stockett. Pendant tout le temps où elle le lisait, elle fut partagée entre le rire et les larmes.

– QUELLES SALOPES ! hurlait-elle régulièrement. Non, c'est vrai, QUELLES SALOPES !

Une nuit, vers deux heures du matin, alors que je dormais, elle se mit à me donner des coups dans les côtes pour me réveiller.

– Maggie, hé, Maggie !

Quand j'ouvris les yeux, elle tenait le roman sur sa poitrine et arborait un large sourire, du genre de ceux qu'ont les enfants quand ils entendent le marchand de glaces passer dans leur rue et qu'ils ont juste assez d'argent dans la poche pour se payer une super glace.

– Maggie. Je crois que c'est ce que je suis. Je crois que ça y est.

Je soulevai péniblement un sourcil, en attendant qu'elle m'explique de quoi elle parlait.

– Je crois que j'y suis arrivée.

Son sourire s'élargit encore, si c'était possible, ce qui me fit sourire à mon tour.

– Je crois que je suis devenue une lectrice.

Dans les jours et les semaines qui suivirent, Cheryl commença à sortir moins le soir. Elle passait le plus clair de son temps à lire. Quand elle venait me rendre visite dans ma chambre, ce n'était plus pour me raconter ses folles aventures avec des mecs différents. Elle se mit à me parler de ses rêves fous d'aventure – de voyages autour du monde, pour voir les lieux décrits dans les romans qu'elle avait lus. Elle se mit à créer sa propre liste de choses à faire.

Un soir, alors qu'elle me parlait de Londres, j'abordai la question du sexe, et elle me regarda, ébahie.

– Oh, bon sang, Maggie !

Elle m'arracha le papier des mains et le déchira en petits morceaux.

– Et d'une, c'est le genre de petit mot que papa ne doit jamais voir, et de deux, est-ce que vous couchez ensemble, Brooks et toi ?

Je secouai la tête en rougissant.

– Mais vous faites des trucs, non ? Oh, mon Dieu ! J'ai toujours rêvé d'avoir cette conversation avec toi ! Ok.

Elle se laissa tomber sur mon lit et s'assit en croisant les jambes.

– Raconte-moi tout ce que vous avez fait.

Ses yeux brillaient de curiosité.

On s'est embrassés.

Elle hocha la tête rapidement.

– Ouais ! Cool ! Quoi d'autre ?

J'écrivis de nouveau on s'est embrassés.

– Quoi ? Mais vous sortez ensemble depuis des semaines, non ? Ça fait un peu long pour seulement s'embrasser. Pourquoi vous n'êtes pas allés plus loin ? Est-ce parce que tu n'es pas prête ? Parce que si c'est ça, tout va bien. Brooks ne va pas t'en vouloir.

Non. Je suis prête.

– Ben, alors, c'est quoi le problème ?

Je rougis.

Je ne sais pas quoi faire d'autre.

– Tu veux dire que tu ne sais... rien faire ? Comme une branlette ? Un anulingus ? Une pipe ? Un léchage de tétons ? Le gâteau renversé à l'ananas ?

Je haussai un sourcil et Cheryl hocha la tête.

– Je sais à quoi tu penses. Toutes ces choses peuvent faire penser à de l'abnégation, mais crois-moi, si tu les fais bien, tu seras payée en retour.

Oh la vache ! J'avais du mal à la suivre, parfois. Mais en même temps, elle m'avait tellement manqué.

Elle bondit sur ses pieds et sortit de la chambre en courant. Elle revint avec des bonbons, des bananes, et divers autres fruits, y compris des rondelles d'ananas.

– D'accord, commençons par le commencement.

Elle prit une banane.

– La branlette.

– Salut les filles, dit Brooks en passant une tête par la porte de ma chambre.

Cheryl se jeta à plat ventre sur les fruits.

– On ne fait rien du tout ! cria-t-elle.

Bien joué, sœurette. Rien de suspect là-dedans.

Brooks haussa les sourcils d'un air interrogateur.

– D'accooord !! Bon, on m'a juste envoyé vous dire que le dîner est prêt et votre père m'a dit de rentrer chez moi parce que je ne suis plus le bienvenu dans la maison où Maggie dort.

Je souris d'un air narquois. *C'est bien digne de papa, ça.*

– Bon, ben tu peux t'en aller, alors, répliqua Cheryl en souriant à Brooks d'un air coincé.

Il vint vers moi et m'embrassa sur le front.

– À demain.

Quand il fut parti, Cheryl s'assit en grognant. Elle avait de la banane écrasée sur la poitrine, et il y en avait partout sur ma couverture.

– Désolée pour ce bazar, dit-elle en essuyant la banane sur sa chemise, mais crois-moi, si tu fais ce qu'il faut, cette étape est complètement normale.

14

BROOKS

Un samedi soir nuageux, je décidai d'aller chez Maggie pour passer la soirée avec elle. Nous passions beaucoup de temps dans sa maison et cela ne me dérangeait pas du tout. Être avec elle suffisait à me rendre heureux. Je montai dans sa chambre, où elle m'attendait à la porte avec un tas de feuilles de papier dans les mains. Elle n'était pas comme d'habitude. Elle avait bouclé ses cheveux et elle était... maquillée ? Elle était toujours belle, mais d'une beauté différente.

Tu sais quoi ?

Je fis un large sourire.

– Quoi ?

Elle laissa tomber la première feuille pour révéler la suivante.

Mes parents m'ont offert un téléphone portable pour mon bac.

– Non ? C'est vrai ?

Elle hocha la tête rapidement et laissa tomber la feuille suivante.

C'est vrai.

Je fis un pas dans sa chambre et avant de refermer la porte je vérifiai que monsieur Riley n'était pas dans le couloir en train de nous surveiller.

– Est-ce que ça veut dire que je vais pouvoir t'envoyer des textos inconvenants ?

Elle rougit. Il n'en fallait pas beaucoup pour faire rougir Maggie et j'adorais ça quand ça arrivait. Elle feuilleta ses papiers à la recherche de la réponse adéquate.

Espèce d'obsédé.

Je haussai un sourcil et me rapprochai d'elle pour la prendre dans mes bras.

– Des photos inconvenantes, alors ?

Elle chercha une autre feuille.

De plus en plus obsédé.

Je me mis à rire. Elle se pencha et posa les mains sur mon torse. Puis, tout en descendant les doigts vers mon entrejambe, elle passa lentement la langue sur mes lèvres pour les entrouvrir avant de m'embrasser fougueusement. C'était nouveau de sa part et je poussai un grognement, cela me plaisait plus qu'elle ne l'imaginait.

– Maggie, tu ne peux pas me dire que je suis un obsédé et me faire ce genre de trucs.

Elle recula d'un pas et se mordit la lèvre inférieure en laissant tomber une autre feuille.

D'accord, alors tu peux être un obsédé.

Je plissai les yeux, et je la regardai fixement en sentant un pincement dans mon jean. Ses longs cheveux étaient ondulés et encore légèrement humides après la douche. Ils tombaient sur ses épaules, en frôlant les fines bretelles de sa robe, qui lui descendait jusqu'aux pieds. Sa beauté était d'une grande simplicité. Elle avait les joues encore rouges, mais le regard déterminé.

– Tu veux... ?

Oui.

– Et tes parents ?

Elle fit tomber une autre feuille et je ne pus m'empêcher de sourire. C'était comme si elle avait su que j'allais poser la question.

Chez mes grands-parents jusqu'à demain.

– Et Calvin ?

Avec Stacey.

– Et Cheryl ?

Elle sourit et leva les yeux au ciel, en laissant tomber encore une feuille, il en restait deux.

Va savoir.

Brooks ?

– Oui ?

La façon dont elle se balançait d'avant en arrière me tuait. Elle était si belle, putain, et j'aurais pu jurer qu'elle n'en avait pas la moindre idée.

Elle leva la dernière feuille de papier qu'elle tenait à la main.

Viens me déshabiller, maintenant.

Je m'approchai d'elle et lui passai la main dans les cheveux.

– Tu en es sûre ?

Elle hocha la tête. Je posai les lèvres dans son cou, je léchai doucement, et je suçai délicatement. Ma bouche descendit le long de sa clavicule en l'embrassant à chaque étape. Lorsque j'arrivai à la bretelle de sa robe, je la fis glisser le long de son bras, tout en la mordillant délicatement. Elle poussa un léger soupir, et ce son à lui seul excita mon désir.

– On va aller lentement. Nul besoin de se précipiter, dis-je, conscient que c'était la première fois pour elle.

Je fis descendre son autre bretelle sur son épaule et sa robe glissa au sol. Je fis un pas en arrière, examinant son corps. Son soutien-gorge de dentelle blanche n'était pas assorti à sa culotte en coton rose, et pourtant c'était parfait comme ça. Elle avait des jambes longues et minces et elle gardait les bras le long de son corps.

– Tu es belle, murmurai-je.

Elle vint vers moi, saisit le bas de mon t-shirt et me le passa par-dessus la tête avant de le jeter par terre, où il alla rejoindre sa robe. Tandis qu'elle détachait la boucle de ma ceinture, je me déchaussai et retirai mes chaussettes. Elle fit descendre la fermeture de mon jean, qui tomba sur le sol.

Maggie m'observa des pieds à la tête en même temps que je l'observais, elle. Puis, petit à petit, elle descendit le bout de ses doigts vers la ceinture de mon boxer. Je fermai les yeux quand elle frôla mon érection de son pouce et qu'elle se mit à me caresser lentement à travers le tissu de mon boxer.

– Mag...

Je grognai quand je la sentis commencer à appuyer sa caresse. De sa main libre elle attrapa la ceinture de mon boxer et lorsqu'elle entreprit de le descendre, j'ouvris les yeux. Elle se baissait pour se mettre à genoux. Ses mains tremblaient contre moi et je soulevai son avant-bras.

– Maggie, qu'est-ce que tu fais ?

Elle me regarda sans comprendre.

– Je veux dire... Je sais ce que tu es en train de faire, mais tu n'es pas obligée...

Je la relevai, et je lui passai les doigts dans les cheveux.

– Je sais que tu n'as jamais fait ça avant.

Elle me regarda d'un air gêné et comme elle se détournait de moi, je l'obligeai à me faire face de nouveau et pris ses mains dans les miennes.

– Qui t'a dit de faire ça ? Cheryl ?

Elle pressa mes mains à deux reprises.

Je détestais ça. Je détestais qu'elle se sente obligée de faire certaines choses parce que les autres le disaient.

– Cinq minutes ?

Je reculai de quelques pas.

Elle ferma les yeux, prit une profonde inspiration et fit un pas en arrière. Quand elle rouvrit les yeux, elle sourit, dégrafa son soutien-gorge et le laissa tomber par terre. Je retirai mon boxer et le lançai sur le côté. Sa culotte glissa sur ses cuisses superbes et elle la retira un pied après l'autre.

Elle leva la main et hocha la tête. Cinq minutes.

Nous restâmes comme ça, en nous regardant fixement. Cinq minutes pour effacer toutes les peurs. Cinq minutes pour nous rappeler qui nous étions. Cinq minutes pour trouver notre propre voie, notre propre histoire.

Au bout des cinq minutes, je pris Maggie par la main et la conduisis jusqu'au lit pour l'y allonger.

– Maggie...

Je l'embrassai sur les lèvres.

– Nous ne sommes pas obligés de faire comme les autres...

Je l'embrassai dans le cou.

– Nous ne sommes pas eux. Nous ne sommes pas obligés de suivre leurs directives.

Je l'embrassai sur la clavicule, et elle ferma les yeux tandis que je suivais les courbes de son corps en l'embrassant partout, en goûtant chaque centimètre de sa peau.

– Il n'y a pas de règles, rien n'oblige à faire les choses d'une certaine façon.

J'écartai ses jambes et lui embrassai les cuisses. J'effleurai sa peau de mes lèvres et elle entortilla ses doigts dans mes cheveux.

– Et tu peux à tout moment me pincer ou me frapper si tu veux que j'arrête.

Elle cambra ses hanches vers ma bouche, pour me montrer à quel point elle voulait que je continue, me suppliant silencieusement de la goûter. Oh, à quel point je désirais cela. Je lui jetai un coup d'œil, elle ne me quittait pas des yeux. Elle surveillait chacun de mes gestes, et je voulais qu'elle voie tout. Je voulais qu'elle m'observe quand j'explorais son corps, que je le goûtais, que je l'aimais. Elle et moi, nous ne suivions les règles de personne d'autre, le manuscrit de personne d'autre. Nous écrivions notre propre histoire.

Je me penchai en avant, je passai la langue sur elle, glissai un doigt profondément en elle, et j'entrepris de l'initier au chapitre un.

15

MAGGIE

— Je ne peux pas le croire ! Ça me dépasse.

Le samedi soir suivant, maman recevait ses copines. Elles étaient allées au lycée ensemble, et comme maintenant elles vivaient toutes dans des États différents, elles ne venaient qu'une ou deux fois par an, ce qui était déjà trop, à mon sens. Chaque fois qu'elles venaient, je faisais tout mon possible pour me rendre invisible. Ce n'étaient pas les personnes les plus sympas du monde. Elles étaient cinq en tout, maman comprise. Elles avaient beau être allées en classe ensemble, je ne voyais vraiment pas pourquoi elles faisaient tous ces kilomètres pour se retrouver – elles ne pouvaient pas se sentir. Toutes les discussions qu'elles abordaient ressemblaient à des compétitions. Si la fille de Loren avait marché à dix mois, celle de Wendy conduisait une voiture à neuf. Si Hannah courait cinq kilomètres, Janice faisait dix kilomètres en moins de temps.

Mais le sujet qu'elles préféraient par-dessus tout, c'était moi. Quand il s'agissait de mon mutisme, elles devenaient toutes des professionnelles de ce que cela signifiait d'être muet.

Ce soir-là, je les écoutais parler de moi, assise en haut de l'escalier. J'aurais aimé que Brooks soit là, mais il était parti avec les autres écouter un quelconque super groupe indépendant jouer dans une cave quelconque réservée aux initiés. Il n'arrêtait pas de m'envoyer des vidéos de l'endroit où ils étaient, serrés comme des sardines dans un bruit assourdissant. Chaque fois que son visage apparaissait et que je voyais son sourire enthousiaste, mon cœur fondait un peu plus.

J'aurais aimé être là-bas avec lui, sentir ses bras autour de moi et me laisser happer par la musique. Sur la vidéo, je voyais Stacey qui se balançait en rythme avec Calvin, et je me trouvais égoïste – égoïste de ne pas être là pour Brooks, égoïste de ne pas être capable de faire les choses que font les couples normaux.

– Elle a vraiment un petit ami ? demanda Loren en finissant son verre de vin avant de se resservir. Mais comment est-ce que c'est... possible ?

– Qui est-ce ? rajouta Wendy.

– Brooks, dit maman d'un air détaché en mangeant ses chips.

– Brooks *qui* ? insista Wendy.

– Griffin.

– *Quoi* ? crièrent les quatre en chœur sur un ton perçant.

– J'y crois pas, dit Janice. Ce Brooks est... Il est plutôt populaire auprès des jeunes filles, non ? Je comprends qu'il vienne lui rendre visite tous les jours par gentillesse, mais de là à sortir avec elle ? C'est dingue.

– C'est pas un peu malsain ? demanda Loren. Tu sais, avec... Maggie, dans son... état ?

– Son état ?

– Tu sais, son... traumatisme. Je dis ça comme ça, mais j'ai lu un article une fois...

– Tu as toujours lu des articles une fois, l'interrompit Hannah, sur un ton non dénué d'agressivité.

– Peut-être, mais celui-là s'appuyait sur une étude vraiment scientifique. Il disait que les individus qui ont subi des traumatismes pendant l'enfance étaient sujets à des rechutes quand ils entamaient une relation de couple.

– Loren, la gronda Hannah.

J'aimais bien Hannah. Maman aurait dû ne garder qu'elle comme amie et virer les autres.

– Quoi ? C'est vrai. Le fait de sortir avec Brooks pourrait provoquer une sorte de rechute. Et puis, qu'est-ce qu'ils vont faire ? Se donner éternellement rendez-vous dans la maison de Katie ? Je dis seulement que cela ne me semble pas être une bonne idée. Cela pourrait vraiment faire reculer les progrès, aussi minimes soient-ils, que Maggie a faits. De plus, cela ne me semble pas juste pour Brooks. Qu'est-ce qu'il y gagne, lui, dans cette histoire ?

Ta gueule, Loren. Il me gagne, moi.

J'en avais assez entendu comme ça, mais je n'arrivais pas à m'en aller.

– Vous savez quoi ? *Que sera, sera,* intervint Hannah, ils sont jeunes, laissez-les vivre un peu.

Bien dit, Hannah !

Hannah, c'était celle qui faisait le moins d'histoires dans le groupe. Elle, elle ne venait que pour la pizza et le vin. Et je ne pouvais pas l'en blâmer – maman commandait toujours les pizzas chez Marco, et c'était la meilleure de la ville.

– C'est une idée idiote, Hannah. « Vivre un peu ». C'est à cause de ce genre de philosophie que tu t'es mariée trois fois et que tu as divorcé trois fois.

– Je vais vers la quatrième dans les deux cas.

Hannah se resservit du vin, sourit et se mit à chanter.

– *Que sera, sera.*

– Tu sais ce que ta mère pense du fait que tu écoutes aux portes, murmura papa en montant l'escalier pour venir s'asseoir à côté de moi.

Il tenait un sachet de M&Ms ouvert à la main et il me le tendit pour que je me serve.

– En plus, ces femmes sont des vipères. Tu n'as pas besoin de te faire laver le cerveau par leurs âneries.

Je lui souris et posai la tête sur son épaule.

– Elles parlent encore de toi ?

Je fis oui de la tête.

Il fit la grimace.

– J'ai dit à ta mère de changer de sujet ou alors d'arrêter d'inviter les quatre cavaliers dans notre maison. Elle n'est vraiment pas assez grande pour servir de quartier général à l'apocalypse. Ne te laisse pas atteindre par ce qu'elles disent, Maggie, ok ?

Ce n'était pas ça qui m'inquiétait. Il y avait longtemps que j'avais compris que ces femmes étaient folles. Ce qui me tracassait, c'était l'influence qu'elles avaient sur maman. Même si elle essayait de contrer leurs opinions, celles-ci s'insinuaient quand même dans son inconscient. Parfois, lorsque maman réagissait à une situation, elle ne réagissait pas naturellement, mais en fait elle disait des choses que les quatre cavaliers auraient pu dire. Papa disait toujours de se méfier de l'effet de groupe, qui faisait de vous quelqu'un que vous ne seriez pas devenu autrement.

– Je dis juste qu'elle n'ira jamais mieux si tu laisses faire, reprit Loren. Elle ne devrait pas être autorisée à...

– Oh Loren, ferme-la ! cria maman, ce qui nous stupéfia, papa et moi.

Elle faillit basculer en arrière, surprise elle-même par la violence de sa réaction.

– Ça suffit comme ça. Oui, ma fille a ses problèmes, mais ce n'est pas une raison pour que tu la diminues comme tu le fais depuis une heure. Je ne ferais jamais ça à propos de ton enfant, et j'attends que tu fasses preuve du même respect pour les miens. En ce qui concerne le fait que ma fille sorte avec un garçon et avec qui elle sort, c'est à son père et à moi d'en décider. Maintenant, je respecte ton opinion, mais ce n'est rien de plus que ça. Une opinion. C'est ton droit d'en avoir une, mais si tu pouvais la garder pour toi, ce serait super.

– Waouh, murmura papa, avec un petit sourire en coin. Ça, c'est elle. Ça, c'est la femme que j'ai épousée.

Elles se mirent à parler d'autre chose et Loren marmonna même des excuses.

– Une blague ? demanda papa.

Bien sûr.

– Pourquoi la grammaire pensait-elle être enceinte ? Parce qu'elle n'avait pas de règles.

Il rit en se tapant sur les cuisses et je levai les yeux au ciel avec ostentation.

Oh la la !

J'adorais mon père.

* * *

Il était plus d'une heure du matin quand les cavaliers de l'apocalypse enfourchèrent leurs montures pour rentrer à leur hôtel. Cela faisait un moment que je n'avais pas reçu de texto de Brooks et je me dis qu'il devait vraiment s'éclater à ce concert. Deux heures plus tard, je fus réveillée par le bruit de ma porte qui s'ouvrait lentement.

– Magnet, chuchota Brooks. Tu dors ?

Je me redressai dans mon lit.

Il sourit et entra dans ma chambre en refermant la porte derrière lui. Il alla à mon bureau et alluma la petite lampe, donnant assez de lumière pour une visite de réveil à trois heures du matin.

– Désolé d'avoir arrêté de t'envoyer des textos. Je n'avais plus de batterie. Et puis quand le concert était censé se terminer, il y a eu un rappel de folie ! Il y avait une de ces énergies dans la pièce, Maggie, je te jure que ça faisait trembler les murs. Si tu avais vu les musicos !

Brooks était intarissable. En battant des bras, tout excité, il me parla du groupe, de leurs guitares, des claviers, de la batterie, de comment Rudolph avait pris un coup de baguette dans la figure, et que c'était Oliver qui l'avait frappé avec la baguette.

Il débordait de bonheur. J'adorais la façon dont la musique le transformait – dont elle le libérait des contraintes de la vie.

J'adorais son bonheur.

– Je t'ai rapporté ça ! dit-il en sortant de sa poche un pin's du concert.

C'est le groupe qui jouait ce soir : Jungle Treehouse. Purée, Maggie, tu les aurais adorés. J'en suis sûr. J'aurais voulu que tu sois là. En revenant ici, j'ai rechargé mon téléphone dans la voiture et j'ai téléchargé quelques-uns de leurs morceaux, si tu veux les écouter.

Et je le fis.

Allongés sur mon lit avec ses écouteurs dans les oreilles, nos cœurs battant à l'unisson, nous écoutâmes la musique dans la lumière tamisée de la pièce. Il tourna la tête vers moi et je tournai la tête vers lui. Il mêla ses doigts aux miens et posa la main sur sa poitrine. Je sentis les battements affolés de son cœur alors que les vibrations de la musique passaient de mon âme dans la sienne.

– Je t'aime, Maggie May, murmura-t-il en me regardant droit dans les yeux. Enfin, je te regarde et je ne peux pas m'empêcher de me dire « Waouh ! j'aime vraiment cette fille là, maintenant » tu sais ? J'aime tout chez toi. Les moments faciles et les autres. Peut-être que je t'aime encore plus dans les jours difficiles. Je ne sais pas si j'ai raison de le dire, parce que je ne sais pas si tu es prête, mais ce n'est pas grave. Prends tout le temps qu'il te faudra, mais je voulais que tu le saches, parce que quand on aime quelqu'un, je crois qu'il faut le crier, sinon, cet amour dans ta poitrine devient un peu pesant. Il t'alourdit, et tu commences à te demander si l'autre t'aime aussi. Je ne me fais pas de souci pour ça, remarque. Je suis là, à côté de toi, je regarde sur ton visage les petites taches de rousseur que la plupart des gens ne voient pas, et je me dis à quel point je t'aime en ce moment.

Je me pelotonnai contre lui en posant ma tête sur sa poitrine et il me prit dans ses bras. Il ferma les yeux et me serra contre lui. Je sentais sa poitrine monter et descendre selon sa respiration et, au bout de quelques minutes, il s'endormit. J'appuyai mes lèvres contre son cou pour l'embrasser doucement. J'effleurai sa bouche de la mienne et il s'agita légèrement. Je pris sa lèvre inférieure entre mes dents et la mordillai délicatement.

Il ouvrit des yeux ensommeillés et hébétés, mais il sourit. Il souriait toujours en me regardant.

Je l'embrassai une fois et le regardai droit dans les yeux. Je l'embrassai encore et il fit passer mon corps sur le sien.

– Oui ? murmura-t-il.

Je hochai la tête.

Je l'aimais.

Je l'aimais et il le savait. Même si je ne pouvais pas prononcer les mots, il les entendait dans la façon dont je le caressais, dont je l'embrassais, dont je me serrais contre lui.

Et ce que l'on ressentait n'était-il pas la meilleure forme d'amour ?

– Moi aussi je t'aime, dit-il d'une voix douce, ses lèvres contre les miennes. Moi aussi je t'aime.

Nous entreprîmes de nous dévêtir l'un l'autre, lentement, doucement, avec délicatesse. Cette nuit-là, nous fîmes l'amour pour la première fois. Chacune de mes caresses me donnait accès à son esprit. Chaque baiser me faisait goûter une partie de son âme.

Dans ma tête, je lui répondais en murmurant, encore et encore. Chacune de mes larmes, chacun des battements de mon cœur lui parlaient pour moi. Si silencieusement et pourtant si fort.

Moi aussi je t'aime. Je t'aime. Je t'aime.

* * *

– T'es prête ? demanda Brooks en entrant dans ma chambre avec sa guitare sèche sur le dos, quelques jours plus tard.

Tu ne devais pas répéter ?

Il hocha la tête.

– Si, mais pas avec les Crooks, ce soir. Ce soir je démarre un nouveau groupe appelé BAM.

Ah bon ?

En se mordant la lèvre inférieure, il vint vers moi et m'embrassa sur le front. Il avait cette tendresse chaque fois qu'il me touchait. J'adorais cette sensation.

– Oui. C'est pour Brooks And Maggie.

Quoi ?

– C'est sur ta liste – jouer dans un groupe. Je me suis dit qu'on pouvait dès maintenant commencer à rayer des choses sur ta liste. Pourquoi attendre si on peut en faire certaines tout de suite. Allez viens. Je vais t'apprendre à jouer Bettie.

Bettie ?

– C'est le nom de ma grand-mère.

Je me pâme.

Il me mit sa guitare dans les mains et, comme je m'apprêtais à jouer des cordes à vide, il m'arrêta.

– Oh, oh, oh. Tu ne peux pas en jouer comme si elle était à ta disposition, Maggie. Tu dois te présenter d'abord. Tu dois apprendre à la connaître, ses différentes parties, comme sa magnifique tête, et son manche, où se trouvent les barrettes.

Il continua pendant au moins une demi-heure à m'expliquer les différentes parties de la guitare et je l'écoutai égoïstement. J'adorais sa façon d'adorer la musique. J'adorais qu'il veuille m'introduire dans son monde. Puis vint le moment où il me fit pratiquer le barré des cordes, pour ensuite aborder les positions des premiers accords.

Chaque fois que je me trompais, il continuait à m'encourager.

– C'est bien, Magnet ! Tu te débrouilles cent fois mieux que moi quand j'ai commencé à jouer.

Au bout de plusieurs heures, papa est venu et il a dit à Brooks qu'il n'aurait plus jamais le droit de venir chez nous parce qu'il nous avait surpris en train de nous embrasser.

– Je ferais aussi bien de rentrer, de toute façon, vu que tu bâilles.

Quand il se leva, je l'attrapai par le bras pour le retenir. Je me précipitai sur mes livres et je pris l'un de mes préférés.

– *Les Cerfs-Volants de Kaboul* ?

Il me prit le livre des mains. Le roman de Khaled Hosseini était l'une de mes lectures préférées. Papa me l'avait offert et je voulais que Brooks connaisse cette partie de moi, de la même façon qu'il voulait me faire connaître la musique. Le livre était marqué de petits post-it roses qui indiquaient mes passages préférés.

– C'est un de tes préférés ?

Oui.

– Alors je vais le lire deux fois, répondit-il en m'embrassant sur la tempe. Puis il se pencha et me murmura à l'oreille :

– À ce soir. Une fois que ton père sera endormi je reviendrai en douce, pour passer la nuit avec toi.

– BROOKS, RENTRE CHEZ TOI ! hurla papa, ce qui nous fit rigoler tous les deux.

16

BROOKS

– Hum, la Terre à Brooks. T'es toujours là, mon pote ?

Rudolph me donna une tape sur l'épaule et passa la main dans laquelle il tenait une pomme devant le livre que je lisais, assis sur le tabouret d'Oliver dans le garage.

–D'habitude, quand on fait une pause pendant la répète, tu grattes une guitare, mais là on dirait que tu es...

– En train de lire ! dit Oliver en sortant de la maison de Calvin avec deux pommes à la main.

Il mordit dans les deux à la fois et se mit à mastiquer bruyamment.

– J'ignorais même que tu savais lire. Tu es sûr que tu ne tiens pas le livre à l'envers ?

Je les fis taire d'un geste de la main tout en tournant la page. Mon avant-bras était couvert de petits post-it jaunes que j'utilisais pour écrire des commentaires en réponse à ceux de Maggie. Les jumeaux continuaient en vain d'essayer d'attirer mon attention, mais j'étais bien trop absorbé par ma lecture.

Calvin entra dans la pièce, tenant trois pommes dans la main et mordant dans les trois. Pathétique. Mes potes étaient pathétiques.

– Laisse tomber, man. Il est trop amoureux pour se concentrer sur autre chose.

– Beurk. Y en a marre de ces mièvreries à la con, gémit Oliver. Avant on devait se farcir Calvin qui voulait mettre le nom de Stacey dans toutes nos chansons, et maintenant voilà que Brooks se met à lire. À LIRE !

– Pour la première fois de ma vie, je suis d'accord avec mon frère, dit Rudolph.

Oliver le remercia en lui mettant un doigt mouillé dans l'oreille et en tournant.

– Seigneur ! Je retire ce que j'ai dit. Tu es dégoûtant.

Je les laissai à leurs enfantillages et me replongeai dans ma lecture. C'était intéressant de voir à quels endroits Maggie avait laissé des signets et s'ils se recoupaient avec les miens. Cela me faisait plaisir de découvrir les passages qui l'avaient fait rire ou pleurer, les passages qui la mettaient en colère ou en joie. C'était une sensation géniale.

– Au fait, mon père a décidé de se débarrasser de son bateau, dit Calvin. Il veut le vendre dans quelques semaines et il voulait savoir si ça nous dirait de faire une dernière partie de pêche, une sortie d'adieux, avant que nous partions tous à la fac en septembre.

– Il vend le bateau ? je m'étranglai en levant les yeux de mon livre.

Mais c'est un peu comme... notre bateau.

Nous avions passé tellement de temps sur le lac pendant notre enfance. Je savais qu'on ne le faisait plus depuis des années, mais l'idée que monsieur Riley le vende me rendait triste.

– C'est le bateau dont vous parlez tout le temps quand vous parlez de vos souvenirs d'enfance ? demanda Rudolph.

– Ouais, c'est celui-là.

– Eh ben, je suis partant. Si ce bateau a le pouvoir de faire que Brooks arrête de lire, cela doit valoir le coup.

Oliver lança ses trognons de pomme dans la poubelle et Rudolph se précipita, les ramassa avec une serviette en papier pour les mettre dans un sac en papier.

Je regardai mon pote, surpris par ce comportement étrange, et il haussa les épaules.

– Quoi ? C'est pour aider ma mère à faire un compost dans le jardin. Les trognons de pomme c'est super pour ça. En tout cas, si on peut avoir des fruits bio et qu'on ne me demande pas de faire du mal à un poisson, j'en suis aussi.

– La pomme que tu viens de manger n'était pas bio, frangin. Maman m'a dit de ne pas te le dire – et c'est justement pour ça que je le fais.

Oliver sourit d'un air moqueur et le visage de Rudolph s'empourpra.

Très vite ils recommencèrent à se crier dessus.

Alors je me remis à lire.

Quelques semaines plus tard, monsieur Riley nous emmena, avec mon père et mon frère Jamie, pour une dernière sortie en bateau. La journée fut parfaite. Nous engloutîmes des tonnes de cochonneries – sauf Rudolph qui avait apporté du raisin bio et un cake à la banane bio qu'il avait fait avec sa mère. Étonnamment, quand il le proposa autour de lui, tout le monde préféra les frites.

– Vous ne connaissez pas tous les bienfaits qu'apportent les graines de lin et de chia en matière de santé, mais, allez-y, mangez vos chips de maïs aux OGM, dit Rudolph.

Oliver prit une poignée de Fritos qu'il se fourra dans la bouche.

– Pas de problème en ce qui me concerne.

Nous passâmes des heures à parler de notre avenir et du fait que, même avec la perspective de la fac qui approchait, les répétitions du groupe constituaient toujours une priorité dans nos vies. Le fait qu'on fasse des études ne voulait pas dire que notre rêve devait être abandonné, cela voulait simplement dire qu'il devait s'adapter aux changements de la vie.

– Brooks, tu peux m'attraper une bière sous le pont ? me demanda monsieur Riley depuis l'autre bout du bateau.

Je bondis sur mes pieds et fis ce qu'il me demandait.

– Voilà, Monsieur R.

En me remerciant, il m'invita à m'asseoir à côté de lui. Ce que je fis. Il ouvrit sa bière et en but quelques petites gorgées.

– Alors, comme ça, Maggie et toi, hein ?

Je déglutis avec difficulté, sachant qu'on y était – le moment de la discussion avec le père de la petite amie.

– Oui, Monsieur.

Monsieur? Depuis le temps que je connaissais monsieur Riley, je ne l'avais jamais appelé Monsieur. Je n'avais jamais appelé personne *Monsieur.*

Il remonta sa ligne et la relança encore plus loin dans l'eau.

– Pour être franc, je ne savais pas très bien quoi en penser. Maggie, c'est ma petite fille. Elle sera toujours ma petite fille.

– Je comprends tout à fait.

– Et Maggie est différente des autres filles, alors tu peux comprendre que j'aie quelque appréhension de la savoir dans une relation de couple. En fait, j'ai tourné le sujet dans tous les sens avec Katie. En venant sur ce bateau aujourd'hui, j'avais plus ou moins l'intention de te demander de rompre avec elle – à cause de Katie. Elle pense sincèrement que c'est une très mauvaise idée.

Que pouvais-je répondre à ça ? Savoir que la propre mère de Maggie n'approuvait pas notre relation était comme un coup de poing dans l'estomac, mais sans me laisser le temps de répondre, monsieur Riley poursuivit :

– Mais en prenant mes cannes à pêche dans le placard du haut, tout à l'heure, je vous ai entendus tous les deux. Surtout, je l'ai entendue, elle. Elle rit avec toi. Elle rit réellement, à voix haute, et je n'arrive pas à me rappeler quand j'avais entendu ce son sortir de sa bouche pour la dernière fois. Alors, aussi longtemps que tu feras rire ma fille, tu auras ma bénédiction.

J'avalai ma salive.

– Merci, Monsieur.

– Ce n'est rien.

Il avala le reste de sa bière.

– Mais je te préviens, s'il arrive qu'elle arrête de rire avec toi, c'est là que nous aurons une conversation sérieuse. Si jamais tu fais du mal à ma fille...

Il me regarda droit dans les yeux en écrasant sa canette de bière entre ses doigts.

– Bon, tout ça pour dire, ne fais pas de mal à ma fille.

Mes yeux s'agrandirent de peur.

– Je ne lui ferai jamais de mal, et vous aviez raison à son sujet : Maggie n'est pas comme les autres filles.

Il évacua la menace de son regard et retrouva son vieux sourire insouciant. Il me tapota l'épaule.

– Allez, va t'amuser.

– Merci, Monsieur.

– Brooks ?

– Oui ?

– Si jamais tu m'appelles encore une fois Monsieur, nous allons avoir une autre petite discussion qui ne se terminera pas aussi bien.

Après la balade en bateau, Calvin et moi persuadâmes monsieur Riley de nous laisser l'accompagner quand vint le moment de vendre ce vieux camarade. La voiture s'arrêta sur la côte, en face du magasin de bateaux, juste au bord du lac Harper. Cela avait beau être le même lac dans lequel nous pêchions, c'était quand même à au moins vingt minutes par la route qui en faisait le tour, tellement il était grand. Sur la façade du magasin, il y avait une grande enseigne en bois où on pouvait lire : James' Boat Shop : Achat, Vente, Location, Échange.

Sous le porche, un chien n'arrêtait pas d'aboyer alors que nous montions les marches tous les trois pour rencontrer James.

– Tu en fais du boucan, toi, dis donc !

Monsieur Riley sourit au chien, qui continua ses hurlements mais remua la queue.

La porte moustiquaire s'ouvrit et un homme apparut. Il était grand et costaud et portait un jean et un t-shirt qui paraissait trop petit pour lui.

– Tais-toi, Wilson, chut !

L'homme nous sourit.

– Ne faites pas attention, il aboie mais ne mord pas. Depuis huit ans, j'ai tout essayé pour apprendre à ce fichu clébard à la fermer, mais rien à faire.

– Pas de souci, répondit monsieur Riley, moi, ça fait des années que j'essaie d'apprendre à ces deux gamins à se taire, sans succès.

Le type sourit et tendit la main.

– Je suis James Bateman. Je suppose que vous êtes Eric. On s'est parlé au téléphone. Alors c'est ça, votre bébé ? dit-il en montrant de la main le bateau qui était arrimé au camion de monsieur Riley.

Il alla jusqu'au bateau et passa la main sur la coque.

– Vous êtes sûr que vous ne voulez pas d'un échange ? Je pourrais vous avoir quelque chose de vraiment chouette à la place.

Monsieur Riley fit la grimace.

– Merci, mais non. Nous avons vraiment besoin de cet argent – du moins c'est ce que dit ma femme.

– Ah ! Il vaut toujours mieux écouter votre femme.

Il se mit à rire. Monsieur Riley l'imita.

– Les éternels conflits domestiques.

– Je connais ça. C'est pour ça que je ne recommencerai sans doute jamais, maintenant que ma femme m'a quitté.

– Je me disais ça, moi aussi, après que ma première femme est partie, et voilà.

Monsieur Riley sourit en baissant les yeux sur son alliance.

– Vous ne le regrettez pas ? demanda James.

– Jamais. Même les jours difficiles.

James ricana en hochant la tête. Il mit une tape dans le dos de monsieur Riley.

– Vous me faites espérer que peut-être un jour ma situation changera. Bon, si on rentrait pour parler affaires ?

Il se retourna et appela :

– Michael ! Michael, tu peux venir une seconde ?

Un jeune homme d'une vingtaine d'années sortit du magasin.

– Oui ?

– Tu veux bien montrer à ces deux jeunes gens certains de nos bateaux haut de gamme pendant que je m'occupe de ce client ?

Il se tourna vers Calvin et moi.

– Les garçons, mon fils va s'arranger pour vous distraire. Michael, si tu leur faisais faire une petite visite guidée de la Jenna ?

– Sans problème.

Michael sourit et nous fit signe de le suivre.

– Ça vous dirait de voir le plus beau yacht, celui que personne à Harper County n'a les moyens de s'offrir, en fait ?

– Tu parles, répliqua Calvin. C'est le genre de yacht sur lequel Leonardo DiCaprio donnerait des fêtes ?

– Comme tu dis. Mon père et moi on s'est vraiment donné du mal pour acheter un bateau comme ça. Il n'est pas à vendre, parce qu'il fait notre fierté et notre bonheur, mais certaines personnes du nord de la ville le louent de temps en temps pour des mariages, ou des réceptions de départ à la retraite.

Le nord de la ville concentrait toutes les fortunes de Harper County. Il fallait avoir un portefeuille bien rempli pour habiter dans ces quartiers.

En tournant au coin du bâtiment, nous vîmes des dizaines de bateaux amarrés. Des ouvriers s'affairaient autour. C'était la première fois de ma vie que je voyais autant d'embarcations différentes réunies en un même lieu et j'aurais voulu les emporter toutes chez moi. Les trois choses que je préférais dans la vie c'était Maggie, la musique et être sur l'eau. J'espérais bien un jour parvenir à les avoir toutes les trois en même temps.

– Putain ! murmurai-je en regardant la Jenna, ébahi. Ce ne pouvait être que la Jenna. C'était le plus gros et le plus beau de tous. Maggie m'aurait probablement giflé si elle avait vu comment je le reluquais.

– C'est quelque chose, hein ? dit Michael.

– Oh, c'est rien de le dire.

Je caressai la coque en passant devant.

– Et attends d'être monté à bord, rigola Michael.

Une fois sur le yacht, j'eus l'impression d'être Leonardo – super riche et cool.

– Alors, ce petit bijou est équipé du matériel pour tous les sports nautiques. Un Jet Ski Yamaha WaveRunner, Un Kawasaki Ultra 250, et un Kawasaki Super Jet. Il y a du matériel pour le snorkeling, pour la pêche, et tout ce qu'il faut pour s'amuser.

Michael nous fit descendre sous le pont et ouvrit en souriant une série de portes.

– Il y a tout ce qu'on fait de mieux. Là, le grand salon avec un écran plasma de soixante-cinq pouces. Là-bas vous voyez le sky lounge avec ses deux bars. Ensuite, la cabine de luxe, la cabine pour les VIP, et les trois cabines pour invités. Elles sont toutes équipées d'écrans plasma de cinquante pouces et des lits les plus confortables que l'on puisse trouver. Qu'est-ce que vous en pensez, les mecs ?

Calvin avait les yeux aussi exorbités que les miens.

– Alors c'est à ça que ça ressemble de faire partie de la haute société, soupira Calvin. J'adore ça.

– On le prend, dis-je en braillant.

Michael nous conduisit sur le pont supérieur et nous allâmes à la proue du bateau.

– Alors comme ça, ton père et toi vous gérez cette affaire ensemble ?

– Ouais. Il a succédé à mon grand-père, et je ferai la même chose un jour. Il n'y a rien que j'aime autant que ça, les bateaux, l'eau.

– Il n'y a rien d'autre que tu voudrais faire ? demanda Calvin.

Michael plissa le front en y réfléchissant.

– Non. Rien d'autre. Après que ma mère s'est barrée avec un autre homme, mon père a eu du mal à tourner la page. Il a fait une grave dépression. J'avais quatorze ans et je me souviens qu'il y avait des jours où je devais l'obliger à manger. Il pensait que c'était sa faute si elle était partie, et il s'en voulait.

– Pourquoi il s'en voulait ?

– Je ne sais vraiment pas. Il travaillait beaucoup et cela la faisait râler, mais ce n'était pas une raison pour le quitter. Bien sûr, il leur arrivait de se disputer, mais le plus souvent ils riaient. Évidemment les gens ne sont pas toujours tels qu'on le croit, et finalement on s'est aperçus qu'on s'en sortait mieux sans elle. Il ne le dira jamais, remarque. Il garde toujours une photo de nous trois sur son bureau. Certains jours j'ai l'impression qu'il attend qu'elle revienne. La seule chose qui lui a permis de surmonter ça, c'étaient les sorties en bateau. Ça lui a fait oublier ses idées noires, je pense. S'il n'y avait pas eu ce magasin, j'aurais probablement perdu mon père aussi. Cet endroit, c'est chez moi. Et vous, les gars, qu'est-ce que vous voulez faire dans la vie?

– De la musique, nous répondîmes en chœur.

Michael se mit à rire.

– Eh bien, n'abandonnez jamais tant que vous n'aurez pas réussi. À ce moment-là vous viendrez louer notre Jenna, à moi et à mon père.

– Excusez-moi par avance des enfantillages auxquels je vais me livrer, mais je ne peux pas résister, affirma mon meilleur pote.

Calvin grimpa d'un bond sur la rambarde et écarta les bras.

Je me mis à rire.

– J'ai toujours su que tu serais Kate Winslet et moi Leo dans cette situation.

– Ferme-la et serre-moi dans tes bras ! dit Calvin en rigolant.

Je montai en sautant derrière lui et passai les bras autour de sa taille.

– Je ne te lâcherai jamais, Cal ! je criai tandis qu'il gardait les bras écartés.

Michael rigola.

– Je ne peux pas vous dire le nombre de bromances à la Titanic que j'ai vues sur cette rambarde.

– Une bromance ? Oh, non, on a une relation sérieuse.

Les yeux de Michel s'arrondirent de culpabilité.

– Oh, excusez-moi. Je ne...

– N'écoute pas Calvin, c'est un menteur. En réalité, je saute sa sœur.

Je souris d'un air narquois en regardant Calvin grimacer. Il me repoussa brutalement, me forçant à descendre en sautant. Il en fit autant.

– Si je t'entends encore une fois dire que ma sœur se fait sauter, il y a de fortes chances pour que tu n'aies plus très longtemps à vivre.

– Au temps pour moi.

Je mentirais si je disais que je n'aimais pas le mettre hors de lui comme ça. Il détestait la moindre allusion au fait que j'embrassais sa sœur – alors parler de la sauter c'était vraiment dépasser les bornes. Et c'est pour ça que je le faisais tout le temps.

17

MAGGIE

Chaque fois que Brooks me rapportait un livre, je me précipitais pour voir les signets qu'il avait ajoutés avec ses notes et ses réflexions. Nous avions pris l'habitude de le faire régulièrement et, dès qu'un livre revenait dans ma bibliothèque avec des post-it en plus, j'avais la sensation que Brooks faisait de plus en plus partie de mon univers. Il devait ressentir la même chose chaque fois que je jouais un accord correctement. Dernièrement, j'avais réussi à jouer « Mary Had a Little Lamb[6] » en jouant des cordes d'un doigt, et il avait presque pleuré d'enthousiasme.

Depuis que je sortais avec lui, mon idée de l'amour avait changé.

J'étais tombée amoureuse de centaines d'hommes différents sortis de centaines de livres différents. J'avais

6. Comptine américaine reprise par les chanteurs Buddy Guy, Stevie Ray Vaughan et Paul McCartney

cru savoir ce que c'était que l'amour en me fiant aux mots écrits dans ces romans. L'amour c'était être ensemble, c'était la force, et c'était quelque chose qui valait qu'on vive pour.

Ce que je n'avais pas prévu, c'étaient les peurs qui allaient avec le véritable amour. La peur de ne pas être à la hauteur de ce qu'il attendait. La peur qu'il en trouve une autre. La peur qui venait avec l'idée que parfois cela valait le coup de mourir pour son amour. La peur que l'amour puisse ne pas être suffisant, parfois. Aimer quelqu'un, c'était s'exposer au risque que cette personne vous quitte un jour, et tout ce que je voulais, c'est que Brooks ne parte jamais.

Je tapai délicatement sur son épaule, et il s'agita dans son sommeil. J'attendis qu'il soit suffisamment réveillé pour lire.

Tu dors ?

– Je dors, dit-il avec un sourire moqueur. Tu es encore en train de te prendre la tête ?

Il me connaissait trop bien. Je frôlai son oreille de mes lèvres avant de l'embrasser dans le cou.

Me promets-tu de m'aimer d'un amour semblable à celui qui est décrit dans les romans que je lis ?

Il fit non de la tête en bâillant. Il passa le bras autour de moi et me serra contre lui, m'envahissant de sa chaleur.

– Non, Maggie May. Je te promets beaucoup plus que ça.

18

MAGGIE

– Tu bois ton thé, vraiment ? dit madame Boone, stupéfaite, ce lundi à l'heure du déjeuner. Toi qui ne bois jamais ton thé.

Qu'est-ce que je pouvais dire ? L'amour nous fait faire de drôles de choses.

– C'est ce garçon, c'est ça ? demanda-t-elle en haussant un sourcil. C'est à cause de lui que tu te comportes comme une écolière évaporée chaque fois que je viens te voir ?

Je continuai à siroter mon thé.

Elle sourit d'un air entendu et continua à manger son sandwich.

– *Ah la vache* ! J'ai trouvé ce que je veux faire dans la vie, brailla Cheryl en entrant en trombe dans la salle à manger et en sautant sur place en brandissant un livre à la main.

– Je sais ce que je vais faire l'année prochaine, après mon bac.

– Eh bien, vas-y, dis-le, ordonna madame Boone.

Cheryl marqua une pause dans ses mouvements désordonnés et se planta devant nous en serrant son livre sur sa poitrine.

– Je veux devenir militante.

Madame Boone et moi la regardâmes avec curiosité en attendant qu'elle finisse sa phrase.

– Militante pour... demanda madame Boone.

Cheryl battit des cils.

– Qu'est-ce que vous voulez dire ?

– Si tu es militante, c'est que tu milites pour une cause. Les problèmes environnementaux, la politique, les droits humains, ou encore la cruauté envers les animaux, peu importe. Tu ne peux pas être militante tout court.

Cheryl avança sa lèvre inférieure en une moue.

– Vraiment ? Je ne peux pas être simplement militante ?

Nous secouâmes la tête.

– Ben, put... heu... purée. Excusez-moi, Madame Boone. J'imagine que je vais essayer de trouver quelle militante je veux être. Zut ! Il semblerait que cela demande plus de travail que je ne voulais.

Elle ressortit de la pièce nettement moins enthousiaste que lorsqu'elle était entrée, ce qui nous fit rire, madame Boone et moi.

– Je te jure, vos parents ont dû vous gaver d'idioties tous les jours au petit déjeuner. C'est pas possible ce que vous pouvez être stupides, tout autant que vous êtes.

Elle reprit son sandwich, mais au moment de mordre dedans, elle s'arrêta.

– Attends, c'est un livre que Cheryl avait à la main ?

Je hochai la tête.

Elle laissa tomber son sandwich en secouant la tête avec incrédulité.

– Je savais que la fin du monde était proche. Mais je ne pensais pas qu'elle était aussi proche que ça.

Je rigolai intérieurement et continuai à boire mon thé. Il n'avait pas si mauvais goût que ça, cet après-midi-là.

* * *

– Tu ne m'écoutes pas, Eric. Je veux juste être sûre que nous faisons ce qu'il faut, dit maman ce soir-là.

Papa faisait les cent pas dans le salon. Un verre de vin à la main, elle buvait des petites gorgées tout en lui parlant. J'étais assise avec Cheryl en haut de l'escalier.

– Le fait que Maggie sorte avec Brooks n'est peut-être pas la meilleure chose pour personne. Loren a dit...

Papa émit un ricanement sarcastique.

– « Loren a dit ». Bon sang, bien sûr. Tu sais, pendant un instant, j'ai cru qu'elles n'avaient pas d'influence sur toi quand elles venaient te voir, mais apparemment je me trompais. J'aurais dû me douter que ces bonnes femmes avaient quelque chose à voir là-dedans.

– Ces « bonnes femmes » sont mes amies.

– Ces femmes n'en ont rien à faire de toi, Katie. Tu crois qu'elles viennent ici parce qu'elles s'intéressent à toi ? Elles viennent ici pour se moquer de toi, pour te dire que tu dois envisager de déménager, en sachant que tu ne peux pas. Pour voir comme ta vie est déprimante comparée à leurs vies si parfaites, ce qui n'est pas grave en soi, mais quand elles passent la soirée à parler de notre fille...

– Elles ne pensaient pas à mal. Elles m'ont donné des conseils pour lui venir en aide.

– *Elles n'ont pas arrêté de la rabaisser !* cria-t-il.

Cheryl et moi sursautâmes de peur. Papa ne criait jamais. Je ne l'avais jamais vu si en colère de ma vie.

– Elles la rabaissaient, l'insultaient comme si elle était sourde et ne pouvait pas les entendre. Je ne sais pas ce qui est pire, le fait que tu laisses ces femmes venir chez nous pour dire du mal de ta propre fille, ou le fait que tu l'aies défendue seulement pour, quelques jours plus tard, revenir sur ce que tu avais dit. Tu es là à te ronger les sangs parce qu'elle a un copain alors que je ne l'ai pas vue aussi heureuse depuis des années. Tu le verrais aussi, si tu la regardais vraiment.

– Je la regarde.

– Tu regardes, mais tu ne vois rien, Katie, et puis tu invites ces trolls chez nous, et elles parlent de Maggie comme si elle ne comptait pas.

– Elle compte. Tu ne vois pas ? C'est pour ça que je veux essayer le thérapeute que Wendy...

– Elle est heureuse, Katie !

– Elle est malade !

– Elle va mieux, juste sous nos yeux, et c'est comme si, au fond de toi, tu ne le voulais pas. Tu n'as pas envie qu'elle parte ? Qu'elle vive ?

Maman hésita avant de poursuivre :

– Mais Loren...

– *Ça suffit !* hurla-t-il en battant des mains, exaspéré.

Dans son geste, il heurta le verre de vin, qui vola en éclats sur le tapis.

Le silence envahit la pièce.

Papa retira ses lunettes et se passa les mains sur les yeux avant de les poser sur ses hanches. Ils regardaient tous les deux la tache de vin sur le tapis, la même que celles qu'il leur arrivait de faire avant, quand ils étaient encore heureux ensemble, avant que je ne brise leur amour.

Sans ajouter un mot, chacun partit de son côté.

– C'était quoi, ça ? murmura Cheryl, qui tremblait légèrement.

Je pris sa main dans la mienne pour essayer de la calmer.

À ce moment-là je fus contente de ne pas parler, parce qu'autrement j'aurais dû dire la vérité à Cheryl. Je savais ce qui arrivait à nos parents : leur amour était en train de se défaire juste sous nos yeux.

Ne plus être amoureux c'était ne plus rire à ses bêtises.

Ne plus être amoureux c'était se parler en élevant la voix.

Ne plus être amoureux c'était partir chacun de son côté.

* * *

– Et une boîte de confiseries pour Maggie May, annonça Brooks, appuyé au chambranle de ma porte, ce soir-là.

Je lui souris, me demandant ce qu'il avait en tête. Il entra dans ma chambre et s'assit par terre en posant le carton devant lui. Il tapota de la main sur le sol à côté de lui pour m'inviter à le rejoindre.

Qu'est-ce qu'il avait concocté ?

– C'est un test de goût, m'expliqua-t-il tandis que je m'asseyais. Étant donné que tu ne peux pas parler, je voudrais au moins connaître tout le reste à ton sujet – la façon dont tu réagis à certaines choses, et dont tu l'exprimes –, alors on va faire un test de goût à l'aveugle. Dans ce carton, il y a diverses choses qui se mangent – certaines sont sucrées, certaines sont pâteuses, d'autres affreusement amères – et que tu vas devoir goûter.

Ensuite, nous intervertirons les rôles.

Je souris en me demandant comment il serait possible d'aimer ce garçon encore plus que je ne le faisais déjà. Il sortit un foulard et se pencha vers moi pour me bander les yeux.

– Ok. Est-ce que tu me vois ?

Je secouai la tête.

– Très bien. Maintenant, ouvre la bouche.

Je l'ouvris en grand et il me posa quelque chose sur la langue. Mes lèvres se décontractèrent. *Mmm... du chocolat.*

Comme toute personne sensée, j'adorais le chocolat.

– Une expression de plaisir, parfait. Maintenant...

En goûtant la bouchée suivante, tout mon visage se plissa – des Very Bad Kids[7]. Brooks éclata de rire.

– Oh, si tu voyais ta tête !

Ensuite se succédèrent des raisins, de la sauce bolognaise, des tranches de citron, et du fromage – très vieux, j'en suis sûre.

Lorsque je retirai mon bandeau, j'étais excitée comme une puce parce que c'était à mon tour de le torturer. Je lui bandai les yeux et il sourit en se mordant la lèvre inférieure.

– Perverse.

Je levai les yeux au ciel. En premier je lui mis de la purée froide dans la bouche et, bizarrement, il trouva ça bon. Puis de la sauce bolognaise pimentée – qu'il n'apprécia pas –, des bananes et un tas d'autres trucs. Je terminai par un morceau de chocolat enrobé de ketchup sur lequel j'avais mis quelques gouttes de citron. Aussitôt il voulut le recracher, mais je mis la main sur sa bouche en rigolant alors qu'il se tortillait en essayant de l'avaler.

---

7. Bonbons américains fruités recouverts d'une poudre acidulée.

– Ça, c'est vache, Maggie. Tout simplement dégoûtant.

Il se mit à rire en se frottant la bouche. Je me penchai pour l'embrasser et il prit ma lèvre inférieure entre ses dents et la mordilla gentiment.

Mmm... c'est bon.

Au moment où nous allions nous embrasser encore, Calvin, Rudolph et Oliver entrèrent en trombe dans la chambre.

– Putain de merde ! hurla Calvin.

Je haussai un sourcil et Brooks sembla aussi interloqué que moi.

– Oh, bon sang de bon sang ! dit Rudolph en tournant en rond, en secouant les mains sans arrêt.

Il hyperventilait, mais c'était fréquent chez lui. Il ne lui en fallait pas beaucoup pour être en panique.

Ce qui me faisait le plus flipper, c'était Oliver qui faisait des bonds sur place. Ce n'était pas son genre : son truc c'était plutôt de rester assis. Je ne l'avais jamais vu si excité.

– Quoi ? Qu'est-ce qu'il y a ? s'écria Brooks décontenancé.

Calvin marqua une pause.

– Tu as... les yeux bandés ?

Les jumeaux sifflèrent en duo.

– Pervers.

Brooks retira vivement le bandeau.

– T'occupe ! Qu'est-ce qui se passe ?

Les trois garçons restèrent muets un instant avant de retrouver leur degré d'excitation de tout à l'heure.

Calvin se rua sur Brooks, posa les mains sur ses épaules et se mit à le secouer comme un prunier.

– Putain de merde ! Putain de merde ! Putain...

Calvin brandit son portable sous le nez de Brooks qui plissa les yeux en lisant le message. Je me précipitai derrière lui pour lire en même temps. Chaque mot me fit l'effet d'un coup violent porté dans mon estomac.

– PUTAIN ! hurla Brooks, les mains tremblantes.

Je lui pris le téléphone pour relire le message.

– Mais, comment c'est possible ?

– Ils ont vu notre reprise de leur chanson sur YouTube, alors ils sont allés regarder nos compositions originales et ils ont tweeté sur nous !

– Ça a été retweeté plus de quarante mille fois au cours des deux dernières heures, cria Rudolph, dont le nez était encore plus rouge que d'habitude tellement il était excité.

– Plus de cinquante mille fois, espèce d'andouille, corrigea Oliver.

Je tapai sur l'épaule de Brooks et lui rendis le téléphone en montrant l'écran du doigt. *Oh ! My ! God !*

– Cent soixante mille fois ! dit Brooks.

Les garçons hurlèrent tous en même temps, ils avaient probablement la gorge en feu.

– Ah !

– Je ne savais même pas que tu avais publié une vidéo de nous sur YouTube, Cal ! cria Brooks.

Ils n'arrêtaient pas de crier. Ces types si réfractaires au « mainstream », qui se disaient toujours indé et cool, quand les médias conventionnels frappaient à leur porte, ils en perdaient la tête.

– C'est pas moi.

– Alors c'est toi, Rudolph ? Oli ? demanda Brooks.

– Non, répondirent les jumeaux en chœur.

– Alors qui...

Il se tourna lentement vers moi et je lui fis un petit sourire. Les autres se retournèrent tous en même temps pour me regarder d'un air entendu.

– C'est toi ? Les vidéos que tu as faites de nous ?

Je hochai la tête lentement et en quelques minutes tout le monde me serrait dans ses bras en sautant sur place.

– Maggie ! Tu es vraiment fantastique, putain ! dit Oliver en me frottant le crâne avec la jointure de ses doigts.

– Bon Dieu, Mags ! Tu n'imagines pas à quel point tu viens de changer nos vies, dit Calvin.

– Eh, mec !

Oliver se mit à agiter les bras en direction de Calvin.

– Lis-leur le message personnel.

– Il y a un message personnel ? demanda Brooks.

– Oh.

Calvin hocha la tête, extatique, en faisant dérouler l'image sur son téléphone.

– Il y a un message personnel.

Il s'éclaircit la voix et les jumeaux firent la même chose, l'ayant déjà mémorisé.

– « Mon cher Calvin, mon nom est Mark et je suis le manager de The Present Yesterdays. Nous sommes tombés sur vos vidéos il y a quelques jours et nous les avons regardées en boucle. Votre son est propre, frais et apporte quelque chose de nouveau dans l'industrie. Si vous êtes intéressés, je souhaiterais vous rencontrer avec votre groupe pour discuter de vos projets dans la musique. Peace ! »

Les trois récitèrent le message parfaitement à l'unisson et mon cœur faillit bondir hors de ma poitrine.

The Present Yesterdays était le plus grand groupe de pop rock du moment. Brooks et ses copains m'avaient initiée à leur musique et je les adorais déjà bien avant qu'ils ne soient connus. Comment était-ce possible ?

Brooks se tourna vers ses potes avec les yeux exorbités et je les vis comprendre tout à coup, eux aussi, que les rêves pouvaient vraiment se réaliser, même pour des garçons qui répétaient dans un garage dans une petite ville du Wisconsin. La vague d'émotion nous submergea tous les cinq et nous nous mîmes à sauter dans tous les sens pour fêter ça.

Je n'ai jamais été si contente de voir les rêves des autres commencer à prendre vie.

– Tout ça c'est grâce à toi, Magnet, dit Brooks, en m'attirant contre sa poitrine. C'est parce que tu t'es servie de ta voix pour nous faire entendre.

Ce soir-là il me rappela que j'avais une voix, quand bien même aucun mot ne sortait jamais de ma bouche.

J'avais encore une voix.

***

Le lendemain soir, mon bain d'une heure dura plus longtemps que d'habitude. Je respectai le même rituel que les autres fois : je lus, je me lavai, et ensuite je me laissai glisser sous l'eau pour me rappeler ce qui s'était passé dans les bois, me redisant que ce n'était pas ma faute. Mon esprit se raccrochait toujours à ces images, mais dernièrement les visions étaient brouillées par des souvenirs plus récents.

Chaque fois que j'essayais de revoir le visage du diable, je voyais Cheryl rire avec un livre à la main. Chaque fois que je courais dans les bois, je me voyais courir dans les bras de Brooks. Chaque fois que je faisais un faux pas, je voyais madame Boone en train de me gronder.

Les mauvais souvenirs n'avaient pas disparu. Je savais que mon esprit conservait toujours l'image du diable, mais je parvenais plus facilement à le maintenir enfermé dans le placard. Je ne savais pas si c'était grâce à Brooks, à Cheryl, ou au temps qui passait, mais dans tous les cas, j'en étais heureuse.

Après m'être souvenue, je ressortis pour prendre de l'air, je pris une grande inspiration et je retournai sous l'eau pour rêver.

Je rêvai de l'avenir. Je me vis explorer le monde, escalader des montagnes, visiter l'Italie, manger des escargots en France. Assister à un concert de Brooks et mon frère dans une immense salle. Fonder une famille. Découvrir ce que cela signifiait d'être vivante. L'eau me nettoyait des ténèbres qui essayaient avec tant de force de s'accrocher à moi. Petit à petit je renaissais. Je commençais ma vie pour la première fois...

– Maggie, je t'ai apporté des... Oh mon Dieu !

En poussant un cri aigu, maman se rua dans la salle de bain et me tira hors de l'eau. La soudaineté de son intervention me força à ouvrir la bouche et j'avalai de l'eau. Je me mis à tousser, la gorge en feu en crachant. Que se passait-il ? Les mains tremblantes, maman se mit à crier en me tenant dans ses bras. L'eau m'entra dans les oreilles et je secouai la tête pour la faire sortir tandis qu'elle appelait papa.

– Eric ! Eric ! cria-t-elle d'une voix paniquée.

Qu'est-ce qui lui prenait ? Pourquoi flippait-elle ? Est-ce qu'elle pensait...

Oh, mon Dieu, non.

Non, maman. Je n'essayais pas de me noyer. Je n'essayais pas de me supprimer. Les larmes me montèrent aux yeux en voyant la panique qu'elle ressentait. Elle me sortit de la baignoire et m'enveloppa dans une serviette. Elle se mit à pleurer en appelant papa qui arriva en courant dans la salle de bain.

L'eau dans mes oreilles m'empêchait d'entendre. J'essayai de toutes mes forces de me mettre debout mais elle me tenait trop serrée.

Tellement serrée.

– Elle a essayé de se noyer, Eric !

Papa se rembrunit et lui demanda de répéter ce qu'elle venait de dire.

– Je te l'avais dit. Je t'avais dit que c'était trop pour elle.

Je secouai la tête. *Non, papa.* Mes mains étaient livides. *Je ne ferais jamais ça. Je n'essaierais pas de me tuer. Je suis heureuse. Tu te souviens ? Je suis heureuse.*

Il me fallait du papier. Il fallait que je leur écrive. Il fallait que je leur dise.

Je ne voulais pas me tuer. Ils pleuraient tous les deux, maintenant, et papa avait du mal à respirer, quand ses yeux croisèrent les miens. Il détourna le regard. Il fallait qu'il sache que maman se trompait. Elle n'avait pas compris. Elle ne connaissait pas tous les faits. Elle m'avait sortie de l'eau pour que je respire sans savoir que c'était sous l'eau que je respirais le mieux.

***

Ils se disputaient une fois de plus.

Cheryl et moi, assises en haut de l'escalier, les regardions une fois de plus. J'avais encore les cheveux trempés après le bain, et Cheryl les brossait pendant que nous écoutions.

– Tu ne veux pas me croire ? cria maman, sidérée.

– Tu dramatises, lui dit-il. Elle a dit qu'elle n'essayait pas de...

– Elle n'a rien dit du tout, Eric. Elle ne parle pas, mais ce qu'elle a fait ce soir était sans ambiguïté.

– Elle plongeait sous l'eau quand tu es entrée en trombe ! Elle retenait sa respiration ! Bon sang, Katie ! C'est Loren qui parle, là. Pas toi.

– Ne lui mets pas ça sur le dos. Ne mets pas ça sur le dos de mon amie. Je sais ce que j'ai vu. Ta fille était en train de se noyer.

– Ma fille ? Papa poussa un sifflement sourd. Waouh.

Je l'ai ressenti aussi, papa – le coup de poing à l'estomac.

– Tu sais bien ce que je veux dire.

– Non, je ne crois pas. Ces derniers temps, j'ai un peu de mal à comprendre ce que tu dis.

Maman leva les yeux au ciel et s'éloigna pour revenir avec un verre de vin.

– Elle est malade.

– Elle va mieux.

– Elle va plus mal, et je sais que c'est lié à Brooks. Je sais que ça...

J'observai maman.

J'observai chacun de ses mouvements. Papa ne le voyait pas, parce qu'il était focalisé sur son discours paranoïaque, et qu'il était trop occupé à déverser ses propres répliques furieuses. Il ne voyait pas l'agitation de ses doigts, le tremblement de ses jambes, et le petit tressaillement de sa lèvre inférieure. Elle avait peur. Elle était terrifiée. Le niveau de peur qu'exprimait son corps était plus qu'une simple réaction à ce qui s'était passé cet après-midi. La peur qui transparaissait dans ses gestes était là depuis des années, semblait-il.

Mais de quoi avait-elle si peur ?

Papa croisa les mains sur sa nuque.

– On tourne en rond, là, Katie. Qu'est-ce que tu as contre le fait que Brooks et Maggie sortent ensemble ?

Cela ne semblait pas te poser de problème avant que les quatre fantastiques viennent te voir. Je te jure, tu dis tellement de conneries à propos du mutisme de Maggie que tu ne trouves même pas ta propre voix. Tu te rues sur tes amies pour leur demander leurs opinions de merde sur notre famille, et puis tu bois une bouteille de vin tous les soirs. Dis-moi, Katie : qui a besoin de se faire aider ?

Maman ouvrit de grands yeux, choquée par ses paroles. Il semblait tout aussi stupéfait par ce qu'il venait de dire. Elle se précipita dans leur chambre et il la rappela pour s'excuser, mais elle revint brutalement vers lui en tenant des oreillers et des couvertures dans les bras.

– Tu n'as qu'à rester ici jusqu'à ce que je trouve l'aide dont j'ai besoin, dit-elle sèchement. Et, d'ailleurs, quand elle finira comme Jessica, sache que tu seras responsable. Sache que c'est toi qui auras provoqué ça.

Qui est-ce, Jessica ?

Elle sortit et ne revint pas. Papa sortit en trombe de la maison. Pourquoi fallait-il que tout s'écroule autour de moi juste au moment où, pour la première fois de ma vie, j'étais enfin en train de me reconstituer ?

– Je sais qu'avant je n'étais jamais à la maison le soir mais... ils se sont toujours disputés comme ça ? chuchota Cheryl.

Je fis non de la tête. Elle continua à me brosser les cheveux.

– On dirait des étrangers.

C'était déchirant.

– Maggie, murmura Cheryl d'une voix qui se brisait. Est-ce que tu l'as fait ? Est-ce que tu as essayé de...

Je me retournai brusquement pour lui faire face, je lui enlevai la brosse des mains et posai ses deux paumes sur mes joues. Je me mis à secouer la tête en la regardant droit dans les yeux. *Non. Non. Non. Non.*

Elle poussa un soupir de soulagement.

– Je te crois. Maman aussi te croirait si elle prenait vraiment le temps de te regarder dans les yeux.

Je ne pouvais pas arrêter de penser que mes parents s'éloignaient l'un de l'autre, et tout ça à cause de moi. Je ne savais pas quoi faire. Devais-je quitter Brooks pour les réunir à nouveau ? Devais-je rester avec lui pour perpétuer mon bonheur égoïste ? Qu'étais-je censée faire ? Quel était le bon choix ? Comment est-ce que je pouvais remettre les choses en place, réparer ?

Je n'avais pas voulu que mes parents se disputent. C'était un accident. *Je jure que c'était un accident...*

Je clignai des yeux et je le vis.

Le diable – il était revenu.

Non...

J'essayai de cligner des yeux pour le faire repartir. J'allais mieux. Je me réparais.

« Chut », murmura-t-il. J'ouvris de grands yeux terrorisés. « S'il te plaît, ne crie pas. C'était un accident. » Il approcha ses lèvres de mon front et appuya sa bouche sur ma peau. « Chut », répéta-t-il. Ses lèvres s'approchèrent de mon oreille et je les sentis me toucher avant qu'il ne dise une dernière fois d'une voix sifflante : « Chut... »

Il était là dans ma tête. Je pouvais sentir sa présence.

Chut... Chut... Chut...

19

BROOKS

Taggie m'avait dit qu'elle ne se sentait pas bien depuis quelques jours et elle avait refusé de me voir. J'avais fait tout mon possible pour la persuader de me laisser venir la voir, mais chaque fois que je venais, sa mère me renvoyait en me disant qu'il lui fallait plus de temps pour guérir.

Après la répétition, un après-midi, je ne lui laissai pas le choix.

– Tu n'es pas vraiment malade, si ? dis-je lorsque je la trouvai au sortir de la salle de bain avant qu'elle ne rentre dans sa chambre.

Elle me regarda avec de grands yeux où je vis une lueur de panique.

– Tu es en colère contre moi ?

Je déglutis avec difficulté, de plus en plus inquiet. Est-ce que j'avais fait quelque chose de mal ?

– C'est parce que je t'ai dit que je t'aimais ? C'était trop tôt ? Est-ce que je t'ai fait flipper ? Excuse-moi, je voulais juste...

Elle secoua vigoureusement la tête et se rua sur moi pour me prendre les mains dans les siennes. Elle pressa une fois. *Non.*

– Alors, qu'est-ce qu'il y a ?

Elle me regarda dans les yeux et les siens se remplirent de larmes. Elle se mit à sangloter, et comme j'étais désemparé, je la pris dans mes bras. Lorsque je la serrai contre moi elle s'effondra, alors j'entrepris de rassembler les morceaux.

– Musique ?

Elle fit oui de la tête et je l'entraînai dans sa chambre et fermai la porte derrière nous. Elle commença à se calmer en écoutant la musique. Nous étions allongés sur son lit et peu de temps après qu'elle se fut endormie dans mes bras, elle fit un cauchemar. Lorsqu'elle se réveilla alors qu'elle était tout contre moi, je la sentis à des millions de kilomètres.

– Maggie, tu peux me parler.

Je faisais les cent pas dans sa chambre tandis qu'elle essayait de se sortir d'un rêve qui l'avait menée à sangloter. Assise en boule sur son lit, elle se balançait d'avant en arrière sans me regarder.

Lorsque je m'approchai, elle eut un mouvement de recul, comme si elle craignait mon contact, presque comme si elle croyait que j'allais lui faire du mal.

– Maggie, la suppliai-je d'une voix brisée. Qu'est-ce qu'il y a ?

Elle ne répondit pas. Je me penchai devant elle.

– On peut faire les cinq minutes, Maggie. On le fait ? Concentre-toi, d'accord ? Tu peux revenir vers moi. Tout va bien.

Elle déglutit avec difficulté, plusieurs fois, les mains serrées autour de son cou. Elle avait un regard fou, et je sus qu'elle était trop loin pour m'entendre.

– Monsieur Riley ! Monsieur Riley !

Je sortis de la chambre en courant, en appelant à travers la maison. Quand il sortit de sa chambre, il me regarda avec des yeux agrandis par l'inquiétude.

– Qu'est-ce qu'il y a ?

– Maggie. Elle est dans sa chambre. Je ne sais pas ce qui lui arrive. Elle...

Sans attendre la fin de mon explication, il monta les escaliers quatre à quatre pour aller voir sa fille qui faisait une crise. Quelques secondes plus tard, madame Riley le rejoignit.

– Mags, dit-il en approchant avec prudence. Tout va bien.

Plus il se rapprochait, plus elle paraissait tendue, mais il n'arrêta pas d'avancer vers elle. Il leva les mains pour montrer qu'il n'allait pas lui faire de mal et, une fois qu'il fut assez près, il la prit dans ses bras et la serra contre sa poitrine. Elle s'agrippa à son t-shirt et le tira vers elle en sanglotant.

Qu'est-ce qui t'est arrivé ?

Mon esprit battait la campagne en la regardant s'écrouler dans les bras de son père. J'avais des nœuds dans l'estomac et je m'en voulais de n'être pas capable de la protéger. Pourquoi ne pouvais-je pas la réparer ? Pourquoi ne pouvais-je pas me charger de sa souffrance ? Il l'emporta au rez-de-chaussée et je le suivis.

Calvin et Stacey rentraient à ce moment-là en riant, en se tenant par le bras. Quand ils virent l'agitation qui régnait dans la maison, leur rire s'arrêta net.

– Qu'est-ce qui se passe ? demanda Calvin.

Sans répondre, monsieur Riley se contenta de transporter Maggie dans sa chambre, suivi de près par madame Riley.

J'étais figé sur place, incapable de maîtriser mon tremblement.

Calvin vint vers moi et posa une main sur mon épaule. Il plissa les yeux d'un air inquiet.

– Brooks ? Qu'est-ce qui se passe ?

– Je n'en sais rien.

J'avais la gorge sèche et la poitrine en feu.

– Elle s'est réveillée et... elle a pété un câble. Je ne savais pas quoi faire, je n'arrivais pas à la calmer. Je n'arrivais pas à l'empêcher de...

Les larmes me montèrent aux yeux et je me pris le visage entre les mains. Je ne pouvais plus parler. Calvin n'insista pas. Stacey s'approcha et tous les deux me prirent dans leurs bras pour me soutenir.

Mais le réconfort qu'ils m'apportaient me dérangeait parce que Maggie en avait plus besoin que moi.

Elle avait besoin que quelqu'un entre dans ses souvenirs et efface les eaux ténébreuses dans lesquelles elle se baignait tous les jours.

Je m'assis sur l'escalier en attendant que les parents de Maggie ressortent de leur chambre. Cheryl, Calvin et Stacey vinrent me rejoindre.

Nous gardâmes le silence. Je cherchai sur mon iPod une musique qui l'aiderait à se sentir mieux. La musique la faisait toujours sourire.

Quand la porte de la chambre s'ouvrit, nous bondîmes tous sur nos pieds. Monsieur et madame Riley nous regardèrent les sourcils froncés.

– Elle s'est rendormie, dit monsieur Riley.

– Est-ce que je peux la voir ?

Je montrai mon iPod à monsieur Riley.

– Je pense qu'un peu de musique pourrait l'aider. Cela l'aide toujours.

Il ouvrit la bouche pour parler mais madame Riley le devança.

– Je pense que tout le monde devrait aller se coucher.

Elle se passa la main dans les cheveux et monsieur Riley referma la bouche.

J'essayai de discuter mais madame Riley me regarda, l'air épuisée, et je hochai la tête.

– Bon, si vous pouviez le lui donner, Monsieur R, juste pour le cas où ça l'aiderait ? Je n'en ai pas besoin pour l'instant.

Je lui tendis mon iPod et il s'obligea à sourire.

Tout le monde prit le chemin de sa chambre et il ne me resta plus qu'à partir. J'avais l'estomac noué, je n'aimais pas ne pas savoir comment elle allait. Comment pouvais-je m'en aller sans savoir si elle allait bien ?

– Brooks, est-ce que je peux te parler une seconde ? demanda madame Riley alors que je me dirigeais vers la porte d'entrée.

Elle croisait les bras et son regard était lourd.

– Oui, qu'y a-t-il ?

Elle jeta un coup d'œil autour de la pièce pour s'assurer que nous étions seuls, puis se rapprocha de moi.

– Je veux que tu saches... Maggie est malade. Cela ne se voit peut-être pas, mais son esprit... Elle fronça les sourcils. Quoi qu'il lui soit arrivé il y a tout ce temps, ça a laissé des traces. Même les jours où elle a l'air d'aller bien, elle n'est pas complètement elle-même. Je sais que tu l'aimes bien, mais avoir une relation avec elle... je ne pense pas que ce soit une bonne idée. Elle est brisée.

Je mentirais en disant que je ne fus pas choqué par ses paroles. Elle parlait de sa fille comme si c'était une tarée, une paria. Certes, Maggie avait ses mauvais jours, mais qui n'en avait pas ? En regardant du coin de l'œil, j'aperçus Maggie qui écoutait par l'entrebâillement de la porte de la chambre de ses parents. Je lui souris et elle me regarda en plissant le front. Avant cela, je n'avais jamais pensé qu'un plissement de front pouvait être encore plus beau qu'un sourire.

– Toutes les personnes brisées n'ont pas nécessairement besoin d'être réparées. Parfois il leur suffit d'être aimées. Ce serait dommage que seuls les gens qui sont entiers aient droit à l'amour.

– Brooks.

Elle soupira comme si mes paroles n'avaient aucune portée, comme si elles étaient sans objet.

– Tu es jeune et tu as toute la vie devant toi. Je ne peux m'empêcher de penser que tu vas te mettre des barrières si tu essaies de donner à Maggie le sentiment qu'elle n'est pas exclue. Tu pars pour Los Angeles la semaine prochaine pour te lancer dans une carrière de musicien, qui va t'offrir toutes ces nouvelles expériences...

– Maggie et moi partageons de nouvelles expériences tous les jours.

– Oui, mais on va t'offrir de nouvelles opportunités, de plus grandes opportunités.

– Elle le fera aussi.

Madame Riley soupira de nouveau en se massant la nuque.

– Tu ne saisis pas, Brooks. Maggie ne va pas quitter cette maison. Jamais. Je sais que tu essaies de garder espoir, mais le moment est venu d'être rationnel. Tu devrais rompre avec elle avant de faire plus de dégâts.

– Elle partira. Je sais qu'elle le fera. Nous en avons parlé, vous savez. Elle a des rêves, elle aussi, exactement comme vous et moi. Elle a des rêves.

– Écoute, Brooks... je comprends qu'elle est ton amie, et je vois bien que tu aimes lui faire partager ta musique, mais cela ne va pas l'aider. Il faut plus que la musique pour faire exister une relation de couple. Il lui faut de la chair, pas seulement des os. Maggie ne peut pas te donner ce dont tu auras besoin pour une vraie relation.

– Vous ne savez rien de ce dont j'ai besoin.

– Sans vouloir t'offenser, je sais ce dont tu n'as pas besoin. Tu es jeune et tu es amoureux, je le sais, mais Maggie n'est pas ce qu'il y a de mieux pour toi.

Ma poitrine se serrait et je savais que si je restais une seconde de plus j'allais dire des choses que je regretterais. Je jetai un coup d'œil en direction de l'endroit où Maggie se tenait, mais elle avait disparu, alors j'ouvris la porte et sortis sur le porche en tournant le dos à madame Riley.

– Je suis désolée, Brooks, mais c'est mieux pour tout le monde.

Je me retournai vers elle une dernière fois et lui répondis sèchement.

– Sans vouloir vous offenser, Madame Riley, je pense que vous avez tort en ce qui la concerne. Maggie est intelligente. Elle est très intelligente, elle est gentille et expressive, même sans l'aide de la parole. Elle dit beaucoup de choses que vous ne pouvez pas entendre. Certes, elle pense beaucoup, mais elle est plus profonde que n'importe quel océan. Elle voit les choses différemment de la plupart des gens, mais en quoi serait-ce une mauvaise chose ? Et vous vous trompez en ce qui concerne la musique, aussi. Si vous croyez que la musique ne peut pas soigner les gens, alors c'est que vous ne savez pas écouter.

Je me mis en chemin, le cœur battant à se rompre.

– Elle a tenté de se tuer, cria madame Riley.

Je m'arrêtai net. Je me retournai, mon esprit refusant d'y croire.

– Non.

– Si. Je sais que je t'apparais sans doute comme le grand méchant loup, mais elle ne va pas bien. Tu as raison, son esprit est plus profond que l'océan, mais un jour la vague montera si haut qu'elle n'aura pas d'autre choix que de se noyer.

***

Elle a tenté de se tuer.

Je n'arrivais plus à respirer.

Elle a tenté de se tuer.

Elle ne ferait pas ça.

Je n'arrivais plus à respirer, putain.

Je fis le tour du quartier, encore et encore. Je n'arrêtais pas de penser que peut-être j'avais fait quelque chose de mal. Peut-être que quelque chose dans la façon dont je l'avais tenue contre moi, ou dont je l'avais caressée, avait ravivé un mauvais souvenir ou fait remonter le passé. J'avais peut-être dit quelque chose qu'il ne fallait pas.

– C'est dur, hein ? me demanda madame Boone depuis son porche alors que j'entamais un autre tour du quartier pour essayer de m'éclaircir les idées.

Je m'arrêtai devant chez elle où Muffins se roulait dans l'herbe.

– C'est dur quand elle fait une de ses crises.

– Vous étiez au courant ?

Elle sourit et continua à se balancer dans son rocking-chair en osier.

– Je connais Maggie et je reconnais l'expression sur le visage des gens quand elle plonge. Je l'ai vue sur le visage de ses parents plus souvent qu'à mon tour. Allez, viens là. Fais une pause. Viens à l'intérieur, je vais te faire du thé.

Je haussai un sourcil. *À l'intérieur ?* Je n'avais jamais vu madame Boone inviter qui que ce soit à entrer chez elle. Une moitié de moi pensait que si j'entrais elle allait peut-être me tuer, mais l'autre moitié était beaucoup trop curieuse de voir comment c'était chez elle.

Sa porte moustiquaire grinça quand elle l'ouvrit. Elle la garda grande ouverte le temps que j'entre et me suivit de près.

– Attends-moi dans le salon, je vais faire chauffer de l'eau, dit-elle en se rendant dans la cuisine.

Je fis le tour du salon en regardant autour de moi. Sa maison était un vrai musée, tous les tableaux semblaient dater du dix-neuvième siècle, et chaque statue était protégée par une vitrine. Tout était ciré et propre et semblait être à la bonne place.

– Vous êtes sûre que vous ne voulez pas que je vous aide ?

– Cela fait des années que je fais du thé et je n'ai jamais eu besoin d'aide.

Je passai le doigt sur le manteau de la cheminée et je fronçai les sourcils en le voyant couvert de poussière. Je m'essuyai la main sur mon jean. Sa cheminée était le seul endroit de la pièce où il y avait de la poussière. Comme si elle ramassait toute la saleté et la déposait sur le manteau de la cheminée. *Bizarre.* Je soulevai un des cadres couverts de poussière et regardai la photo où l'on voyait madame Boone avec un homme qui devait être son mari. Elle était assise sur ses genoux et ils se souriaient. Je n'avais jamais vu madame Boone sourire comme sur cette photo.

Je pris une autre photo sur laquelle le couple se tenait sur un embarcadère avec une petite fille qui riait.

Le changement de la petite fille qu'on voyait grandir sur les photos était dur à regarder. L'enfant souriante devenait une personne qui fronçait les sourcils pour finir par quelqu'un qui ne montrait plus aucune expression. Son regard semblait vide. Il devait y avoir au moins trente cadres entassés sur la cheminée, chacun d'entre eux montrant différents moments du passé de madame Boone.

– C'est qui, la fille, sur les photos ?

Elle passa la tête par la porte avant de retourner dans la cuisine.

– Jessica. Ma fille.

– Je ne savais pas que vous aviez une fille.

– Tu ne l'as jamais demandé.

– Non.

– C'est pour cela que tu ne le savais pas. Vous autres, gamins stupides, vous ne posez jamais de questions. Vous ne faites que parler, parler, parler et personne n'écoute personne.

Elle revint dans le salon en bougeant nerveusement les doigts avant de s'asseoir sur le canapé.

– L'eau est en train de chauffer.

Je pris un disque couvert de poussière et soufflai dessus pour en enlever un peu.

– *Sittin'On The Dock Of The Bay* par Otis Redding ?

Elle hocha la tête.

– Mon mari et moi nous avions une cabane au nord du lac. Je l'ai toujours... je devrais la vendre, mais je n'arrive pas à m'y résoudre. C'est le dernier endroit où nous avons été heureux en famille. Tous les soirs, avec Stanley, nous nous asseyions au bout du quai pour regarder le coucher du soleil en écoutant ce disque pendant que Jessica courait dans l'herbe pour essayer d'attraper des libellules.

Je m'assis dans le fauteuil en face d'elle et lui souris.

Elle ne me rendit pas mon sourire mais ce n'était pas grave. Madame Boone était connue pour ne pas sourire.

– Et… je m'éclaircis la voix, gêné par le silence. Est-ce que votre fille vous rend visite de temps en temps ?

Elle baissa les yeux en agitant les mains nerveusement contre ses jambes.

– C'est ma faute, tu sais, dit-elle d'une voix sombre.

– Qu'est-ce qui est votre faute ?

– Le soir de l'accident… Ce qui est arrivé à Maggie, c'était ma faute.

Je me redressai dans mon fauteuil.

– Comment ça ?

Son regard se voila.

– Elle s'est arrêtée dans mon jardin, ce soir-là. Elle m'a demandé si elle pouvait cueillir des fleurs pour son mariage. Je lui ai crié dessus et je l'ai envoyée promener en lui disant de ne plus revenir.

Madame Boone observait ses mains tremblantes sans cesser de taper sur ses jambes du bout des doigts.

– Si je n'avais pas été si mauvaise – si sévère –, elle serait restée un peu plus longtemps dans mon jardin. Elle ne serait pas partie se balader dans les bois. Elle aurait été à l'abri de ce qui lui est arrivé et qui a englouti une partie de son esprit ce soir-là.

Des larmes se mirent à rouler sur ses joues et je sentis sa souffrance. Je comprenais sa culpabilité, parce que je l'avais ressentie moi aussi toutes ces années auparavant.

– J'ai pensé la même chose, Madame Boone. J'étais censé la retrouver dans les bois ce soir-là, et je suis arrivé en retard. Si je n'avais pas perdu tout ce temps à choisir une cravate, j'aurais pu être là pour la protéger. J'aurais pu la sauver.

Elle leva les yeux et essuya ses larmes en secouant la tête.

– Ce n'était pas ta faute, dit-elle vivement, apparemment effrayée à l'idée que j'endosse une telle culpabilité.

C'était triste de voir à quelle vitesse elle voulait la prendre à son compte pour être sûre que je ne le fasse pas. Je haussai les épaules.

– Ce n'était pas votre faute non plus.

Elle se leva pour s'approcher de la cheminée et regarda fixement les photos.

– Elle était exactement comme Maggie, quand elle était petite, ma fille. Bavarde – un peu trop bavarde. Sauvage, libre. Elle n'avait peur de personne, non plus. Elle voyait toujours le meilleur chez les personnes les plus endommagées. Son sourire...

Madame Boone émit un petit rire en prenant un des cadres où l'on voyait Jessica avec un grand sourire.

– Son sourire réconfortait. Elle pouvait entrer dans une pièce, dire les pires blagues, et faire rire les personnes les plus renfrognées jusqu'à ce qu'elles se tiennent les côtes.

– Que lui est-il arrivé ?

Elle reposa la photo et en prit une autre, sur laquelle le sourire de Jessica avait disparu.

– Mon frère est venu chez nous. Il était en train de divorcer et il fallait qu'il s'éloigne, alors il est venu habiter chez nous. Un soir nous avons fait un barbecue et Henry buvait trop. Il a commencé à se mettre en colère et a pris mon mari, Stanley, à partie, ils étaient près d'en venir aux mains lorsque ma douce Jessica est arrivée avec ses plaisanteries idiotes qui faisaient rire tout le monde, même Henry, qui était ivre. Un peu plus tard dans la soirée, Stanley est allé voir si Jessica allait bien.

Il a trouvé Henry dans sa chambre, une bouteille d'alcool vide à la main. Il était allongé inconscient, nu et soûl, sur ma fille qui était paralysée de terreur.

– Oh mon Dieu. Je suis désolé.

En disant ces mots je sus qu'ils étaient insuffisants. Aucun mot, aucune parole, ne pouvait exprimer ce que je ressentais. J'avais vécu toute ma vie à côté de chez madame Boone sans rien savoir des tourments qu'elle avait endurés.

– Jessica n'a plus jamais parlé après ça. J'ai démissionné de mon poste d'enseignante et je suis restée avec Jessica pour lui faire l'école à la maison, mais on lui avait volé sa lumière. Elle ne fut plus jamais la même après ce que Henry lui avait fait. Elle arrêta de parler et ne sourit plus jamais. Je ne lui en voulais pas. Comment parler quand une personne en qui vous étiez censé avoir confiance vous avait volé votre voix ? Jessica allait et venait comme si elle entendait des voix dans sa tête, des démons qui voulaient la faire craquer. Quand elle eut vingt ans, elle finit par le faire. Elle laissa un mot disant qu'elle nous aimait Stanley et moi, et que ce n'était pas notre faute.

Je fermai les yeux en me rappelant les paroles de madame Riley.

Elle a tenté de se tuer.

Madame Boone se tourna vers moi et fronça les sourcils en voyant mon air désespéré.

– Oh, mon Dieu. Moi qui voulais te changer les idées en t'invitant à entrer, je n'ai réussi qu'à te rendre encore plus triste.

– Non, non, c'est juste que je suis si terriblement désolé. Je ne sais même pas ce que je pourrais dire.

– Ne t'en fais pas. Je ne saurais pas moi non plus.

La bouilloire se mit à siffler dans la cuisine et elle cria :

– Stanley, tu veux bien t'en occuper ?

Je regardai madame Boone en plissant les yeux, et elle marqua un temps d'arrêt. Au bout d'un moment, elle prit conscience de son erreur et se précipita dans la cuisine puis revint avec le thé. Nous bûmes l'affreux breuvage en silence. Quand il fut temps pour moi de partir, je me levai et la remerciai de m'avoir laissé entrer, non seulement dans sa maison, mais dans son passé.

Tandis qu'elle tenait la porte ouverte, je lui posai une dernière question.

– Est-ce pour cela que vous avez proposé de rendre visite à Maggie ? Parce qu'elle vous rappelait votre fille ?

– Oui et non. Maggie a beaucoup de choses en commun avec ma Jessica, mais il y a aussi de grandes différences.

– Lesquelles ?

– Jessica a baissé les bras. Maggie, elle, a de fréquents éclairs d'espoir. Je le vois de plus en plus souvent chez elle. Cela va s'arranger pour elle. J'en suis sûre. J'ai besoin de croire qu'elle va aller mieux. Tu sais quelle est la plus grande différence entre elles deux ?

– Non.

– Jessica n'avait personne. Elle nous a tous exclus. Mais Maggie ? Elle a des amis. Maggie, elle t'a, toi.

– Merci, Madame Boone.

– Je t'en prie. Maintenant, arrête de te faire des reproches ou de culpabiliser, d'accord ?

Je souris.

– Même chose pour vous.

Elle hocha la tête.

– Oui, oui, je sais. Au fond de moi je sais que ce n'était pas ma faute, mais parfois, quand on est confronté à sa solitude, qu'on se retrouve seul, nos pensées dérivent vers des endroits où elles ne devraient pas aller. Parfois nous sommes notre pire ennemi. Nous devons apprendre à faire le tri dans nos propres pensées. Nous devons être capables de faire la part de la vérité et du mensonge dans notre propre tête. Sinon, nous devenons prisonniers des conflits dans lesquels nous nous enfermons nous-mêmes.

20

MAGGIE

Cela faisait cinq jours que je ne lui avais pas parlé, et cela m'avait paru être les cinq jours les plus longs de toute ma vie.

– Qu'est-ce que tu lis, maintenant ? me demanda madame Boone, assise en face de moi à la table de la salle à manger.

Quand j'avais demandé à papa de faire dire à madame Boone que je ne me sentais pas bien, elle avait dit que j'étais une enfant stupide qui avait besoin de boire du thé. Elle avait aussi dit que ma prétendue maladie était due au fait que j'avais gardé les cheveux mouillés en sortant de la douche.

Je haussai les épaules en tenant mon livre contre ma poitrine, puis je le retournai pour qu'elle voie le titre.

– Hum. *Le Dernier Jour de ma vie* de Lauren Oliver. De quoi ça parle ?

Je la regardai en plissant les yeux. Elle faisait toujours ça. Elle me posait toujours des questions en sachant pertinemment que je ne pouvais pas y répondre. Étant donné qu'elle ne m'autorisait jamais à écrire, cela ne faisait que me mettre la pression, et je n'avais vraiment pas besoin de ça.

Je reposai le livre sur la table et je bus une gorgée de mon thé en faisant la grimace.

– Ah, aujourd'hui, tu détestes de nouveau le thé, c'est ça ?

Je haussai de nouveau les épaules.

– Où est ton copain ?

Je haussai les épaules une fois de plus.

Elle leva les yeux au ciel.

– Si tu hausses les épaules encore une fois elles vont rester coincées en l'air. C'est puéril. Il s'inquiète pour toi, tu sais. Le repousser n'aidera personne. En fait, c'est plutôt impoli. C'est un gentil garçon.

Un gentil garçon ? Je n'avais jamais de ma vie entendu madame Boone dire quelque chose de gentil à propos de quelqu'un.

– Brooks, tu peux venir, maintenant, appela madame Boone en direction de la cuisine.

Brooks apparut à la porte, leva la main et fit un petit signe timide.

Que fait-il là ?

– Je l'ai invité, dit madame Boone, lisant dans mes pensées une fois de plus.

– Assieds-toi, Brooks.

Il fit ce qu'elle lui disait.

– Maintenant, je vais vous dire quelque chose et vous allez m'écouter. Vous êtes des idiots tous les deux.

Là, je retrouvais la madame Boone que j'adorais détester.

– Vous vous aimez bien tous les deux, hein ? Alors contentez-vous de ça. Arrêtez de vous prendre la tête tout le temps. Contentez-vous d'être heureux. Maggie, arrête de te comporter comme si tu n'étais pas digne d'être heureuse. Si seuls les gens qui ont une histoire parfaite étaient censés être heureux, alors aucun amour n'existerait jamais. Maintenant embrassez-vous et faites la paix, espèce d'idiots.

– Qu'est-ce qui se passe, ici ? demanda maman en entrant dans la salle à manger.

Elle avait l'air fatiguée, comme si elle n'avait pas dormi depuis des jours, elle n'était pas coiffée et ses cheveux étaient tout ébouriffés. Lorsqu'elle vit Brooks, elle parut déçue et étonnée.

– Tu ne devrais pas être là.

Madame Boone se redressa sur son siège.

– Allons, Katie, avant de crier sur ces gamins, il faut que tu saches que c'est à cause de moi.

– Vous ? C'est vous qui lui avez dit de venir ?

– Oui. Ces enfants étaient tristes, alors je me suis dit...

– Je veux que vous partiez, dit maman.

– Oh, voyons, c'est ridicule. Laisse ce garçon...

– C'est à vous que je parle, Madame Boone. Je veux que vous partiez. Vous êtes allée trop loin, aujourd'hui, et vous n'êtes plus la bienvenue dans cette maison.

Je bondis de ma chaise, stupéfaite. Ma mère me paraissait chaque jour un peu plus étrangère. *Non !* Je tambourinai de mes poings sur la table. Je tambourinai, encore et encore, jusqu'à ce que mes mains deviennent rouges, et même là, je continuai à taper.

– Brooks, va-t'en toi aussi. Nous en avons déjà parlé et je pense que mon message était assez clair. Maggie, va dans ta chambre.

Non ! Non !

Brooks baissa la tête et sortit. Madame Boone se leva en secouant la tête.

– Ce n'est pas juste, Katie. Ces enfants... ils s'entraident.

– Ne le prenez pas mal, Madame Boone, mais Maggie n'est pas votre enfant, et je préférerais que vous cessiez de la traiter comme si vous étiez responsable d'elle. Elle n'est pas Jessica et ce n'est pas à vous de choisir pour elle. Je refuse de voir ma fille finir comme...

– *Comme quoi ?* aboya madame Boone, visiblement profondément blessée.

Elle attrapa son sac à main et le serra contre sa poitrine.

– Comme ma fille ?

Une lueur de culpabilité passa dans les yeux de maman et elle battit des paupières.

– À partir d'aujourd'hui, plus de thé l'après-midi. J'apprécie que vous ayez passé du temps avec Maggie, Madame Boone, sincèrement, mais ce ne sera plus nécessaire.

Madame Boone se dirigea vers la porte, maman la suivit et je ne les quittai pas d'une semelle.

– Je comprends ce que tu essaies de faire, Katie. Vraiment. J'ai essayé de faire ça avec ma fille, moi aussi. Tu penses l'aider en la gardant à l'écart du monde, de ce qui lui a fait du mal, mais tu te trompes. Tu l'étouffes. Tu noies la seule voix qui lui reste – sa liberté de choisir. Sa liberté d'aimer, de s'ouvrir. Tu la dépossèdes de ça.

Maman baissa la tête.

– Au revoir, Madame Boone.

Elle avait renvoyé mon copain et ma meilleure amie, et je ne comprenais pas ce que j'avais fait pour mériter ça. Je me mis à taper du poing sur le mur pour attirer son attention.

Regarde-moi. Remarque-moi.

Elle se retourna, insensible au bruit que je faisais.

– Va dans ta chambre, Maggie.

Non. Je me mis à frapper de plus en plus fort, alors elle fonça sur moi et me prit dans ses bras.

Non !

– Arrête ! As-tu pensé au genre de vie que tu offrirais à Brooks ? Tu veux vraiment qu'il abandonne ses rêves pour rester ici avec toi ? Comment pourrais-tu avoir une relation de couple avec lui s'il voyage à travers le monde pour mener sa vie ? Pourquoi lui ferais-tu ça ? Ce ne serait pas juste, ni pour toi, ni pour lui. Il mérite mieux que des rendez-vous dans cette maison. Et toi, tu mérites d'être seule pour pouvoir te réparer.

Me réparer ?

Et si je n'étais pas brisée ? Si j'étais juste comme ça ?

Où était papa ? J'avais besoin qu'il rentre. J'avais besoin qu'il essaie de ramener maman à la raison. J'avais besoin qu'il règle ça. Je continuai à me débattre alors qu'elle me traînait en haut des escaliers.

– C'est pour ton bien, Maggie. Je suis désolée, mais c'est pour ton bien.

Je résistai mais elle ne me lâcha pas. Elle ne voulait pas me libérer. Je clignai des yeux et je le vis. Le diable.

Il s'excusait de me faire du mal, s'excusait d'enfoncer ses doigts dans mon cou, m'empêchant de plus en plus de reprendre mon souffle.

– Maman ! Lâche-la ! s'écria Calvin en sortant de sa chambre.

Il essaya d'écarter maman de moi mais elle le repoussa violemment.

– Reste en dehors de ça, Calvin. Ta sœur va bien.

Non, ce n'est pas vrai ! Tu me fais mal.

Cheryl arriva et je vis la peur dans ses yeux. Je suis sûre qu'elle la vit aussi dans les miens.

Aide-moi.

– Maman, commença-t-elle, mais maman la fit taire immédiatement.

Elle me traîna jusqu'à ma chambre et me poussa à l'intérieur. Elle referma vivement la porte et la maintint fermée de l'extérieur.

– Tu verras, Maggie. Je fais ça pour toi. Pour te protéger.

Qu'est-ce qui ne tournait pas rond chez elle ? Pourquoi se comportait-elle de façon aussi insensée ?

Je tambourinai sur la porte en faisant tout ce que je pouvais pour l'ouvrir, mais elle ne bougea pas d'un pouce. Je me jetai contre, encore et encore. *Laisse-moi sortir ! Laisse-moi sortir !* Mes mains se refermèrent sur mon cou et je sentis qu'il était là avec moi. Il m'étranglait, il allait me tuer. *Laisse-moi sortir ! Laisse-moi sortir !*

Je ne pouvais plus respirer. Je ne pouvais plus respirer... je ne savais pas quelle autre issue j'avais.

Je ne savais pas ce que je pouvais faire d'autre, alors je fis la seule chose qui me vint à l'esprit.

Je tombai par terre.

Je m'allongeai à plat ventre sur le tapis.

J'ouvris la bouche.

Et je hurlai.

21

MAGGIE

Je clignai des yeux.

La porte s'ouvrit violemment et Papa fonça sur moi. J'étais recroquevillée dans un coin de ma chambre, les mains plaquées sur les oreilles.

Je clignai des yeux.

Maman entra sur ses talons, et il se retourna brusquement en lui hurlant de sortir.

Clignement d'yeux.

En pleurant maman essaya de s'approcher de moi, mais Calvin et Cheryl la retinrent.

Clignement d'yeux.

Papa se pencha sur moi et me regarda droit dans les yeux, pour voir si j'allais bien.

– Maggie ? murmura-t-il. Il respirait avec difficulté. Maggie.

Clignement d'yeux.

Il passa les doigts dans mes cheveux et me releva.

– Laissez-moi aller auprès d'elle, supplia maman.

Papa m'allongea sur mon lit et fit sortir maman de la chambre.

Clignement d'yeux.

Je le sentais. C'était tellement réel. Il recommençait à m'étrangler. Il me privait d'air. Il était revenu. C'était réel. C'était réel...

Clignement d'yeux.

Papa sortit de la chambre pour aller hurler sur maman. Ils ne faisaient que hurler. Calvin et Cheryl entrèrent dans ma chambre.

Clignement d'yeux.

Ils s'allongèrent tous les deux sur le lit avec moi et me prirent dans leurs bras. Ils me tinrent serrée contre eux et je me mis à trembler.

Clignement d'yeux.

Cheryl n'arrêtait pas de me dire que ça allait, et Calvin disait la même chose alors que je pleurais dans mes draps, tremblante, brisée, perdue. Terrorisée. Tellement terrorisée.

Chut...

Chut...

Pourquoi maman avait-elle fait ça ? Pourquoi m'avait-elle traînée comme ça ? Pourquoi le diable avait-il fait ça ? Pourquoi avait-il tué cette femme ? Pourquoi avait-il essayé de me tuer ?

Clignement d'yeux.

Je fermai les yeux. Je ne voulais plus rien ressentir. Je ne voulais plus être. Je ne voulais plus cligner des yeux. Je gardai les yeux fermés. Je ne voulais plus voir, mais je voyais quand même. Je le voyais. Je le sentais. Je sentais son goût dans ma bouche. Je voyais maman, aussi. Je la voyais. Je la sentais. Je l'aimais.

Je la détestais.

Pourquoi me faisait-elle du mal ?

Pourquoi renvoyait-elle les gens que j'aimais ?

Tout autour de moi s'assombrit.

Tout ne devint plus qu'ombres.

Tout devint noir.

22

MAGGIE

— Ça va, aujourd'hui, Magnet ?

Brooks se tenait debout dans l'embrasure de ma porte. Depuis une semaine, il n'était plus autorisé à entrer dans la maison, mais je présumai que, comme maman n'était pas là, c'était certainement papa qui l'avait laissé entrer.

Maman était partie chez sa sœur pour quelques jours, à la demande de papa. J'étais contente de ne pas la voir pendant un moment.

Cela me fendait le cœur de voir Brooks là, appuyé contre le chambranle de ma porte.

Comment était-ce possible ?

Comment quelqu'un qui n'était qu'à quelques pas de vous pouvait-il vous manquer à ce point ?

Contrairement à son habitude, il ne me demanda pas la permission d'entrer, il resta là, les mains enfoncées dans les poches.

– On prend l'avion demain matin. On doit rencontrer le producteur pour parler de notre avenir.

Son sourire me fit l'effet d'une grimace et me rendit plus triste encore que je ne l'aurais cru. La musique, c'était son rêve, et ce rêve allait se réaliser, et pourtant il avait l'air terriblement triste.

Je suis très fière de toi.

Il eut un petit rire et baissa les yeux en reniflant.

– Que se passe-t-il, Maggie May ? Dans ta tête ?

Je ne sais pas.

– Mais tu ne veux pas être avec moi ?

J'hésitai à écrire, sachant que mes paroles allaient lui paraître incompréhensibles. Je ne pouvais pas être avec Brooks, surtout maintenant. Son rêve prenait vie, enfin, et la dernière chose dont il avait besoin était que mes problèmes viennent interférer. Comment pourrions-nous être ensemble, alors que mes parents s'éloignaient l'un de l'autre ? Comment pourrions-nous nous aimer, s'il était à l'autre bout du pays ? Même si j'avais horreur de le reconnaître, maman avait raison. Brooks méritait effectivement mieux que moi. Il avait le droit d'être aimé au grand jour, alors que mon amour n'était qu'un murmure dans le vent, que, visiblement, lui seul pouvait entendre.

Il s'éclaircit la voix, mon absence de réponse paraissant être ce qu'il avait vraiment peur d'entendre.

– Est-ce que tu m'aimes ?

Oui.

Il se détourna une seconde pour s'essuyer les yeux. Quand il se retourna il me fit un petit sourire crispé, puis il vint vers moi.

– Je peux te prendre les mains ?

Je les lui tendis et lorsqu'il prit mes doigts dans les

siens, la sensation familière d'être chez moi m'envahit. Un bâtiment avec des murs n'était pas un foyer. Le foyer était le lieu où la chaleur de l'amour existait entre deux personnes. Brooks était mon foyer.

Je dus faire un effort considérable pour ne pas pleurer.

– Tu vois ce moment où tu découvres une nouvelle chanson ? Tu te dis, bof, tu as déjà entendu un tas de nouvelles chansons, et celle-ci sera comme toutes les autres, mais quand les premiers accords pénètrent tes oreilles et qu'elle monte en toi comme une fusée, tu la sens jusque dans la moelle de tes os. Puis quand arrive le chorus, tu sais. *Tu sais, tout simplement.* Tu sais que cette chanson va te changer à jamais. Tu ne pourras plus jamais repenser à ta vie sans ce rythme, sans ces paroles, sans ces accords. Quand la chanson se termine, tu te précipites pour la remettre au début, et chaque fois que tu l'entends, c'est encore mieux que la fois précédente. Comment est-ce possible ? Comment les mêmes mots peuvent-ils prendre chaque fois plus de sens ? Tu la passes encore et encore, jusqu'à ce qu'elle s'enracine en toi, jusqu'à ce qu'elle se répande dans tout ton corps, pour devenir le flux qui fait battre ton cœur.

Mes mains tremblaient dans les siennes et les siennes dans les miennes. Nous nous rapprochâmes l'un de l'autre et il appuya son front contre le mien.

– Maggie May, c'est toi ma chanson préférée.

J'étais incapable de retenir mes larmes plus longtemps, et lui les siennes, nos visages appuyés l'un contre l'autre.

– Je suis si partagé en ce moment, Maggie. D'un côté je veux aller à Los Angeles pour suivre mon rêve, mais en même temps je sais que mon rêve, c'est *toi*. C'est toi. Alors, toi, dis-moi ce que tu veux. Dis-moi que tu *me* veux. Je resterai. Je le jure, je resterai.

Je m'écartai de lui en lâchant ses mains.

Son rêve était à Los Angeles.

Maman avait raison.

Je n'étais pas le genre de vie qu'il lui fallait.

Je n'étais pas son rêve. J'étais son cauchemar éveillé.

– Dis-moi de rester et je resterai, supplia-t-il. Dis-moi de partir et je partirai, mais ne me laisse pas dans le flou, Maggie May. Ne me laisse pas partir sans savoir. Ne me laisse pas nager dans des eaux inconnues, parce que, dans l'inconnu, j'en suis certain, je vais me noyer.

Pars.

Il lut le mot sur mon ardoise et je vis la lueur dans ses yeux. Il avait l'air choqué par ma réponse. Blessé. Brisé.

Ébranlée par l'expression de désespoir que je lisais dans son regard, je me précipitai vers lui pour tenter de le serrer dans mes bras.

– C'est bon, Maggie. Ça va.

Non, ça n'allait pas. Il souffrait à cause de moi. Il était brisé parce que je l'avais brisé. *Je t'en prie, il faut que tu comprennes. S'il te plaît.*

Je levai la main.

Cinq minutes.

C'était tout ce dont j'avais besoin. Cinq minutes supplémentaires.

Il hocha la tête en soupirant.

– D'accord. Cinq minutes.

Je l'attirai contre moi et l'obligeai à me prendre dans ses bras.

Il étouffa un sanglot.

– Ce n'est pas juste. Ce n'est pas juste. Nous étions heureux.

Je le serrai plus fort et levai les yeux vers lui. Nos lèvres se frôlèrent et nous nous embrassâmes. Doucement au début, puis plus fort. Nous mîmes dans ce baiser tous nos espoirs et tous nos regrets. C'était incroyable à quel point jusque-là cinq minutes me paraissaient une éternité, mais en ce moment précis, cinq minutes ne furent qu'un instant fugace.

– Maggie May, murmura Brooks d'une voix brisée. Comment as-tu fait ça ? Comment as-tu fait pour me briser le cœur et le réparer en même temps, simplement avec un baiser ?

Je ressentais cela aussi. Chaque fois que nos lèvres se rencontraient, nos baisers nous blessaient et nous guérissaient. Nous étions tout à la fois la tempête et le soleil radieux. Comment faisions-nous cela ? Pourquoi le faisions-nous ? Et comment pourrions-nous jamais nous dire vraiment au revoir ?

Du bout des doigts, il caressa la chaîne avec l'ancre qui ne m'avait jamais quittée, avant de me lâcher et de faire un pas en arrière.

– Je ne peux pas rester... il faut que je parte. Il faut que je te laisse partir.

L'instant d'après il sortit de ma chambre et de ma vie.

Après son départ, Cheryl vint s'asseoir à côté de moi sur mon lit.

– Pourquoi avoir fait ça, Maggie ? Pourquoi l'avoir laissé partir ?

Je me penchai vers ma sœur et posai la tête sur son épaule, ne sachant pas très bien quoi répondre. Mon cœur était lourd après que j'eus laissé Brooks s'en aller, mais il fallait qu'il aille à la poursuite de ses rêves sans moi. Quand on aime quelqu'un, on le laisse s'envoler, même si on n'est pas sur le même vol.

– Ce n'est pas juste, dit-elle. Parce que sa façon de te regarder, et ta façon de le regarder, c'est mon rêve à moi. C'est ce que je veux connaître un jour.

J'ouvris la bouche pour parler mais aucun son n'en sortit. J'eus un sourire hésitant et Cheryl fronça les sourcils.

– J'ai trouvé pour quelle cause je veux militer, dit-elle en me prenant la main. Je veux me battre pour toi, pour les gens comme toi. Je veux me battre pour ceux qui n'ont pas de voix, mais qui hurlent pour qu'on les entende.

***

La production demanda à Calvin et aux autres de rester quelques jours de plus à Los Angeles. On leur avait proposé un contrat avec Rave Records, et leur excitation pouvait presque me parvenir depuis la côte Ouest.

Brooks m'appela pour m'annoncer la nouvelle.

– Je sais que je ne suis pas censé te parler... mais... ça y est, Magnet.

Il parlait d'une voix très basse.

– Ça y est. On a un engagement. Dans quelques semaines ce sera officiel, et nous signerons avec Rave. C'est grâce à toi, Maggie. Tu as fait ça pour nous.

Des larmes coulèrent sur mes joues. Jamais je n'avais autant désiré quelque chose que ce qui leur arrivait, c'était extraordinaire. Ces garçons le méritaient. Ils méritaient tout ce qui leur arrivait.

– Je t'aime, Maggie, murmura-t-il avant de raccrocher.

Ce fut la dernière fois qu'il m'appela pour me donner de ses nouvelles. Calvin appela pour dire à la famille que le producteur voulait qu'ils enregistrent plusieurs essais pendant qu'ils préparaient les contrats, et, sans que je m'en rende compte, les jours devinrent des semaines, et les semaines des mois. Leurs vies étaient passées à la vitesse supérieure, et moi j'étais figée sur place. Lorsque septembre arriva, leur groupe fut invité à faire la première partie de The Present Yesterdays, pour leur tournée mondiale.

Apparemment, en un clin d'œil, leurs vies avaient complètement changé.

Je faisais de mon mieux pour cesser de souffrir de son absence. Je lisais. Je prenais des bains, j'écoutais de la musique sur le iPod qu'il m'avait laissé. Je jouais de sa guitare, aussi. Au fil du temps, son absence ne me devint pas plus facile à supporter, simplement je pris les choses plus calmement. On apprend à vivre avec cette douleur lancinante. On pleure les moments qu'on a passés ensemble et quelquefois on s'autorise aussi à souffrir.

Le nombre de fois où j'ouvris mon téléphone pour regarder fixement son numéro, où je faillis composer son numéro ! Je me disais que je n'appellerais qu'une fois, juste pour entendre sa voix, mais je ne pus jamais rassembler assez de courage pour aller jusqu'au bout. Au fond de moi, je savais que si j'appelais une fois, je ne serais pas capable de ne pas le rappeler tous les jours pour entendre encore sa voix.

La plupart du temps je sortais à peine de ma chambre, par peur de tomber sur maman.

Papa et elle étaient en train de devenir de parfaits étrangers sous mes yeux. Chaque fois qu'ils se trouvaient dans la même pièce, un des deux en sortait. Avant, quand papa partait travailler, il l'embrassait sur le front, maintenant ces baisers n'étaient plus que des souvenirs.

Les saisons passèrent et se succédèrent et, bien que le groupe soit revenu plusieurs fois en ville, Brooks ne se montra pas. J'ai pensé que peut-être il avait trouvé sa nouvelle aventure quelque part sur la route. Peut-être notre amour n'était-il destiné qu'à être un instant fugace dans le temps.

– Ils passent à la radio ! hurla maman un soir en courant à travers toute la maison. Ils passent à la radio !

Tout le monde sortit de sa chambre, et pour la première fois depuis des mois, ma famille sembla unie, rassemblée autour de la radio dans la salle à manger, pour écouter la diffusion de la première chanson des Crooks. Ma poitrine se serra et j'agrippai l'ancre qui pendait au bout de la chaîne qui ne quittait jamais mon cou, en écoutant les paroles que je connaissais déjà. Notre chanson...

Elle est allongée contre ma poitrine, ses gouttes de pluie commencent à tomber
Elle se sent si faible, flottant sans but, se cognant contre les murs
Priant pour trouver un moment de répit où ne pas commencer à se noyer
Son cœur cherche désespérément une réponse aux souffrances muettes que son âme garde captives

Je serai ton ancre
Je t'empêcherai de dériver jusqu'au bout de la nuit
Je serai ta stabilité
Pendant les marées sombres et solitaires
Je te tiendrai serrée contre moi, je serai ton phare, je t'assurerai que tu seras sauve
Je serai ton ancre
Et nous traverserons cette épreuve

Entendre ces paroles était comme ressentir le baiser dont j'avais tellement envie. C'était comme une promesse qu'il me reviendrait. Tout le monde dans la pièce se mit à applaudir et à s'embrasser – une chose que nous n'avions pas faite depuis très longtemps. Quand maman prit papa dans ses bras, il la serra contre lui. Je pourrais jurer que je revis à ce moment-là l'amour qui existait entre eux autrefois. Il disparut aussitôt qu'il se séparèrent, mais n'empêche, je l'avais vu, ce qui voulait dire que, au fond d'eux, cet amour demeurait toujours.

Ce n'est que le soir où je reçus un paquet par la poste que je m'autorisai à pleurer sur le départ de Brooks.

Un livre.

De l'eau pour les éléphants de Sara Gruen.

À l'intérieur du livre, des post-it jaunes couverts de son écriture signalaient les meilleurs passages. Au dos du roman, il y avait un petit mot que je lirais et relirais tous les jours pendant les années à venir. Ce petit mot était la preuve que je n'aimerais jamais un autre garçon.

* * *

Petit mot pour la fille qui m'a repoussé

Par : Brooks Tyler Griffin

22 octobre 2018

Maggie May,
Je n'ai pas vu ton visage depuis deux ans. Vingt-quatre mois pendant lesquels tu m'as manqué, j'ai rêvé de toi et j'aurais voulu que tu sois à mes côtés. Tout me fait penser à toi, mais chaque fois que je reviens en ville, je vais habiter chez mon frère, incapable de t'affronter. Si je te revoyais, je ne serais pas capable de repartir. J'en suis sûr. Je vis à cent à l'heure. Certains jours je me demande si je vais pouvoir continuer comme ça. D'autres jours j'ai envie de tout laisser tomber et de rentrer à la maison auprès de toi. Ces jours-là, je me rappelle

que tu m'as repoussé. C'était ta volonté, et je dois la respecter. Bien des années avant que je sache le sens de mon amour pour toi, allongé dans ta chambre en te tenant la main, je t'ai fait une promesse. Je t'ai donné une chaîne avec une ancre et je t'ai promis d'être ton ami, quoi qu'il advienne. J'ai beaucoup réfléchi, me demandant comment je pouvais continuer à être ton ami tout en respectant ton espace. C'est la meilleure solution qui m'est venue à l'esprit. Je vais continuer à t'envoyer des romans avec mes commentaires ; j'espère que cela t'aidera à te rappeler que tu n'es jamais seule. Si jamais tu te sens seule, relis les notes dans les livres.
Si jamais un jour tu m'appelles, je serai là.
Je t'aime, Magnet, à la fois comme un amant et comme un ami. Ce sont deux choses qui ne changeront jamais, même quand mon cœur aura besoin de faire une pause.

À toi, pour toujours,
Brooks Tyler

P.-S. : Je suis toujours disponible pour écouter ton silence.

* * *

Petit mot pour le garçon qui passe à la télévision
Par : Maggie May Riley
1er août 2019

Brooks,
Je t'ai vu à *Good Morning America* aujourd'hui. Tes cheveux sont plus longs, non ? En plus, c'est un

tatouage sur ton bras droit ? Je n'ai pas bien vu, mais j'aurais pu jurer que c'était un tatouage. Qu'est-ce qu'il représente ? Je te renvoie mes commentaires sur *American Gods* de Neil Gaiman. Je dois t'avouer quelque chose, je l'avais déjà lu trois fois avant que tu me l'envoies. Mais le relire de ton point de vue et avec tes réflexions, c'était comme le lire pour la première fois. On n'est jamais déçu avec cet auteur.

Je viens de finir *Le Cercle littéraire des amateurs d'épluchures de patates* de Mary Ann Shaffer et Annie Barrows. Je croise les doigts en espérant que tu l'aimeras. Je l'ai adoré, mais je sais que tu es moins intéressé par les livres historiques que moi. L'histoire tourne autour de la Seconde Guerre mondiale, et bien que les conséquences de la guerre soient mises en lumière, il y a quand même une intrigue charmante. Et c'est très drôle en plus.

T'ai-je dit que Muffins nous a quittés ? J'ai demandé à papa de transmettre mes condoléances à madame Boone. Tu sais ce qu'elle a répondu ? « Cette fichue bestiole avait au moins mille ans. Au moins maintenant je n'ai plus besoin de gaspiller de l'argent en nourriture pour chat. »

Ce qu'elle voulait dire en réalité c'est qu'il lui manquait plus qu'elle ne pouvait l'exprimer.

Il me manque à moi aussi.

À toi pour toujours,
Maggie

P.-S. : le nouvel album des Crooks est numéro un cette semaine encore, cela ne m'étonne pas. Je l'écoute en boucle depuis cinq semaines. Tu es le son que je préfère entendre.

***

Petit mot pour la fille qui relit les livres pour le plaisir
Par : Brooks Tyler Griffin
5 janvier 2020

Magnet,
Nous sommes à Tokyo cette semaine, et Rudolph a mangé des oreilles de porc frites sans le savoir, il pensait que c'étaient des oignons bio frits. C'est probablement le meilleur moment auquel j'aie jamais assisté. Il y a un mauvais rhume qui traîne par ici, et je suis la dernière victime de l'épidémie. La quantité de médicaments qu'on m'a fait ingurgiter est préoccupante, mais c'est comme ça, *the show must go on,* le concert doit avoir lieu ce soir. J'espère bien refiler le rhume à Calvin, juste pour rire.
Le livre : *Le Passage* de Justin Cronin.
Nombre de post-it : cent deux.
J'ai entendu dire que Cheryl était inscrite en journalisme à l'Université de Boston, avec une mineure en Women's Studies. La prochaine fois que tu la vois sur Skype, dis-lui que je suis très fier d'elle.

Brooks

***

Petit mot pour un garçon qui peut aller se faire voir
Par : Maggie May Riley
4 juin 2021

Brooks Tyler,
Sérieux ? *Nos étoiles contraires* [8] ?
J'ai tout bonnement versé toutes les larmes de mon corps dans un pot de glace à la menthe aux pépites de chocolat. Étonnamment, le sel de mes larmes en a fait ressortir la saveur. Avec ça, je prends ton roman de John Green et te recommande *Mille Soleils splendides* de Khaled Hosseini. C'est Cheryl qui me l'a fait lire et depuis je ne suis plus la même.
Bon vent,

Maggie

***

Mot pour la fille que je déteste
Par : Brooks Tyler Griffin
12 août 2021

M,
Va te faire voir, Maggie May Riley,
Va vraiment te faire voir.
J'ai adoré pleurer sur un livre devant un parterre d'hommes adultes et machos.
Ça a vraiment fait monter ma cote de popularité.

B

P.-S. : tu prends des cours en ligne pour devenir bibliothécaire ? Génial. Dans ton dernier mot tu écrivais

8. Roman de John Green et Catherine Gibert, Éd. Nathan, 2013 : pour l'édition française.

« avec un peu de chance un jour je quitterai la maison pour devenir bibliothécaire ».
Ce n'est pas une question de chance.
Il n'y a que les faits.
Tu seras la meilleure bibliothécaire de toute l'histoire des bibliothécaires, et je viendrai dans ta bibliothèque pour lire tous les livres.

***

Mot pour un garçon qui a reçu un Grammy Award
Par : Maggie May Riley
28 février 2024

Brooks,
Je suis tellement fière de toi.
Je suis tellement impressionnée par ton talent.
J'espère que ta tournée mondiale se passe merveilleusement bien.
Le livre : *Oh The Places You'll Go* par Dr. Seuss
Les post-it : dix-huit.

Maggie

***

Mot pour la fille que je respecte
Par : Brooks Tyler Griffin
18 juillet 2025

Magnet,
Désolé de ne t'avoir rien envoyé depuis un moment. Entre les répétitions, les réunions, les interviews, c'est

de la folie. Je suis crevé. Je suis toujours crevé en ce moment. C'est toujours super, mais certains jours, j'aimerais bien ralentir un peu.
Il y a un truc qu'il faut que je te dise, mais je ne sais pas trop comment, alors voilà.
J'ai rencontré quelqu'un.
Elle s'appelle Sasha.
Elle est mannequin et elle est adorable. Elle est vraiment très, très sympa.
Elle chante horriblement mal, et elle danse encore plus mal, mais elle rit, ce qui est plus que je ne peux dire de la plupart des gens que j'ai rencontrés au cours de ce voyage.
Je ne sais pas pourquoi j'ai éprouvé le besoin de te le dire, mais j'ai pensé qu'il valait mieux que tu l'apprennes par moi plutôt que par la presse people.

Brooks

P.-S. : J'ai relu *Les Cerfs-Volants de Kaboul.* C'est le premier livre que tu m'as donné, tu te souviens ? Je ne me rappelle pas avoir pleuré la première fois, mais peut-être que le temps modifie notre façon de voir les histoires. Peut-être qu'en vieillissant les expériences que nous vivons changent notre perception des romans. Peut-être ne suis-je plus la même personne que j'étais il y a toutes ces années.
À moins que je n'aie le mal du pays, tout simplement.

TROISIÈME PARTIE

23

MAGGIE

8 avril 2026 – vingt-huit ans

Tous les soirs, maman, papa et moi prenions notre dîner ensemble dans la salle à manger. Maman et papa ne se regardaient pour ainsi dire jamais. Ils se côtoyaient, comme des étrangers.

Papa ne faisait presque plus jamais de blagues, et quand par extraordinaire il venait dans ma chambre, pour me parler c'était surtout pour se plaindre du fait que maman buvait trop.

On avait du mal à croire qu'ils avaient été amoureux un jour. Et d'imaginer qu'ils avaient l'habitude de danser ensemble, avant.

Malgré tout, nous dînions ensemble tous les soirs, même si nous étions mal à l'aise, tous les trois. Le vendredi était le soir que je préférais parce qu'après le dîner Cheryl m'appelait toujours pour un rendez-vous sur Skype.

Je débarrassai mon assiette et je me précipitai dans ma chambre pour ouvrir mon ordinateur avec empressement. Depuis que Cheryl avait terminé ses études supérieures, elle avait décidé de découvrir le monde. Elle était partie pour faire le tour de l'Europe et de l'Asie avec son sac à dos, et depuis elle ne s'était plus arrêtée. Elle avait visité toutes sortes d'endroits, découvert toutes sortes de cultures et avait assisté à plus de conflits qu'elle n'avait imaginés dans des parties reculées du monde dont on ne parlait presque jamais.

Quand elle m'appela sur Skype, ce soir-là, elle était à Bangkok, en Thaïlande.

– Salut sœurette ! Tu as l'air en forme.

La réception n'était pas aussi bonne que d'habitude mais cela me faisait plaisir au moins de voir son visage.

Je souris et tapai ma réponse. ***Toi aussi***.

– Aujourd'hui je suis allé visiter le Phra Phuttha Maha Suwana Patimakon. Je le prononce certainement très mal, parce que quand je l'ai dit tout à l'heure le guide m'a dit que j'avais massacré la prononciation, mais tant pis. Tu sais, c'est ce grand Bouddha d'or. C'était vraiment impressionnant. Oh !

Elle fit le tour de sa petite chambre d'hôtel et sortit un livre.

– Je t'ai acheté ton premier livre de Thaïlande ! Je ne sais pas de quoi ça parle, mais je pense que c'est très bien quand on sait lire le thaï.

Je souris à ma farfelue de sœur. Elle me manquait tellement.

Cheryl haussa un sourcil.

– Alors, depuis que je suis partie, est-ce que tu t'es mise à parler et à jurer comme un charretier comme ta sœur ?

Je secouai la tête.

– Un jour, je veux que tu écartes les bras et que tu cries *putain* le plus fort que tu pourras. Ce sera rafraîchissant, à mon avis.

Je ne crois pas.

Elle fronça les sourcils.

– Ce serait bien que tu sois un peu plus foldingue. Moins parfaite, tu vois ? Je veux dire, je sais bien que tu as ce truc de mutisme, et ce problème d'impossibilité de sortir de la maison, mais ce n'est pas si terrible, quand on voit que moi, une femme seule, je parcours le monde en solitaire, sans penser au danger. Ce n'est pas facile d'être ta sœur.

Je souris. ***Désolée.***

Elle ricana.

– Même pas vrai. Bon, à part ça, comment ça va tes cours ?

J'avais suivi les cours en ligne de l'Université de Wisconsin- Milwaukee, où j'avais obtenu un diplôme de premier cycle en anglais. Après cela, j'avais postulé auprès d'un tas d'écoles différentes qui offraient une préparation à un master en ligne, mais aucune n'avait retenu ma candidature. Je n'avais probablement pas le plus convaincant des CV, étant donné que je n'avais pas fait grand-chose dans ma vie.

Un an auparavant j'étais prête à tout laisser tomber, mais papa m'avait persuadée de tenter de m'inscrire à l'Université de Wisconsin-Milwaukee en master en sciences de l'information et des bibliothèques. Quand je fus acceptée pour leur programme en ligne, je fondis en larmes.

Maman décréta que c'était une perte de temps et d'argent. Papa dit que c'était une étape vers un heureux dénouement.

Ça va bien. Le semestre est presque fini, ce qui est une bonne chose.

– Est-ce que ça t'arrive de... enfin... de flirter avec un de tes camarades sur les forums de discussion ?

Je levai les yeux au ciel, mais elle était parfaitement sérieuse. Une fois déjà, Cheryl avait essayé de me convaincre de trouver l'amour sur le Net. Elle m'avait même inscrite sur plusieurs sites de rencontre.

– C'est juste pour dire, Maggie. Tu es instruite. Tu es belle. Et...

Et je vis chez mes parents.

– Oui, mais pas au *sous-sol.* Tu vis *en haut.* C'est différent.

En plus je suis muette et je ne sors jamais de la maison, ce qui pose un problème.

– Tu rigoles ? Les hommes adorent que les femmes se taisent. En plus, si tu ne quittes jamais la maison, cela veut dire que tu ne coûtes pas cher en sorties. Les hommes adorent ne pas dépenser d'argent ! Tu devrais l'ajouter sous la rubrique de tes points forts sur un site de rencontre.

Elle fit un clin d'œil.

Je souris et elle continua sur le même sujet jusqu'à ce que je lui demande si elle avait eu Calvin au téléphone.

– Je l'ai eu sur Skype tout à l'heure et il m'a raconté qu'il était tombé sur YouTube sur un groupe qui s'appelle Romeo's Quest. Un son indé-underground totalement génial. Il m'a envoyé le lien pour les écouter et je suis restée sur le cul. Alors je te le passe parce que je sais que c'est fait pour toi. Je te mets le lien en bas. Et écoute ça : toutes leurs chansons se fondent sur des pièces de Shakespeare !

Tu ne connais rien à Shakespeare.

– Je sais, Maggie, mais ce n'est pas le sujet ! Le truc c'est que c'est différent, et pur et... elle marqua une pause, « *To be or not to be, that is the question !* » Tu vois que je connais Shakespeare ! J'ai fait des études supérieures, ma chère.

C'est dans quelle pièce ?

– J'y crois pas, c'est quoi ça ? Le jeu des vingt questions ? Lâche-moi la grappe, tu veux ? En tout cas, quand on aura raccroché, écoute-les. Je crois que Calvin essaie de monter un truc pour le groupe, une sorte de contrat prépayé, vu qu'ils ont été découverts sur le Net.

Super cool.

– J'ai parlé à Brooks, aussi, dit Cheryl, ce qui me fit pencher la tête. J'essayais de faire comme si mon estomac ne se retournait pas.

Il va bien ?

– Ouais, il a l'air d'aller vraiment bien. Heureux, tu vois ? Seulement fatigué. Il a cette barbe de folie, comme si ça faisait des années qu'il ne s'était pas rasé. En fait ça ne fait que quelques mois, mais ça lui va bien. Il fait plus adulte.

Et heureux ?

Elle hocha la tête.

– Et heureux.

Bien. Bien. Je voulais qu'il soit heureux. Il le méritait.

Après avoir appris qu'il était avec Sasha, je n'avais pas pu continuer à lui écrire. Cela me faisait trop mal de penser que lorsqu'il recevait mes livres, elle était peut-être assise à côté de lui. Et puis cela n'aurait pas été sympa pour elle, non plus.

Je fermai les yeux en essayant d'imaginer son nouveau look. La dernière fois que je l'avais vu c'était quand j'avais regardé les Grammy Awards à la télévision et que le groupe avait été élu Album de l'Année. Il avait l'air heureux, là aussi, presque comme si ses rêves étaient complètement réalisés.

– Et toi, Maggie, tu es heureuse ?

Je hochai la tête en souriant, mais sans lui laisser voir que je frappais un coup sur ma jambe sous la table.

Ce n'était pas facile de trouver le bonheur, toute seule dans ma chambre, surtout quand l'élu de mon cœur aimait quelqu'un d'autre.

Pendant que nous parlions, Cheryl et moi, maman se mit à crier.

– Ce n'est pas moi qui l'ai cassé, Eric ! Justement, j'essayais de le réparer. Il y a des semaines que tu dois le réparer et tu n'as rien fait du tout.

– Je t'avais dit de ne pas y toucher. Maintenant tu l'as bousillé encore plus, aboya papa.

Cheryl fit la grimace.

– À propos de quoi ils se disputent, cette fois ?

Le lave-vaisselle.

Elle ne posa pas plus de questions. Papa et maman n'avaient plus que deux sortes de relations : la version muette, et la version furieuse.

Quand ils n'étaient pas muets, ils criaient.

Quand ils ne criaient pas, ils passaient l'un à côté de l'autre comme des fantômes.

Cheryl et moi prolongeâmes notre discussion pendant encore quelques minutes, puis elle se mit à bâiller et se prépara à aller au lit.

Après avoir mis fin à notre appel, j'allai voir des vidéos de Romeo's Quest sur YouTube. Je pianotai du bout des doigts sur mon estomac en écoutant la musique se déverser sur moi. Cheryl comprenait mon esprit et mon âme, et quand le chanteur se mit à chanter, je ressentis comme une flèche en plein cœur.

J'écoutai toutes les vidéos que je trouvais en ligne, encore et encore. Ma chanson préférée c'était *Broken Nightmares*, parce qu'elle était triste mais contenait quand même de l'espoir.

Viens me chercher dans le noir, parce que c'est là que je vis
Ouvre ton cœur et laisse les ombres y entrer.

Je clignai des yeux plusieurs fois en essayant de me représenter l'état d'esprit du groupe quand ils avaient écrit ces paroles, ces mots-là. La musique était un des meilleurs moyens de me souvenir que je n'étais pas seule au monde. C'était ce moment si puissant quand j'entendais la musique et les paroles. C'était comme si l'artiste s'était frayé un chemin dans ma tête esseulée et avait créé cette chanson uniquement pour moi, pour me rappeler que quelque part il y avait quelqu'un qui ressentait exactement la même chose que moi.

J'étais certaine que Brooks les aurait adorées.

24

BROOKS

– Bonsoir, Birmingham, vous êtes fantastiques ! Nous sommes les Crooks et nous vous remercions de nous avoir permis de faire main basse sur vos cœurs ce soir, cria Calvin dans le micro le soir de notre second concert à guichets fermés en Angleterre, à Birmingham – plus de seize mille billets vendus, plus de seize mille fans qui crient nos noms et reprennent les paroles de nos chansons.

Cela faisait maintenant dix ans que nous vivions notre rêve tous les quatre. Après avoir assuré la première partie de notre groupe préféré, nous tenions maintenant le haut de l'affiche. Nos vies n'avaient plus rien de normal.

– J'en profite pour souhaiter un bon anniversaire à mon complice qui a vingt-huit ans aujourd'hui. Joyeux anniversaire, Calvin ! Le monde est un peu plus ivre grâce à ta voix.

La foule applaudit, réclamant un *bis* à grands cris, mais nous n'étions pas autorisés à le faire parce que le temps c'est de l'argent, et l'argent c'est une chose que la production déteste gaspiller.

Nous descendîmes de scène en courant et je me précipitai dans ma loge où je fus immédiatement rejoint par Michelle, mon assistante, qui tenait à la main une liste de passages à la radio et à la télé programmés pour la semaine à venir.

– C'était super, ce soir, Brooks, dit-elle en souriant tout en jonglant avec son iPad, son iPhone et un paquet de Skittles.

– Alors ce soir, un after à l'Urban.

– Le même Urban que celui de l'année dernière où Rudolph a fini la soirée en déclenchant une bagarre à propos de thon qui était en fait du dauphin ?

J'allai vers mon lavabo pour prendre une serviette mouillée et me la passer sur le visage.

– Oui, c'est ça. Ils organisent une fête pour l'anniversaire de Calvin.

Je soupirai. Je détestais les clubs mais j'adorais mon meilleur pote.

– Donc, je suis obligé d'y aller.

– Tu es obligé d'y aller, ne serait-ce que pour les photos, après tu pourras t'éclipser quand tu voudras. Demain matin, il faut que tu sois à Kiss 94.3 vers cinq heures pour l'interview à la radio. Ensuite on fait le Morning Blend à sept heures, à neuf nous irons au Mix 102.3 pour une émission en direct, et vers midi on se retrouve sur le plateau de Craig Simon. Retour à la salle de concert à quinze heures pour la balance, suivie d'une séance d'autographes de seize heures trente à dix-huit. Ensuite, dîner avec le groupe qui passe en première partie pour une séance de photos avec quelques journalistes avant le concert à huit heures. Tu as des questions ?

– Heu, oui, quand est-ce que je dors ?

Elle ricana et se mit à taper sur son téléphone.

– Tu connais ma devise, Brooks...

– On aura tout le temps de dormir quand on sera six pieds sous terre, dis-je en citant ses paroles.

Je m'assis dans mon fauteuil et soulevai le paquet que j'avais fait cet après-midi avant le concert.

– Pourrais-tu trouver un bureau de poste pour envoyer ça demain ?

Michelle se renfrogna.

– Comment veux-tu que je trouve le temps de faire ça ?

Je souris d'un air moqueur.

– Tu connais ma devise : pourquoi ne pas trouver une bonne raison d'aller à la poste tous les jours ?

– Ce n'est pas ta devise mais j'irai quand même.

Elle m'arracha le paquet des mains et me regarda en plissant les yeux.

– Est-ce que cela t'ennuie ?

– Est-ce que quoi m'ennuie ?

– Qu'elle ait arrêté de te renvoyer tes livres ?

Cela faisait un an que Maggie ne m'avait pas envoyé un seul livre, depuis que je lui avais dit que je sortais avec Sasha. Est-ce que cela m'ennuyait ? Tous les jours. Est-ce que les post-it roses me manquaient ? Tous les jours. Est-ce que j'allais laisser paraître que j'en souffrais ? Jamais.

– Nan. Je n'attends plus vraiment de réponse de sa part.

– Tu as dû faire une chose horrible pour qu'elle arrête.

– Qu'est-ce qui te fait croire que c'est ma faute ?

Elle sourit.

– Le pénis dans ton pantalon.

Elle se dirigea vers la porte pour quitter la pièce.

– J'espère vraiment que la fille des livres, qui qu'elle soit, a une bibliothèque monumentale pour pouvoir y mettre tous les livres que tu lui as envoyés dernièrement. Tu as vingt minutes pour prendre une douche avant que nous allions à l'Urban.

Sur ce, elle disparut.

Assis devant la glace, je détaillai tout ce qui avait changé chez moi. À vingt-huit ans, j'avais des poches sous les yeux, pas des petites poches, des poches aisément observables mais que notre artiste du maquillage arrivait si bien à cacher. Mes bras étaient couverts de tatouages qui dataient de mes années de beuverie pendant nos tournées à travers les États-Unis, et ma barbe qui n'arrêtait pas de pousser était beaucoup plus longue qu'elle n'aurait dû, mais mon manager, Dave, disait que la barbe était à la mode et par conséquent il refusait que je la rase.

Je me demandais ce que Maggie aurait pensé de mon visage couvert de poils.

Je me demandais ce que Maggie aurait pensé de moi.

Je me demandais s'il lui arrivait de penser à moi de la même façon que je pensais toujours à elle.

– Salut, monstre poilu, dit une voix qui me tira de mes pensées.

Au moment où je fis pivoter mon fauteuil pour voir Sasha, je me sentis coupable. Je détestais quand mes pensées vagabondaient vers Maggie May alors que Sasha était dans les parages. Il me semblait que c'était injuste pour tout le monde.

Sasha vint s'asseoir sur mes genoux.

– C'était fantastique, ce soir. Tu es fantastique, murmura-t-elle en m'embrassant sur le nez.

Mon sentiment de culpabilité avait vite fait de disparaître quand Sasha venait près de moi. Elle était belle, pas seulement physiquement, mais dans sa gentillesse. Il était rare de trouver quelqu'un d'aussi délicat dans le monde du showbiz.

– Merci, répliquai-je en l'embrassant sur le menton. Il faut qu'on fasse une apparition à l'Urban, ce soir.

Elle grogna. Elle détestait les clubs autant que moi.

– Ah bon ? J'espérais qu'on pourrait rentrer à l'hôtel, allumer le jacuzzi et commander un room service.

– Oh, ne me tente pas.

Ses lèvres glissèrent sur les miennes. Elles avaient le goût de vin rouge, sa boisson préférée en coulisse, chaque fois qu'elle pouvait se libérer pour venir assister à l'un de nos concerts.

– J'ai un vol tôt demain matin. Je dois être à Los Angeles pour une séance de photos, et après j'ai un défilé à New York.

– Mais tu viens tout juste d'arriver.

Depuis le début de la tournée, Sasha et moi ne nous étions vus qu'à de rares occasions, mais nous nous arrangions toujours pour trouver quelques minutes pour nous parler sur FaceTime tous les soirs. Elle avait pris un vol pour Birmingham quatre jours plus tôt, et bien que nous soyons dans la même ville, je n'arrêtais pas de courir dans tous les sens. Notre relation en souffrait, mais Sasha savait comment ça se passait. J'avais pris des avions pour aller la voir pendant mes moments de repos, mais elle aussi était prise par sa carrière, tout autant que moi par la mienne.

– Je sais. Tu me manques. Tu me manques même quand tu es en face de moi.

Je la serrai contre moi et appuyai mon front contre le sien.

– Voilà ce que je te propose. On fait un tour rapide à l'Urban, une petite heure, puis on rentre à l'hôtel et on se fait servir à dîner toute la nuit dans le jacuzzi, ça te va ?

Son corps se tendit et un sourire aimable apparut sur ses lèvres.

– Tu n'as pas une journée chargée, demain ? Quand est-ce que tu vas dormir ?

– J'aurai tout le temps de dormir quand je serai six pieds sous terre, dis-je en parodiant Michelle. Non, sérieusement, je préfère être fatigué parce que j'ai pu passer du temps avec toi qu'être complètement reposé un jour normal.

Elle prit mon visage entre ses mains et se pencha en avant pour m'embrasser.

– Je suis raide dingue de vous, Monsieur Griffin. Bon, alors, allez prendre votre douche et vous préparer pour cette soirée.

Nous nous rendîmes à l'Urban où nous restâmes une heure et demie – plus longtemps que ce que nous avions prévu, mais cela en valait la peine.

Calvin était super content, et le voir heureux me faisait plus plaisir que tout. Stacey était là, à son bras, comme toujours depuis qu'ils étaient en classe de quatrième.

Il se passait quelque chose autour de Sasha et moi quand nous sortions ensemble – nous ne passions pas inaperçus. Nous animions tous les événements, nous riions, nous buvions, nous dansions. Nos bouches n'étaient jamais immobiles, nous papotions avec tout le monde, et nous avions cette manie de toujours finir les phrases l'un de l'autre. Ce n'était pas difficile d'être sociable avec Sasha Riggs. Nous collions tellement bien ensemble qu'il était impossible pour quiconque de douter que nous étions prédestinés à nous rencontrer, il y avait un peu plus d'un an.

Dans les magazines, on nous appelait *Le couple du moment.*

Les nouveaux Brad et Angelina.

Le nouveau couple royal de l'Amérique.

Il fallait assurer, mais nous faisions ça avec charme. Je ne connaissais personne qui pouvait rivaliser avec les paroles de mes chansons – avec ma voix.

Au moment de rentrer à l'hôtel, nous étions plutôt éméchés tous les deux. Chaque fois qu'elle était pétée, Sasha avait le hoquet, et c'était la chose la plus adorable du monde, putain. Nous nous embrassâmes tout le long du chemin en montant dans notre chambre, et une fois à l'intérieur, elle balança ses talons hauts, se précipita sur le jacuzzi et ouvrit les robinets.

– Attrape le menu du room service et commande tout ce que tu veux, avec des frites en plus. Des tas de frites.

Je me dirigeai vers le téléphone pour commander et je marquai un temps d'arrêt en voyant *Les Cerfs-Volants de Kaboul* posé sur la table de nuit.

– Je vais mettre du bain moussant dedans. Je ne sais pas si ça se fait, mais tant pis, je le fais, cria Sasha.

Je ne répondis pas, je feuilletais le livre.

– On s'est bien marrés ce soir, en fait, non ? Les gens étaient super. Il y avait plein de...

Elle continua de parler mais je n'écoutais plus. Je me remis à culpabiliser en lisant les notes de Maggie. Je n'aurais pas dû ressentir ça. Elle ne devrait pas me manquer. Je n'aurais pas dû être nostalgique chaque fois que j'ouvrais un des vieux romans qu'elle m'avait envoyés.

– Tu as commandé ? demanda Sasha en venant vers moi.

J'ouvris le tiroir de la table de nuit pour y fourrer le bouquin et le refermai vivement.

– Hum ?

– Est-ce que tu as commandé à manger ?

– Ah ouais, non, pas encore.

Elle haussa un sourcil interrogateur.

– Qu'est-ce qu'il y a ? Tout va bien ?

Non.

– Viens là, dis-je en m'asseyant sur le grand lit double.

Elle s'assit sur le lit en face de moi. Je pris ses mains dans les miennes.

– On peut essayer un truc ?

– Tu me fais peur...

– Désolé. Je veux juste essayer cinq minutes.

– Qu'est-ce que ça veut dire ?

– Je veux que nous nous regardions dans les yeux pendant cinq minutes.

Elle fit une grimace.

– Pourquoi ?

– S'il te plaît, Sasha. Je veux juste... j'ai besoin que tu essaies.

Elle hocha la tête.

– D'accord.

Pendant la première minute, nous eûmes du mal à nous regarder dans les yeux. Pendant la deuxième minute, elle remarqua que ça faisait bizarre de ne pas parler. À la troisième minute, elle me lâcha les mains.

– Je ne comprends rien, Brooks. Je ne comprends pas ce qui t'arrive. Je veux dire, on a passé une super soirée, et une fois rentré à l'hôtel, tu es tout bizarre.

– Je sais, je suis désolé.

Elle plissa les yeux.

– C'est à cause de la fille aux livres ?

– Qui ?

Elle se mordit la lèvre inférieure.

– Tu sais bien, la fille aux livres. Tu crois que je n'ai pas remarqué que tes mains sont toujours occupées, soit sur ta guitare, soit dans un livre à prendre des notes qui ne me sont jamais adressées ? Parfois, quand tu lis, je pourrais me balader à poil devant toi et faire la danse du ventre que tu ne me verrais même pas.

Elle prit une profonde inspiration.

– Je t'aime, Brooks, dit-elle en fixant sur moi des yeux emplis d'espoir et d'un peu d'inquiétude.

J'ouvris la bouche pour parler, mais rien ne me vint à l'esprit. Tout ce que je trouvai à dire fut :

– Merci.

Sasha s'écarta de moi et se leva.

– Waouh ! Ok, d'accord. Je vais partir.

– Sasha, attends !

– Attendre ? Attendre quoi ? Brooks, je te dis que je *t'aime,* pour la première fois, et tout ce que tu trouves à dire c'est *merci.* Bon Dieu ! Mais quel connard ! hurla-t-elle. C'était déjà difficile d'être troisième, mais je l'ai fait parce que je me disais que peut-être, à un moment donné, tu me ferais remonter sur ta liste.

– Troisième ?

– En troisième position dans ta vie. Il y a ta musique, ta fille aux livres, et ensuite le reste du monde, et le reste du monde peut faire tout ce qu'il peut pour attirer ton attention, tu n'es jamais complètement là.

J'étais *effectivement* un connard. Un vrai connard.

– Je suis désolé, Sasha.

– Ça fonctionne bien, nous deux. Tout le monde le voit. On est bien. Toi et moi, ensemble, ça a du sens.

Je hochai la tête. Elle n'avait pas tort. Aux yeux de tout le monde, notre couple avait du sens. Je regrettais seulement que mon cœur ne voie pas les choses comme ça.

Elle se mordit la lèvre inférieure.

– Nous sommes en train de rompre, c'est ça ?

– Oui, je crois que c'est ça.

– Tu l'aimes ? murmura-t-elle en versant quelques larmes.

J'essuyai du pouce cette preuve de sa tristesse, mais immédiatement après d'autres apparurent.

– J'ai essayé de l'oublier. Je voulais que ça marche entre nous.

Elle haussa les épaules.

– Je mérite mieux que ça, tu sais.

Je hochai la tête. Je le savais.

– Et pour que les choses soient claires entre nous, c'est moi qui romps, pas le contraire. C'est moi qui *te* largue. Parce que je ne suis pas n'importe qui, Brooks. Je mérite quelqu'un d'intelligent, de drôle et de charmant. Quelqu'un qui ne soit pas ailleurs quand nous sommes dans la même pièce. Quelqu'un qui me voit et qui m'aime totalement, intégralement.

– C'est vrai. C'est absolument vrai.

Elle s'essuya les yeux et se redressa fièrement pour prendre son sac à main avant de s'en aller.

– Mais ce que je mérite par-dessus tout – ce que tout le monde mérite par-dessus tout –, c'est quelqu'un qui ait pour moi le même regard que tu as pour ces livres.

25

MAGGIE

Cela faisait plusieurs années que, par ma fenêtre, je regardais madame Boone boire son thé, assise sous son porche. Maman n'avait jamais assoupli sa sentence. Quand papa lui assura qu'elle était toujours la bienvenue chez nous, elle déclina l'invitation, disant qu'elle ne voulait pas créer plus de problèmes. Mais nous continuions quand même à prendre le thé. Elle levait toujours les yeux vers moi à midi et elle souriait quand je levais la tasse que je tenais à la main. C'était le moment de la journée que je préférais, la chose que j'attendais plus que tout.

Depuis quelque temps, elle manquait à l'appel.

Les premiers jours, je n'y attachai pas plus d'importance que ça. Sa voiture n'était pas dans l'allée et je me dis qu'elle était peut-être partie en voyage, bien qu'il ne soit pas dans les habitudes de madame Boone de voyager. Au bout d'une semaine, je commençai à m'inquiéter en ne la voyant pas revenir.

À mesure que les jours passaient, je sentais l'angoisse me gagner. Papa entama des recherches avec l'aide de quelques voisins, et il alla signaler sa disparition à la police, mais ils étaient certains qu'ils ne pouvaient rien faire.

Il était cinq heures du matin quand papa me réveilla pour m'annoncer la nouvelle.

– Il y a eu un accident, Maggie. Madame Boone a eu un accident de voiture et a été transportée d'urgence à l'hôpital. Elle...

Il continua à parler mais je n'entendais rien. Les mots entraient dans une oreille et ressortaient aussitôt par l'autre. Je ne pleurais pas. J'étais trop choquée pour pleurer. Elle était inconsciente et dans un état préoccupant. Papa me dit qu'elle conduisait de façon imprudente et un témoin a dit qu'elle semblait perdue et confuse.

Une fois qu'il fut ressorti de ma chambre, la réalité m'apparut de façon évidente. Il fallait que j'aille la voir. Elle n'avait personne pour lui rendre visite. Elle n'avait pas de famille. Elle n'avait que moi.

Alors il fallait que je sorte.

– Tu es sûre, Maggie ? demanda mon père, debout dans l'entrée avec moi, prêt à me conduire à l'hôpital.

Je fis oui de la tête.

Maman, qui se tenait dans l'embrasure de la porte, me regardait en inclinant la tête. Elle me regardait intensément, les yeux plissés, un peu comme si elle attendait que j'échoue. Presque comme si elle *voulait* que j'échoue.

– Elle ne va pas le faire, dit-elle d'une voix coupante. Elle n'est pas prête. Elle n'ira nulle part.

– Si, dit papa d'un ton sévère. Elle va y aller.

Il me regarda droit dans les yeux avec espoir et compassion.

– Elle m'a dit qu'elle irait, et elle va y aller. Hein, Maggie ?

Je cognai deux fois sur la porte, et il sourit.

Maman, les bras croisés, dansait d'un pied sur l'autre. Tout son corps indiquait qu'elle était sur les nerfs mais, comme d'habitude, papa ne voyait rien.

– Ce n'est pas vrai. Regarde-la. Elle va repartir dans sa chambre en courant. Tout va bien, Maggie. Tu peux remonter. Ne laisse pas ton père te mettre la pression.

– Katie, c'est bon, gronda mon père.

Elle grimaça et ne dit plus rien, mais je sentis son regard sur moi.

J'avais les mains moites et mon cœur battait à se rompre dans ma poitrine.

Papa me sourit.

– Ne t'en fais pas, Mags. Tu y es. Tu peux le faire, m'encouragea-t-il.

Chut...

Je fis un pas en arrière, et il le remarqua. Il se précipita sur moi en secouant la tête.

– Non, non, non, Maggie. Tu peux le faire. Regarde.

Il tendit une main vers moi et de l'autre cogna deux fois sur la porte.

– Oui ? Tu te souviens ? Tu as dit oui. Tu viens.

Je jetai un coup d'œil à sa main qui tremblait et quand je regardai de nouveau ses yeux, l'espoir qui y était auparavant avait disparu derrière la confusion et l'inquiétude.

– Maggie, chuchota-t-il en avançant la main vers moi.

Je me cognai dans la table de l'entrée en reculant tout en secouant la tête.

– Allez, Maggie. Il faut qu'on y aille.

Je cognai un coup sur la table. *Non.*

Qu'est-ce qui n'allait pas chez moi ? J'avais passé l'âge d'être effrayée comme ça. J'avais passé l'âge de me faire briser. Dans le regard de papa, je vis une chose qu'il avait passé des années à me cacher – son épuisement. Ses cheveux étaient presque tous gris, les poches sous ses yeux étaient profondes, et son sourire tenait plus du froncement de sourcils. Quand avait-il cessé de sourire franchement ? Il était fatigué. Fatigué de s'inquiéter. Fatigué d'attendre. Fatigué de moi.

Il se rembrunit.

– Non...

Il se passa les mains dans les cheveux.

– Non. S'il te plaît, ne fais pas ça.

Ma gorge se serra et je sentis les doigts du diable se refermer autour de mon cou, une fois de plus. Il m'empêchait de respirer. Il m'étouffait. Je passai mes propres doigts autour de mon cou, et j'étouffai un appel à l'aide muet.

Maman, qui observait tous mes gestes, haussa un sourcil en voyant ma panique, en voyant les ombres de mon passé refaire surface. Papa et elle se mirent à parler – à *crier*. Ils recommençaient à crier. Leurs lèvres bougeaient de façon accélérée, mais je ne comprenais pas ce qu'ils disaient, parce que le diable parlait fort dans mes oreilles et me noyait une fois de plus. Je plaquai mes mains sur mes oreilles en serrant fort les paupières. *Va-t'en, va-t'en, va-t'en...*

– Laisse tomber, Eric ! hurla-t-elle à la fin, en passant le bras autour de mes épaules.

Je n'arrivais pas à me rappeler la dernière fois où elle m'avait tenue comme ça, d'une façon protectrice.

– Elle n'est pas obligée de sortir. Laisse tomber.

Papa plissa le front, il retira ses lunettes et se passa les mains sur les yeux.

– Excuse-moi, je n'avais pas l'intention de te mettre la pression. Je croyais seulement...

Il poussa un profond soupir.

– Je ne sais pas ce que je croyais.

Il sortit en refermant la porte derrière lui et je fermai les yeux en écoutant son pas qui s'éloignait.

Une terrible révélation m'apparut : je ne serais jamais capable de quitter ces quatre murs.

Quand cela s'était-il produit ?

Depuis quand mon refuge était-il devenu mon enfer personnel ?

Madame Boone était seule, elle ne se réveillait pas, et je n'étais pas assez forte pour aller la voir. Je m'effondrai dans ma chambre. Ce soir-là je m'assis par terre dans ma chambre et je fis la seule chose qui, j'en étais certaine, pourrait tout arranger.

Je l'appelai.

– Maggie ?

Brooks bâilla. Je n'avais pas réfléchi à l'heure qu'il était en Europe. Il était près de vingt heures chez moi, donc il devait être assez tard pour lui.

– Qu'est-ce qu'il y a ? Il s'est passé quelque chose ?

J'ouvris la bouche et je me mis à pleurer dans ma main. Je pleurais parce que je me sentais perdue, et que le son de sa voix me ramenait immédiatement chez moi.

– Okay, murmura-t-il sans savoir ce qu'il se passait, mais convaincu que j'avais besoin de lui. Je viens.

Treize heures plus tard, il était de retour en ville, et il n'était pas revenu seul. Tout le groupe était avec lui. Brooks ne vint pas chez moi, cependant, et je ne savais pas pourquoi. Je ne savais pas ce qui me faisait le plus mal – le savoir si proche, ou l'impression qu'il était toujours si loin. Rudolph, Oliver et Calvin, eux, vinrent tout droit me voir dans ma chambre et restèrent tout le temps avec moi. Ils ne m'avaient pas quittée depuis qu'ils avaient atterri chez nous.

– Nous sommes une équipe, tu sais, Maggie ? Et sans toi, nous ne serions pas où nous sommes aujourd'hui, dit Rudolph, assis au bord de mon lit.

– Quand Brooks a dit qu'il partait, on n'a rien pu faire pour l'arrêter. En plus, les Crooks forment un groupe. Nous ne pourrions pas nous produire sans lui. Et puis, en *plus*, la famille passe en premier, non ? dit Oliver.

– Nous sommes toujours là pour toi, sœurette, même quand nous sommes à l'autre bout du monde. Je veux dire, je suis quasi sûr que la production va nous faire des histoires pendant un moment, mais je ne suis pas trop inquiet.

Calvin sourit et me donna un coup de coude.

Nous gardâmes le silence. Ils ne se rendaient pas compte que leur silence m'aidait à respirer plus librement.

– Il t'aime toujours, me dit Calvin. Tu le sais, hein ?

Je haussai les épaules. Pendant longtemps j'avais espéré que c'était vrai, mais en voyant ses posts sur Twitter et la façon dont ses fans s'accrochaient à lui, je n'étais plus certaine que l'amour pouvait suffire. La chose la plus triste au monde, c'était que vous pouviez rencontrer la personne qui changeait votre vie à jamais, sans pour autant finir par être avec cette personne. La personne qui vous faisait découvrir l'amour n'était pas toujours celle avec laquelle vous restiez.

Pourquoi n'est-il pas venu ?

Calvin lut ce que j'avais écrit.

– Après que papa nous a dit ce qui se passait, Brooks a su où tu avais le plus besoin qu'il aille. Quand nous sommes arrivés à l'aéroport, il a pris un taxi pour aller directement à l'hôpital voir madame Boone.

Je portai ma main à mes lèvres, et à ce moment précis je l'aimai plus que jamais. C'était incroyable qu'il puisse me faire tomber encore plus amoureuse de lui sans même être près de moi.

Je l'aime.

Calvin hocha la tête.

– Je sais. S'il y a deux personnes qui méritent d'être amoureuses, c'est bien vous deux. J'aimerais seulement que la vie arrête de se mettre en travers de votre chemin.

Je fermai les yeux et m'allongeai sur mon lit, les pieds pendant sur le côté, et Calvin s'allongea près de moi. Les jumeaux s'allongèrent sur le sol, et Rudolph mit de la musique sur son téléphone. Sans dire un mot, nous laissâmes la musique nous emporter, tout en attendant que Brooks trouve le chemin qui le ramènerait jusqu'à moi.

26

BROOKS

Depuis douze heures j'étais assis sur la même chaise, dans la même chambre, à regarder madame Boone, avec tous ces tubes, les perfusions qui injectaient des liquides dans son organisme. Elle avait des hématomes sur tout le corps, mais rien de cassé. Je préférais ne pas penser à ce qu'elle avait dû endurer, seule dans sa voiture, quand elle avait eu l'accident. Quelles pensées lui avaient traversé l'esprit ? Quel genre de choses une personne ressentait-elle en éprouvant ce type de panique ? Avait-elle pensé aux êtres qui lui étaient chers ? Avait-elle tout oublié ? Avait-elle été si perdue que ses souvenirs lui échappaient ?

– Je suis désolée, Monsieur Griffin, mais les visites sont terminées, dit une jeune infirmière en entrant dans la chambre. Heu... je sais que cela va peut-être vous paraître super déplacé, mais pensez-vous que je pourrais faire une photo avec vous ? demanda-t-elle d'une voix pleine d'espoir.

Avant que je puisse répondre, une autre infirmière, Sarah, entra dans la chambre.

– Tu as raison, Paula. C'est en effet super déplacé. Je suis contente que tu aies remarqué toi-même à quel point c'était déplacé et que tu aies décidé de sortir de la chambre.

Sans ajouter un mot, Paula sortit de la chambre, toute gênée.

– Désolée, dit Sarah. Ces filles sont toutes complètement folles à l'idée que vous soyez là. Ce qui ne tient pas debout. J'ai écouté votre musique pendant ma pause, tout à l'heure, et elle est horrible.

Elle me fit un clin d'œil. C'est elle qui était venue toute la journée pour voir comment allait madame Boone, et pour voir comment j'allais, moi aussi. C'était une femme d'un certain âge, dans la soixantaine, avec une voix douce et tendre qui suffisait à vous guérir, même quand elle vous disait des vacheries.

– Bon, je ne veux pas jouer la méchante, mais les visites sont terminées...

– Pas de souci, merci. Est-ce que je peux avoir encore une minute ?

Elle hocha la tête.

– Oui, bien sûr.

– Je voudrais aussi vous poser une question qui va peut-être vous paraître stupide.

– Demandez toujours, mon petit.

– Est-ce qu'elle peut, genre, m'entendre ?

J'enfonçai mes mains dans mes poches.

– Je veux dire, si jamais je lui parlais, pourrait-elle entendre ce que je lui dis ?

– Certains disent que non, d'autres disent que oui. Entre nous, dit-elle en venant plus près de moi, en réalité c'est parfois pour nous que nous parlons, pour exprimer nos sentiments. C'est toujours mieux de dire ce qu'on a sur le cœur plutôt que de garder ça pour nous, et si les personnes que nous aimons peuvent nous entendre, alors... c'est encore mieux.

Je souris et la remerciai.

Avant de sortir, Sarah se retourna.

– La musique aussi. Certaines personnes disent que la musique peut aider. Mais je suis sûre que vous le saviez déjà.

Rien n'était plus vrai.

Une fois qu'elle fut sortie, j'approchai ma chaise du lit de madame Boone et je lui pris la main.

– J'ai une requête égoïste à vous faire, Madame Boone. Bon, je pense que c'est le moment où normalement vous me traiteriez d'idiot ou quelque chose du genre, mais je dois vous demander de faire ça pour moi. Revenez. Vous devez vous réveiller, pas pour moi, ni pour vous, mais pour Maggie. Elle a besoin de souffler. Elle a besoin de quelque chose de positif dans sa vie. Elle a traversé tant de conneries, trop. Par conséquent je vous interdis de faire ça. Je vous interdis de rester dans cet état. Je ne sais pas si vous le savez, mais vous êtes sa meilleure amie. Vous êtes la seule chose qui lui reste, et je ne peux pas vous laisser partir en la laissant, parce que je crois qu'elle partirait, elle aussi, et, en parfait égoïste, je ne peux pas laisser faire ça. J'ai besoin que vous alliez mieux, toutes les deux. J'ai besoin que vous guérissiez, vous et elle. Alors, faites ça pour moi. Je vous revaudrai ça. Mais revenez parmi nous, Madame B. Revenez.

En reniflant, j'approchai mon siège encore plus près en me rappelant ce qu'avait dit Sarah. Je me penchai vers son oreille et je me mis à chanter doucement « Sittin'

On The Dock Of The Bay » d'Otis Redding, la chanson qu'elle écoutait avec Stanley.

Au fond de moi, je priai pour qu'elle m'entende.

***

Je n'avais pas la moindre idée de la raison pour laquelle j'étais si terrifié à l'idée de revoir Maggie. Après un vol de dix-huit heures, et douze heures passées dans un hôpital, j'avais pensé que je serais mentalement préparé à me tenir devant elle, mais au moment où je montai les marches de son porche, mes mains commencèrent à trembler. Je sonnai à la porte et madame Riley vint ouvrir. Elle fronça les sourcils en me voyant. Cela faisait des années que nous ne nous étions pas parlé, depuis qu'elle m'avait interdit l'entrée de sa maison, mais cette fois-ci elle s'effaça pour me laisser passer.

– Merci, Madame Riley.

Pour toute réponse, elle me fit un petit sourire puis disparut au fond de la maison.

Je montai dans la chambre de Maggie. La porte était grande ouverte, mais elle n'y était pas. J'entrai en voyant les piles de livres que je lui avais envoyés – ceux qu'elle ne m'avait jamais retournés. Je les ouvris tous et les feuilletai, remarquant les signets roses qu'elle avait mis dans chacun d'entre eux. Elle avait répondu à toutes mes notes. Je ne comprenais pas. Pourquoi ne me les avait-elle pas renvoyés ?

Je me retournai, un livre à la main, lisant ce qu'elle avait écrit, et en levant les yeux je la vis.

Maggie.

Elle était très belle.

Tellement belle, putain.

Elle tenait un livre dans la main, les bras repliés dessus, elle le serrait sur sa poitrine. Nous restâmes interdits, le regard fixé l'un sur l'autre.

L'estomac noué, je reculai d'un pas pour reposer sur son bureau le livre que je regardais.

– Désolé.

Elle cligna des yeux plusieurs fois en tirant sur le bout de ses cheveux humides, sans me quitter du regard. C'était tout ce que je trouvais à lui dire ? *Désolé* ? Après toutes ces années sans la voir. Des *années !* J'avais traversé l'océan pour elle. Je ne m'étais pas tenu si près d'elle depuis un temps fou, et là, le premier mot qui sortait de ma bouche, c'était « désolé ».

– Comment vas-tu ?

Elle pencha la tête en continuant à me dévisager.

Je remarquai que certaines choses avaient changé chez Maggie depuis mon départ. Ses cheveux étaient plus courts mais couvraient toujours ses épaules. Elle faisait de tout petits sourires sans jamais laisser voir ses dents. Ses lèvres se pressaient l'une contre l'autre et les coins de sa bouche remontaient, mais ce n'était jamais un vrai sourire. Il était menu, comme sa silhouette. Ses yeux bleus étaient empreints de solitude. C'était ce qui me semblait le plus difficile, de la regarder droit dans les yeux. Elle battait à peine des paupières, et plus rapidement que la normale, comme si elle ne voulait rien perdre de ce qu'elle voyait.

– Comment vas-tu ? répétai-je. Sans obtenir de réponse. Tu vas bien, aujourd'hui, Maggie May ?

Son corps se crispa et elle haussa les épaules.

Elle était toujours aussi belle, mais d'une beauté qui à présent semblait hantée, le genre de beauté qui vous donnait envie de rire et de pleurer tout à la fois.

Je fis un pas en avant, désireux de poser la main sur son bras, pour retrouver la sensation de son contact, mais aussitôt elle s'éloigna.

– Excuse-moi, murmurai-je. Je vais te laisser tranquille.

Elle plissa le front. J'avais oublié qu'un froncement de sourcils pouvait être encore plus ravissant qu'un sourire. Lorsque je passai à côté d'elle nos bras se frôlèrent, et je la sentis trembler. À moins que ce ne soit moi. C'était difficile de faire la différence entre elle et moi. Juste au moment où j'allais sortir, je marquai un temps d'arrêt.

– Tu me manques, balbutiai-je, un peu vexé, un peu honnête, un peu confus. Tu me manques et je ne sais pas pourquoi, parce que, il y a toutes ces années, tu m'as clairement fait comprendre que tu voulais que je parte pour Los Angeles. Tu me manques, parce que tu as arrêté de m'envoyer les livres. Tu me manques, et je ne sais pas pourquoi, puisque tu es juste là. Tu es à quelques pas de moi, et pourtant j'ai l'impression qu'il y a comme une sorte de mur immense entre nous. Comment est-ce que tu peux me manquer à ce point, alors que tu es si près de moi, bon sang ?

Elle continuait de me tourner le dos et je la vis se pencher pour poser son livre sur le sol devant elle. Elle se releva lentement, se retourna, et brusquement elle me sauta dans les bras.

Elle bondit littéralement. Elle se jeta sur moi et je l'attrapai au vol, en la serrant contre moi.

Bon Dieu.

Que c'était bon.

C'était si bon de la tenir dans mes bras. De la serrer contre moi. De respirer ses cheveux, qui sentaient toujours le miel et un parfum fleuri. De sentir ses lèvres se poser sur mon épaule. De la tenir contre moi.

Ma Maggie May...

– Ne me lâche pas, murmurai-je dans ses cheveux. Je t'en prie, ne me lâche pas.

Elle me serra plus fort.

Cette nuit-là, allongés sur son lit, nous écoutâmes de la musique sur son iPhone, chacun avec une oreillette, et c'était incroyable comme cela me paraissait naturel d'être là, dans cette chambre, à côté d'elle. On dit que les gens changent avec le temps, et c'est vrai. Nous n'étions plus les deux personnes que nous avions été, mais d'une certaine façon nous avions évolué en même temps. Même séparés par des centaines de kilomètres.

Mais ce que j'ai le plus aimé dans cette nuit-là, c'est de voir comment certaines choses semblent ne jamais changer.

J'ai adoré voir que mes moments préférés étaient toujours les mêmes.

En tournant la tête vers elle, je lui posai une question.

– Pourquoi ne m'as-tu pas renvoyé les livres ?

Elle se redressa, plissa les yeux, l'air étonnée. Elle tendit la main pour prendre son ardoise et j'attendis patiemment qu'elle réponde.

Sasha.

– Comment ça ?

La lettre que tu m'as envoyée, la première fois que tu m'as parlé d'elle, j'ai su que je devais cesser de répondre.

– Parce que ça t'a fait souffrir ?

Maggie secoua la tête. ***Parce que cela aurait pu la faire souffrir de voir arriver des lettres venant d'une autre fille.***

Je la retrouvais : la jeune femme la plus attentionnée au monde.

– Nous avons rompu.

Maggie me lança un regard interrogateur, et je frottai ma barbe.

– Enfin, c'est plutôt elle qui a rompu, j'imagine. Elle a dit qu'elle détestait l'idée de venir en troisième position dans ma vie.

Troisième ?

– Après la musique... et... enfin...

Je lui fis un sourire triste et elle me renvoya le même.

La musique et toi.

– Ce n'est pas juste, tu sais, parce que, chaque fois que j'ai essayé d'aller de l'avant, ton amour me tirait toujours en arrière.

Elle vint se placer contre moi et ses lèvres se refermèrent sur les miennes. Nous commençâmes à nous embrasser sans aucune intention de nous arrêter. C'était de loin la meilleure chose que j'aie faite depuis ces dix dernières années – rentrer à la maison pour retrouver son amour.

Cette nuit-là, nous dormîmes dans les bras l'un de l'autre, et chaque fois que je me réveillais, je la serrais plus fort contre moi. L'idée de la reperdre m'était insupportable. Avant de reprendre la tournée, j'avais besoin qu'elle sache que je reviendrais à la maison auprès d'elle. J'avais besoin qu'elle sache que nous ferions en sorte que ça marche, quoi qu'il arrive. J'avais besoin qu'elle sache qu'elle était, et serait toujours, le plus beau de mes rêves.

27

MAGGIE

Quand j'ouvris les yeux, Brooks était parti, mais mon ardoise était posée à côté de moi. Il avait écrit :

Je vais voir madame Boone. Je serai de retour en fin d'après-midi. Je t'aime.

Lorsque je passai la main dessus pour l'effacer, tous les mots disparurent, sauf les trois derniers.

Ce qui ne me dérangea pas du tout.

– Tu sais, il paraît que madame Boone s'est réveillée il y a environ une demi-heure, annonça Calvin en entrant dans ma chambre.

Stupéfaite, je bondis hors de mon lit en me frottant les yeux.

– Les médecins ont dit qu'elle allait bien. Ils vont lui faire des tests pour voir si elle perd la mémoire, si c'est Alzheimer ou de la démence ou je ne sais quoi. Je ne connais pas tous les détails, mais pour l'instant elle va bien. Elle est réveillée, Maggie.

C'est vrai ?

– Ouaip. Brooks a envoyé un texto à tout le monde. Je suppose que tu n'as pas encore regardé ton téléphone sinon je t'aurais entendu te réjouir en silence.

Il me fit un clin d'œil.

Je levai les yeux au ciel et lui lançai un oreiller à la tête, il l'attrapa au vol et me le renvoya, ce qui me fit basculer. En moins d'une seconde il sauta sur mon lit et se mit à faire des bonds. De ma vie je n'avais jamais ressenti une telle impression de bien-être. De savoir qu'elle allait bien, qu'elle continuait à respirer l'air du jour – rien que ça, c'était magnifique.

– Bon, alors, nous reprenons l'avion pour l'Angleterre lundi matin de bonne heure. On s'est fait sévèrement taper sur les doigts par la production pour avoir annulé deux concerts, dit Calvin. Il semblerait que ce ne soit pas très bien vu de rentrer au pays pendant une tournée pour aller s'occuper de sa grand-mère... c'est ce qu'on leur a dit, que madame Boone était notre grand-mère... ce qui n'est pas entièrement faux. Les gens de la prod' sont plutôt vénère, tu vois le genre, le temps c'est de l'argent, tout ça, mais bon. On reprend à Birmingham la semaine prochaine.

Oh mon Dieu... je suis vraiment désolée. Tout ça c'est ma faute.

Calvin leva les yeux au ciel.

– Ce n'est la faute de personne. C'est la vie. Il faut bien s'adapter. On vient de passer plusieurs années de folie, alors on a bien besoin d'un break. Et puis... j'ai un secret.

Je haussai un sourcil, curieuse de le connaître.

Il sourit.

– Je n'en ai encore parlé à personne. Je me suis dit que tu serais la première à le savoir parce qu'il n'y a pas meilleure que toi pour garder un secret, avec ton truc

– il passa un doigt sur ses lèvres en faisant un bruit de fermeture Éclair – de mutisme.

Je souris d'un air narquois.

En me rendant mon sourire, il sortit une petite boîte de sa poche arrière. Je portai vivement les mains à ma bouche. Il allait enfin demander Stacey en mariage.

Il ouvrit l'écrin et j'étouffai un cri, les larmes aux yeux. Calvin me donna un coup de coude.

– Allez, sœurette. Tu ne vas pas pleurer, quand même.

Je lui arrachai la boîte des mains pour admirer, émerveillée, le superbe diamant.

– Tu crois que ça va lui plaire ?

Je roulai des yeux avec exagération, ce qui le fit rigoler. ***Elle va l'adorer.***

– Je vais aller le montrer à maman et papa, avant d'aller à l'hôtel retrouver Stacey. Je n'ai jamais eu autant le trac de ma vie, tu sais ? J'ai l'impression que mon cœur va exploser.

Il me reprit la bague et la regarda fixement, presque comme s'il avait peur qu'il y ait un risque que Stacey refuse de l'épouser. Tu parles ! Je n'avais jamais vu deux personnes autant faites l'une pour l'autre que Calvin et Stacey. Même quand Calvin avait fait un break, des années auparavant, cela n'avait pas fait capoter leur relation, cela l'avait même peut-être renforcée. Bon sang, ils portaient des anneaux à l'annulaire avec leurs initiales gravées à l'intérieur depuis la fin de l'année de quatrième.

Stacey et mon frère étaient faits pour être heureux ensemble pour toujours. C'était leur destin.

Je lui serrai le genou et il détacha son regard de la bague pour se tourner vers moi. Je lui souris. Il me rendit mon sourire mais je vis qu'une lueur d'inquiétude demeurait dans ses yeux.

– Merci, Maggie. Je vais aller la montrer à maman et papa.

Il sauta au bas de mon lit et sortit de la chambre. Une seconde plus tard il repassa la tête à la porte.

– Au fait, Maggie, je t'aime. Je ne sais pas si, en tant que frère, je te le dis assez. Ce qui est arrivé à madame Boone m'a fait réfléchir. On ne sait pas ce que la vie nous réserve, alors on ferait aussi bien de dire aux gens qu'on aime ce qu'on ressent, tu ne crois pas ?

Mon frère, le musicien sensible.

Je levai l'ardoise qui disait ***Je t'aime*** et j'ajoutai ***moi aussi.***

À peine deux minutes après son départ, j'entendis maman hurler dans sa chambre.

– *Oh, mon Dieu* ! Mon fils va se marier !

– Calme-toi, maman. Je n'ai pas encore fait ma demande.

– Oh mon Dieu, mon Dieu, mon DIEU ! Il y a tellement de choses à faire, à organiser ! J'ai attendu ce moment toute ma vie ! brailla-t-elle.

Je souris, je savais que ce n'était pas une blague. Je souris aussi parce qu'il y avait des années qu'elle n'avait pas semblé si heureuse.

***

– Ça va bien, aujourd'hui, Magnet ?

Ma phrase préférée. Brooks vint dans ma chambre ce soir-là avec un sac dans la main. Il me rejoignit sur mon lit.

– Alors, j'ai entendu dire qu'il allait y avoir un mariage dans pas longtemps. Je crois savoir qu'une certaine fille qui aime un certain garçon a répondu oui à une certaine question et a accepté une bague. Je suis allé dîner avec le groupe pour fêter ça, et la seule chose que j'avais dans la tête c'était que j'aurais voulu que tu sois là. Alors je me suis éclipsé de bonne heure et je t'ai apporté à dîner.

Je me penchai vers lui et l'embrassai. Nous ingurgitâmes plus de frites qu'il n'est raisonnable, avec des burgers géants.

– Ça t'arrive de penser à te marier, Maggie May ?

Ouais.

– Ça t'arrive de penser à te marier avec quelqu'un comme moi ?

Je pris sa main et la serrai deux fois.

Je me pelotonnai contre lui et il me serra sur son cœur.

– Un jour je t'épouserai. On va se marier et on sera les plus heureux du monde. Puis on aura les bébés les plus potelés du monde, qui souriront tout le temps parce qu'ils imiteront nos sourires. On aura un chien qu'on appellera Skippy et un chat appelé Confiture, et on aura une grande maison, avec un endroit dans le jardin où tu pourras t'isoler pour boire un verre de vin quand les enfants te prendront trop la tête. Un abri de jardin au féminin. Tu travailleras sur ton rêve, quel qu'il soit, et nous serons tellement heureux, Magnet. J'imagine notre vie. Nous serons heureux pour toujours.

J'adorais ce qu'il disait, ses espoirs, ses projets. Ses projets étaient aussi les miens. Tout ce qu'il désirait, je le voulais au moins autant que lui. Moi aussi j'y croyais, ça allait nous arriver. Nous y avions droit, lui et moi. Tout comme mon frère et Stacey, Brooks et moi avions droit au bonheur qui dure toute la vie. *Ce moment, c'est pour la vie.*

J'ai appris que vous aviez des ennuis parce que vous avez annulé des concerts. Je suis tellement désolée. Je ne voulais pas interférer dans votre carrière.

– Ce n'est pas grave.

Brooks parlait d'une voix douce, assis à côté de moi, sa jambe frôlant la mienne.

– Ce n'est que de la musique.

La musique c'était sa vie, et il la mettait entre parenthèses pour moi.

– Et puis il y a des rêves qui sont plus importants.

Il me regarda dans les yeux et son sourire en coin et son silence voulaient tout dire. J'entendis parfaitement son message, et j'espérai qu'il entendait ma voix, lui aussi.

Moi aussi, je t'aime, Brooks.

Ce soir-là nous nous endormîmes après avoir fait l'amour. Au milieu de la nuit je fus réveillée par ses caresses, ses mains sur moi, ses lèvres sur les miennes.

– Maggie, murmura-t-il, le souffle court, allongé sur moi dans l'obscurité. Nos vêtements étaient entassés dans un coin de la chambre et je sentais son souffle chaud dans mon cou tandis qu'il m'embrassait. Sa bouche parcourut tout mon corps, centimètre par centimètre, et j'avais du mal à respirer, mais c'était ok. À ce moment-là, respirer semblait être une perte de temps. Il me saisit les jambes et les écarta en un geste lent et maîtrisé. Je l'observai attentivement pendant qu'il se caressait d'une main. De l'autre il glissa deux doigts en moi, et mes ongles crissèrent sur les draps. Lorsqu'il ressortit ses doigts, il se frotta contre moi avant de me pénétrer lentement. Je me sentis me détendre contre lui avec chaque poussée, chaque gémissement.

Oui. Oui...

Il se pencha en avant et m'embrassa délicatement sur les lèvres.

– Ça va ?

Je hochai la tête. *Oui. Oui...*

Il me pénétra plus profondément, puis ressortit lentement pour me pénétrer de nouveau, encore et encore, et j'ouvris la bouche, incrédule. Il allait et venait en moi, vite et fort, lentement et profondément.

Brooks...

Comment ? Comment un mouvement aussi simple pouvait-il être si... *Waouh...*

Il me fit l'amour comme pour me demander pardon pour toutes les années que nous avions manquées. Avec chaque poussée il me promettait silencieusement de ne jamais aimer quelqu'un d'autre, et avec chaque baiser passionné, je lui faisais la même promesse.

– Nous ne sommes pas obligés de parler, murmura-t-il en passant sa langue sur ma lèvre, tout en m'aimant fort, profondément, vite et lentement.

Il frôla mon oreille de ses lèvres avant de la sucer doucement.

– Mais si tu veux crier, je t'en prie, surtout ne te gêne pas.

28

MAGGIE

– Un mariage en plein air ou à l'intérieur ? demanda maman à Calvin et Stacey, le lendemain matin.

La table de la salle à manger était entièrement recouverte de magazines spécialisés et d'agendas. Maman n'avait pas arrêté de courir partout depuis qu'elle avait appris que Calvin allait faire sa demande, et après qu'il eut appelé pour dire que Stacey avait accepté, elle s'était mise en mode Bip Bip.

– Oh, et vous avez pensé à un mariage à l'étranger ? Paris. Oh ! Bora-Bora ! Et un mariage d'automne ? Ou au printemps ? Les mariages au printemps sont toujours magnifiques, et j'adore les teintes rose pêche. Vous avez déjà choisi une couleur ?

Stacey se mit à rire. Penchée sur la console, elle feuilletait un magazine. Elle était naturellement très belle avec sa peau hâlée et ses cheveux châtain doré, tout bouclés. Elle avait toujours l'air sûre d'elle, avec ce sourire parfait et ces superbes yeux marron qui souriaient au moins autant que ses lèvres. Debout dans la cuisine, près du réfrigérateur, je buvais un verre de jus d'orange un peu en retrait, à l'écart de toute cette agitation. Ils ne s'étaient pas retournés pour voir que je n'étais qu'à quelques pas de la salle à manger. Ils étaient bien trop occupés à respirer fort, en mangeant des donuts couverts de sucre en poudre, et à admirer la bague de fiançailles de Stacey.

Je me redressai en sirotant mon jus d'orange. Papa entra dans la cuisine avec un livre à la main et me sourit. Il vint vers moi et me tendit ma prochaine lecture : *Qui es-tu Alaska ?* de John Green.

– Une étudiante le lisait en classe hier, dit-il calmement avant de prendre un donut sucré pour se le mettre dans la bouche. Ça doit être bien si j'en juge par le fait qu'elle n'a rien écouté de tout mon cours.

Je souris et passai le bout des doigts sur la couverture du livre. *Merci, papa.*

– De rien, ma chérie.

Il s'adossa au réfrigérateur et observa maman et le couple nouvellement fiancé.

– Ils organisent les préparatifs du mariage ?

Je hochai la tête.

– J'espérais vraiment qu'ils s'enfuient ensemble en cachette. On en a pour plusieurs mois à se payer un monstre-mère-du-marié à la maison.

Avec un peu de recul, nous observâmes ladite monstre-mère-du-marié poser de plus en plus de questions. En vérité, je n'avais pas vu maman aussi enthousiaste depuis bien longtemps. Stacey, en gardant le calme olympien qui lui était coutumier, faisait de son mieux pour répondre.

– Nous n'avons pas vraiment eu le temps de décider quoi que ce soit encore, Katie, mais c'est très excitant tout ça, non ?

Maman applaudit et esquissa un petit pas de danse.

– Oh oui ! J'attends ce moment depuis toujours, et je dois dire que c'est ma seule vraie chance d'organiser un mariage pour un de mes enfants.

– Arrête, maman, murmura Calvin alors que mon estomac se nouait. Ne dis pas ça.

– Je dis juste que ce n'est pas comme si tes sœurs allaient se marier un jour. Cheryl est dans son trip féministe, et Maggie... Tout ce que je dis, c'est que je n'aurai jamais à organiser un mariage pour elles deux.

Maman se tourna vers Stacey, lui prit la main et la serra.

– Mais au moins j'ai une future fille avec qui je vais pouvoir le faire. J'ai l'impression d'avoir enfin la fille qui m'était promise. Dieu sait que je suis déjà passée à côté de certains moments essentiels avec Cheryl, et maintenant qu'elle est cette enfant sauvage qui s'éclate autour du monde, je doute que le mariage soit jamais dans ses intentions. Et sais-tu ce que les gens disent de Maggie, en ville ? « Un film d'horreur. Le pire cauchemar d'une mère. Une recluse excentrique. » Et c'est difficile de ne pas les croire. Elle est malade, et son état ne s'améliore pas. C'est probablement mieux pour elle de ne jamais sortir de la maison. Elle est plus en sécurité ici.

Ouille.

– Katie, dit papa d'une voix sifflante depuis la cuisine.

Toutes les têtes se tournèrent, et ils nous virent, papa et moi, juste à quelques mètres d'eux. Ils froncèrent tous les sourcils en croisant mon regard.

Maman devint rouge comme une pivoine et elle perdit contenance.

– Maggie May, tu sais que tu dois frapper quand tu es dans une pièce pour avertir de ta présence. Sinon, c'est comme si tu écoutais aux portes, et ce n'est pas bien.

Pas bien ? Ma mère pouvait parler de ce qui est bien cet après-midi-là.

Je cognai sur le plan de travail quatre fois.

Je suis là. Je suis là. Je suis là. Je suis là.

Ils continuaient à me dévisager les sourcils froncés. Je restai plantée là, extrêmement mal à l'aise.

Alors je tournai les talons et je repartis dans ma chambre.

* * *

Il y avait un rouge-gorge sur le rebord de ma fenêtre et il me rappela la liberté qui m'avait manqué. Je m'assis et je lus et relus ma liste de choses à faire, jusqu'à avoir l'impression de la savoir par cœur. Je refermai mon livre et le posai sur le bord de la fenêtre, alors que les paroles de maman tournaient en rond dans ma tête.

Je devrais partir. Je vais partir.

Il y a longtemps que j'aurais dû faire ma valise pour quitter la maison. J'aurais dû partir à l'aventure, et trouver l'amour, et me marier dans une grande église avec un chœur qui chante des hymnes, et un prêtre qui fait des mauvaises plaisanteries. J'aurais dû devenir célèbre comme mon frère, ou au moins être autre chose que ce que j'étais actuellement : rien.

Je me levai et sortis de ma chambre pour aller chercher une valise dans le placard. Je la traînai dans ma chambre, m'assis par terre et commençai à y entasser des vêtements. Au-dessus des vêtements, je posai mes romans préférés. Au-dessus de mes livres, je posai d'autres de mes romans préférés. Au-dessus de mes romans préférés, je posai ma liste de choses à faire.

Je vais partir.

Je vais vivre.

Mon cœur commença à s'emballer, et j'essayai de garder les idées claires. *Ne réfléchis pas trop, fais ta valise et pars. Le premier pas sera le plus difficile, mais aussi le plus gratifiant. Madame Boone avait raison. Il faut que je vive maintenant, ou je ne le ferai jamais. Il faut que je vive pour que maman soit de nouveau fière de moi. Il faut que je vive pour Brooks.*

Quand les premières larmes touchèrent la couverture de *The Hunger Games,* je fis mon possible pour en arrêter le flot. Mon esprit faisait tout ce qu'il pouvait pour me convaincre de rester, en me racontant toutes les horreurs qui m'attendaient à l'extérieur de ces murs, me rappelant la malédiction du silence qui m'avait été imposé depuis toutes ces années.

Chut...

Chut...

Je secouai la tête et continuai à faire mes bagages.

Sois meilleure, sois plus forte, Maggie May.

Lorsque ma porte s'entrebâilla, je sursautai violemment, surprise, jusqu'à ce que la silhouette de papa apparaisse. Son regard se posa sur la valise et il fit la grimace avant de se diriger vers la fenêtre qui surplombait la rue.

– Viens voir, Maggie.

Je me levai et allai vers lui. Il garda le silence quelques instants avant de poursuivre.

– Emily Dickinson n'aimait pas faire de nouvelles rencontres, tu sais.

Bien entendu, je connaissais la vie d'Emily Dickinson.

– Elle ne quitta la maison de son père qu'en de rares occasions, et au bout d'un moment, elle ne sortit plus du tout. Elle était toujours vêtue de blanc et ne prononça jamais que très peu de paroles.

Je regardai dehors des enfants qui jouaient au ballon, qui faisaient du vélo, qui vivaient plus de choses que je n'en avais vécues dans toute ma vie. J'essuyai promptement une nouvelle larme pour qu'il ne la voie pas. Il la vit et sourit – mais d'un sourire triste, brisé.

– Le fait d'être différente ne faisait pas d'elle un monstre. Les gens disaient que c'était une recluse excentrique, elle aussi, tu sais. Les gens disaient qu'Einstein était un idiot mentalement dérangé.

Je souris mais il vit quand même la tristesse qui m'accablait.

– Maggie May, tu es très bien comme tu es.

C'est typique pour un père de dire ça.

– Je sais bien que cela t'affecte. Tu attaches de l'importance à ce que les autres pensent de toi, à ce que ta mère pense de toi, à ce que je pense de toi, ce qui, franchement, est une perte de temps. Ta mère et moi sommes peut-être plus âgés que toi, mais nous ne sommes pas plus sages pour autant. Nous sommes toujours en évolution, en plus. Qu'importe ce que les gens disent de toi – une recluse, une excentrique –, tout cela ne compte pas. Ce qui compte, c'est ce que toi tu penses de toi-même quand tu es seule avec toi.

Il me sourit encore une fois.

– Si un jour tu décides de sortir et d'aller explorer tout ça, alors surtout, fais-le, mais ne le fais pas pour faire plaisir à ta mère, ou à moi, parce que dans ce cas-là je crois que tu perdras de vue ton propre bonheur. Pars quand tu seras prête, pas quand tu sentiras une pression exercée sur toi. D'accord ?

Je hochai la tête.

D'accord, papa.

Il m'embrassa sur le front.

– Ce sont les battements de ton cœur qui font tourner le monde.

Il tourna les talons pour sortir de ma chambre, mais juste à la porte il se racla la gorge en grattant son menton couvert de barbe.

– Oh, j'oubliais, il y a une surprise qui t'attend dans le salon.

Je descendis dans la salle à manger où se trouvait assise une vieille dame avec deux sandwichs à la dinde et deux tasses de thé.

– Eh bien, dit-elle en prenant une tasse. Il semblerait que ma mémoire ne soit plus ce qu'elle était.

Elle se leva et vint vers moi avec un déambulateur, en boitillant. Elle avait quelques hématomes sur les joues. Mais, malgré tout, elle était toujours aussi belle et comme d'habitude trop habillée pour la circonstance. Elle ébaucha un sourire et me donna un petit coup sur l'épaule.

– Mais ça aurait pu être pire, dit-elle d'un ton léger. Je pourrais être muette.

En rigolant, je lui rendis son petit coup de poing.

Je n'avais jamais serré quelqu'un aussi fort dans mes bras.

– Désolé de vous interrompre, dit Brooks en entrant dans la salle à manger et en nous voyant nous embrasser.

– Non, non. Un garçon qui chante à l'oreille d'une vieille dame à l'hôpital a tout à fait le droit d'interrompre.

Brooks lui fit son sourire en coin.

– Vous m'avez entendu ?

– Bonté divine, l'hôpital tout entier t'a entendu. Tous les soirs, après ton départ, les infirmières s'extasiaient sur ta voix et ta barbe, ce qui me dépasse complètement. Ta voix, ça allait, mais tu ressembles à un monstre poilu. Ce n'est pas mal de se raser, tu sais. Je t'achèterai un rasoir, si tu veux.

J'allai vers Brooks et caressai son menton barbu. J'aimais bien son nouveau look. Ses bras étaient puissants et musclés, comme s'il avait fait de la muscu pendant des années. Il avait l'air si adulte, si viril.

Madame Boone maugréa.

– Bon, évidemment, toi ça te plaît, mais tu n'es pas impartiale, alors ton opinion ne compte pas. En tout cas, tiens, Brooks.

Elle fouilla dans son sac et en sortit un trousseau de clefs.

– Qu'est-ce que c'est ? demanda-t-il.

– C'est pour te remercier d'avoir veillé sur moi. Calvin m'a dit que vous étiez encore là tout le week-end, et que vous aviez besoin de décompresser, alors je me suis dit que vous pourriez aller faire une petite virée entre mecs dans ma cabane, pour faire ce que font les jeunes de nos jours.

– Waouh, c'est génial. Merci, Madame Boone.

On frappa à la porte et papa alla ouvrir, laissant entrer une femme au sourire aimable. Quand madame Boone la vit, elle leva les yeux au ciel.

– Oh, non, pas vous.

– Bonjour, je m'appelle Katelynn, dit la femme. Je suis la nouvelle aide familiale de madame Boone. Ce n'est pas facile de la suivre. Elle ne tient pas en place.

– J'ai pourtant tout fait pour vous semer, espèce de harceleuse, murmura madame Boone.

Je rigolai. *Je vous souhaite bien du plaisir, Katelynn.* Elle avait de quoi s'occuper avec cette vieille dame.

Elles repartirent toutes les deux en marchant lentement jusqu'à la maison de madame Boone, et Brooks fit tinter les clefs dans sa main.

– On n'est pas obligés d'y aller ce week-end. Je n'ai pas passé beaucoup de temps avec toi, et je voudrais profiter de chaque instant.

Je secouai la tête. Nous avions beaucoup de moments qui nous attendaient. Le groupe avait bien mérité d'aller prendre l'air, de passer du temps entre mecs. Après un peu de négociations, Brooks accepta de monter dans le Nord. Il promit de revenir dimanche en début d'après-midi pour passer son dernier jour avec moi.

Ensuite, il me promit qu'il y aurait encore beaucoup d'autres jours dans l'avenir.

29

BROOKS

Avant de prendre la route pour aller au chalet, les gars et moi avions une visite primordiale à faire. Le magasin de bateaux de James. Si nous allions à la cabane de madame Boone au bord d'un lac, il nous fallait un chouette bateau. Tellement de choses avaient changé depuis que Calvin et moi étions venus avec son père pour vendre leur bateau que c'était agréable de voir que le magasin de bateaux était exactement pareil. Y compris ce vieux Wilson, qui continuait à aboyer très fort sous le porche, en dépit de son âge avancé.

– Silence, Wilson ! fit James en sortant. Ce bon dieu de chien est incapable de la fermer.

Le chien se mit à hurler encore plus fort comme pour dire à son maître d'aller se faire voir. James sourit et lui gratta les oreilles, où les poils avaient blanchi.

– Je dois vous dire que ce n'est pas tous les jours qu'un groupe qui a reçu un Grammy Award me téléphone pour voir si je peux lui trouver un bateau. Je suis ravi de vous rencontrer.

Il nous serra la main en riant.

Calvin lui serra la main et dit :

– En fait vous nous avez déjà rencontrés, Brooks et moi, il y a dix ans environ. Mon père venait pour vendre son bateau et votre fils nous a fait visiter un yacht immense.

– La Jenna. Il hocha fièrement la tête. C'est sûrement de celui-là qu'il s'agit. Vous n'êtes pas venus pour le louer, si ?

Je me mis à rire.

– Non. Je crois que nous allons nous contenter de quelque chose d'un peu plus petit. Il nous faut juste un truc pour sortir avec et pêcher.

– Bon, eh bien je ne pense pas que je vais discuter, là. Hum... on vient de rentrer ce bateau ponton à louer. C'est super pour la pêche, il y a des canapés et des chaises longues pour plus de confort. Il a juste ce qu'il faut de luxe mais pas trop. Je crois que vous allez l'adorer.

– Rien de... plus petit ? En fait, on voudrait retrouver le côté *old school* des parties de pêche de notre enfance.

James hocha la tête.

– C'était quel genre de bateau que vous aviez ?

– Un hors-bord avec console centrale, répondit Calvin. Il n'était pas gigantesque mais il était super.

– Ah d'accord, alors un bateau à console centrale, j'ai ça, si vous n'avez pas peur de la promiscuité.

– Nan, dit Oliver, en enfouissant la tête de Rudolph sous son bras. On aime bien les câlins.

– Dieu, je te déteste !

– Allez, petit frère. Je te l'ai déjà dit, tu n'as pas besoin de m'appeler Dieu. Votre Majesté, c'est très bien.

Je levai les yeux au ciel devant mes copains qui ne changeaient pas. James nous fit entrer dans son bureau pour remplir les papiers. Pendant qu'il parlait, Oliver mangeait toutes les réglisses qui se trouvaient sur le bureau de James, ce qui fit grogner Rudolph.

– Tu sais que c'est du poison, cette merde, hein ? Tu te rends compte à quel point c'est mauvais pour ton organisme ?

Oliver s'en jeta deux autres dans la bouche en haussant les épaules.

– Ces bonbons, c'est ma came.

– Tu es répugnant.

– Pour être franc, Oli, pour une fois, je suis d'accord avec Rudolph. Aucune personne saine d'esprit n'aime la réglisse, je dis en m'immisçant dans leur conversation.

– Il faut croire que ce type aime ça puisqu'il en offre à ses clients ! brailla Oliver en continuant à en manger.

James se mit à rire, en glissant dans ma direction quelques formulaires à signer.

– Je plaide coupable. Ce sont mes bonbons préférés. J'en mange au moins un paquet par jour, et mon fils me fait la guerre. Il dit que ça finira par me tuer, mais je lui dis que les cigarettes m'auront probablement avant la réglisse.

James fit un clin d'œil, ce qui nous fit tous rigoler.

James nous dégota le bateau idéal pour notre week-end et une remorque pour l'accrocher à notre voiture. Sans tarder, nous prîmes la route pour la grande balade. Le chalet se trouvait à au moins quatre heures de route, mais une fois qu'on y était, on ne regrettait pas une seconde de l'avoir fait.

– J'n'arrive pas à croire que madame Boone possède ce truc ici et qu'elle n'y vient jamais, s'exclama Calvin alors que nous nous garions devant le chalet de rondins.

Lorsque madame Boone nous avait dit que c'était au bord d'un lac, elle avait omis de préciser que le lac était de la taille de ce que certains appelleraient un océan. Depuis son ponton, c'est tout juste si on voyait l'autre rive.

Il y avait aussi un hangar qui contenait entre autres six petits canoës.

Le chalet lui-même était immense et absolument génial. Il y avait douze pièces en tout, dont trois salles de bain et cinq chambres.

Le salon était orné d'une tête d'élan géante accrochée au-dessus d'une cheminée en pierre, et dans un coin de la pièce il y avait un énorme juke-box qui contenait tout un tas de vieux succès. Avec une seule pièce, une personne pouvait sélectionner une ou cinquante chansons différentes.

À côté du juke-box, il y avait un tourne-disque et une étagère couverte de disques. C'était le plus beau coin de la maison.

Chaque chambre était décorée selon une thématique venue des quatre coins du monde. Dans l'une il y avait un décor anglais, quand vous entriez dans une autre vous étiez en Thaïlande, et ainsi de suite. En passant d'une pièce à l'autre, vous aviez l'impression de faire le tour du monde en deux minutes.

Apparemment, madame Boone avait décoré sa maison en pensant aux aventures qu'elle avait vécues avec son mari. Leur vie tout entière était résumée sur les murs du chalet, et il semblait qu'ils avaient eu une vie magnifique.

– Je n'en reviens pas qu'elle ait attendu tout ce temps pour nous en parler, s'écria Rudolph en descendant de la voiture avec une tonne d'écran total fait maison sur le nez. Vous imaginez les teufs qu'on aurait pu faire ici !

Je rigolai.

– C'est sans doute pour ça qu'elle ne nous en a jamais parlé. On aurait mis la zone, ici.

– Stacey adorerait, dit Calvin en traînant sa valise à l'intérieur.

– UN GAGE ! crièrent les jumeaux en pointant le doigt vers mon meilleur pote.

C'était amusant de voir à quel point ces deux-là étaient synchrones, alors même qu'ils étaient si différents.

– Interdit de mentionner la future mariée, sous peine de boire un shot, dit Rudolph d'un ton sévère.

– Et c'est valable pour tout le monde, renchérit Oliver en désignant chacun d'entre nous du doigt. Toute mention d'une personne de la gent féminine par son nom sera sanctionnée par un shot. Si vous êtes pris en train de parler à une fille, ce sera deux shots, et je garantis que celui qui trouvera le moyen de faire entrer une fille en douce sur cette propriété devra boire la pisse de Rudolph.

– Croyez-moi, c'est probablement la pisse la plus propre qu'il y ait dans cette maison. En fait ce serait pour vous un honneur de boire ma pisse.

Je levai les yeux au ciel. Un week-end entre mecs. Aucune nana sous peine de devoir boire de la pisse, tu parles d'un règlement.

* * *

Quand arriva midi, nous étions tous bourrés et nous parlions musique, tout était parfait. Tout ce qui nous restait à faire c'était de mettre à l'eau le bateau que nous avions loué.

– Rien à foutre, maugréa Oliver à moitié endormi sur le canapé. Moi je reste ici et je ne fais absolument rien jusqu'à ce qu'il soit l'heure de manger de la pizza ce soir.

– Allez, tu pourras ne rien faire sur le bateau. Il fait un temps superbe.

– Si ton idée d'un temps superbe c'est un ciel nuageux, ça te regarde, mais moi je vais rester assis sur mon cul dans ce sofa sans bouger jusqu'à ce qu'il soit l'heure de la pizza.

Je levai les yeux au ciel.

– Très bien. Où est ton frère ?

Trois secondes plus tard, je vis Rudolph dans un coin, occupé à parler à une plante artificielle. Il ne se contentait pas de lui parler, en fait il la draguait.

– Et vous venez souvent ici ? disait-il en caressant les feuilles en plastique.

Je jetai un coup d'œil à ma montre.

– Mon pote, il n'est qu'une heure de l'après-midi, comment tu peux être aussi déchiré ?

En soulevant la bouteille vide de Fireball, j'eus la réponse à ma question.

– Calvin, j'ai besoin d'un complice pour venir sur le lac avec moi et traîner ces deux idiots dehors. Calvin ?

Je fis le tour de la maison en appelant. Il était introuvable. Je regardai dans toutes les pièces. Ce n'est qu'en faisant le tour à l'extérieur que je le trouvai agenouillé derrière un buisson, en train de chuchoter.

– Ok, bébé. Il faut que je te laisse, j'entends quelqu'un qui vient. Je t'aime, moi aussi.

– Espèce de faux jeton.

Je rigolai en voyant Calvin éteindre vivement son portable et bondir sur ses pieds.

– Je ne vois pas de quoi tu parles, dit-il sur la défensive.

– Bien sûr que tu sais de quoi je parle. Tu parlais avec Stacey !

– Quoi ? Pas du tout. C'est un week-end entre mecs.

Pas de nanas.

Je plissai les yeux.

– Je vais faire comme si je n'avais rien vu et tu éviteras le gage si tu viens m'aider à sortir le bateau et à faire monter les deux autres dessus.

Il fit la grimace.

– Je n'ai pas vraiment envie...

– LES GARS ! CALVIN A PARLÉ À...

Il se rua sur moi et plaqua sa main sur ma bouche.

– Okay, okay ! Je ne sais pas si tu as remarqué, mais les jumeaux se servent des shots dans des gobelets en plastique rouge.

– Bon, en route, mon pote ! On va à la pêche. De l'alcool, des mecs et leur trique.

– Cela sonne comme un titre vraiment malencontreux pour la suite des événements. Je suis inquiet en ce qui concerne la suite des événements.

– Inquiet ? Pas excité, plutôt ? je demandai avec un sourire narquois.

Calvin se mit à sauter sur place comme un gamin de cinq ans.

– Si, excité ! Complètement excité ! Je vais chercher la bibine et les mecs. Toi tu apportes ta longue canne.

– Pas besoin de me le dire deux fois.

Il se dirigea vers la cuisine et marqua un temps d'arrêt.

– Juste pour que ce soit clair... la canne dont je parlais c'est ta canne à pêche, Brooks. Pas ta queue.

Je haussai les sourcils.

– Tu l'appelles comme tu veux, mon frère. Dans les deux cas, je l'apporte. Prends ta guitare, aussi. On pourra revoir quelques accords et des paroles pour le prochain album.

Son visage s'éclaira. Je ne connaissais personne qui soit toujours si enthousiaste à l'idée de travailler – enfin, à part moi, bien sûr.

Une heure plus tard nous démarrions le bateau et nous coupâmes le moteur au milieu de lac. C'était très paisible, il n'y avait pas un seul autre bateau en vue. Alors nous recommençâmes à boire. Il n'y a rien de mieux qu'un jour passé à boire avec ses copains sur un bateau dans le Wisconsin. C'était une condition *sine qua non* pour pouvoir vivre dans cet État.

– Vous savez, je suis un peu inquiet pour le groupe, dit Oliver une fois assis.

Ils étaient tous les trois ronds comme des barriques, et sans savoir pourquoi, je m'étais investi de la responsabilité de leur éviter de se tuer. Chaque fois que nous buvions un shot, j'avais ma fidèle canette de bière à côté de moi, et en faisant semblant de boire une gorgée de bière pour le faire passer, je recrachais dedans l'alcool que j'avais dans la bouche.

– Ah bon ? Et pourquoi ça, Oli ?

– Eh bien, tu vois, je n'ai jamais voulu d'un groupe de filles, et je trouve plutôt inquiétant que dernièrement les trois quarts de l'équipe se transforment en gonzesses.

– Quoi ?

– C'est assez pathétique, et franchement, c'est vachement bizarre. Je veux dire tu ne peux pas passer vingt-quatre heures sans appeler Stacey, Calvin. Et toi, Brooks, ne crois pas que je n'ai pas remarqué tes discussions sur Snapchat avec Maggie. Quant à mon frère jumeau il vient de tomber amoureux d'une plante verte, ce qui, connaissant son amour chelou pour Mère Nature, n'a rien de vraiment surprenant.

Je jetai un coup d'œil à Rudolph qui serrait dans ses bras la plante verte en pot qu'il avait traînée jusqu'ici.

– Elle s'appelle Nicole, et elle est magnifique, ânonna-t-il fièrement.

– Tu vois ce que je veux dire ? Mes potes sont en train de devenir des mauviettes et je crains que dans pas longtemps nous ne nous mettions à écrire des chansons qui parlent de mariage et de couches.

Je me mis à rire.

– Ce n'est pas si grave que ça, Oliver.

Il agita les mains en l'air.

– Brooks Tyler Griffin. Tu étais sur Snapchat, la langue pendante. Comme un putain de chien.

Je plissai les yeux en continuant à pêcher.

– Pour ta gouverne, oui, j'étais sur Snapchat, mais je discutais avec nos fans. Tu ne les as pas oubliés ? Les gens qui nous soutiennent ? C'est important de leur donner un peu de moi-même, Oli. Tu devrais en prendre de la graine. C'est pour ça que les fans m'aiment plus que toi.

– Ha ! Ça reste à voir. En plus, depuis quand dis-tu « je t'aime Maggie » comme un petit toutou à tes fans ? Ouais, je sais – certains groupes de fans ont des noms. Par exemple, les fans de Demi Lovato s'appellent les Lovatics. Justin a les Beliebers. Beyoncé a sa Beyhive. Mais « Je t'aime Maggie », ça ne le fait pas.

Je me tournai vers Oliver pour lui faire un doigt d'honneur auquel il répondit par deux, un de chaque main.

Le ciel se chargeait de nuages mais l'eau était calme. Le seul bruit qu'on entendait sur le lac c'était nous quatre criant à tue-tête chaque fois que nous croyions avoir pris un poisson – ce qui n'était jamais vrai. En regardant derrière moi, j'avais du mal à distinguer l'énorme chalet, et en regardant devant, j'arrivais vaguement à deviner les commerces de la ville. Notre position était idéale.

Nous n'entendions que le clapotis de l'eau sur les flancs du bateau.

– Plaisanterie mise à part, je suis vraiment content pour Stacey et toi, Cal, dit Oliver en saisissant la guitare de Calvin, sur laquelle il était incapable de jouer le moindre accord.

– Vous pensez que les gens de la prod' vont être furax ? demanda Calvin.

– Tu parles, évidemment qu'ils le seront. Un des chanteurs des Crooks qui se passe la corde au cou, en brisant des centaines de cœurs à travers le monde ? Ils vont faire tout ce qu'ils pourront pour essayer de t'en dissuader.

– Ouais, c'est ce que je pensais. Mais de toute manière ils sont déjà furax parce que nous avons annulé des concerts. Au point où on en est, on peut aussi bien les mettre un peu plus en colère pour voir combien de cheveux blancs on peut leur donner.

Calvin prit brusquement sa guitare des mains d'Oliver et vint vers moi qui me trouvais assis derrière le volant. Je pris ma guitare aussi et commençai à jouer l'intro de notre chanson *Split Ends*. Il fit la même chose sur sa guitare. Oliver entonna les paroles, et Rudolph se contenta de continuer à parler à sa plante verte. Travailler avec vos meilleurs potes peut facilement créer des tensions, mais ce n'était pas le cas avec mon groupe. À part les disputes entre les jumeaux, tout roulait sans problèmes. Bien sûr il nous arrivait de ne pas être d'accord, mais ce n'était jamais à propos de quelque chose que nous ne pouvions pas arranger.

Nous passâmes tout l'après-midi sur l'eau. Quand le ciel s'assombrit, nous nous mîmes à travailler sur de nouvelles paroles. Notre créativité était pour ainsi dire sans limites quand nous entrions dans notre zone de bonheur musical. Lorsque la première goutte nous atteignit, Calvin suggéra que nous retournions au chalet pour finir, alors je mis le moteur du bateau en marche pour rentrer.

En moins de dix minutes, le ciel devint noir et la pluie se mit à nous tambouriner sur la tête. Rudolph bondissait sur le bord du bateau en brandissant Nicole au-dessus de sa tête.

– Oui, ma chérie. Bois tout ! Bois l'eau de Mère Nature !

– C'est une plante artificielle, espèce de crétin, beugla Oliver pour couvrir le bruit de la pluie. Elle n'a pas besoin d'eau !

– N'écoute pas le garçon solitaire, Nicole. Mon frère n'a jamais été amoureux de quoi que ce soit, excepté des tacos.

– Les tacos, c'est la vie ! cria Oliver en agitant les poings en signe d'appréciation quand un éclair déchira le ciel au-dessus de nos têtes. Tacos, je vous aime !

– Dis donc, dit Calvin en tanguant d'avant en arrière à côté de moi alors que nous faisions route pour rentrer au bercail. Veux-tu être mon garçon d'honneur ? hurla-t-il pour couvrir le bruit du vent.

J'essuyai l'eau qui ruisselait sur mon visage.

– J'ai déjà acheté mon smoking, man. Ça allait de soi que je serais ton garçon d'honneur.

Il se mit à rire.

– Ouais, mais je me suis dit que ce serait poli de te le demander.

– Ça, c'est parce que tu te féminises. Une gonzesse c'est plus poli qu'une bite.

– Ouais, c'est justement ce que ta mère me disait hier soir.

– C'est drôle parce que ta mère ne disait pas grand-chose la dernière fois que je l'ai vue. Mais il faut dire qu'elle avait la bouche pleine, donc ce n'était pas facile de parler.

Il tendit la main pour attraper ma canette de bière « vide » et marqua un temps d'arrêt en plissant le front.

– Tu bois de ce truc depuis quatre heures et elle est encore pleine.

– Je...

Il renifla la canette et hoqueta.

– UN GAGE ! Brooks a recraché tous ses shots dans sa canette de bière !

Les jumeaux hoquetèrent exactement comme il l'avait fait et se mirent à scander à l'unisson.

– UN GAGE ! UN GAGE !

Plus ils criaient, plus la tempête faisait rage. Les eaux se déchaînaient tandis que la tempête grondait et s'amplifiait. Se faisant plus menaçante.

– Ne vous en faites pas !

Rudolph tituba en tenant toujours Nicole dans ses bras.

– On a encore une bouteille de Fireball par ici, cria-t-il.

Comme il avançait vers moi, je vis qu'il s'approchait un peu trop près du bord. Je bondis de mon siège en demandant à Calvin de prendre le volant et je me précipitai vers mon pote, complètement soûl.

– Holà, fais gaffe, Rudolph ! T'es un peu trop près du bord.

Rudolph ricana et me pinça la joue.

– Tu es une vraie gonzesse, bien gentille, Brooks Griffin.

J'éclatai de rire, trempé jusqu'aux os.

– C'est la chose la plus gentille qu'on m'ait jamais dite.

– C'est juste parce que Maggie May, la chérie de l'Amérique, ne parle pas. Si c'était le cas, je parie qu'elle dirait des choses très poétiques.

Il s'arrêta net et ouvrit de grands yeux.

– UN GAGE ! J'ai prononcé le nom d'une fille. Je dois boire un shot. FIREBALL !

En se ruant vers la bouteille de Fireball, il fit tanguer le bateau. Son corps fut projeté en avant, il bascula par-dessus bord. Je l'empoignai vigoureusement et le ramenai vers le centre du bateau. Au moment où je le poussai pour le mettre en sécurité, une bourrasque secoua le bateau latéralement, je perdis l'équilibre et passai par-dessus bord.

– Merde ! hurlai-je avant d'entrer en contact avec les vagues.

Je m'enfonçai dans l'eau glaciale.

– Brooks ! braillèrent mes potes en se précipitant vers le bord du bateau pour me lancer la bouée de sauvetage.

– Dans une partie de pêche digne de ce nom il faut bien que quelqu'un tombe à la flotte, non ? criai-je en riant tout en m'accrochant à la bouée.

Les gars rigolèrent et entreprirent de me tirer pour me ramener à bord, jusqu'à ce qu'il n'y ait plus matière à rire.

Je me rapprochais du bateau quand une vive douleur me transperça.

– *Putain !*

Cela se produisit en un éclair, sans que j'aie rien vu venir.

L'hélice du moteur heurta mon côté droit.

En moins d'une seconde le rire se transforma en horreur.

En moins d'une seconde ma vie chavira tandis que je commençais à me noyer.

Du sang. Je ne le voyais pas mais la douleur que je ressentais était trop forte pour que je ne sois pas coupé en deux. La douleur irradiait dans tout mon côté droit.

Ma respiration se fit hachée, mon esprit s'embruma.

Je me noyais. Je battis des mains pour appeler à l'aide mais je ne fis qu'avaler de l'eau.

De la main droite je voulus aller palper mon côté.

Merde. Encore.

L'hélice me heurta de nouveau.

Panique. Ma main. Mon épaule. Mon cou.

Ma vie...

Les vagues me repoussaient vers le large, vers les eaux déchaînées.

Un éclair dans le ciel.

Le tonnerre rugissant.

Mes meilleurs potes m'appelaient mais je ne pouvais pas répondre.

Cela se produisit en un éclair, sans que j'aie le temps de voir venir.

En moins d'une seconde le rire se transforma en horreur.

En moins d'une seconde ma vie chavira et je commençai à me noyer.

En moins d'une seconde les vagues me rejetèrent comme si je n'étais rien.

Je n'étais plus rien.

30

MAGGIE

– Maggie, viens ! Dépêche-toi de descendre. Il faut qu'on y aille.

Je haussai un sourcil en entendant appeler mon nom. J'étais assise dans ma chambre et je jouais de la guitare en accompagnement du dernier album des Crooks. Je me levai et me précipitai vers le haut de l'escalier. Je vis madame Brooks en bas. Elle avait l'air en panique.

Je descendis les marches posément et haussai un sourcil. Elle était frénétique, je ne l'avais jamais vue comme ça.

– Allez, maintenant, mets des chaussures. On y va.

Y aller ? Aller où ?

– Maggie, s'il te plaît.

Les mains de madame Boone allaient et venaient nerveusement sur les barres de son déambulateur.

– Il y a eu un accident, là-haut, au chalet. C'est Brooks, il a été blessé. Il faut qu'on y aille.

Je trébuchai en arrière comme si quelqu'un me plaquait contre le mur.

C'est Brooks, il a été blessé.

Ces mots me dévastèrent. Mon esprit se mit à battre la campagne. Comment avait-il été blessé ? Est-ce que c'était grave ? Que s'était-il passé ? Et les autres, comment allaient-ils ?

Papa arriva en courant de la pièce du fond et maman sortit précipitamment de la cuisine. Ils tenaient tous les deux leur téléphone à la main, ayant probablement reçu des messages de Calvin.

– Ils l'ont emmené à l'hôpital Saint-Jean. Il va être opéré, dit papa, sur un ton affolé. Je vais y aller.

– Moi aussi, s'écria maman.

– Et Maggie, ordonna madame Boone. Elle vient avec nous. Allez, viens, dit-elle en agitant les mains vers moi. Il n'y a pas de temps à perdre. Ce n'est pas la porte à côté.

– Non, aboya maman d'une voix autoritaire. Non. Elle n'est pas obligée de sortir. Elle a déjà failli avoir une crise de panique quand elle a essayé de sortir pour aller vous voir, Madame Boone.

– Mais ce n'était que moi, et je veux dire, c'était gentil à elle d'essayer, mais cette fois c'est différent. Il ne s'agit pas de n'importe qui. Il s'agit de Brooks. Allez, viens.

Je fermai les yeux.

Maman et madame Boone commencèrent à se disputer, en criant de plus en plus fort, et papa se mit à crier aussi pour essayer de les calmer. Mon cœur s'emballait, entraîné dans le tourbillon de cette agitation. Mon esprit faisait tout ce qu'il pouvait pour garder à distance le diable qui essayait par tous les moyens de sortir pour venir me chercher.

Chut... Chut...

– Ça suffit ! cria madame Boone assez fort pour m'obliger à ouvrir les yeux.

Elle frappa de son déambulateur sur le sol encore et encore.

– Arrête ça ! C'est ridicule. Sur ma vie, Katie, je ne sais pas qui de vous deux a le plus peur que Maggie sorte, toi ou elle.

– Vous dépassez les bornes, Madame Boone, gronda maman, qui pourtant tremblait de tous ses membres.

L'espace d'un instant je m'interrogeai : voulait-elle que je sorte un jour ?

– Bien sûr que je dépasse les bornes ! Je l'ai toujours fait, ce n'est pas maintenant que ça va changer. Mais il ne s'agit pas de moi, en l'occurrence. Maintenant, Katie, je sais que tu m'as déjà dit que le sort de cette jeune femme ne me regarde pas. Tu me l'as dit et redit, mais là, ça te dépasse. C'est plus grand que toi, qu'Eric et que moi. Là il s'agit de Maggie et Brooks. Maggie May (madame Boone se tourna vers moi), si, en toute franchise, tu peux te dire que les démons de ton passé sont plus forts que l'amour que tu éprouves pour ce garçon, alors je t'en prie, pardonne-moi. Cela voudrait dire que j'ai outrepassé mes droits et mal interprété les moments où je vous ai vus tous les deux. Mais si par hasard cet amour est le plus fort... si par hasard cet amour commence à envahir ton âme, alors tu dois sortir. Tu dois venir avec nous, immédiatement. Brooks est un bon garçon, et il a été ton ancre pendant toutes ces années. Maintenant ton tour est venu d'être la sienne.

Je frottai mes poings sur mes yeux en entendant les trois recommencer à se disputer.

Cinq minutes.

Je levai la main et ils s'arrêtèrent. Je me précipitai en haut dans la salle de bain et remplis d'eau le lavabo. Je plongeai mon visage dans l'eau en retenant ma respiration.

J'avais besoin de cinq minutes pour calmer mon esprit. J'avais besoin de cinq minutes pour me débarrasser de leurs cris et trouver ma propre voix.

J'avais besoin de cinq minutes pour respirer.

Je vis son visage – le diable. Il m'étranglait, il essayait de me tuer, comme il avait tué la femme. Il allait me tuer.

– Chut...

Je me perdis.

Il lui suffit de cet instant pour qu'il me dérobe à moi-même.

Je me sentis sale.

Je me sentis utilisée.

Je me sentis prisonnière.

C'était réel. Tous les jours, après tant d'années, la sensation était toujours aussi fraîche. Mais, avec mon visage plongé dans l'eau, le souvenir était encore plus aigu.

« Maggie May ! Où es-tu ? », cria de nouveau Brooks, tirant le diable de ses pensées.

Le visage toujours plongé dans l'eau, je me souvins de lui. Je me souvins de mon Brooks.

« Tu es ma meilleure amie, Magnet, mais... » Ses lèvres se rapprochaient, et je pourrais jurer que je les sentis frôler les miennes. « Et si elle avait raison ? Si Lacey avait découvert quelque chose ? Et s'il y avait plus que de l'amitié entre nous ? » murmura-t-il en resserrant son étreinte sur mes reins pour m'attirer plus près de lui. Nos lèvres se frôlèrent à nouveau et mon estomac se noua.

Je sortis la tête de l'eau, qui ruissela sur mes joues, mais je savais où se trouvait ma place. Je me ruai dans ma chambre pour aller chercher mes chaussures.

– Maggie May, ne fais pas ça, dit maman qui se tenait à ma porte, les bras croisés, en fixant sur moi son regard éteint. Ne pars pas.

Je plissai les yeux, décontenancée. Elle vint vers mon lit et s'y assit, en tapotant le matelas pour que je fasse de même. Je n'aurais pas pu me rappeler la dernière fois où maman était entrée dans ma chambre, encore moins celle où elle s'était assise pour me parler.

– Je vais m'assurer qu'il va bien, qu'il va s'en sortir et qu'il sait que tu regrettes de ne pas pouvoir être là, Maggie, mais je t'en prie... n'y va pas.

J'attrapai mon ardoise et écrivis.

Pourquoi pas ?

Elle baissa la tête et examina ses doigts qui s'agitaient nerveusement.

– Si tu pars... si tu te décides finalement à avancer... comment vais-je faire pour te protéger ? Je ne me suis pas aperçue que tu étais sortie de la maison il y a si longtemps, parce que je faisais la lessive. J'étais censée te surveiller. J'étais censée veiller à ta sécurité. Et si tu sors... si tu pars explorer le monde... comment pourrai-je te protéger ?

C'était ça, les peurs les plus secrètement enfouies de maman.

On a tous une part secrète qu'on choisit de faire taire.

Celle de maman, c'était sa culpabilité.

Je saisis le marqueur et commençai à écrire les mots les plus importants que j'avais jamais écrits.

Ce n'était pas ta faute.

Maman déglutit avec difficulté avant de se mettre à sangloter dans ses mains. Elle se roula en boule et je la pris dans mes bras en la serrant fort. Elle pleura un long moment avant d'essuyer son nez du revers de la main et de se redresser.

– Regarde ça, dans quel état je suis. Excuse-moi, Maggie. Pour tout ce que je t'ai fait traverser... je m'inquiète, c'est tout.

Elle renifla et je posai la tête sur son épaule. Elle prit mes mains dans les siennes.

– Tu vas vraiment le faire, hein ?

Je serrai ses mains deux fois.

En soupirant elle se redressa complètement.

– Très bien. Alors voilà ce qu'on va faire. On va descendre et aller vers la porte. Quand des pensées commenceront à te venir à l'esprit, tu devras continuer à marcher, d'accord ?

Je fis oui de la tête. *D'accord, maman.*

– Même si tu as peur, tu continueras à marcher. Et quand les voix se feront plus fortes, tu courras. Tu courras, Maggie May Riley. Tu courras sans t'arrêter jusqu'à ce que tu sois dehors.

J'inspirai profondément.

– Tu as peur ?

Je pressai sa main deux fois.

Tu as peur ?

Deux pressions de sa part.

– Okay. Allons-y.

* * *

– Ferme les yeux et respire, murmura maman en me tenant la main. Ton père et moi allons te conduire à la voiture.

En faisant les premiers pas, je sentis ma gorge se serrer. Je ressentais le besoin de porter mes mains à mon cou pour essayer de respirer, mais je ne pouvais pas, parce que papa et maman les tenaient serrées fort. Est-ce que ça allait ? Est-ce que je pouvais respirer ?

Papa me serra la main deux fois. *Oui.* Comment avait-il fait pour entendre les mots que je n'avais pas prononcés ?

Les pas suivants furent encore plus douloureux. Il fallait que j'attrape mon cou. Il fallait que j'écarte ses mains de moi. Il fallait que je respire. *Je n'arrive pas à respirer.*

Maman me serra la main à deux reprises. *Si, tu y arrives.*

Au fur et à mesure que nous avancions, l'étreinte autour de mon cou se relâchait. Dans ma tête, je voyais Brooks. Son sourire. Son rire. Son amour. Plus nous avancions, plus cela devenait facile de respirer.

Je marquai une pause et ouvris les yeux. Papa et maman m'observaient, inquiets.

– Ça va, Maggie ? demanda papa.

Je dégageai mes mains de leur emprise et les portai à ma poitrine pour les poser sur mon cœur. En une profonde inspiration, j'absorbai le monde, je goûtai l'air, je sentis le vent, et je m'autorisai à commencer lentement à détacher les chaînes qui emprisonnaient mes chevilles.

Avec une profonde expiration, je repris les mains de papa et maman et les pressai deux fois.

Oui.

Je vais bien.

Le moment était venu d'aller s'assurer que lui, il allait bien.

Pendant le trajet, rien ne m'échappa. Je remarquais la sensation provoquée par le tissu des sièges de la voiture, et les hoquets du moteur de temps en temps, je ressentais chaque cahot et je regardais fixement tous les feux. C'était surréaliste d'être sortie de la maison et de voir des choses que je n'avais jamais vues, les immeubles, les arbres, les animaux. C'était très impressionnant, presque comme dans un rêve, et pourtant c'était réel. J'eus la poitrine serrée pendant tout le trajet, je restai roulée en boule sur le siège arrière, mais je ne pouvais pas une seconde arrêter de regarder par la vitre. Il y avait tellement de choses dans le monde dont je ne connaissais même pas l'existence. J'avais manqué tant de choses.

Il nous fallut des heures pour arriver à l'hôpital et Brooks était toujours au bloc. L'extérieur de l'hôpital était envahi de fans des Crooks – apparemment les nouvelles allaient vite. Les parents de Brooks et son frère, Jamie, étaient là aussi, faisant tout leur possible pour ne pas s'effondrer.

Les lumières de l'hôpital étaient trop vives. Elles me faisaient mal aux yeux. Je n'avais pas le souvenir de m'être trouvée sous des lampes aussi brillantes. Il y avait une drôle d'odeur, aussi. Comme une odeur de produits d'entretien recouvrant d'autres produits d'entretien. Il y avait tellement d'agitation partout autour de moi – des infirmières qui se bousculaient, des objets qui tombaient, des familles qui déambulaient dans les couloirs.

Je fermai les yeux en essayant de me concentrer. C'était trop, trop vite. J'avais besoin de ralentir mes pensées. Et si le diable était là ? Et s'il pouvait me voir ? S'il pouvait me toucher encore une fois ? *Non.* Il fallait que je me concentre sur quelque chose de bien, quelque chose qui pouvait m'empêcher de dériver. J'avais besoin de trouver la paix. Je pris ma chaîne entre mes doigts.

Brooks. Mon ancre. Ma force.

– Maggie, s'étrangla Calvin en se levant dans la salle d'attente privée. Tu... tu es là ? bégaya-t-il en venant vers moi. Il me serra fort dans ses bras. Tu es là.

Immédiatement les jumeaux se joignirent à notre embrassade et nous restâmes comme ça un petit moment.

– Ça ne va pas très fort, dit Calvin qui resta à côté de maman, papa et moi pour nous donner des informations. Il a une entaille profonde sur le côté provoquée par l'hélice. Les médecins disent qu'il risque aussi de perdre deux doigts. Il a été légèrement touché à la gorge, mais... je ne sais pas. Tout est allé si vite. En un clin d'œil, tout a changé. Nous étions sur l'eau, on se marrait. Tout allait bien. Mais maintenant...

Il se pinça l'arête du nez comme papa le faisait tout le temps. Maintenant tout a changé, et on ne peut rien faire d'autre qu'attendre pour savoir à quel point.

Maman et papa s'éloignèrent pour aller chercher du café pour tout le monde, parce qu'une longue nuit nous attendait. Après le café, ils conduisirent madame Boone au motel le plus proche pour qu'elle puisse se reposer. Dans le coin, Rudolph piquait une crise, se reprochant l'accident. Oliver restait à côté de lui pour lui dire le contraire. Je donnai un coup de coude à Calvin et le regardai d'un air interrogateur.

– Brooks a retenu Rudolph qui allait passer par-dessus bord. La tempête a fait tanguer le bateau, et Rudolph a failli tomber à l'eau, mais Brooks a réussi à le tirer en arrière. Juste après ça, le bateau a tangué de nouveau et c'est Brooks qui est tombé à l'eau.

Waouh...

– Rudolph ne le prend pas bien, il se sent coupable. Mais c'était un affreux accident. Ce n'est la faute de personne, ce n'est qu'une question de mauvais timing.

Au bout d'un moment, je trouvai un fauteuil dans lequel je me roulai en boule pour attendre.

Pendant que j'attendais, je voyais et j'entendais tout. Tous les gestes, toutes les voix, tous les objets dans la pièce. Tout me paraissait si proche, si réel depuis que j'étais sortie de la maison. Si une infirmière laissait tomber un crayon, je levai brusquement la tête en direction du bruit.

C'était plus difficile que je ne l'avais imaginé de quitter la maison, mais c'était encore plus dur de ne pas savoir si Brooks allait bien.

Alors chaque fois que le diable essayait de s'emparer de mon esprit, je me refermais et je prenais quelques respirations, en me rappelant que notre amour était plus fort que mon passé.

* * *

– Il est sorti du bloc, dit un médecin en s'adressant aux parents de Brooks.

Je me redressai sur mon siège pour essayer d'en entendre plus.

– Il va bien. Il a eu de la chance que l'entaille dans son côté ne soit pas plus profonde. Autrement nous aurions pu le perdre.

– Oh mon Dieu, murmura la mère de Brooks, les larmes aux yeux.

– Ce qui est plus ennuyeux, c'est sa main.

Le médecin dansa d'un pied sur l'autre avant de croiser les bras par-dessus sa blouse blanche.

– Je suis désolé. Nous avons tout tenté pour sauver ses deux doigts, mais les dégâts occasionnés par l'hélice étaient trop grands. Nous espérions pouvoir les récupérer mais ça n'a pas été possible. Nous avons été contraints de les amputer pour permettre au reste de sa main de fonctionner convenablement.

Quelle main ? me demandai-je, l'estomac noué.

– Quelle main ? s'écria Jamie, qui se tenait derrière ses parents.

Le médecin haussa un sourcil en regardant Jamie.

– Je vous demande pardon ?

– J'ai demandé quelle main.

Le médecin hésita en regardant les parents de Brooks, ne sachant pas s'il devait parler devant nous tous. Quand ils lui firent un signe pour l'autoriser à parler librement, il dit que c'était la main gauche. Un gémissement se répandit dans la pièce.

– Merde, siffla Rudolph en donnant un coup de poing dans le mur. Merde !

Brooks se servait de sa main gauche pour faire les barrés sur sa guitare, sa main de guitariste. Avec cette blessure, il ne pourrait plus jouer, et tout le monde était dévasté.

– Je comprends que cela soit dur pour lui, étant donné sa carrière, mais nous sommes très heureux qu'il soit toujours parmi nous. Je crains qu'il ne soit plus possible pour lui de jouer de la guitare. Et avec sa blessure à la gorge, il se pourrait qu'il ait du mal à chanter, mais je crois que cela s'arrangera avec le temps. Ce sera dur, mais avec une rééducation appropriée des cordes vocales, il devrait pouvoir retrouver sa voix normale.

Le médecin nous regarda en souriant tristement.

– Pour le moment il doit se reposer, mais dès que vous pourrez le voir, je vous ferai prévenir par les infirmières.

Lorsqu'il fut sorti le silence emplit la pièce, interrompu seulement par Rudolph qui martelait le mur de son poing en jurant.

– *Merde, merde, merde.*

* * *

Un peu plus tard Brooks fut transféré dans une autre chambre, et on nous autorisa à le voir, pas plus de deux personnes à la fois. Je restai en arrière, attendant pour être la dernière à aller le voir. Quand j'entrai dans sa chambre, il dormait, et d'une certaine façon je préférais cela. Je restai debout dans un coin et je le regardai dormir. Il respirait péniblement et semblait avoir du mal à avaler. La blessure de son cou allait de sa clavicule jusqu'à sa mâchoire. Sa main gauche était bandée, et il avait des contusions sur tout le corps, mais il était vivant. Il n'y avait que cela qui comptait.

– Cela ne lui fera pas mal, dit une infirmière qui venait relever ses constantes.

Je n'avais pas bougé de mon coin depuis une demi-heure, au moment où on m'avait fait entrer dans la chambre.

Elle sourit.

– Si vous lui prenez la main droite, vous ne lui ferez pas mal. On lui a donné des somnifères pour l'aider à se reposer un peu. Il avait un sommeil agité, ce qui ralentit la guérison. Alors il va dormir un bon moment. Mais si vous voulez vous asseoir près de lui...

Elle désigna la chaise qui se trouvait à droite du lit de Brooks.

– Vous pouvez lui tenir la main.

En hochant la tête, j'allai à côté de lui, m'assis et pris lentement ses doigts entre les miens. *Je suis là, Brooks. Je suis là.*

L'infirmière me sourit.

– Je reviendrai un peu plus tard voir si tout va bien.

Une fois qu'elle fut sortie, je m'approchai timidement et posai la tête sur son bras. Sa poitrine se soulevait régulièrement et je comptai ses respirations. Je m'approchai un peu plus, je voulais qu'il sente ma chaleur sur sa peau, je voulais qu'il sache que j'étais là. *Je suis là.*

Je ne pouvais détacher mes yeux de son visage. Je ne pouvais pas arrêter de le regarder parce que j'avais peur, si je le faisais, qu'il n'arrête de respirer.

– Excusez-moi, je ne savais pas...

Je sursautai en entendant la voix et je relevai la tête. En me retournant je vis une femme debout devant moi qui tenait un vase rempli de fleurs.

– Je...

Elle fronça les sourcils.

– On ne m'avait pas dit qu'il avait de la visite.

Sasha.

Je l'avais déjà vue, je l'avais pistée sur Internet et j'avais admiré toutes les photos qu'elle avait postées sur Instagram. Elle était belle, sans que cela semble lui demander d'efforts. Aucun maquillage. Pas de vêtements sophistiqués. Seulement elle, et ses fleurs.

Elle posa les yeux sur ma main qui tenait toujours celle de Brooks.

Je la lâchai brusquement.

– Désolée. Je vais juste déposer ça et m'en aller.

Elle fit la grimace en posant le vase sur la tablette. Au moment de sortir, elle marqua un temps d'arrêt.

– C'est vous, n'est-ce pas ?

Je plissai les yeux, interdite.

– Oh, pas la peine de jouer les idiotes. Vous êtes la fille. La fille qui lui envoyait des livres.

Je me levai, mal à l'aise, incapable de communiquer avec elle.

– Alors quoi ? Vous n'avez rien à dire ? Je ne veux pas être impolie. C'est juste... Elle s'interrompit. Vous n'êtes pas la seule qui tienne vraiment à lui, vous savez.

Je tapotai sur ma gorge, et elle plissa le front sans comprendre.

– Quoi ?

Je jetai un coup d'œil autour de la chambre à la recherche de quelque chose sur quoi écrire. En levant les yeux sur le mur, je vis le tableau blanc destiné aux infirmières et je m'en approchai précipitamment.

Je n'ai pas de voix.

Sacha croisa les bras.

– Vous voulez dire seulement aujourd'hui ou... jamais ?

Jamais.

Elle fronça les sourcils. Une certaine culpabilité traversa son regard.

– Je suis désolée. Je ne savais pas. Comment vous appelez-vous ?

Maggie.

– Maggie.

Elle passa ses doigts dans ses cheveux bruns, puis posa les mains sur ses hanches.

– Vous êtes folle de lui, c'est ça ?

Je ne savais pas quoi répondre. J'avais l'impression que tout ce que je dirais pouvait la blesser.

Elle sourit.

– Ce n'est pas grave, je suis au courant. Et c'est difficile de ne pas l'être. Je vais y aller... Pourriez-vous ne pas lui dire que je suis passée ? Pas pour lui, pour moi. Je préfère qu'il ne le sache pas.

Vous êtes sûre ?

– Tout à fait. Occupez-vous bien de lui, d'accord ? Ça va être dur pour lui de ne plus pouvoir jouer de la guitare. C'est toute sa vie. En plus de, enfin...

Elle ne termina pas sa phrase et me fit un autre sourire crispé.

– Bon, je vais y aller. Surtout, ne le laissez pas se connecter à Internet, ok ? Les médias peuvent vous adorer un jour et vous détester le lendemain. C'est facile pour une vedette de se perdre après un événement tragique. Cette fois-ci les médias ont tourné le dos à Brooks avec une rapidité scandaleuse. Vous savez à quel point il a le cœur tendre... je ne sais pas comment il va supporter le contrecoup. Surveillez-le. Même si on a l'impression de n'être jamais seul quand on est célèbre, personne ne parle jamais ouvertement de la solitude qui accompagne cette célébrité. Rappelez-lui que sa valeur n'est pas déterminée par le gros titre de la semaine qui l'emporte.

Je lui promis de veiller sur lui.

Elle sortit de la chambre et j'effaçai le tableau. Je me rassis à côté de Brooks et repris sa main dans la mienne. Je posai la joue sur son bras et recommençai à enregistrer le moindre mouvement qu'il faisait.

– Au fait, Maggie ? dit Sasha en revenant dans la chambre. Je veux juste vous dire que cela ne m'a pas échappé.

Elle dansa d'un pied sur l'autre et fit un geste de la main qui allait de Brooks à moi.

– Vous le regardez exactement comme il regardait ces livres. Merci de ne pas être le monstre que j'avais imaginé dans ma tête. Je regrette seulement que vous ne soyez pas un tout petit peu laide, c'est tout.

Je souris.

Pareil pour moi.

31

BROOKS

Maman, papa et Jamie m'ont tous dit que j'irais bien. Ils m'ont dit que j'avais beaucoup de chance de m'en être sorti avec seulement des blessures mineures. Mineures – le mot était bien mal choisi de la part de mon frère. D'ailleurs, en le disant, il s'aperçut de son erreur.

– Excuse-moi, je ne voulais pas dire mineures, je voulais seulement dire...

Il butait sur les mots.

– Je suis heureux que tu sois toujours de ce monde.

Mon regard se posa sur ma main, enveloppée de pansements. Je n'avais pas dit un mot. Des gens entraient et sortaient sans arrêt de ma chambre et me gratifiaient de sourires dans le genre de ceux que l'on fait aux enfants qui ont perdu leur petit chien.

Pathétique.

Je me sentais pathétique.

Lorsque les membres du groupe vinrent passer un moment avec moi, l'atmosphère était lourde de culpabilité. Ce qui me faisait le plus mal, en fait, c'était qu'ils me faisaient penser à la musique. Ils représentaient tellement la chose que j'avais perdue en l'espace d'une minute. Quand les producteurs vinrent, je manquai de péter les plombs.

– Il faut qu'on trouve un plan d'attaque. Les médias deviennent hystériques. Il nous faut une déclaration, ordonna Dave.

– Et nous, on a besoin d'une pause, répondit Calvin d'un ton sec. Tu fais comme si Brooks ne venait pas de subir un traumatisme majeur.

– Mais il a survécu, dit David avec un sourire hypocrite. Et c'est ça le message qu'on doit mettre en avant. Nous devons montrer à quel point il est fort, et que pour son retour...

Retour ?

Je soufflai et grognai.

Tout le monde tourna les yeux vers moi.

Il y avait à peine quelques heures que j'avais eu un accident, et déjà ils parlaient de retour magique pour moi.

Dave plissa le front.

– Vous savez quoi ? On verra ça dans un jour ou deux. On va laisser passer un peu de temps.

Une fois qu'ils furent tous sortis, je soupirai. Je ne savais même pas où j'en étais. J'avais l'impression d'être encore dans cette eau. En fermant les yeux j'aurais pu jurer que je sentais encore la violence des vagues.

La porte de ma chambre s'ouvrit encore une fois, et je le regrettai. J'en avais marre de voir des gens, marre de les entendre répéter que c'était un miracle que je sois encore en vie – et que j'avais eu beaucoup de chance.

En tournant tout mon corps vers la porte je faillis tomber du lit.

Maggie.

Elle se tenait là, dans ma chambre d'hôpital, me regardant fixement, les bras repliés autour de sa taille. Ses yeux bleus étaient injectés de sang comme si elle avait pleuré pendant des heures, et ses cheveux étaient relevés en un chignon informe. Elle ne relevait jamais ses cheveux.

En même temps, elle ne sortait jamais de chez elle, non plus.

Est-ce que je rêvais ?

Si c'était le cas, j'espérais ne jamais me réveiller.

J'ouvris la bouche pour lui demander ce qui se passait, mais ma gorge était trop douloureuse. C'était douloureux d'ouvrir la bouche. C'était douloureux de bouger vers la gauche et de me tourner vers la droite. C'était douloureux de respirer.

Elle me fit un sourire crispé et s'avança vers le bord de mon lit. Elle me prit la main droite et en embrassa la paume. Je fermai les yeux. J'essayai de me racler la gorge pour parler, mais elle pressa ma main une fois, pour m'ordonner de ne pas le faire. Donc nous restâmes comme ça, moi avec les yeux clos et Maggie qui me tenait la main.

***

Elle ne quitta presque jamais ma chambre pendant des jours. Quand on lui proposa une chambre réservée au visiteurs, agencée comme une chambre d'hôtel, elle refusa, en serrant ma main un peu plus fort. Tous les soirs elle se roulait en boule sur le petit canapé et elle s'endormait. Maggie me souriait tout le temps dans la journée, mais la nuit, quand elle était seule avec ses rêves, je la voyais tourner et virer dans son sommeil et parfois se réveiller en sueur. Le simple fait de sortir de chez elle n'avait pas fait disparaître ses démons – mais elle faisait tout ce qu'elle pouvait pour les tenir à distance.

– Bon, c'est l'heure de vous faire lever et de marcher un peu, Brooks, dit une infirmière en entrant dans ma chambre un après-midi.

Je détestais cette heure de la journée. On m'obligeait à marcher dans les couloirs avec un déambulateur. Maggie faisait toujours les tours avec moi et quand mon côté gauche commençait à montrer des signes de faiblesse et que je manquais de tomber, elle bondissait vers moi pour m'aider, mais l'infirmière le lui interdisait.

– Vous pouvez être là pour le soutenir, pas pour l'aider. Ne vous en faites pas, je ne vais pas le laisser tomber.

À mi-chemin dans le couloir, ma poitrine se comprima et ma respiration se fit hachée.

– Ça va comme ça pour aujourd'hui, éructai-je d'une voix enrouée.

Je voulais retourner dans ma chambre pour m'allonger.

– Non, vous vous souvenez ? Nous allons finir un tour complet avant...

Je frappai violemment avec le déambulateur sur le sol, la douleur battait dans mon cou. *Retournons. Retournons. Retournons.*

C'était gênant de me sentir si faible. J'avais mal à la main. J'avais mal sur le côté. C'était le chaos dans ma tête.

L'infirmière me fit un petit sourire pincé avant de lancer un regard à Maggie.

– Je crois que c'est le bon moment pour une petite sieste.

Elle fit un clin d'œil à Maggie qui fronça les sourcils. L'inquiétude était évidente dans ses yeux.

Je maugréai encore un peu. Nous repartîmes vers ma chambre, et après qu'on m'eut recouché, Maggie saisit un bloc pour écrire et s'assit à côté de moi.

Ça va, aujourd'hui, Brooks ?

Je serrai sa main une fois.

Pour être franc, j'étais en colère. J'étais en colère contre mon équipe de production qui m'avait demandé ce que je prévoyais pour le reste de la tournée – alors même que je serais incapable de jouer. Ils suggérèrent un tas de projets différents : les gars pouvaient continuer sans moi, on pouvait me remplacer par un autre artiste pendant un certain temps, et accélérer le retour de ma voix par une rééducation intensive des cordes vocales.

Les plaies sur mon corps étaient loin d'être cicatrisées, et ils me traitaient déjà comme si je n'existais plus. Pour eux, même après dix années pendant lesquelles je leur avais dédié toute ma vie, je n'étais rien de plus qu'un bulletin de salaire.

– Pas question de faire ça, avait rétorqué Calvin. On va attendre qu'il aille mieux, leur répétait-il sans arrêt.

– Ouais. Sans Brooks, nous ne sommes plus que les Coo. Qui voudrait venir écouter les Coo, putain ? dit Oliver.

Rudolph n'avait pas dit grand-chose. Il évitait de me regarder. J'avais l'impression qu'il se sentait coupable pour l'accident. Et ce que je détestais le plus, c'était que dans le coin le plus sombre de mon esprit j'avais tendance à rejeter la faute sur lui, moi aussi. Chaque jour je devenais de moins en moins moi-même. Tous les jours j'étais un peu plus amer. Et je détestais voir Maggie assister à ça. Je détestais qu'elle soit témoin de ma déchéance.

Quand vint le jour de sortir de l'hôpital, Maggie et moi étions assis dans ma chambre pendant que l'infirmière allait chercher un fauteuil roulant. Mes parents avaient prévu que je vienne habiter chez eux pour quelque temps. Ils voulaient prendre une infirmière pour s'occuper de moi afin que je puisse me concentrer sur ma guérison. Mais ce n'était pas mon plan.

– Je retourne au chalet, chuchotai-je, parce que tout ce que je disais sortait tout bas.

Ma voix était toujours enrouée et je détestais ça.

Maggie haussa un sourcil.

– Je ne veux pas rentrer à la maison. Je ne veux pas sentir la pitié des gens. Je n'en veux pas.

Personne n'a pitié de toi.

– Bien sûr que si. Ils se comportent comme si j'étais sourd. Je les entends. Et ils m'en veulent, en plus. Du moins les médias. Je ne sais pas. J'ai juste besoin de m'éloigner. De me retrouver seul avec moi-même.

Je sais ce que c'est. D'être dans une pièce bondée où tout le monde parle comme si tu étais un fantôme. Je viens avec toi.

Je fronçai les sourcils.

– Non, Maggie. Tu as une liste de choses à faire à entamer. Je ne suis pas en état de...

Je soupirai. *D'être avec toi.*

– Pourquoi est-ce que j'ai l'impression que notre timing est toujours décalé ?

Elle baissa la tête vers son ardoise et se mit à écrire tandis que des larmes tombaient sur ses mots.

Je t'en prie, ne me quitte pas encore une fois.

Je levai la main gauche pour la consoler mais je suspendis mon geste en regardant ma main enveloppée de pansements. J'avais envie d'elle. Je la voulais vraiment, mais je savais dans quel état psychologique je me trouvais. Je connaissais les crises de panique qui me saisissaient la nuit, en repensant à l'accident. Je connaissais les crises de panique que j'avais le jour, quand je me rendais compte que c'était moi qui empêchais mon groupe d'avancer, que je décevais mes fans, que je perdais les sponsors de la tournée. Que je faisais perdre des centaines de milliers de dollars parce que j'avais insisté pour faire une sortie en bateau.

Je n'avais pas envie de quitter Maggie May, mais je savais qu'il le fallait. Toute sa vie elle avait eu ses propres paniques. Au moment où elle commençait à aller mieux, elle n'avait vraiment pas besoin de s'encombrer des miennes.

32

MAGGIE

– Devinez qui est là ? Qui est de retour ? C'est Cheryl ! hurla Cheryl en entrant dans la maison avec deux valises et des dreadlocks.

Cela faisait une semaine que Brooks m'avait renvoyée chez moi pour partir au chalet sans moi. Tout le monde avait essayé de le convaincre de ne pas y aller seul, mais il n'avait rien voulu savoir. Il avait ses infirmières qui venaient le voir tous les jours, pour lui prodiguer des soins, mais à part cela il était seul à Messa.

Nous étions, papa, maman et moi, assis à la table de la salle à manger pour le dîner quand Cheryl fit une entrée fracassante dans la maison sans nous avoir prévenus. La dernière fois que j'avais eu de ses nouvelles, elle était dans une île avec son petit ami.

– Cheryl, s'exclama maman, surprise mais heureuse de voir sa grande voyageuse. Qu'est-ce que tu fais là ?

– Quoi ? Une fille ne peut pas rendre visite à sa famille ?

Elle tira la chaise à côté de moi et s'y assit.

– Toujours, répondit papa. Mais la dernière fois que tu nous as donné de tes nouvelles, tu filais le parfait amour avec un garçon du nom de Jason et tu te faisais faire des dreadlocks sur une plage de sable fin.

Elle secoua la tête.

– C'est vrai, la preuve.

– Où est Jason ? demanda maman.

– Eh bien, c'est une histoire amusante, en fait. La femme qui m'a fait ces dreadlocks a fini par se faire aussi mon petit ami.

Les visages devinrent graves mais Cheryl sourit.

– Oh, allez. Ne faites pas cette tête. Vous savez ce que je dis toujours, quand la vie vous donne des citrons, allez chercher de la vodka.

Elle me prit la main et la serra.

– Et votre famille, aussi.

Maman s'agita sur son siège et lança un regard triste à papa. Ils se concertèrent sans prononcer un mot, puis elle prit la parole.

– Les filles, puisque vous êtes là toutes les deux, je pense que c'est le meilleur moment pour que votre père et moi vous annoncions une nouvelle.

Je me redressai sur ma chaise et Cheryl fit de même.

– Que se passe-t-il ? demanda-t-elle.

– Votre mère et moi... nous...

Papa avala sa salive avec difficulté et me fit un sourire crispé.

– Nous nous séparons.

Quoi ?

Non.

– De quoi est-ce que vous parlez ? interrogea Cheryl, interdite.

Elle rit nerveusement.

– Allez. Vous n'allez pas vous séparer. C'est ridicule.

– Eh bien, en fait nous y songions depuis longtemps, expliqua maman d'une voix tremblante. Et maintenant que Maggie a réussi à sortir de la maison, nous nous sommes dit que c'était le moment.

– C'est ce qu'il y a de mieux, vraiment. Pour tout le monde, dit papa les dents serrées.

Je savais qu'il mentait. Parce que s'il disait la vérité ses yeux n'auraient pas exprimé tant de tristesse.

Après le dîner, Cheryl vint dans ma chambre où j'écoutais de la musique sur mon iPhone, allongée sur mon lit. Elle s'allongea à côté de moi et prit une de mes oreillettes pour pouvoir écouter elle aussi.

– J'ai vingt-sept ans et d'une certaine façon j'aimerais redevenir l'adolescente en colère que j'étais, aller me cacher dans mon placard et écouter en boucle l'album *Autobiography* d'Ashlee Simpson, parce que mes parents se séparent.

J'ai vingt-huit ans et je ressens la même chose.

– Comment va Brooks ? demanda-t-elle en inclinant la tête vers moi.

Je haussai les épaules.

Il a dit qu'il avait besoin d'espace, d'être seul.

Elle hocha la tête.

– Je peux comprendre. Quand tu lui as demandé de te laisser de l'espace, il l'a fait... alors je comprends parfaitement que tu éprouves le besoin de faire la même chose.

Nous continuâmes à écouter la musique et Cheryl se mit à rire.

– Tu te souviens quand nous étions ados et que je t'ai dit « je ne sais pas ce que je vais faire de ma vie », ou un truc du genre ?

Elle rit de nouveau.

– Dix ans plus tard, j'ai l'impression d'en être toujours au même point.

Cette idée avait beau être déprimante, nous ne pouvions pas arrêter de rire. Parfois, tout ce dont on a besoin pour se remonter le moral, c'est d'une sœur et d'un fou rire.

Quelques secondes plus tard nous écoutions « Pieces of me » par Ashlee Simpson, en secouant la tête. Nous repassâmes l'album plusieurs fois jusqu'à ce que nous retrouvions notre enfance.

Chaque fois que la chanson « LaLa » passait, nous nous levions pour danser ensemble. J'étais fière de Cheryl parce qu'elle parcourait le monde, mais j'aurais menti en disant que je n'étais pas heureuse qu'elle soit rentrée à la maison.

***

Même si Brooks demandait de l'espace, j'avais besoin de lui rappeler qu'il n'était pas seul, de la même façon qu'il l'avait fait pour moi. Je lui envoyais un texto tous les matins.

Maggie : Ça va, aujourd'hui, Brooks Tyler ?

Brooks : Ça va, Maggie May.

Puis, un texto tous les soirs.

Maggie : Ça va, ce soir, Brooks Tyler ?

Brooks : Ça va, Maggie May.

Même si ce n'était pas suffisant pour que j'arrête de m'inquiéter, c'était suffisant pour m'aider à dormir, parfois.

33

BROOKS

La ville de Messa était minuscule. Le lac occupait la majeure partie du coin. Il n'y avait pas grand-chose à part une supérette, un lycée, une station-service et une bibliothèque, qui étaient tous alignés le long de la rive du lac. Tout cela était de l'autre côté par rapport au chalet de madame Boone, ce qui était pour le mieux. Comme ça je me sentais encore plus seul. Je n'étais allé en ville que pour faire un ravitaillement, puis j'étais retourné au chalet.

Le seul autre endroit qui m'avait semblé valoir le coup était juste à la sortie de Messa – un bar.

C'était un rade paumé.

Personne n'en connaissait l'existence, ce qui était parfait pour moi. Il y avait du whisky, et la douleur et la solitude étaient incrustées dans ses murs silencieux.

Je n'avais pas arrêté de lire les forums à mon sujet sur Internet. Je n'avais pas arrêté de regarder les fans se détourner de moi, me traitant de drogué, de menteur et de tricheur. Ils croyaient tous les mensonges qu'ils lisaient dans les tabloïds et me tournaient le dos comme si je ne leur avais pas tout donné de moi pendant les dix dernières années.

Comme si j'étais vraiment tout ce qu'on écrivait de négatif à mon sujet.

Je savais que j'aurais dû arrêter de lire ça, mais je n'arrivais pas à reposer mon téléphone ou le whisky. Les commentaires qui venaient de ceux qui avaient prétendu m'aimer autrefois me touchaient plus qu'ils n'auraient dû.

Il n'y a qu'à remplacer le camé. Ça s'est déjà fait !
Mon frère est mort d'alcoolisme. Le fait que Brooks soit si inconscient est inquiétant. J'espère qu'il se fera aider dans un centre de désintoxication.
C'est une honte pour la musique. Des millions de personnes feraient n'importe quoi pour avoir sa vie, et lui il l'a bousillée.
Vedette de merde. Encore une histoire de succès qui monte à la tête d'une personne.
C'est au moins sa cinquième cure de désintox. Il serait peut-être temps de se rendre compte que ça ne changera jamais.
Il sera mort avant d'avoir trente ans, exactement comme tous les autres artistes drogués disparus trop tôt.

Je tendis la main vers la bouteille de whisky alors que les mots s'imprimaient dans mon esprit. Il y avait aussi des commentaires de soutien, mais je ne sais pas pourquoi, je ne les trouvais pas sincères. Pourquoi les commentaires négatifs venant de parfaits inconnus semblent-ils les plus blessants ?

– Je crois que tu as assez bu, dit le barman sur un ton sévère, mais avec une nuance de compassion, tout en poussant la bouteille de whisky hors de ma portée.

Il avait une épaisse moustache argentée qui recelait des secrets, des mensonges et des miettes de chips. Chaque fois qu'il parlait, sa moustache dansait au-dessus de sa lèvre supérieure, et les mots tombaient du coin gauche de sa bouche. Ses longs cheveux gris bouclés étaient tirés en arrière et attachés en chignon. Un chignon de vieil homme. Ce type devait avoir au moins soixante-dix ans et avait l'air naturellement cool, calme et posé.

Tout à fait le contraire de moi.

Tous les matins et tous les soirs, je mentais à Maggie quand je répondais à ses textos.

Je fermai les yeux et fis un effort pour me rappeler le nom du barman. Il me l'avait dit des centaines de fois alors que j'étais ivre.

Albert rime avec enfer.

Ces temps-ci, Albert était ce qui se rapprochait le plus d'un ami pour moi. Je me rappelais la première fois que je l'avais rencontré, deux semaines plus tôt, en entrant dans son bar. J'étais dans un état lamentable depuis deux semaines. La première fois qu'il m'avait vu, je m'étais assis dans un box au fond de son bistrot désert. Les épaules voûtées, les bras croisés, le front posé sur les avant-bras, je m'appliquais à essayer de bloquer mes souvenirs. Il ne me posa pas de questions. Il m'apporta simplement une bouteille de whisky et des glaçons ce soir-là et les soirs qui suivirent.

– Encore un, marmonnai-je, mais il fronça les sourcils en secouant la tête.

– Il est une heure du matin, mon pote. Tu ne crois pas que tu ferais mieux de rentrer chez toi ?

– Chez moi ?

Je soufflai en tendant la main vers la bouteille, qu'il refusa de me donner. Je le regardai droit dans ses yeux bleus et je sentis un pincement au cœur. *Chez moi.*

– S'il vous plaît ?

Je le suppliai. Je suppliais – je le suppliais de me donner de l'alcool. C'était pathétique.

– S'il vous plaît, Albert ?

– Robert, corrigea-t-il en grimaçant un sourire.

Bon sang.

Albert rime avec enfer, qui rime avec Robert, qui est son nom.

– C'est ce que j'ai dit.

– Pas ce que tu as dit. Sans doute ce que tu as voulu dire, remarque.

– Ouais, c'est ce que je voulais dire, Robert. Robert. Robert.

Combien de fois pourrais-je dire son nom avant de l'oublier de nouveau ?

Il s'assit en face de moi dans le box et se mit à jouer avec sa moustache en guidon.

– Tu bois pour oublier quoi ? demanda-t-il.

Je déglutis avec difficulté sans prononcer un seul mot.

– À ce point-là ?

Je ne répondis pas mais poussai mon verre vide dans sa direction. Quand j'étais allé au supermarché, plus tôt dans la journée, mon visage était placardé sur les couvertures de magazines qui parlaient d'une dépression nerveuse que je ne savais même pas que je faisais. On disait aussi que j'étais accro à l'héroïne, et que j'avais plaqué les Crooks à cause de mon addiction.

Ensuite, j'avais commis l'erreur de me connecter sur Internet pour aller lire d'autres commentaires à mon sujet. J'étais effaré de voir le nombre de mes fans qui gobaient tous ces mensonges.

Alors c'était plus facile pour moi de ne pas dessoûler.

Robert repoussa mon verre vers moi.

– Ça, c'est pas cool, murmurai-je.

Avant qu'il puisse répondre, une bande de filles éméchées entra bruyamment dans le bar. Elles étaient complètement pétées, elles parlaient fort et étaient toutes vêtues de rose des pieds à la tête. Toutes sauf une, qui était tout en blanc. Enterrement de vie de jeune fille. *Super*. Robert se leva et alla derrière le bar pour les servir.

– Oh mon Dieu ! Cet endroit est carrément top ! J'adooore ! gloussa l'une d'entre elles.

– J'en reviens pas que vous l'ayez trouvé ! cria une autre.

Apparemment elles faisaient une chasse au trésor et un des endroits qu'elles devaient trouver était un petit bar paumé – c'était parfait.

Je me recroquevillai dans le fond de mon box, voulant par-dessus tout qu'on me fiche la paix.

Elles se ruèrent sur le bar en rigolant.

– Qu'est-ce que je vous sers, mesdemoiselles ? demanda Robert.

Elles crièrent toutes en chœur en levant les mains en l'air.

– FIREBALL !

Je fermai les yeux, me revoyant sur le bateau.

« C'est seulement parce que Maggie May, la chérie de l'Amérique, ne parle pas. Si c'était le cas, je parie qu'elle dirait des choses poétiques.

Il s'arrêta net et ouvrit de grands yeux.

– UN GAGE ! J'ai prononcé le nom d'une fille. Je dois boire un shot. FIREBALL ! » Il se rua vers la bouteille

de Fireball et, en se penchant, il faillit basculer par-dessus bord, alors je l'empoignai pour le repousser vers le centre du bateau.

Je secouai la tête. *Arrête.* Alors que je me déplaçais dans le box dans l'intention de me faufiler par la porte de derrière, une des filles me repéra.

– Oh. Mon. Dieu ! dit-elle d'une voix sifflante.

Je baissai la tête vers la table, en essayant de prendre l'air naturel.

– Tiffany ! Regarde, ce n'est pas... ?

La blonde se tourna vers moi.

– Oh, purée ! C'est Brooks Griffin !

Toutes les filles se mirent à hurler et se ruèrent vers ma table.

J'aurais juré qu'elles n'étaient pas nombreuses au début, mais ma perception modifiée par l'alcool me jouait des tours. Elles me braquaient leurs téléphones dans la figure pour me prendre en photo et je faisais tout ce que je pouvais pour les repousser. Puis les questions et les commentaires se mirent à fuser.

– Oh mon Dieu, Brooks. Je suis tellement désolée pour ton accident.

– Oh mon Dieu ! C'est vrai que tu as perdu des doigts ?

– Ça veut dire que tu ne peux plus jouer de guitare ?

– Tu vas continuer à faire de la musique ?

– On peut te payer un verre ?

– On peut te prendre en photo ?

– Je t'aime tellement !

– C'est vrai pour la drogue ?

– Non ! Il ne ferait pas ça... si ? Moi, je ne te jugerais pas.

– Moi, je fume du hash.

– Moi, mon cousin, il était accro aux médicaments.

– Brian ?

– Non, West.

– Qu'est-ce qui s'est passé avec Sasha ?

– Elle t'a trompé ?

– C'est toi qui l'as trompée ? J'ai lu un article à propos de toi et d'Heidi Klum...

– Vous ne me connaissez pas ! je dis sèchement , les poings serrés. Bordel, pourquoi est-ce que tous les gens font comme s'ils me connaissaient ? Aux infos, sur Internet, dans les tabloïds...

Je criai et ça me brûlait dans la gorge alors que je gueulais sur des gamines qui ne voulaient même pas m'agresser.

– Personne ne sait ce que ça fait d'être moi. Personne ne sait ce que ça fait de ne pas pouvoir faire ce qu'on aime. Ma vie c'était la musique et maintenant c'est tout juste si je peux parler. Je ne peux pas... personne ne sait...

Je ne pouvais plus parler. J'étais ivre et mon cou me faisait mal. Trop de mots. Trop d'émotions. Les filles se turent, ne sachant pas trop quoi faire, ni quoi dire.

– Je suis désolé, murmurai-je. Je ne voulais pas...

– C'est pas grave, dit l'une d'entre elles, les yeux lourds de culpabilité. On est désolées.

Après ça elles me laissèrent tranquille et sortirent du bar.

Robert, qui se tenait non loin de moi, me regarda fixement sans dire un mot. Il pencha la tête à gauche, puis à droite, et tout à coup il vint s'asseoir dans le box en face de moi. Il posa une main sur la mienne et la pressa doucement, ce qui me fit penser à Maggie, parce qu'aussi bien, tout dans ce monde me faisait penser à elle.

Robert se saisit de la bouteille de whisky et me resservit un verre.

Il ne me présenta pas d'excuses, il ne m'énonça pas de ces conneries censées faire passer la douleur.

À la place, il me donna du whisky pour noyer mes souvenirs.

Quand je bus, le liquide me brûla la gorge. Cette sensation de brûlure me remit en mémoire les rumeurs, les mensonges, l'accident, les blessures. Elle commença par raviver la moindre petite douleur qui me tiraillait la poitrine pour en fin de compte réussir à totalement baisser le rideau de mon esprit.

* * *

C'était l'habitude qui me faisait lever tous les matins. Je me brossais les dents, me douchais et m'habillais mécaniquement, en me conformant à la routine de toute une vie, mais c'est à peu près tout ce que je faisais. Je me réveillais, je lisais des mensonges, je buvais, je m'endormais.

Les autres membres du groupe faisaient tout pour me persuader de les laisser venir habiter avec moi, mais je refusais. Ce qui était arrivé n'était pas leur faute mais la mienne. J'avais obligé tout le monde à sortir avec le bateau, alors qu'eux ils voulaient rester à glander dans la maison.

Le chalet de madame Boone était l'endroit idéal pour échapper au monde. Il n'y avait pas d'appareils photo braqués sur moi en permanence, forgeant des hypothèses sur mon avenir. Je pouvais être totalement seul.

Les seuls jours où je modifiais mes activités, c'était les jours de pluie.

Ces jours-là, j'allais m'asseoir au milieu du lac dans un petit canoë. Je ramais jusqu'au milieu de l'eau en laissant les gouttes de pluie tomber sur moi. Quand le ciel grondait, je demeurais toujours immobile et silencieux.

J'étais venu dans ce chalet pour me retrouver, mais en réalité je me perdais chaque jour un peu plus. Je percevais le changement qui s'opérait en moi. Je devenais plus froid. Je devenais étranger à moi-même.

Je cheminais sur une route qui ne me ramènerait jamais à la maison.

34

MAGGIE

— Et voilà, dit papa, en apportant le dernier carton qui restait dans le camion garé à l'extérieur.

On avait l'impression d'être remontés dans le temps à l'époque où nous étions seuls, lui et moi, dans un minuscule appartement, rêvant d'un monde plus grand. Mais cette fois, il y avait en plus une sœur avec des dreadlocks qui refusait de nous quitter.

Cette nuit-là, Cheryl rentra à la maison pour ne pas laisser maman toute seule, et je dormis sur un matelas gonflable dans une des chambres tandis que papa dormait dans l'autre sur son propre matelas gonflable. Vers trois heures du matin, je me réveillai en entendant bouger dans l'appartement. Je me levai, et sur la pointe des pieds je me rendis dans la cuisine, où je trouvai papa complètement éveillé en train de faire du café. Il se retourna soudain et fit un bond en me voyant.

– Bon sang, Maggie ! Tu m'as fait une de ces peurs.

Je lui fis un petit sourire désolé et attrapai mon ardoise avant de m'asseoir sur le plan de travail.

– Tu n'arrives pas à dormir ?

Je t'ai entendu marcher. Tu vas bien ?

Il fit une grimace.

– J'y croyais vraiment, tu sais ? Je croyais que cela durerait toujours.

Il servit deux tasses de café et m'en tendit une.

– Quand j'ai rencontré Katie, c'était un vrai rayon de soleil. Elle débordait d'une énergie que d'une certaine façon elle me communiquait, tu vois ? Je ne sais pas ce qui lui est arrivé au fil des années, mais elle a commencé à changer. Elle est devenue plus froide... je me suis demandé si j'avais dit ou fait quelque chose de travers, mais il y a longtemps que j'ai perdu ma femme. Bon, moi aussi j'ai changé. Je me suis convaincu que c'était seulement une phase qu'elle traversait, que ce qui t'était arrivé, en quelque sorte, lui était arrivé à elle aussi – indirectement. Une sorte de relation de cause à effet. Puis les choses ont empiré de jour en jour. La femme que je connaissais disparaissait devant moi un peu plus chaque jour. Et l'homme que je connaissais comme étant moi-même s'en est allé, lui aussi.

Elle te manque ?

Il se massa les tempes.

– Ce qui me manque, c'est l'idée qu'elle me manque. Pour être franc, elle a cessé de me manquer même quand elle était dans la même pièce que moi. Avec le temps j'ai eu envie de partir. Mais je ne voulais pas te précipiter. Je ne pouvais pas t'obliger à partir alors que tu n'y étais pas prête.

Ma gorge se serra. Il n'était resté avec elle qu'à cause de moi. Il avait accepté d'être malheureux pour ne pas me mettre en danger.

Je suis désolée que tu sois resté à cause de moi.

Il secoua la tête.

– Je ne regrette rien. Je le referais sans hésitation.

Nous restâmes là à boire un café très amer sans dire un mot.

Papa et moi étions très à l'aise en gardant le silence quand nous étions tous les deux. Cela ne nous posait aucun problème. Juste avant que je retourne me coucher, il marqua une pause.

– Un professeur de français demande à un élève de citer deux pronoms. Que lui demande l'élève ?

Je souris à sa blague et répondis.

Qui ? Moi ?

Il se mit à rigoler.

– Qui, moi.

En repartant dans sa chambre, il se tourna vers moi et énonça cette vérité qu'il essayait de se dissimuler à lui-même.

– Elle me manque.

En dépit de tous les conflits, en dépit de la douleur, il l'aimait encore. C'était ça le truc, avec l'amour. Il ne suffisait pas de lui dire de partir pour qu'il s'en aille. Simplement il demeurait silencieux, le sang coulant de ses blessures, continuant à espérer que vous n'alliez pas le laisser vous glisser entre les doigts.

* * *

– Il n'a toujours pas défait ses bagages, me dit Cheryl depuis le salon.

Papa, assis dans la cuisine, buvait sa énième tasse de café. Cela faisait une semaine que nous avions emménagé dans ce nouvel appartement, mais ses affaires étaient encore dans les cartons.

– Pourquoi, d'après toi ?

Il attend qu'elle lui dise de revenir à la maison.

Le regard de Cheryl se voila, et elle fronça les sourcils, s'abîmant dans ses pensées.

– Maman ne va pas bien non plus. Je ne la juge pas, mais si j'en crois l'état de ses cheveux et l'essaim de mouches qui la suit partout, je doute même qu'elle se douche.

Ma sœur et sa tendance à tout exagérer ! Je rigolai.

– Ce n'est pas simple, l'amour, tu ne crois pas ?

Si.

– C'est pour ça que finalement je vais prendre un chat. Les chats n'attendent rien de toi hormis d'être nourris et de disposer d'un endroit pour faire leurs besoins. Je ne recherche rien de plus dans une relation, moi non plus. Qu'on me donne des tacos et des toilettes pour la suite des tacos et je serai parfaitement heureuse. Oui, *c'est décidé,* je vais faire ça, je vais me prendre un chat. Et peut-être des tacos pour le dîner. Tu voudras bien venir chez moi pour nettoyer la litière du chat ?

Non. Probablement pas.

– Ah bon ? Ben alors, *c'est décidé,* je ne prendrai pas de chat.

Je rigolai. Mon téléphone se mit à sonner et je répondis sur FaceTime.

– Salut, p'tite sœur ! dit Calvin en souriant sur l'écran.

Je fis un geste de la main et Cheryl bondit vers moi pour qu'il la voie.

– Salut frangin ! cria-t-elle en agitant la main.

– Ah, deux pour le prix d'une. C'est chouette tes dreadlocks, sœurette. Je suis à L.A. avec les gars pour des réunions et tout ça, et je n'ai que quelques minutes avant le début de la suivante. Mais j'appelais pour te demander ton aide, Maggie.

Je haussai un sourcil.

– J'ai appelé Brooks et il avait l'air plutôt bourré au téléphone. Il ne m'a pas parlé longtemps mais je crois qu'il ne va pas bien du tout. Je sais qu'il t'a dit qu'il avait besoin d'espace, et je sais que tu t'es pliée à sa demande parce qu'il l'avait fait pour toi dans le temps, mais là c'est différent. Je comprends qu'il ait besoin de temps pour rassembler ses idées, mais je n'ai pas l'impression que ce soit ce qu'il fait. Je pense qu'il fait tout le contraire, et j'espérais que tu pourrais y aller pour voir ce qui se passe.

La réponse était oui. Si Brooks était paumé, je serais là pour lui. Parfois, quand les gens pensent qu'ils ont besoin d'espace, c'est en fait tout sauf ça dont ils ont besoin.

Tu veux bien me conduire là-haut ? demandai-je à ma sœur.

Elle hocha la tête.

– Bien sûr.

Elle se frotta l'estomac.

– On pourra s'arrêter pour acheter des tacos, d'abord ? Parce que... les tacos.

* * *

La pluie tombait sur la petite ville de Messa quand Cheryl arrêta la voiture devant le chalet. Nous déchargeâmes mes valises et gravîmes les escaliers du porche de la maison. Je frappai plusieurs fois à la porte, mais aucune réponse de Brooks. L'estomac noué, j'imaginai le pire. Heureusement, madame Boone m'avait donné un double des clefs en apprenant que je venais passer quelque temps ici avec lui.

Je tournai le bouton de la porte, qui s'ouvrit, mais Brooks n'était nulle part, ce qui était étrange parce que sa voiture était garée devant le chalet.

Il était peut-être allé en ville à pied.

Je sortis mon ardoise. ***Tu peux y aller, Cheryl.***

Elle haussa un sourcil.

– Tu es sûre ? Ça ne me plaît pas de te laisser ici si on ne le trouve pas...

Ça va aller. Je te promets. Je t'appellerai si j'ai besoin de quoi que ce soit.

Elle hésitait à partir, mais je finis par la convaincre et elle s'en alla. Assise sur le canapé du salon, j'attendis que Brooks revienne, en vain. Au bout d'un moment, j'attrapai un parapluie et je décidai d'aller à pied en ville, sous la pluie. En arrivant à la bibliothèque, je me ruai à l'intérieur, mon ardoise à la main.

Le lieu était immense pour une si petite ville, et j'eus l'impression de me retrouver dans ma chambre, entourée de mes livres préférés. Lorsque j'entrai, la femme à la réception me regarda en souriant. Elle avait un air très doux, des yeux marron chocolat, et des cheveux gris coupés court. Son nom était écrit sur son badge : Mme Henderson.

– Bonjour, est-ce que je peux vous aider ?

Je me mis à écrire.

Je suis à la recherche de quelqu'un, et je ne sais pas si on l'a vu récemment.

Elle eut un petit rire.

– Mon petit, je sais bien que nous sommes dans une bibliothèque, mais vous n'êtes pas obligée d'être à ce point silencieuse.

Je grimaçai et me tapotai la gorge en secouant la tête.

Elle fronça les sourcils.

– Oh mon Dieu, vous ne pouvez pas parler, c'est ça ? Je suis désolée. Bon, alors, qui cherchez-vous ?

Brooks Griffin.

Elle plissa les yeux.

– Alors là, je vous arrête tout de suite, inutile d'arriver ici tout sourire pour ensuite aller harceler ce pauvre garçon. Avec tout ce qu'il a déjà enduré, il n'a vraiment pas besoin que quelqu'un vienne l'embêter pour un autographe ou je ne sais quoi.

Je suis une amie.

– Qu'est-ce qui me le prouve ?

Je sortis mon téléphone de ma poche et lui montrai des photos qui nous dévoilaient, Brooks et moi, tendrement enlacés.

Elle sourit.

– En effet, vous avez l'air d'être de bons amis tous les deux, alors, dans ce cas. Bon, il pleut, donc il ne peut être qu'à un seul endroit. Suivez-moi, je vais vous montrer. Mais si j'apprends que ces photos sont des montages, je n'hésiterai pas à appeler Lucas. Ce n'est pas seulement le flic de la ville, c'est mon mari, aussi.

Elle sortit de la bibliothèque en saisissant son parapluie au passage et me conduisit de l'autre côté de la rue, sur la rive du lac Messa.

– Vous le voyez ?

Je fis non de la tête.

– Là-bas.

Du doigt elle me montra la surface de l'eau.

– Ce point minuscule, là-bas, c'est lui. Lui dans son tout petit canoë, dit madame Henderson, en regardant fixement dans la même direction que moi.

Brooks était assis au milieu du lac dans un canoë minuscule, apparemment indifférent au martèlement de la pluie.

– Il ne va là-bas que lorsqu'il pleut, jamais quand il fait beau.

Je penchai la tête et lançai à madame Henderson un regard interrogateur. Elle haussa les épaules avant de poursuivre.

– Pas mal de gens en ville pensent qu'il y va quand il y a de l'orage dans l'idée de se noyer.

Mais moi, je savais que ce n'était pas vrai. Moi, je savais que le meilleur endroit pour tenter de respirer, c'était sous l'eau.

35

BROOKS

Lorsque la pluie se calma, je me mis à ramer pour rentrer au chalet. Il était tard, environ onze heures du soir, quand les nuages chargés de pluie décidèrent de continuer leur route vers le village suivant. J'arrimai le canoë au ponton et passai mes mains dans mes cheveux trempés pour les essorer.

– Merde, marmonnai-je, frigorifié.

Je n'avais qu'une chose en tête, rentrer au chalet, me changer et me mettre au lit. Pourtant, alors que je m'approchais, je sentis ma poitrine se serrer en constatant que quelqu'un était allongé dans la balancelle sous le porche, endormi.

Foutus paparazzi. Ce ne serait pas la première fois qu'ils essaieraient de camper devant le chalet dans l'espoir de me soutirer des informations, mais normalement, Lucas, le shérif, réussissait à les tenir à distance.

Après des heures de solitude passées sur l'eau, je n'étais pas d'humeur à me payer un taré planté devant la maison pour me prendre en photo.

Je marchai d'un pas décidé vers le porche en râlant.

– Écoute, espèce de connard. Tu n'as vraiment rien de mieux à faire que prendre des putains de photos de...

Je m'arrêtai net en voyant une Maggie tout endormie ouvrir de grands yeux, inquiète et sur le qui-vive. Elle sursauta, effrayée, et porta les mains à son cou. Quand son regard croisa le mien, elle les laissa retomber.

– Maggie ?

Je m'étranglai, doutant moi-même de ce que je voyais. Ma poitrine se serra encore plus.

– Mais qu'est-ce que tu fous là, bon sang ? aboyai-je, un peu décontenancé, un peu en colère, mais content. Surtout content.

Tellement content de la voir.

Elle farfouilla derrière elle, à la recherche de quelque chose. Quand elle se releva, elle tendait une ardoise à bout de bras, et je me mis à lire ma propre écriture.

Un jour tu vas te réveiller et quitter ta maison, Magnet, et tu vas découvrir le monde. Un jour tu iras voir le monde entier, Maggie May, et ce jour-là, quand tu sortiras et que tu prendras ta première bouffée d'air, je veux que tu viennes me chercher. Quoi qu'il arrive, viens me chercher, parce que je serai celui qui te le montrera. Je vais t'aider à rayer des choses dans ta liste. Je vais te montrer le monde entier.

Elle se mit debout. Ses vêtements étaient tout trempés comme si, elle aussi, était restée sous la pluie toute la soirée. Elle éternua et se mit à trembler de froid.

Maggie était là, à me regarder avec de grands yeux, en attendant que je dise quelque chose, n'importe quoi. Tant de choses me passaient par la tête tandis que nous nous regardions fixement, mais je n'avais pas le droit d'avoir ces pensées. Je ne croyais pas avoir le droit de penser qu'elle me manquait. Je ne croyais pas avoir le droit de la tenir dans mes bras. Je ne croyais pas avoir le droit de l'aimer.

Moi qui ne faisais rien d'autre que boire et dormir, en m'apitoyant sur mon sort.

Elle méritait mieux que ma tristesse. Comment pourrais-je lui faire découvrir le monde alors que je faisais tout ce que je pouvais pour l'éviter, ce monde ?

– Viens te sécher à l'intérieur.

Je vis le petit frémissement de tristesse la secouer quand elle hocha la tête. C'était presque comme si elle avait espéré que je bouclerais mon sac et partirais avec elle en voyage pour accomplir tout ce qu'il y avait sur sa liste.

Pour la première fois, j'avais le sentiment de vraiment la décevoir.

Nous entrâmes dans le chalet et aussitôt je remarquai les valises dans le salon.

– C'est à toi ?

Elle fit oui de la tête.

– Je reviens tout de suite.

J'allai dans ma chambre et tout droit dans la salle de bain pour me passer de l'eau sur le visage.

– Bon sang, Brooks. Ressaisis-toi.

Ça m'avait secoué de revoir Maggie. C'était difficile d'être renvoyé à d'aussi beaux souvenirs alors que ces derniers temps je pataugeais dans la laideur. La revoir me donnait envie de respirer, alors que depuis quelques semaines je n'avais réussi qu'à retenir ma respiration.

En ressortant je la trouvai en train de se sécher les cheveux avec une serviette tout en fouillant dans sa valise à la recherche d'un pyjama.

– Comment es-tu venue ?

Elle griffonna. ***Cheryl.***

Je soupirai.

– Il est tard et je suis un peu bourré, impossible donc de te raccompagner chez toi avant demain. Tu peux passer une nuit ici, mais demain tu devras partir. Je vais te montrer une chambre.

Elle fit ce que je lui disais et je la conduisis à la chambre européenne.

– Tu peux dormir là, et je te ramènerai chez toi demain matin, à la première heure, Maggie. Il y a un reste de pizza dans le frigo si tu as faim, et des sodas. Bonne nuit.

Je ne m'attardai pas. Je ne voulais entamer aucune sorte de conversation avec Maggie ce soir-là, parce qu'elle était douée pour faire paraître les choses sous un meilleur jour. Je ne voulais pas me sentir mieux.

Je ne voulais rien ressentir du tout.

Je m'apprêtais à sortir, lorsque ses doigts se posèrent sur mon avant-bras. Je fermai les yeux.

– Maggie, je murmurai en marquant un instant d'hésitation.

Aussitôt elle m'attira vers elle. Je croisai ses yeux bleus, et elle me fit son plus beau sourire.

– Je ne peux pas faire ça, pas pour l'instant.

Elle ne me lâcha pas. Je me dégageai et reculai.

– Je ne peux pas. Je suis désolé, je ne peux pas.

Je sortis de la chambre sans me retourner pour voir sa réaction. Je rentrai dans ma chambre en claquant la porte, me saisis de ma bouteille de Jack Daniel's et tentai d'oublier ce que cela faisait de ressentir à nouveau.

* * *

– Pourquoi est-ce que tu prépares le petit déjeuner ? Il faut qu'on y aille, aboyai-je le lendemain matin en voyant Maggie dans la cuisine, qui faisait des pancakes.

Je ne comprenais pas. J'avais été bref avec elle la veille au soir. J'avais été clair, nous devions partir sans attendre.

Elle ne se retourna même pas pour me montrer si elle m'avait entendu. Elle continua à préparer le repas.

– Maggie !

J'avais hurlé, mais toujours pas de réaction.

Je roulai des yeux, allai vers le frigo et l'ouvris pour en sortir une bière. Mais il n'y en avait plus une seule.

– C'est quoi ce...

Très bien. J'allai vers le placard à alcools et l'ouvris en grand : il était vide. Je grognai.

– Tu te fous de moi ? Maggie, où sont mes bouteilles ?

Pas de réponse.

– Bon Dieu, Maggie. Tu es muette, pas sourde !

Elle se tourna vers moi, plissa les yeux et me jeta un regard assassin, ce qui me força à m'excuser.

– Non mais, sérieux, où est ma bibine ?

Elle montra du doigt les bouteilles qu'elle avait vidées dans l'évier. Mon estomac se serra et je pris une grande inspiration.

– Il faut que tu rentres chez toi, Maggie. Tu vas aller chercher tes valises et je te ramène chez toi, tout de suite.

Elle vint vers moi et posa une main sur ma joue en un geste de consolation. Puis elle effleura du bout des doigts la cicatrice qui barrait mon cou. Je fermai les yeux. C'était trop. Ce contact me donnait trop de réconfort.

– Tu n'es pas censée être ici, dis-je en posant la main sur la sienne.

Je m'éclaircis la voix.

– Je t'ai dit que j'avais besoin d'espace...

J'avalai ma salive avec difficulté.

Elle frôla mes lèvres des siennes et leva la main droite. *Cinq minutes.*

Je fermai les yeux.

– Je ne peux pas...

Elle m'attira plus près et posa les mains sur mon torse. Quand je rouvris les yeux, elle me fixait d'un regard plein d'espoir.

– D'accord.

Je changeai de position et pris ses mains dans les miennes.

– Cinq minutes.

La première minute, j'eus toutes les peines du monde à la regarder dans les yeux. Elle me rappelait tout ce que j'avais toujours voulu et tout ce que j'avais déjà perdu. La deuxième minute, elle me rappela les meilleurs moments de ma vie. À la troisième minute, je pensai à la musique. Maggie me faisait toujours penser à la musique. Elle était ma musique.

Elle se rapprocha et je fis un pas en arrière, incapable de maintenir la connexion plus longtemps.

Je secouai la tête.

– Non. Tu ne peux pas me réconforter. Je suis désolé. Je ne peux pas être avec toi. Je suis désolé, Maggie. Je vais aller en ville pour la journée, et quand je reviendrai, je t'en prie, sois prête à partir.

Je tournai les talons, gêné par ma propre brutalité, et en passant la porte, je lui assenai ma vérité.

– Tu ne peux rien pour moi, Maggie. Tu dois me laisser couler.

36

MAGGIE

Je refusais de partir et cela le mettait en rogne.

Tous les jours j'avais droit à deux versions différentes de Brooks Tyler Griffin. La première c'était le silencieux, qui passait devant moi sans me dire un mot. Depuis le temps que je le connaissais, jamais il ne m'avait donné le sentiment d'être invisible, jusqu'à ce que je vienne dans ce chalet.

La deuxième version de Brooks, c'était celle du connard ivre et grossier. Cette facette de sa personnalité, je ne savais même pas qu'elle existait. Il rentrait très souvent à la maison en titubant, complètement soûl, et il venait vers moi pour me dire qu'il était un gros nul, et que je ferais mieux de tourner la page et de vivre ma vie, parce que nous ne serions jamais ensemble de toute façon. Nous n'avions aucun avenir commun.

– Je veux dire, regarde-toi. Tu restes plantée là à m'attendre. Qu'est-ce qui cloche chez toi ? dit-il d'une voix pâteuse, en titubant sur le seuil de ma chambre à trois heures du matin, une nuit. Arrête de te ridiculiser, Magnet. Il ne se passera rien. Tu n'as pas une sorte de liste qui t'attend ? dit-il en ricanant tout en s'écroulant contre le mur. À moins que tu n'aies trop peur de faire les choses toute seule ?

C'est au cours de nuits comme celle-là que j'avais le plus envie de partir. Des nuits où j'avais envie de jeter l'éponge et d'abandonner Brooks à son propre malheur.

Mais alors, je me raccrochais à ma chaîne avec son ancre et je me rappelais toutes les fois où lui était resté à mes côtés.

Le soir, je prenais des bains, je m'enfonçais sous l'eau et je me répétais. *Ce n'est pas lui. Ce n'est pas lui. Ce n'est pas mon amour...*

Si je m'éloignais de lui au moment où les choses devenaient trop difficiles, qu'est-ce que cela dirait de moi ? Comment pourrais-je me pardonner s'il sombrait dans les ténèbres et s'y perdait ? Quand j'avais eu le plus besoin de lui, il avait toujours été là, et je lui devais de faire la même chose pour lui.

Être amoureux de quelqu'un ne voulait pas dire qu'on ne l'aimait que quand le soleil brillait. Cela voulait dire qu'on était de son côté les soirs d'orage aussi.

Il n'aimait plus la personne qu'il voyait en se regardant dans la glace. Il ne voyait plus la personne drôle, charmante, maladroite qu'il était avant. Il ne riait plus, et j'avais du mal à me rappeler la dernière fois où je l'avais vu sourire.

C'était mon boulot de le lui rappeler.

C'était mon boulot d'être son ancre.

C'était mon boulot de rester et de l'aimer dans les épreuves.

***

Dans les pires moments, il fallait que je m'éloigne de Brooks, que je prenne le large. J'allais en ville et j'explorais les petites boutiques. Mais je n'avais pas prévu à quel point ce serait dur pour moi. Tout m'agressait – les odeurs, les bruits, les gens. Mon esprit était constamment sur le qui-vive, m'avertissant des dangers du monde. La simple pensée que je ne savais pas ce qui m'attendait au coin de la rue m'horrifiait.

Lorsqu'un homme me percuta accidentellement, je trébuchai et tombai à la renverse, tremblant de peur. Il se répandit en excuses en essayant de m'aider à me relever, mais j'étais trop honteuse pour accepter son aide.

Comme je ne pouvais pas retourner au chalet, j'étais allée à l'endroit qui me rappelait le plus la maison : la bibliothèque. Chaque fois que j'allais à la bibliothèque de Messa, je m'asseyais dans un coin pour lire afin d'oublier le monde. Madame Henderson venait toujours me voir et me glissait un carré de chocolat en me faisant un clin d'œil.

– Le règlement interdit de manger ou de boire dans la bibliothèque, mais étant donné votre capacité à vous fondre dans le décor, je pense qu'on peut fermer les yeux.

Merci.

– Je vous en prie.

Un jour elle tira l'autre chaise et, après avoir marqué une pause :

– Ça ne vous dérange pas un peu de compagnie, aujourd'hui ?

Je lui fis signe de s'asseoir. Quelqu'un qui m'apportait du chocolat tous les jours avait le droit de s'asseoir à côté de moi.

– Qu'est-ce que vous lisez ?

Je lui montrai la couverture.

– Ah, *Persuasion* de Jane Austen. C'est un de ses romans que je préfère. Juste après *Northanger Abbey*.

Je hochai la tête pour lui dire que j'étais d'accord, appréciant le jugement avisé que madame Henderson portait sur l'œuvre de Jane Austen.

Elle sortit un carré de chocolat de sa poche et le mit dans sa bouche.

– J'aime à penser que *Persuasion* est un équilibre parfait de profondeur et de merveilleux divertissement.

Cette femme comprenait ce qui faisait les ingrédients d'une histoire formidable.

– Au fait, je vous ai dit que mon mari était le shérif, ici, hein ?

Oui.

Elle sourit.

– Si vous connaissiez Lucas, vous penseriez qu'il est fait du plus doux morceau de chocolat. Sa voix est incroyablement apaisante et c'est une personne si ouverte que tout le monde l'aime immédiatement. Il y a en lui une étincelle, et quand il pénètre dans une pièce, toute l'énergie se concentre pour en faire un endroit plus brillant. C'est l'amour de ma vie, et je crois pouvoir dire que ce Brooks est l'amour de la vôtre, je me trompe ?

Non, il l'est.

Elle mit un autre morceau de chocolat dans sa bouche.

– Quatre-vingt-quinze pour cent de mon mariage ont été des moments de pur bonheur. Épouser Lucas est ce que j'ai fait de mieux dans ma vie, mais à un point de notre histoire, les cinq pour cent restant ont pris le dessus. Nous vivions dans une banlieue, et Lucas travaillait de nuit comme agent de police. Il parlait très peu de tout ce qu'il voyait dans son travail, mais je me rendis compte que cela l'affectait. Il se mit à moins sourire, il ne riait presque plus et trouvait à redire à tout ce que je faisais. Il élevait constamment la voix sur moi et se mettait à hurler pour des choses ridicules. Le lave-vaisselle qui fuyait, le livreur de journaux qui avait jeté le journal dans les buissons sans le faire exprès. C'était le genre de détails qui le rendaient fou, et il s'en prenait à moi. Je faisais le dos rond, en me disant qu'il avait eu une mauvaise journée. Mon doux Lucas avait une vie professionnelle éprouvante. Il faisait un boulot où la mort était plus présente que la vie. Il lui arrivait parfois d'entrer dans des maisons où des enfants avaient perdu la vie, pris dans le feu croisé des disputes de leurs parents. Il était fatigué, alors j'ai partagé son épuisement. Je me disais que j'étais son roc, et que par conséquent je devais faire front pour nous deux.

J'écoutai parler madame Henderson, sans ciller.

– Mais le truc avec les rocs, c'est que même s'ils sont forts, ils ne sont pas indestructibles. Si on frappe de façon répétée sur une pierre avec une masse elle finit toujours par se fissurer. Cela nous a demandé beaucoup d'efforts, mais nous avons réussi à nous en sortir, à partir du moment où je me suis défendue en rappelant à Lucas que j'étais sa femme, pas son punching-ball.

Madame Henderson se pencha vers moi et me mit un carré de chocolat dans la main.

– Je la vois dans vos yeux, ma petite fille, la façon dont vous vous chargez de sa douleur. La façon dont vous craquez alors que vous voulez paraître forte. J'ai lu un certain nombre d'articles concernant Brooks et ils sont plus que sévères. Brooks est une âme tendre. C'est probablement pour cela qu'il a tant de mal à supporter toute cette attention des médias. Les âmes tendres sont celles qui souffrent le plus quand le monde se retourne contre elles. C'est pour cela que votre rôle auprès de lui est si important. Vous êtes sa vérité. Alors, aidez-le, mais défendez-vous. Ne devenez pas son punching-ball, Maggie. Aimez-le mais aimez-vous vous-même aussi. Le fait qu'il souffre ne lui donne pas le droit de vous faire souffrir. Vous me promettez de prendre soin de vous ?

Je vous le promets.

– Très bien.

Elle sourit et nous nous mîmes à parler de sujets beaucoup plus joyeux.

– Je ne crois pas vous avoir jamais demandé ce que vous avez l'intention de faire dans la vie ? Quelle carrière envisagez-vous ?

En fait, je poursuis des études pour devenir bibliothécaire.

Madame Henderson mit le dernier carré de chocolat dans sa bouche et me fit un sourire malicieux.

– Eh bien, ma chérie, je vous conseille vivement d'y réfléchir. Si je peux vous parler franchement, je pense que vous parlez beaucoup trop pour pouvoir travailler dans une bibliothèque. Vous n'avez jamais songé à faire de la politique, plutôt ? Les politiques parlent tout le temps alors même que bien souvent ils n'ont pas grand-chose à dire.

Je souris. Il aurait fallu plus de femmes comme elle sur cette terre. Plus de personnes qui soient comme le roman *Persuasion* : un mélange parfait de profondeur et de moments divertissants.

* * *

Le vendredi suivant, Brooks n'était toujours pas rentré à deux heures du matin. Il avait plu sans discontinuer et je n'arrivais pas à dormir en entendant l'orage qui grondait. Assise dans le salon, j'écoutais le juke-box de madame Boone égrener toutes ses chansons, et j'attendais que la porte s'ouvre.

Elle finit par s'ouvrir et j'étouffai un cri quand elle claqua.

Brooks deuxième version entra ivre et dégoulinant d'eau après tout ce temps passé sur le lac.

– C'est quoi, ce bordel ? siffla-t-il en regardant le juke-box.

En cinq enjambées il alla jusqu'à l'appareil et le débrancha.

– Je ne veux pas entendre ça.

Ronchon.

Chaque fois que je mettais de la musique, il m'obligeait à l'arrêter.

J'allai le rebrancher.

Moi, j'avais envie de l'écouter.

Il se redressa de toute sa hauteur et bomba le torse.

– Tu n'as pas le droit de faire ça, Maggie. Tu n'as pas le droit de venir ici et de passer cette merde.

Il débrancha une nouvelle fois l'appareil, et je le rebranchai.

– Bon sang de bonsoir, tu vas t'en aller ? Je ne veux pas de toi ici. Mets-toi bien ça dans la tête. Je ne veux pas de toi, ici ! Tu me rends dingue. J'en ai plus que marre de ces conneries. Plus que marre que tu essaies de t'introduire de force dans ma vie, de m'obliger à aller mieux, à faire des choses pour lesquelles je ne suis pas prêt. De quel droit, putain ? Pendant plus de vingt ans je t'ai laissé faire tout ce que tu avais à faire pour surmonter ce que tu avais à surmonter. Je ne t'ai jamais poussée, je ne t'ai jamais mis la pression, mais toi c'est ce que tu fais, maintenant. Quand tu m'as dit de partir, il y a des années, je suis parti. Je t'ai laissé de l'espace. Pourquoi tu ne peux pas en faire autant ? Tu m'étouffes en essayant de me sauver. Mais tu ne vois pas que je n'ai pas besoin que tu me sauves ? Je ne veux pas être sauvé. Je suis fini. Je veux seulement que tu rentres chez toi. Tu ne peux pas me foutre la paix, putain ?!

Je tremblais de tous mes membres en entendant ses paroles, qui me faisaient l'effet d'une gifle.

Il se détourna en se passant les doigts dans les cheveux, énervé, furieux.

Plus il se mettait en colère, plus cela m'agaçait. Une nouvelle fois, il débrancha le juke-box, et je le rebranchai.

Dès qu'il s'approchait de moi, son haleine chargée de whisky parvenait à mes narines. En tirant une dernière fois sur le cordon d'alimentation, Brooks bouscula le juke-box de la main droite.

– Ça suffit maintenant ! Pourquoi ? Pourquoi tu ne veux pas me foutre la paix, putain, alors que je t'ai laissée tranquille il y a tant d'années ? Va te faire voir, toi et ta musique, ton espoir, et ta liste de choses à faire. Si tu attends après moi, ça n'arrivera jamais, Maggie.

Chacun de ses mots était un coup, chacun de ses mots m'envoyait à terre.

– Tu perds ton temps, alors s'il te plaît, sors de ma putain de...

– TU M'AVAIS PROMIS ! hurlai-je, ma voix se brisant sur les mots qui sortaient de ma bouche.

Je portai vivement les mains à mes lèvres, et mon estomac se serra. Est-ce que c'était moi qui avais dit ça ? Est-ce que ces mots étaient venus de moi ? Est-ce que c'était ma voix ? Mes mots ?

Il me dévisagea, décontenancé, frappé de stupeur au son de ma voix. Il baissa les yeux vers mes lèvres et fit un pas en avant.

– Redis ça, dit-il d'une voix suppliante.

– Tu m'avais promis.

Je m'approchai de lui, incapable de dissimuler mes tremblements. Je baissai les yeux vers le sol avant de les relever.

– Tu m'avais promis d'être mon ancre, et je m'étais toujours juré d'être la tienne si jamais tu venais à avoir besoin de moi. Je suis ici à cause de ces promesses que nous nous étions faites, mais là, tout de suite, je ne te reconnais plus, murmurai-je. Le garçon que j'ai connu n'aurait jamais hurlé sur moi. Jamais. Le garçon que je connaissais ne se serait pas rabaissé à ce niveau.

– Maggie.

– Brooks.

Il ferma les paupières en m'entendant prononcer son nom.

– Encore ?

– Brooks, murmurai-je.

Lorsqu'il rouvrit les yeux je m'étais approchée. Je posai le bout des doigts sur sa poitrine.

– Brooks... s'il te plaît, arrête. Arrête de me repousser. Je veux t'aider, mais tous les jours tu me rembarres avec ta colère, ta douleur, et je n'en peux plus. Je ne peux pas continuer à être ton punching-ball. Arrête. C'est à toi que tu fais ça. Arrête de te noyer toi-même, dis-je d'une voix suppliante. C'est trop, et je sais de quoi je parle. Cela fait des années que je me noie. Tu es là à te détruire, un peu plus à chaque seconde, comme si tu étais tout seul, mais tu ne l'es pas.

Je lui pris les mains et les posai sur ma poitrine.

– Je suis là. Je suis là pour toi, mais tu dois arrêter de me frapper avec tes mots. Tu dois arrêter de te comporter comme si c'était moi l'ennemi, dans toute cette histoire.

Je lui lâchai les mains. Il continuait de me fixer d'un air stupéfait, sous l'effet de ma voix, peut-être ? À moins que ce ne soient les mots qui sortaient de ma bouche.

– Cela va être dur. Très dur. Je ne renonce pas, mais tu n'as pas le droit de me traiter comme ça, Brooks. Tu n'as pas le droit de devenir quelque chose que tu n'es pas. Tu n'es pas un monstre. Tu es tout le contraire d'un monstre. Tu es délicat et gentil, et drôle, et tu es mon meilleur ami. Tu le sais. Alors je ne partirai pas d'ici tant que tu ne l'auras pas retrouvée.

– Retrouvé quoi ?

Je posai les mains sur sa poitrine et l'embrassai doucement sur la joue avant de murmurer :

– Ta voix.

37

BROOKS

Tu avais promis.

Sa voix. Ses premiers mots depuis des années, et ils étaient dirigés contre moi en raison de sa frustration. La vérité derrière ces mots me maintint éveillé toute la nuit. Ça et le son de sa voix. Je détestais l'idée que sa voix était réapparue au moment où elle était en colère et blessée. Je détestais l'idée que c'était moi qui l'avais poussée à cette extrémité.

Qu'étais-je devenu ?

– Maggie, murmurai-je vers cinq heures du matin.

Je tapai doucement sur son épaule alors qu'elle dormait dans son lit.

– Maggie, réveille-toi.

Elle s'agita un moment avant de bâiller et de se frotter les yeux. Elle haussa un sourcil, étonnée.

– Je sais qu'il est tôt, mais je voudrais te montrer quelque chose.

Elle hocha la tête et je me demandai si j'avais imaginé sa voix un peu plus tôt dans la soirée. Elle sortit du lit et je la conduisis à l'arrière du chalet, sur le ponton, où je m'assis. Elle fit comme moi, s'asseyant à mes côtés.

Elle pencha la tête et me regarda en plissant les yeux, intriguée.

– Numéro soixante-sept sur ta liste de choses à faire. Contempler un lever ou un coucher de soleil sur l'eau.

Un petit soupir s'échappa de ses lèvres et elle leva les yeux vers le ciel encore sombre où apparaissaient les premières lueurs de l'aube.

– Tu t'agites beaucoup dans ton sommeil, dit-elle.

– Ouais, je sais.

– Tu te réveilles en sueur, aussi ? Est-ce que ça t'arrive d'avoir l'impression que tu te noies et même si tu sais que ce n'est pas vrai, tu as l'impression d'être là-bas de nouveau ?

Hochements de tête répétés.

– Oui, oui. Tout à fait. C'est difficile de décrire ce qui se passe dans ma tête. Tout le monde me dit que je vais rebondir, mais les souvenirs, les voix dans ma tête...

– Ils sont réels. Les voix. Les flashs. Les peurs. Tout ça est réel, Brooks, et peu importe le nombre de fois où tu essaieras de décrire cela à quelqu'un qui n'a jamais subi de traumatisme, cette personne ne comprendra pas. Ce qui t'est arrivé a dû être terrifiant. Je sais ce que c'est que d'avoir un sommeil agité. Je connais les sueurs. Je connais cette impression que tout recommence, sans arrêt, tout au long de la journée.

Je baissai la tête.

– Ça a été comme ça pour toi, depuis que tu as dix ans ?

– Ben ouais. C'est pour ça que je ne pouvais pas te laisser. Je sais ce que ça fait d'avoir peur de recommencer.

– Je me sens stupide pour mes réactions, maintenant… et égoïste. Tu as supporté ça toute ta vie, et tu n'as pas une seule fois fait preuve de froideur. Tu n'as jamais tourné le dos à personne. J'ai été dégueulasse avec toi, Magnet. Je suis tellement désolé.

Elle haussa les épaules.

– Chacun a sa manière de gérer ses traumatismes. Le fait que j'aie réagi différemment à mes propres problèmes ne veut pas dire que tu devais réagir comme moi. Ce qui s'est passé était traumatisant et je comprends parfaitement que tu aies peur de la musique, à cause de ce qui t'est arrivé. Tu trouves que c'est injuste. La chose que tu aimes le plus t'est refusée, pour l'instant. Mais tu y arriveras, Brooks. Tu vas trouver ton chemin.

– J'ai pris ma guitare l'autre jour. Elle était posée dans un coin de la pièce, et sans réfléchir, je l'ai prise, quand soudain je me suis rappelé que je ne pouvais plus jouer. Alors au lieu d'être triste, je me suis mis en colère. Je me suis soûlé pour faire partir la douleur. Mais après que le brouillard s'est dissipé, la douleur était toujours là.

– Cela va faire mal. C'est douloureux, c'est dur, et cela fait vraiment, vraiment mal, putain. Cela fait mal pendant si longtemps que quelquefois tu te dis que cela ne s'arrêtera jamais. C'est ça qui est beau dans la souffrance, remarque.

– Quoi ?

– La force que cela te donne pour continuer à avancer. Même quand, le matin, tu penses que tu ne vas pas y arriver, quand vient le soir, tu te rends compte que tu l'as fait. C'est ce que je préfère dans la vie : quoi qu'il se passe, elle continue.

– Et quelle est la chose que tu aimes le moins dans la vie ? je demandai.

Elle baissa la tête, s'abîmant dans ses pensées, puis releva les yeux vers le ciel.

– C'est que, quoi qu'il se passe, elle continue.

Ma main était posée sur le ponton, et quand ses doigts trouvèrent leur chemin jusqu'à moi, nous nous serrâmes l'un contre l'autre pour regarder le ciel qui rougissait à l'horizon.

– Excuse-moi.

Je m'éclaircis la voix, me sentant idiot.

– Je suis désolé d'avoir été si froid et grossier, Maggie. Tu ne méritais absolument pas ça. J'essayais seulement de t'éloigner parce que je m'autodétruisais. Je ne voulais pas que tu sois là pour assister au spectacle. J'avais de l'eau jusqu'au cou et j'étais prêt à m'enfoncer. Et soudain, ta voix m'a fait remonter. Ta voix m'a sauvé. Je suis encore un peu cabossé, mais je t'ai fait une promesse. Je t'ai promis qu'un jour je te montrerai le monde, et c'est ce que je vais faire. Je ne peux pas te jurer que je n'aurai pas mes mauvais jours, mais je te promets que je me battrai pour les bons. Je me battrai pour toi, Magnet. De la même façon que tu t'es battue pour moi.

– Tu es resté à mes côtés pendant vingt ans, Brooks. Je pense que je pourrai supporter que tu aies quelques journées mouvementées.

Elle se mit à rire, et j'adorais ce rire.

– De plus tu as connu mes ténèbres. Ce n'est que justice que je sois en mesure de connaître les tiennes, moi aussi.

– Ta voix, Maggie... je ne crois pas que tu te rendes compte de l'effet qu'elle a sur moi.

Elle rit, et mon amour pour elle redoubla.

– Je me demandais comment elle sonnerait. Elle te plaît ?

– Si elle me plaît ? Je l'adore.

– Elle n'est pas trop...

Elle se tortilla et fronça le nez.

– Grinçante ? Ou enfantine ?

Elle prit une voix grave et profonde, totalement contre nature.

– Devant la glace, hier soir, j'ai exercé ma voix pour la rendre séduisante. Ça te plaît ?

Je ne pouvais pas m'arrêter de rire.

– Elle te plaît, non ? dit-elle d'une voix grave comme l'enfer, et maladroite par manque de pratique. Tu trouves que cette voix est sexy. Tu as terriblement envie de me sauter.

– Ouais, c'est vrai, mais sans cette voix, en fait. Là, c'est comme si tu fumais six paquets de clopes par jour.

Elle se mit à glousser en me donnant des coups de coude dans le bras. Nous riions et parlions comme si le fait de communiquer sans une ardoise était naturel entre nous. Cela se faisait sans effort. Pour dire la vérité, si j'avais pu rester là en silence à écouter sa voix pour le restant de mes jours, j'aurais été heureux.

Elle se rapprocha de moi quand le soleil commença à se lever.

– Ça va, aujourd'hui, Brooks ? murmura-t-elle.

En me posant la question que je lui avais posée presque tous les jours de sa vie, elle déclencha des frissons qui coururent tout le long de ma colonne vertébrale.

Je serrai sa main deux fois. *Oui.*

Nous n'ajoutâmes pas un mot.

Cinq minutes avant qu'elle ne s'assoie sur mon ponton, j'étais complètement paumé.

Au bout de cinq minutes passées assis face à elle, je commençai à retrouver mon chemin pour rentrer chez moi.

* * *

Maggie continuait à s'agiter dans son sommeil. Plus autant qu'avant, mais quand même, certaines nuits les ténèbres l'engloutissaient. Une nuit où nous dormions à côté l'un de l'autre, je fus réveillé par les sons de sa détresse. Le corps trempé de sueur, elle se murmurait quelque chose à elle-même. Je ne voulais pas la réveiller parce que je savais que rien n'était pire que d'être tiré de ses cauchemars avant que ceux-ci ne soient prêts à disparaître. J'attendis qu'elle me revienne.

Quand elle le fit, elle étouffa un cri, ouvrit les yeux, et j'étais juste là pour la réconforter. Instinctivement elle porta les mains à son cou, puis elle respira profondément pour se détendre. Avec les années, il semblait qu'elle avait appris à mieux contrôler ses crises de panique.

– Tout va bien. Je suis là.

Maggie se redressa et passa ses cheveux derrière ses oreilles.

– Sur une échelle de un à dix, c'était mauvais à quel point ? je demandai.

– Huit.

Je l'embrassai sur le front.

– Est-ce que je t'ai réveillé ? demanda-t-elle.

– Non.

Elle sourit.

– Menteur.

Elle se retourna dans les draps et remonta ses genoux sur sa poitrine, en s'agitant sans arrêt. Je voyais qu'une partie de son esprit continuait à vivre dans son cauchemar.

– Dis-moi ce dont tu as besoin. Dis-moi ce que je peux faire.

– Juste me tenir dans tes bras, répondit-elle.

Elle ferma les yeux.

Je me glissai plus près d'elle et la pris dans mes bras. Mon menton reposait sur le sommet de sa tête tandis que je la serrais contre moi.

Je posai les lèvres sur son front et l'embrassai doucement. Mes lèvres s'attardèrent sur ses larmes que j'effaçai de mes baisers. Puis elles se déplacèrent jusqu'à sa bouche alors que je la regardais inspirer et expirer. Je fermai les yeux en effleurant ses lèvres. Elle répondit à mon baiser. Son souffle devint le mien et le mien se mélangea au sien.

– Tu vas bien, ce soir, je te le promets.

Et si ce n'était pas vrai, cela le serait au matin. Dans un cas comme dans l'autre, je resterais à ses côtés.

Elle appuya ses lèvres sur les miennes, accentuant la pression de ses doigts sur mon torse. Je passai la langue sur sa lèvre inférieure avant de la sucer doucement.

– Moi aussi j'ai fait un cauchemar, lui dis-je. J'avais l'impression de me noyer encore une fois.

– Tu veux en parler ? murmura-t-elle.

Je fermai les yeux et je revis l'eau. Je la sentais sur moi. Elle était tellement réelle, tellement froide, tellement présente. Alors Maggie embrassa mes lèvres et me rappela que je n'étais pas obligé de me noyer seul.

– Oui, répondis-je.

– Raconte-moi ce que tu as ressenti, dit-elle d'une voix très attentionnée. Dis-moi ce que tu as éprouvé dans l'eau.

– De la panique. Tout est arrivé très vite, mais dans ma tête c'était comme au ralenti. J'avais la tête qui tournait en essayant de remonter sur le bateau.

Elle posa les lèvres sur la cicatrice de mon cou, et elle l'embrassa délicatement, avant de descendre le long de mon omoplate.

– Quand l'hélice m'a heurté la première fois, j'étais sûr que c'était fini. J'étais certain que j'allais mourir. J'ai l'air de dramatiser quand je le dis comme ça...

Maggie m'interrompit.

– Je ne pense pas du tout que tu dramatises.

– Maintenant j'ai ces cauchemars et c'est comme si tout recommençait. Je sens la froideur de l'eau. Je sens l'hélice qui déchire ma peau et je me réveille, m'attendant à saigner.

Je tendis le bras en regardant fixement ma main blessée.

Ses lèvres descendirent le long de mon bras gauche, et plus elle approchait de ma main, plus je me crispais.

– Quel effet ça fait ? demanda-t-elle en déposant son baiser sur mon avant-bras.

– Il y a toujours ces sortes de douleurs fantômes. C'est comme si quelqu'un pinçait mon doigt super fort tout en braquant un chalumeau dessus. Ça va et ça vient, en fait. Quand j'ai froid, ma main devient violette. Je déteste les cicatrices. Elles me ramènent constamment à ce qui est arrivé.

– Tout le monde a des cicatrices. Certaines personnes sont seulement meilleures pour les cacher.

Je souris et l'embrassai sur le front.

– Franchement, je crois que les angoisses et les flash-back sont ce qu'il y a de pire.

Son regard se voila.

– Ouais. Je sais de quoi tu parles.

Elle s'assit et se mordilla la lèvre inférieure.

– Je peux te parler de mes cicatrices, moi aussi ?

– Bien sûr.

La voix de Maggie était hésitante. Je lus dans ses yeux la peur qu'elle ressentait à l'idée de faire revivre par la parole ce qui était arrivé dans les bois toutes ces années auparavant. J'avais pressenti à quel point ce serait difficile pour elle, mais même avec la voix tremblante, elle parla.

– Elle s'appelait Julia. Parfois ma mémoire essaie de me faire croire que c'était Julie, mais non, c'était bien Julia, dit-elle.

– Qui ?

– La femme qui est morte dans les bois.

À mon tour, je me redressai dans le lit, prêtant plus d'attention à ses paroles.

– Elle s'appelait Julia et elle allait quitter son mari.

Elle me raconta en détail ce qui était arrivé. Elle me dit à quoi il ressemblait, elle me raconta la couleur des cheveux de Julia, sa panique, ses larmes. Elle se rappelait les odeurs, son contact, sa voix. Depuis plus de vingt ans, Maggie revivait l'horreur encore et encore, n'oubliant pas le moindre détail. Alors qu'elle avançait dans son récit, son corps se mit à trembler, mais elle ne s'arrêta pas. Elle continua à me raconter le scénario de la journée qui avait changé sa vie. Je l'écoutai, sentant la colère monter en moi, et la peur, et la tristesse en pensant à ce qu'elle avait vécu. Je ne pouvais pas imaginer voir les choses qu'elle avait vues, enfant. Je ne pouvais pas imaginer tourner la page après avoir vu quelqu'un se faire assassiner sous mes yeux.

– Je pensais que j'allais mourir, moi aussi, Brooks. De la même façon que tu as cru que ta vie allait s'arrêter – c'est ça que j'ai ressenti. Cela aurait pu tourner comme ça, d'ailleurs. Si tu étais tombé en avant, l'hélice aurait pu mettre fin à tes jours. Si je n'avais pas réussi à échapper à cet homme, il m'aurait tuée.

– Comment as-tu fait pour lui échapper ?

Elle battit des paupières et ses yeux s'embuèrent.

– Tu m'as appelée, et tu l'as fait fuir. Tu m'as sauvé la vie.

– Eh bien, j'imagine que nous sommes quittes, parce que tu as sauvé la mienne, toi aussi.

Nous demeurâmes éveillés jusqu'au petit matin, à parler de nos traumatismes, exprimant toutes les blessures et les peurs auxquelles nous étions confrontés l'un et l'autre. Même si c'était dur, c'était nécessaire pour elle comme pour moi. C'était libérateur de donner vie à nos problèmes par la parole. Beaucoup des moments de cette nuit furent rudes, et parfois nous dûmes faire des pauses pour prendre cinq minutes pour penser à respirer. Pourtant, j'étais heureux de tout ça, j'étais reconnaissant des moments calmes comme des moments douloureux. Je lui étais reconnaissant de me laisser frotter mes blessures aux siennes. Je lui étais reconnaissant de laisser ses plaies saigner sur mon âme.

– Embrasse-moi, m'ordonna-t-elle.

Je fis ce qu'elle me disait.

Nous étions deux âmes priant pour être secourues, pourtant avec chaque baiser que nous nous donnions, les eaux montaient plus haut. Elle me mordit la lèvre, et je grondai en elle. Elle passa les bras autour de ma taille et je la tins contre moi. Ses hanches se pressèrent violemment contre moi, comme si elle voulait s'accrocher à moi encore plus. Ma main droite se déplaça sur sa poitrine, et je saisis son sein avant de poser ma bouche sur son cou, pour la sucer, la mordre avec nécessité. Ses doigts s'enfonçaient dans mon dos, presque comme si elle y plantait ses griffes pour s'accrocher à toute mon existence.

Elle s'écarta de moi et plongea dans les miens ses magnifiques yeux bleus, si tristes.

Bon Dieu, comme je détestais la tristesse dans ses yeux.

Bon Dieu, comme j'adorais la tristesse dans son regard.

Cela me rappelait que je n'étais pas seul.

Voyait-elle ma tristesse, elle aussi ?

Pouvait-elle percevoir le goût de la douleur sur mes lèvres ?

– Allonge-toi, lui ordonnai-je.

Elle fit ce que je lui disais.

Elle m'enleva mon boxer, et je lançai son débardeur blanc à l'autre bout de la pièce. Je fis passer le bout de ma langue sur le bout de son sein, et elle poussa un petit cri étouffé. Ce son me paralysa une seconde, mais quand elle plongea les mains dans mes cheveux pour ramener ma tête sur sa poitrine, je sus qu'il fallait que je goûte à chaque partie de son anatomie. Il fallait que je me repaisse de son existence pour aider à faire disparaître la douleur de la vie, pendant un moment.

Se noyer.

Nous étions en train de nous noyer. De nous noyer dans notre tristesse, de nous étouffer avec notre douleur. À chaque caresse que nous échangions, les vagues déferlaient sur nous. Je fermai les doigts sur l'élastique de sa culotte et la regardai glisser sur ses cuisses superbes. J'embrassai son ventre, en l'écoutant gémir, relevant les yeux pour la voir me fixer. Je voyais bien qu'elle aurait voulu fermer les yeux mais qu'elle ne pouvait pas. Il fallait qu'elle m'observe, qu'elle me scrute.

Oui ? demandai-je silencieusement, le regard fixé sur ses yeux bleus.

Elle hocha la tête une fois. *Oui.*

Ma bouche descendit plus bas et je posai un baiser sur l'intérieur de sa cuisse gauche. Ma langue parcourut lentement l'intérieur de sa cuisse droite. Puis je me plaçai contre elle, pénétrant en glissant dans sa moiteur, sentant la contraction de nos peurs à chaque poussée, percevant les eaux qui montaient au-dessus de nos têtes.

Notre vaisseau tangua contre le raz de marée, se brisant et se brisant tandis que nous nous perdions nous-mêmes.

Cette nuit-là je pris conscience de certaines choses concernant la vie. Parfois la pluie peut être plus agréable que le soleil. Parfois la souffrance était plus gratifiante que la guérison. Et parfois les pièces d'un puzzle étaient plus belles lorsqu'elles étaient dispersées.

Nous fîmes l'amour dans le noir. Ce fut désordonné, rude, ce fut un aspect de nous qui nous était inconnu. Nous nous abandonnâmes aux ténèbres cette nuit-là, perdant notre chemin, et pourtant, d'une certaine façon, nous sentant plus proches de chez nous.

Alors que l'aurore approchait, nos baisers changèrent de nature. Avec chaque baiser, chaque poussée de reins, chaque gémissement, la marée commença à descendre. Les yeux de Maggie demeurèrent rivés sur les miens chaque fois que je tanguais plus profondément en elle. J'adorais observer ce qu'elle ressentait, j'adorais l'entendre murmurer, j'adorais la façon dont elle m'aimait. J'adorais la façon dont je l'aimais. Nous nous enlaçâmes pour devenir une ancre l'un pour l'autre, en retrouvant la direction de la rive.

Lorsque les premiers rayons du soleil traversèrent les rideaux et que les oiseaux se mirent à chanter, nous restâmes serrés l'un contre l'autre et nous fîmes l'amour dans la lumière.

38

MAGGIE

Cheryl : Tu pourrais rentrer ? J'ai besoin de toi.

Les yeux ronds je lus le texto de ma sœur debout dans la salle de bain, enveloppée dans une serviette après avoir pris ma douche. Je tombais de sommeil après une nuit blanche avec Brooks. Parler de ce qui m'était arrivé était probablement la chose la plus difficile que j'aie jamais eu à faire – mais c'était aussi la meilleure chose que j'aie faite. J'avais l'impression que certaines des chaînes qui emprisonnaient mon âme avaient été détachées.

– Brooks, hurlai-je. Je crois qu'il faut qu'on rentre.

Pas de réponse.

Je traversai la maison en serrant ma serviette autour de moi, mais je ne le trouvai nulle part. En sortant sur le porche, je fus éblouie par le soleil. Je regardai vers le lac, et non seulement je le vis, mais je l'entendis, aussi. Brooks était assis au milieu du lac, et il chantait. Il chantait sous le soleil.

Quand il revint, j'étais déjà habillée et j'avais fait mes bagages.

– Tout va bien ? demanda-t-il.

– Ouais. Cheryl vient de me dire que mes parents ont besoin de moi là-bas. Tu crois que tu peux me ramener ?

Je fis la grimace.

– Je sais que tu n'es peut-être pas prêt à rentrer, mais j'ai besoin de savoir que tout le monde va bien.

– Bien sûr. Je vais aller faire mes bagages, moi aussi.

– Tu rentres avec moi ?

– Je viens juste de te retrouver, Maggie May Riley, je n'ai pas l'intention de te laisser repartir, dit-il en venant vers moi pour me prendre dans ses bras. En plus j'étais censé ramener ce bateau depuis des semaines, et je suis sûr que je dois tellement d'argent que je préfère ne pas y penser.

Je ricanai.

Nous mîmes les bagages dans la voiture, accrochâmes la remorque à bateau et prîmes la route, direction la maison. Nous fîmes tout le trajet sans écouter la radio. Je savais que Brooks n'était pas prêt à se replonger dans le monde de la musique. De la même façon qu'il avait attendu que je retrouve ma voix, j'allais attendre patiemment qu'il retrouve la sienne. Et il la retrouverait – j'en étais certaine. L'avoir vu là-bas sur le bateau en train de chanter était le meilleur des signes pour moi. Il retrouvait son chemin, lentement mais sûrement.

– Je pense que je vais attendre ici, dit-il en se garant devant chez moi. Je ne veux pas m'imposer.

Je me penchai en avant et l'embrassai sur la joue.

– Tu es sûr ?

– Ouais. Va aider ta mère. Je reste là.

Je hochai la tête et lui dis que je ne serais pas longue. À l'instant où je descendais de voiture, Cheryl se précipita vers moi.

– Oh mon Dieu ! Pourquoi as-tu mis si longtemps ? Ça doit faire au moins quatre heures que je t'ai envoyé un texto, grogna-t-elle.

Je rigolai en avançant vers ma fofolle de sœur.

– Il y a quatre heures de route pour venir du chalet.

– Je sais, mais ça ne veut pas dire...

Elle s'arrêta net en portant les mains à sa poitrine.

– Excuse-moi. Attends. Remonte la pendule. Est-ce que tu viens de...

Elle croisa les bras, les décroisa, posa les mains sur ses hanches, puis les croisa de nouveau.

– Est-ce que tu viens de parler ?

Je hochai la tête.

– Ouais, c'est une nouveauté que je teste.

– Oh, mon Dieu !

Elle porta les mains à sa bouche, se mit à pleurer et me donna un coup de poing dans l'épaule.

– Eh ben, merde alors ! Ma sœur qui parle ! hurla-t-elle en me prenant les mains pour me faire tourner avant de me prendre dans ses bras.

– Oh la vache, c'est maman qui va flipper ! C'est parfait. Elle a besoin d'un petit remontant.

– Qu'est-ce qu'elle a qui ne va pas ?

– Oh, tu sais, elle pleure tous les soirs et elle mange de la glace comme si c'était la seule nourriture connue des humains.

– Il lui manque à ce point-là ?

– Encore plus que tu ne peux l'imaginer. Et pour tout arranger, papa lui aussi est une vraie épave. Pour la première fois depuis très longtemps, toi et moi ne sommes pas les individus dérangés dans cette famille.

Elle me fit un clin d'œil avant de reverser une larme.

– Maggie, tu parles !

Nous restâmes un petit moment ainsi dans le jardin devant la maison dans les bras l'une de l'autre avant de nous séparer, et elle lança un regard vers Brooks.

– Salut, étranger, c'est toi qui es responsable du fait que ma sœur reparle ?

Il répondit en criant par la vitre ouverte.

– Je plaide coupable. Elle s'est, on va dire, énervée, et elle a explosé.

Cheryl se mit à rire.

– Merci d'avoir énervé ma sœur, Brooks.

– De rien, Cheryl. De rien.

Lorsque nous entrâmes dans la maison, maman était assise sur le canapé du salon en train de regarder la télévision.

– Maggie May, dit-elle surprise.

Elle se leva et vint vers nous pour me prendre dans ses bras. Ses cheveux n'étaient pas coiffés et elle avait du chocolat sur le menton.

– Tu m'as manqué.

– Tu m'as manqué aussi, maman.

Quand elle entendit ma voix, elle recula en trébuchant. Je lui fis un petit sourire.

– Je sais. Il me semble que tous les gens que je vois aujourd'hui réagissent comme ça.

– Non. Quoi ? Comment ? Quoi ?

Elle se mit à hyperventiler.

– Oh, mon Dieu, Maggie May.

Elle me prit brusquement dans ses bras et semblait ne plus vouloir me lâcher.

– Je ne comprends pas, dit-elle, stupéfaite. Qu'est-ce qui a changé ?

– Le temps.

– Oh, la la.

Ses mains tremblaient.

– Il faut le dire à Eric. Il faut qu'on l'appelle. Il faut qu'il vienne. Oh mon Dieu. Il faut qu'il entende ça.

Elle se mit à faire les cent pas.

– Je ne peux pas croire qu'il passe à côté de ça.

– On devrait lui faire la surprise, suggéra Cheryl, on pourrait l'inviter à dîner, par exemple.

Cheryl me fit un clin d'œil. Ainsi, elle faisait d'une pierre deux coups : papa entendrait ma voix et nos parents seraient réunis dans la même pièce.

– C'est...

Maman plissa les yeux.

– C'est une très bonne idée, en fait. Je vais commander du chinois ! Cheryl ! Appelle ton père et dis-lui de venir parce que tu as une grande nouvelle à nous annoncer.

– Ça marche ! dit Cheryl en sortant de la pièce en trombe pour aller chercher son téléphone.

– Et, Maggie, dis à Brooks de rentrer. Depuis le temps qu'il est assis dehors dans sa voiture. Et puis...

Elle vint vers moi et posa les mains sur mes joues. Elle poussa un soupir lourd de signification.

– Tu as une très, très belle voix. Tu l'as toujours eue, et je suis désolée d'avoir passé tant de temps sans l'entendre.

Elle m'embrassa sur le front avant de se dépêcher d'aller mettre la table.

Quand papa arriva, il fut surpris de nous voir, Brooks et moi, mais content. Nous nous assîmes tous pour dîner, et maman était trop nerveuse pour regarder papa, quant à lui, c'est tout juste s'il tournait les yeux dans sa direction. Cheryl faisait presque la conversation à elle toute seule, elle était douée pour ça.

– Maggie May, veux-tu me passer les nems ? demanda papa.

Maman leva les yeux vers moi et fit un signe de tête.

Je m'éclaircis la voix, pris le plat de nems et le tendis dans sa direction.

– Tiens, papa.

– Merci, ma ch...

Les mots lui manquèrent. Il leva les yeux vers moi et me regarda fixement. L'incrédulité était audible dans sa voix.

– Non.

Je hochai la tête et tapai deux fois sur la table.

– Si.

– Oh... oh mon Dieu...

Il porta les mains à sa poitrine et ses larmes se mirent à couler. Il enleva ses lunettes et couvrit sa bouche de ses mains. Alors qu'il versait des larmes, celles de maman roulèrent sur ses joues. Papa se leva, et je fis de même. Il vint vers moi et passa mes cheveux du bout des doigts derrière mes oreilles. Puis il posa les mains sur mes joues, comme maman l'avait fait.

– Dis autre chose.

Il eut un petit rire nerveux.

– N'importe quoi. Dis n'importe quoi, dis tout ce que tu veux, prononce le mot rien. *N'importe quoi.* Dis seulement quelque chose d'autre.

Je posai les mains sur son visage, le tenant comme il tenait le mien, et je murmurai les mots que j'avais toujours voulu dire au premier homme qui m'avait toujours aimée de tout son cœur.

– Ce sont les battements de ton cœur qui font tourner le monde.

* * *

Toute la famille resta à bavarder jusque tard dans la nuit, riant, pleurant et me faisant prononcer tous les mots du dictionnaire. Nous appelâmes Calvin, qui était à New York pour affaires, par Skype, et quand il vit que Brooks souriait, et qu'il entendit que je parlais, lui aussi versa des larmes. Il y eut tellement de moments au cours de cette soirée pendant lesquels maman et papa rirent ensemble, et s'effondrèrent au même moment, aussi, et pourtant ils n'échangèrent pas un mot. Même si je remarquais les tremblements de leurs lèvres, les regards qu'ils se lançaient à la dérobée, l'amour qui était toujours vivant dans leurs cœurs.

– Bon, dit papa vers une heure du matin, je pense que je vais y aller.

Il se leva et je jetai un coup d'œil à maman, la suppliant du regard de dire quelque chose, mais elle garda le silence en suivant des yeux son amour qui s'en allait encore une fois.

– C'était quoi, ça ? je lui demandai. Tu dois le rattraper !

– Quoi ? Non. Nous sommes séparés. Nous sommes chacun exactement là où nous voulons être, dit maman.

– Des mensonges ! cria Cheryl. Des mensonges ! Quand t'es-tu douchée pour la dernière fois, maman ?

Maman marqua un temps d'arrêt, réfléchissant apparemment à la dernière douche qu'elle avait prise.

– Je me douche ! s'exclama-t-elle.

– Ouais, souffla Cheryl, dans des baquets de glaces Ben and Jerry.

– Mais votre père est heureux. Il a l'air heureux.

Je lui lançai un regard entendu. Il était évident qu'il n'était pas heureux. Une partie de son cœur battait toujours dans sa poitrine à elle. Comment pourrait-on être heureux quand on avait perdu un morceau de son âme ?

– Tu devrais l'appeler.

Ses yeux s'emplirent de larmes et elle me fit un petit sourire crispé.

– Oh non. Non, je ne pourrais pas. Je...

Sa voix tremblait et elle posa les mains sur ses hanches.

– Je ne saurais pas quoi dire.

– Est-ce qu'il te manque ?

Elle se mit à pleurer, laissant les larmes rouler librement sur ses joues.

– Plus que je ne pourrais le dire.

– Alors dis-le-lui.

– Je ne sais pas comment. Je ne sais pas quoi dire, ni comment.

Je me dirigeai vers elle et essuyai ses larmes.

– Viens. Brooks va nous emmener chez papa. Je vais t'aider à trouver les mots dans la voiture. Tu pourras monter devant si tu veux.

Tout son corps se mit à trembler, et je la pris dans mes bras en la tenant serrée contre moi. En arrivant dans l'entrée, maman se figea.

– Je ne peux pas.

– Mais si, tu peux. Voilà ce qu'on va faire. On va sortir de la maison et aller vers la voiture. Quand le doute et l'inquiétude commenceront à te venir à l'esprit, tu continueras à avancer, d'accord ? Même si tu as peur, tu continues. Quand les doutes se feront plus pressants, tu te mettras à courir. Tu courras, maman. Tu courras jusqu'à te retrouver dans ses bras.

– Pourquoi est-ce que tu m'aides, Maggie May ? J'ai été horrible avec toi. Pendant toutes ces années, je t'ai empêchée de vivre ta vie. Pourquoi es-tu si serviable ? Si indulgente ?

Je me mordis la lèvre inférieure.

– Quand j'étais enfant, une femme m'a dit que les membres d'une famille se serrent les coudes quoi qu'il arrive, même pendant les moments difficiles. *Surtout* pendant les moments difficiles.

Elle prit une profonde inspiration.

– Tu as peur ? lui demandai-je.

– Oui.

– Ok.

Je hochai la tête.

– Alors, allons-y.

Une fois arrivées à la voiture et que Brooks l'eut aidée à s'installer sur le siège passager, elle poussa un profond soupir.

– Merci de nous conduire, Brooks, dit-elle en lui faisant un minuscule sourire.

– Je vous en prie.

Brooks sourit et prit la main de maman dans la sienne.

– Ça va, aujourd'hui, Madame Riley ?

Elle serra sa main deux fois.

Une réponse muette mais chargée de signification.

Oui.

Durant le trajet vers l'immeuble de papa, je sortis mon ardoise et me mis à écrire. Lorsque Brooks entra dans le parking et gara la voiture, je bondis au-dehors avec mon ardoise à la main. Maman me suivit.

– Attends, Maggie. Tu ne m'as pas dit ce que j'étais censée lui dire.

Elle tremblait de tous ses membres, de trac, de panique, d'inquiétude à l'idée que, peut-être, l'homme qu'elle aimait ne l'aimait plus.

– Je ne sais pas quoi faire.

Je lui tendis l'ardoise. En la lisant, elle arrêta de trembler. Une onde de calme la parcourut et elle prit une brève inspiration puis libéra un souffle pacifié.

– D'accord, dit-elle. D'accord.

Elle se dirigea vers l'entrée de l'immeuble, sonna à l'interphone de l'appartement de papa et attendit qu'il descende. Je remontai dans la voiture, sur le siège passager, et refermai la portière. Brooks se pencha en avant pour observer l'échange entre mes parents. Quand papa ouvrit la porte, je vis immédiatement l'amour apparaître spontanément sur ses traits.

Il remonta ses lunettes sur son front sans dire un mot. Maman ne dit rien non plus. Quand le moment fut venu, elle retourna l'ardoise pour qu'il voie le petit mot, et il écrasa son poing sur sa bouche tandis que les larmes lui montaient aux yeux. Il les laissa rouler sur ses joues avant de prendre maman dans ses bras pour la serrer contre lui. L'ardoise tomba sur le sol et ils s'étreignirent encore plus fort. Leurs corps ne firent plus qu'un et ils s'embrassèrent. Un baiser touchant de maladresse, de drôlerie, de tristesse et de plénitude. De tellement de plénitude.

Si les baisers avaient le pouvoir de recoller les morceaux des cœurs brisés, je me dis que le cœur de mes parents était en train, lentement, de se reconstituer.

– Waouh, murmura Brooks.

Oui, Waouh.

– Je pense qu'on peut y aller, maintenant.

En redémarrant la voiture, il me demanda :

– Qu'est-ce qui était écrit sur l'ardoise ?

Je jetai un dernier coup d'œil en direction de mes parents, qui, toujours étroitement enlacés, se balançaient d'avant en arrière. J'entrouvris les lèvres pour sourire devant leur amour.

– Fais-moi danser.

* * *

En rentrant à la maison, je mis Cheryl au courant des derniers événements, et elle poussa un soupir de soulagement.

– Bien, bien.

Elle me remercia d'être revenue pour l'aider. Brooks et moi nous rendîmes dans ma chambre et nous allongeâmes sur mon lit, avec les pieds dépassant du bord.

– Ils s'aiment vraiment, dit Brooks les yeux au plafond. Après tout ce qu'ils ont enduré, ils conservent toujours cet amour.

– Oui. C'est beau.

– Maggie May ?

– Oui ?

– Tu crois qu'on pourrait écouter un peu de musique ?

Sa question était simple, mais sa signification était immense.

– Oui, bien sûr.

Il se leva et ramassa les écouteurs sur mon bureau pour les brancher sur son iPhone.

– Qu'est-ce que tu veux écouter ? demanda-t-il en revenant s'allonger sur le lit.

– Je ne sais pas. Ce que tu veux.

Il le mit en lecture aléatoire, ce qui nous permit d'écouter toutes sortes de morceaux différents.

– J'ai chanté, aujourd'hui, dit-il au bout d'une heure environ. Quand j'étais sur le lac. J'y suis allé pour chanter ce matin.

– Ah oui ? dis-je en prenant l'air étonné.

– Ouais. Eh bien, c'est sûr j'ai du boulot, mais je crois que je vais récupérer ma voix. Les autres du groupe seront peut-être d'accord pour me reprendre seulement pour la partie vocale.

– Évidemment qu'ils seront d'accord, Brooks. Tu as bien vu la réaction de Calvin quand il t'a vu tout à l'heure ? Tout ce qu'ils veulent, c'est que tu reviennes. Et je ne veux pas dire seulement pour la musique, je veux dire que tu reviennes pour eux. Ce sont tes meilleurs potes. Tout ce qu'ils veulent, c'est que tu ailles bien. Tu devrais les appeler.

Il hocha la tête.

– Je vais le faire. Ce qui m'inquiète, ce sont les fans, tu sais ? Beaucoup d'entre eux gobent toutes les rumeurs. Ils pensent que je suis un raté.

– Arrête, Brooks. N'importe qui te connaissant et qui te voit tel que tu es sait que ces rumeurs sont fausses. Pour un commentaire négatif, il y en a des milliers de positifs venant de gens qui souhaitent que tu te rétablisses et que tu leur reviennes. Crois-moi, j'ai lu tous ces commentaires moi aussi.

Il sourit et m'embrassa.

– Merci.

– Je suis contente que tu aies chanté aujourd'hui.

– Ouais, mais c'était dur sans la guitare. Je pense qu'une fois que je retrouverai les gars, et qu'ils pourront m'accompagner, je retrouverai plus facilement mes sensations.

Je me redressai en secouant la tête.

– Tu n'es pas obligé d'attendre. Moi, je peux le faire.

Je me ruai sur la guitare posée dans un coin et la pris.

– Je vous accompagne depuis que tu m'as appris à jouer.

Nous jouâmes jusqu'au lever du soleil, lui faisant de son mieux pour chanter, ce qui était toujours assez. Quand il devint évident que ni lui ni moi ne pouvions plus garder les yeux ouverts, je rangeai la guitare et nous nous allongeâmes sur le lit. J'avais la tête sur sa poitrine et me serrai contre lui.

– Je t'aime, murmura-t-il alors que je sombrais dans le sommeil. Je t'aime tellement.

Il n'y avait rien d'aussi irremplaçable que d'être capable de parler pour lui dire la même chose.

39

MAGGIE

Le lendemain matin, Brooks et moi prîmes la voiture pour aller rendre le bateau qu'il avait loué. On faisait des paris pour savoir combien il allait devoir au bout du compte, puisqu'il l'avait gardé bien au-delà de la date à laquelle il était censé le rendre. On avait estimé que « ça allait faire un paquet, putain ! ».

– Tu sais, je réfléchissais. Je vais probablement devoir prendre un coach pour rééduquer ma voix si je veux vraiment la récupérer assez vite. Cela peut vouloir dire que je devrai aller à Los Angeles pendant un moment. Pour rencontrer les mecs, pour travailler à reconstruire ma carrière. Je sais que toi, tu as tes cours...

– C'est entièrement en ligne. Je peux le faire n'importe où, et s'il le faut, je peux toujours prendre un avion pour revenir ici.

– Tu veux bien venir avec moi ? demanda-t-il, étonné.

Je pris sa main dans la mienne et je la serrai deux fois. Il poussa un soupir de soulagement.

– J'en suis heureux. C'est plus facile avec toi, tu sais ? Tout est plus facile.

Il arrêta la voiture devant le magasin de bateaux de James, et je ne pus m'empêcher de sourire en voyant le vieux chien sur le porche se mettre à hurler. En montant les marches, j'allai vers lui pour le gratter derrière les oreilles et il arrêta ses aboiements. *Bon chien.*

– Je suis déjà venu plusieurs fois ici, et je ne l'ai jamais vu si silencieux, plaisanta Brooks.

En entrant dans le magasin, nous fûmes accueillis par un homme qui semblait avoir environ notre âge, peut-être un peu plus.

– Salut, Brooks, cela fait plaisir de te revoir, dit le gars en venant vers Brooks pour lui taper dans le dos. En revanche, je ne crois pas vous avoir déjà rencontrée. Je m'appelle Michael. Je dirige cet endroit avec mon père.

Je serrai la main qu'il me tendait.

– Enchantée. Moi, c'est Maggie.

– Mon père a dit que si vous vouliez vous pouviez faire un tour sur le quai pour regarder les bateaux. Il est au téléphone, il n'en a pas pour longtemps. Il a dit qu'il vous retrouverait dehors, si ça vous va.

– Bien sûr, pas de problème. Merci, Michael, dit Brooks.

Brooks me prit la main et nous allâmes derrière le bâtiment, pour attendre sur le quai en regardant les bateaux.

– Est-ce que cela t'embête d'être si près des bateaux, demandai-je. Tu préfères qu'on attende devant le magasin ?

Il secoua la tête.

– Non. C'est plutôt dans mes rêves que cela me revient. Là, ça va.

– D'accord.

Je regardai nos mains enlacées et cela me fit sourire.

– Ça fait bizarre, tu ne trouves pas ? On est là dehors et on se tient la main. On est dehors ensemble.

Il m'attira contre lui et frotta son nez contre le mien.

– C'est formidable, non ?

C'était encore plus formidable qu'il ne l'imaginait. Il y avait si longtemps que je rêvais de ce jour.

La porte du magasin s'ouvrit brusquement et un homme entre deux âges sortit pour fumer une cigarette. Le chien sur le porche se remit à hurler.

– Bon sang, Wilson, tais-toi ! Chut ! Chut ! Foutu chien.

Tout mon corps se crispa. Brooks me regarda, intrigué.

– Ça va ?

Chut... Chut...

Je hochai la tête.

– Oui. Ça va. Excuse-moi. Parfois j'ai des espèces de flashs.

Il plissa le front et m'observa l'air inquiet. Je lui fis un sourire crispé.

– Ça va. Je te jure.

– Ok, dit-il, peu convaincu.

L'homme se dirigea dans notre direction et je passai le bras autour de la taille de Brooks pour le tirer plus près de moi.

Plus l'homme approchait, plus je sentais mon estomac se nouer. Il s'arrêta à mi-chemin pour écraser sa cigarette et nous fit signe de le rejoindre.

– Bonjour. Désolé de vous avoir fait attendre. Un coup de téléphone qui s'éternisait, vous savez ce que c'est, les affaires, tout ça. Si vous voulez bien me suivre, on va aller dans mon bureau pour remplir la paperasse.

Nous avançâmes vers lui. Il me tendit la main.

– Salut, je m'appelle James. Enchanté.

Je lui serrai la main, et l'odeur de tabac me parvint aux narines. Une sensation désagréable s'empara de moi. Il nous conduisit dans son bureau et referma la porte derrière lui. Wilson continuait à aboyer et James cria encore une fois.

– Chut, Wilson ! La ferme !

Il se massa les tempes et s'excusa.

– Au bout de toutes ces années, il n'y a rien à faire pour faire taire ce chien. Bref.

Il se laissa tomber sur son siège et fit un petit sourire à Brooks.

– J'aurais préféré vous revoir dans des circonstances plus favorables. Je suis désolé pour votre accident. C'est malheureux quand de fichus accidents comme ça se produisent.

Il releva ses manches et mon regard tomba sur son avant-bras, s'attardant sur ses tatouages.

L'air dans la pièce devenait irrespirable, et j'aurais pu jurer que les murs se refermaient sur moi. Il tendit le bras devant lui pour prendre deux bonbons de réglisse.

Tout se mit à tourner de plus en plus vite dans ma tête. Je sentais son emprise sur moi. Je sentais ses mains autour de mon cou, ses lèvres contre mon oreille, son corps sur le mien.

Je repoussai mon siège et me levai en trébuchant.

– Non, murmurai-je en m'écartant de son bureau. Non...

James me dévisagea en plissant les yeux.

– Heu, ça va ?

Il tourna les yeux vers Brooks.

– Elle va bien ?

Brooks se leva et vint vers moi.

– Maggie, qu'est-ce qu'il y a ?

Plus il s'approchait de moi, plus je tremblais. Je fermai les yeux en secouant la tête. *Non. Non.*

Non seulement je le voyais, mais je le sentais. Je sentais son visage contre mon visage, sa peau sur ma peau, ses lèvres sur...

– Maggie, tout va bien, dit Brooks d'une voix apaisante. C'est une crise d'angoisse. Ça va, tout va bien.

– Non ! criai-je en ouvrant de grands yeux. Non, ça ne va pas. Ça ne va pas. Ça...

J'avais froid. J'avais la nausée. J'allais vomir. J'étais sûre que j'allais vomir.

En quelques secondes, mon passé et mon présent se télescopèrent et je battis des paupières.

Il y avait un homme avec un autre. Non, une femme. Elle lui répétait non, sans arrêt, elle disait qu'elle ne pouvait plus rester avec lui, et il n'aimait pas ça. « Nous avons une famille, Julia. Nous avons une famille. »

Je clignai des yeux de nouveau.

Brooks s'approcha de moi, le regard inquiet.

– Maggie, parle-moi.

James se leva de sa chaise et se passa la main dans les cheveux en venant vers moi.

Battement de paupières.

Il se mit à crier, sa voix se brisant. « Espèce de putain ! »

Il la gifla violemment. Elle recula en titubant et gémit en se frottant la joue. « Je t'ai tout donné. Nous avions une vie tous les deux. Je viens de reprendre l'entreprise. On allait s'en sortir. Tu as pensé à notre fils ? À notre famille ? »

Battement de paupières.

Wilson se mit à hurler, et James n'arrêtait pas de crier pour le faire taire.

– Michael ! Fais taire ce foutu chien !

Son regard revint se poser sur moi. Il ne me quittait pas des yeux.

– Ne me regardez pas, murmurai-je.

Battement de paupières.

Je serrai les poings, ma tête se mit à tourner. Je reculai en titubant, manquai de tomber à la renverse, mes tongs brisant toutes les branches au passage. Mon dos heurta violemment le tronc de l'arbre le plus proche alors que les yeux marron foncé du diable dansaient sur tout mon corps.

Battement de paupières.

Michael entra dans la pièce. Il plissa les yeux en me voyant. Il paraissait décontenancé. Tout le monde l'était. Tout le monde criait. Ils criaient tous plus fort les uns que les autres en essayant de comprendre ce qui m'arrivait. Je ne savais pas moi-même ce qui m'arrivait.

– Elle est couverte de sueur. Elle va s'évanouir.

J'avais la gorge serrée. Il m'étranglait. Le diable était à quelques centimètres de moi et je sentais sa poigne autour de mon cou.

Battement de paupières.

Il mit une main autour de mon cou et serra, j'avais de plus en plus de mal à respirer. Il pleurait. Il pleurait tellement. Il pleurait et s'excusait. Il me demandait pardon de me faire du mal, pardon d'enfoncer ses doigts dans mon cou. J'avais de plus en plus de mal à reprendre mon souffle. Il me dit qu'il l'aimait, que c'était l'amour qui lui faisait ça, à lui, à elle. Il jurait qu'il ne lui ferait jamais de mal. Il promettait qu'il ne ferait jamais de mal à la femme qu'il venait de tuer.

Battement de paupières.

La main de James se posa sur ma peau et je le repoussai violemment.

– Non !

Je retombai en arrière dans le coin de la pièce.

– Ne me touchez pas.

Les mains sur les oreilles je me laissai glisser le long du mur.

– C'est vous qui avez fait ça ! C'est vous qui avez fait ça ! hurlai-je, la gorge en feu, mon cœur cognant dans ma poitrine. C'est vous qui avez fait ça !

Battement de paupières.

Tu n'aurais pas dû te trouver là, mais maintenant tu y es, dit-il en penchant son visage vers moi. Je suis désolé. Je suis désolé.

Il sentait le tabac et la réglisse, et sur son avant-bras il y avait un grand tatouage représentant deux mains jointes avec le nom d'une personne écrit dessous. « Comment es-tu arrivée ici ? », demanda-t-il.

Chut...

Chut...

Je me sentis sale.

Je me sentis utilisée.

Je me sentis prisonnière.

Brooks l'avait-il vu ? Avait-il vu le tatouage ? Senti l'odeur de tabac ? Remarqué la réglisse ?

Battement de paupières.

Je fermai les yeux. Je ne voulais rien ressentir. Je ne voulais pas être. Je ne voulais plus cligner des yeux. Je gardai les yeux fermés. Je ne voulais pas voir, mais pourtant, je voyais toujours. Je le voyais. Je le sentais. Il faisait toujours partie de moi.

Tout devint sombre.

Tout devint ombres.

Tout devint noir.

C'est alors que je hurlai.

– Vous l'avez tuée ! Vous l'avez tuée ! *Vous avez tué Julia* !

40

BROOKS

Un grand silence emplit la pièce. Maggie tremblait dans son coin et ne s'arrêtait plus de pleurer. Michael regardait son père fixement, et James ne quittait pas Maggie des yeux.

– Qu'est-ce que vous avez dit ? demanda Michael, troublé.

Maggie couvrait ses oreilles de ses mains, et je pouvais presque ressentir sa peur. Elle ouvrit la bouche pour parler mais aucun son ne sortit.

– Écoutez, je ne sais pas ce qui se passe, mais je pense que le mieux serait que vous partiez, dit James en poussant un profond soupir.

Il alla vers Maggie et la prit par le bras pour la relever. Elle se recroquevilla sur elle-même en tremblant de plus belle.

– Non ! Je vous en prie, non ! cria-t-elle.

Je me précipitai vers elle et le repoussai légèrement.

– Reculez, s'il vous plaît.

– Qu'est-ce qui se passe ? demanda Michael les sourcils froncés. Qu'est-ce qui lui arrive ? Vous voulez que j'appelle quelqu'un ?

– Non, dit James. Je pense que le mieux c'est qu'ils partent. Il est clair qu'elle fait une sorte de crise de nerfs.

– Ce n'est pas une crise de nerfs, dis-je sèchement. Elle est seulement...

Je m'interrompis et reportai toute mon attention sur Maggie.

– Maggie. Qu'est-ce qui se passe ?

– Il l'a tuée, dit-elle. C'était lui dans les bois.

Je me retournai vers James et pendant une fraction de seconde je vis de la peur dans ses yeux.

– Elle s'est noyée à Harper Creek. Je l'ai vue. Je vous ai vu la noyer, cria Maggie.

– Vous parlez à tort et à travers, jeune fille, alors vous feriez mieux de vous taire.

– Vous avez tué votre femme, dit Maggie en se relevant. Je vous ai vu. J'étais là.

– Papa ? murmura Michael d'une voix tremblante. De quoi est-ce qu'elle parle ?

– Qu'est-ce que j'en sais, moi ? Elle délire complètement, c'est évident. Elle a besoin de se faire examiner. Je suis désolé, Brooks, mais je vous demande de partir. Je ne sais pas ce qui a provoqué sa crise de panique, mais elle a besoin de se faire aider. Je vais même vous faire cadeau de ce que vous me devez pour le bateau. Mais emmenez cette fille se faire soigner.

– Dites la vérité, dit Maggie en se tenant de plus en plus droite. Vous, dites la vérité. Dites-lui ce que vous avez fait.

James alla à son bureau et s'assit dans son fauteuil. Il prit son téléphone et l'agita d'un air menaçant.

– Ça suffit comme ça. J'appelle les flics. Tout ça va trop loin.

Maggie croisa les bras sans dire un mot. Elle tremblait mais elle ne fléchit pas.

– Très bien. Appelez-les. Si vous n'avez pas fait ce que je dis, faites le neuf cent onze.

La main de James se mit à trembler, et Michael écarquilla des yeux horrifiés.

– Papa. Appelle-les. Fais le numéro.

James reposa lentement le téléphone sur son bureau. Michael manqua de s'effondrer sur le sol.

– Non. Non...

James regarda Maggie, vaincu, assommé.

– Comment ? Comment avez-vous su ?

– C'était moi la petite fille qui a tout vu.

– Oh mon Dieu. James éclata en sanglots en couvrant ses yeux de ses mains. C'était un accident. C'était un accident. Je ne voulais pas...

– Non.

Michael continuait à secouer la tête.

– Non, maman nous a quittés. Tu te souviens ? Elle est partie avec un autre homme. C'est ce que tu m'as dit ! Tu m'as juré que c'était ce qui s'était passé.

– Elle l'a fait. Ou du moins, elle allait le faire. Elle allait nous quitter, Michael. Je savais qu'elle allait partir. J'avais trouvé des appels d'un mec dans son téléphone, et elle, elle s'était contentée de hausser les épaules. Nous nous sommes disputés et elle s'est enfuie en courant dans la forêt. Oh mon Dieu, je ne voulais pas. Tu dois me croire.

Il se leva et se précipita vers son fils.

– Michael, tu dois me croire. Je l'aimais. Je l'aimais tellement, putain !

Je me postai devant Maggie, incertain de ce que James pourrait faire. On aurait dit un fou à la façon dont il allait et venait dans la pièce en se passant les mains dans les cheveux. Il retourna vivement à son bureau, ouvrit des tiroirs et en sortit des liasses de papiers.

– Papa, qu'est-ce que tu fais ? demanda Michael, ébahi.

– Il faut qu'on parte, Michael. Il faut qu'on se fasse oublier pendant un moment. Rien que toi et moi, ok ? Ça toujours été toi et moi. On peut repartir de zéro. J'ai commis une erreur, mais j'ai vécu avec la culpabilité. Tous les jours j'ai dû affronter la culpabilité pour ce que j'avais fait. Il faut qu'on parte tout de suite.

– Papa, calme-toi.

– Non !

James était tout rouge, il roulait des épaules et respirait de façon saccadée.

– Nous devons partir, Michael. Il faut que...

Il laissa sa phrase en suspens et éclata en sanglots incontrôlables.

– Je la tenais, Michael. Je la tenais dans mes bras. Je ne voulais pas...

Michael se rapprocha de son père avec les mains tendues.

– C'est ok, papa. Viens là, viens là. On va partir. On va partir.

Il prit son père par les épaules et le serra contre lui.

– Tout va bien, papa. Ça va.

James continuait à pleurer dans le t-shirt de son fils, marmonnant des phrases incompréhensibles.

Michael leva les yeux sur moi et me fit un signe de la tête en direction du téléphone, en articulant « *appelle la police* ».

Le temps que James comprenne ce qui se passait, il était trop tard. Son fils l'immobilisait dans ses bras et n'avait pas l'intention de le lâcher.

La police est arrivée, et après quelques explications sur la situation, James fut placé en garde à vue. Jamais la détermination de Maggie ne fléchit. Elle s'adressa aux agents de police avec calme et assurance. Elle n'hésita jamais dans ses déclarations et sa voix ne trembla pas.

Lorsque la voiture de police qui emmenait James disparut, elle poussa un très long soupir.

– Il est parti ?

– Oui. Il est parti.

À ce moment son corps s'écroula presque sur le sol mais je la retins à temps. Elle fondit en larmes alors que je la relevais, mais je sus que ses larmes n'étaient plus dues à la peur.

C'étaient les larmes de sa libération.

À la suite de ces événements, la police envoya une équipe de recherches pour sonder Harper Creek. Il leur fallut cinq jours pour retrouver le corps de Julia. Cette découverte macabre plomba la population de Harper Creek. Les membres de la famille de Maggie prirent cette révélation du mieux qu'ils purent, c'est-à-dire en se serrant les coudes pendant toute cette épreuve. Je ne m'inquiétais pas trop pour eux – ils en ressortiraient plus forts qu'avant.

Cependant, la personne pour laquelle j'avais le plus d'empathie était le fils, qui avait cru que sa mère l'avait abandonné. Le fils qui avait vécu toute sa vie avec un père qui en un clin d'œil était devenu un monstre. Michael avait un long chemin à parcourir, et je me demandais comment il allait gérer les vérités qui se faisaient jour devant ses yeux.

Je priais pour qu'il trouve la paix alors qu'il était dans l'œil du cyclone.

41

MAGGIE

J'étais attendue au tribunal mais mes pieds refusaient de bouger.

Je portais une robe en dentelle noire, des ballerines jaunes, et grâce à Cheryl, j'avais les cheveux bouclés ainsi que les cils faits.

– Tu dois être présentable au tribunal, Maggie. Il y a toujours des photographes dans ces trucs-là, surtout quand tu sors du bâtiment. Avec une histoire comme celle-là, il va y avoir des journalistes, expliqua-t-elle en me bouclant les cheveux.

Après qu'elle eut fini de me rendre convenable pour les caméras, je m'étais approchée de mon miroir en pied et, depuis, je n'arrêtais pas de contempler mon image. Tout le monde s'inquiétait pour moi depuis les événements au magasin de bateaux de James. Ils craignaient que je ne retombe dans ma peur, dans mon silence – une crainte qui n'était peut-être pas totalement infondée. Je n'avais pas beaucoup parlé depuis que James avait été placé en détention. Je n'avais pas dit un mot à propos de ce dont j'avais été témoin dans les bois, mais ils savaient que cela avait dû être horrible de regarder une femme mourir et croire que vous alliez être la suivante.

Quand on m'avait demandé de témoigner contre James, j'avais tout de suite accepté. Je me rendais compte qu'il était important de faire connaître ma version des faits. J'étais consciente de l'importance de finalement parler, pas seulement pour moi, mais aussi pour Julia. Pour Michael.

J'étais prête. J'étais prête à me rendre au tribunal. Il n'y avait qu'un petit problème : mes pieds refusaient de bouger.

Brooks arriva et se tint dans l'embrasure de ma porte. Il portait un costume bleu marine avec une cravate à carreaux bleu clair. Son petit sourire me fit sourire. Il ne dit rien, mais je savais à quoi il pensait.

– Je vais bien, murmurai-je, en recommençant à lisser ma robe.

– Menteuse, dit-il, en s'approchant de moi.

Il se tint derrière moi et me prit dans ses bras. Nous échangeâmes un regard dans le miroir. Brooks posa son menton sur mon épaule.

– Dis-moi ce qu'il y a. Qu'est-ce qui se passe dans cette petite tête ?

– C'est juste que... je vais devoir m'asseoir en face de lui aujourd'hui. Je vais devoir rester assise en sachant ce que cet homme a fait et faire de mon mieux pour ne pas réagir. Quand je l'ai vu l'autre jour, tout est allé si vite. C'était comme un flash, mais maintenant je dois réellement l'affronter. L'homme qui a distribué mes cartes, l'homme qui m'a volé ma voix. Comment est-ce que je vais gérer ça ? Comment me dresser face à celui qui m'a volé ma voix il y a tant d'années ? Et comment lui demander de me la rendre ?

– Tu n'as rien à demander, dit Brooks, tu prends. Tu reprends ce qu'il t'a volé, sans demander la permission. Sans culpabiliser. Elle est à toi. La seule façon de la reprendre c'est en racontant ton histoire. Tu as une voix, Maggie May. Tu l'as toujours eue. Maintenant le moment est venu pour le reste du monde de l'entendre.

– On ne pourrait pas écouter une chanson ? demandai-je, toujours nerveuse.

– Bien sûr.

Il sortit son téléphone et prit des écouteurs en me tendant une oreillette.

– Que veux-tu écouter ?

– Mets quelque chose qui va me noyer, murmurai-je.

Alors il mit notre chanson.

* * *

Je racontai mon histoire. Chaque épisode, chaque tournant, chaque cicatrice. Tous les membres de ma famille, assis dans le tribunal, écoutèrent. Maman pleurait et papa essuyait ses larmes. Cheryl et Calvin ne me quittèrent pas des yeux une seconde. Je n'étais pas certaine que j'aurais été capable de parler aussi fort sans le concours de leur soutien muet.

Quand ce fut terminé, je les retrouvai dans le couloir, et ils me félicitèrent d'avoir été si forte, d'avoir pu traverser toutes ces épreuves. Les portes du tribunal s'ouvrirent quelques minutes plus tard, et Michael apparut. Son regard était sombre, et je vis le poids du monde qu'il portait sur ses épaules. Il vint vers moi et me fit un sourire qui se transforma en froncement de sourcils en quelques secondes. Il avait les mains enfoncées dans les poches de son pantalon.

– Bonjour, excuse-moi. Je sais que je n'ai probablement pas le droit de te parler mais je voulais te dire que ce que tu as fait était très courageux. Je ne peux même pas imaginer ce que tu as traversé pendant toute ta vie. Je suis tellement désolé de ce qui t'est arrivé.

– Tu n'as aucune raison de t'excuser. Tu n'es pas les erreurs de ton père.

Il hocha la tête, compréhensif.

– Je sais, je sais. N'empêche. On t'a volé ta vie. Et ma mère...

Il eut un petit rire nerveux.

– Je croyais qu'elle nous avait abandonnés. J'ai passé toute ma vie à me poser des questions et à la haïr, parce que chaque souvenir que j'avais d'elle était chargé d'amour. Je n'arrivais pas à comprendre pourquoi elle était partie.

– Si elle avait eu le choix, elle ne vous aurait jamais abandonné, intervint maman. Croyez-moi, j'en suis sûre.

Michael la remercia et commença à s'éloigner, mais il se retourna quand je l'appelai.

– Elle n'a pas souffert, mentis-je. Ça a été très rapide, sans douleur. Tout était fini en quelques secondes. Ta maman n'a pas souffert.

Mes paroles semblèrent alléger le poids qui pesait sur ses épaules.

– Merci, Maggie. Merci de me dire ça.

Après avoir passé des années sans parler, j'avais compris l'importance des mots. Le pouvoir qu'ils avaient de blesser les individus, mais aussi leur pouvoir de guérir s'ils étaient utilisés correctement. Pendant le reste de ma vie je ferais tout mon possible pour utiliser les mots avec précaution.

Ils avaient le pouvoir de changer des vies.

***

Le lendemain, je me présentai chez madame Boone avec du thé et des sandwichs à la dinde. Elle leva les yeux au ciel en venant m'ouvrir la porte et m'invita à entrer pour manger.

– Je t'ai vue aux infos, hier. Tu aurais pu te maquiller un peu plus. Tu étais à la télévision, pas à une quelconque pyjama-partie, Maggie.

Je souris.

– La prochaine fois.

– La prochaine fois...

Madame Boone souffla en secouant la tête.

– J'aimerais croire que tu plaisantes, mais ton petit ami et toi vous aimez tellement vous faire remarquer que je ne garantirais pas qu'il soit impossible qu'il y ait une prochaine fois, dit-elle. Et en plus, tu n'es pas fichue de choisir un bon thé. Celui-ci est dégoûtant.

Je ris.

– Maintenant, vous savez ce que j'ai subi pendant toutes ces années.

Elle leva les yeux de sa tasse et ses mains se mirent à trembler.

– Ta voix n'est pas aussi moche que j'aurais cru.

Elle sourit et hocha la tête, satisfaite. Un semi-compliment, de la part de mon amie-ennemie préférée, c'était le mieux qu'on pouvait attendre. Elle prit son sandwich et en mangea une bouchée.

– J'ai toujours su que tu reparlerais un jour. J'étais sûre que tu en étais capable.

Nous bavardâmes toutes les deux pendant des heures de tout ce qui nous passait par la tête. Nous rîmes ensemble, ce qui était un sentiment incomparable. Quand il se fit tard, madame Boone prit son déambulateur pour se rendre dans l'entrée. Chaque fois que son infirmière essayait de l'aider, elle l'envoyait promener. Ce qui chez madame Boone était une façon de lui dire merci.

– Eh bien, prends soin de toi, Maggie May, et laisse un peu tomber la tragédie, d'accord ? Il est temps pour toi d'aller vivre la vie que tu mérites avec ce garçon qui te dévore des yeux en permanence. Mais n'hésite pas à passer me voir pour prendre le thé si jamais tu as besoin de faire une pause dans tes aventures.

Ses yeux croisèrent les miens et elle me fit le plus gentil sourire que j'avais jamais vu.

– Ou alors, tu sais, juste pour bavarder avec une vieille amie.

Je souris.

– Je n'y manquerai pas. Je vous aime, Madame Boone.

Elle leva les yeux au ciel et essuya une larme qui roulait sur sa joue.

– Ouais, c'est ça.

Ce qui chez madame Boone voulait dire « Je t'aime aussi ».

En traversant la rue, je remarquai que tous les membres de ma famille étaient assis sur la pelouse devant la maison en train de la contempler.

– Que se passe-t-il ? demandai-je en approchant.

Cheryl avait la tête posée sur l'épaule de Calvin et papa tenait maman par la taille. Je m'assis à côté d'eux et levai les yeux.

– Nous lui faisons nos adieux, dit papa.

– Quoi ?

Je secouai la tête.

– Vous la vendez ?

Il hocha la tête.

– Nous pensons que le moment est venu. Cette maison a été pour nous un lieu de nouveaux départs, de rires et d'amour.

– Mais aussi de beaucoup de douleur, dit maman, en me faisant un petit sourire.

– Alors nous pensons que c'est le moment de recommencer. De trouver de nouveaux lieux, de nouveaux paysages. Il est temps pour nous tous de laisser filer le passé et de trouver notre avenir.

Je ne discutai pas leur décision, parce qu'il me semblait que cela aurait dû être fait depuis longtemps, mais quand même, une certaine tristesse accompagnait l'idée d'abandonner la maison qui m'avait sauvée de moi-même.

La maison fut vendue en cinquante-cinq jours après avoir été mise sur le marché. Brooks et son groupe partirent pour Los Angeles pour commencer à reconstruire leur carrière, et je promis d'aller le retrouver là-bas dès que tout serait réglé pour la maison.

Le dernier jour de notre déménagement, le ciel était couvert et il pleuvait sur Harper County. Deux camions de déménagement étaient garés dans l'allée du garage, et nous avions passé des heures à les charger. Quand le dernier carton fut chargé, je demandai à mes parents de m'accorder quelques minutes pour dire au revoir.

Ma chambre, autrefois si encombrée, avait été vidée de toute son histoire. Je posai la main sur mon cœur en entendant la pluie tambouriner sur le rebord de la fenêtre.

Je ne savais pas comment commencer à dire adieu. La douleur dans ma poitrine me rappelait tous ces moments que j'avais vécus là. C'était l'endroit où, pour la première fois, j'avais compris ce que le mot famille voulait dire. C'était l'endroit où j'étais tombée amoureuse pour la première fois, et peu importait où la vie me mènerait, cette maison en briques jaunes serait toujours chez moi.

J'étais au bord des larmes quand j'entendis ma phrase préférée.

– Ça va, aujourd'hui, Maggie May ?

– Tu ne devrais pas être à L.A. ? dis-je, et je souris en me retournant pour voir Brooks qui se tenait là, les mains derrière le dos.

Ses cheveux et ses vêtements étaient dégoulinants de pluie, et il arborait un large sourire.

– Qu'est-ce que tu fais là ?

– Ben, tu ne croyais quand même pas que je ne viendrais pas dire au revoir à la maison qui t'a donnée à moi, si ? Et puis...

Il pénétra dans ma chambre, ramena ses mains devant lui pour lever l'ardoise qui portait les mots que lui-même avait inscrits au marqueur indélébile.

– J'ai fait une promesse à une fille il y a quelques années, et je pense que le moment est venu de l'honorer. Je veux te montrer le monde, Maggie May. Je veux t'emmener pour les plus belles aventures de ta vie.

Je souris en m'approchant de lui. Ce qu'il ne savait pas, c'était que c'était lui la plus belle aventure de ma vie. C'était lui mon voyage préféré, mon ancre qui me ramenait toujours chez moi. Il posa l'ardoise sur le sol et prit mes mains dans les siennes.

– Je suis prête. Je suis prête pour que nous vivions ensemble, Brooks. C'est toi que je veux, et seulement toi, pour le reste de ma vie. Je suis prête à abandonner cet endroit maintenant.

Il sourit.

– Tu en es sûre ?

Il jeta un coup d'œil circulaire dans ma chambre vide.

Je moulai mon corps contre le sien et il me serra fort contre lui.

Je me mordis la lèvre.

– Encore cinq minutes supplémentaires, peut-être ?

Il m'embrassa sur le front et dit doucement.

– Allons-y pour dix.

Quand arriva le moment de partir, Brooks se saisit de l'ardoise et me prit la main pour sortir de la maison. Il pleuvait toujours à verse et je me mis à courir vers la voiture, mais Brooks m'arrêta.

– Maggie, attends ! J'ai oublié de te parler de la seule obligation que suppose ma promesse de t'aider à faire tout ce qu'il y a sur ta liste.

– Et c'est quoi ?

Il retourna l'ardoise et je lus ce qui y était écrit.

Épouse-moi.

– Quoi ?

Je gloussai nerveusement.

– Épouse-moi, répéta-t-il.

Des gouttes de pluie coulèrent le long de son nez et tombèrent sur le sol.

– Quand ?

– Demain.

– Brooks.

Je pris ses mains dans les miennes en riant.

– Et le jour d'après. Et celui d'après, et celui d'encore après. Tous les jours, Maggie May. Je veux que tu m'épouses tous les jours pour le reste de notre vie.

Il m'attira contre lui et la pluie glaciale sembla se réchauffer à ce moment-là. À ce moment-là nous ne fîmes plus qu'un sous la pluie battante. Sa peau contre ma peau, son cœur battant avec le mien, nos âmes liées ensemble à partir de ce jour-là.

Il posa ses lèvres sur les miennes et parla doucement.

– Tu dis oui ?

Je serrai ses mains deux fois.

Et nous nous embrassâmes sous la pluie.

C'était là.

C'était le grand moment. C'était ce que mon père me disait toujours qu'il m'arriverait un jour. Brooks était le moment que j'avais attendu toute ma vie.

Ce moment durera toujours.

ÉPILOGUE

MAGGIE

Dix ans plus tard

— C'est trop fort, cria Haley depuis le premier rang.

Elle venait juste d'avoir six ans, deux semaines plus tôt, et c'était la première fois qu'elle allait assister à un concert des Crooks. Brooks et les copains fêtaient le vingtième anniversaire de leur groupe dans le stade qui se trouvait à un quart d'heure de chez nous et elle avait demandé si cela pouvait être son cadeau d'anniversaire.

– Ce n'est pas trop fort, tu es un bébé, c'est tout, dit Noah pour se moquer de sa petite sœur.

– Non, c'est vrai, c'est un peu fort, dis-je.

Je cherchai dans mon sac et en sortis un casque anti-bruit rose que je plaçai sur les oreilles de ma fille.

– C'est mieux, comme ça ?

Elle me fit un grand sourire et fit oui de la tête.

– C'est mieux.

Lorsque les lumières commencèrent à baisser d'intensité, Haley et Noah se mirent tous deux à sauter sur leur siège. Puis le groupe fit son apparition sur la scène, alors les enfants semblèrent à deux doigts de perdre la tête. Les yeux écarquillés, ils contemplaient leur papa avec émerveillement.

Leur héros. Mon amour.

– Bonsoir, Wisconsin, dit Brooks en saisissant le micro de la main droite. Si vous avez déjà assisté à un concert des Crooks, vous devez savoir que nous n'avons jamais prononcé de discours en ouverture, mais ce soir c'est un peu différent. Ce soir marque le vingtième anniversaire du groupe, et ce soir nous sommes de retour dans notre État natal pour fêter ça. Alors nous avons pensé que ce serait bien de dédier ce concert à la personne grâce à qui nous avons pu réaliser notre rêve il y a tant d'années. Il y avait une fois une fille qui décida de télécharger quelques vidéos sur le Net, et c'est grâce à elle que les Crooks furent découverts. Bon sang, c'est même elle qui a trouvé le nom du groupe.

– On t'aime, Maggie, crièrent les jumeaux en chœur.

– Je t'aime, sister, dit Calvin en m'adressant un sourire.

– C'est à toi qu'ils parlent, maman ! dit Haley, stupéfaite.

Je l'embrassai sur le front.

– Je sais, mon bébé. Ils sont vraiment super, tu ne trouves pas ?

– Alors, la première chanson n'est pas une chanson des Crooks, mais il nous a semblé approprié de jouer ce tube en cette soirée dédiée à mon cœur, mon âme et ma meilleure amie, expliqua Brooks. C'est un classique, mais un bon, et vous êtes tous invités à chanter avec nous. Voici « Maggie May », du formidable Rod Stewart.

Calvin commença à jouer l'introduction à la guitare et quelques secondes après Brooks prit le micro dans sa main et se mit à chanter en s'adressant directement à moi. Les enfants applaudissaient sans arrêt en criant son nom.

– Je veux devenir une rock star, comme papa, cria Noah en sautant sur place.

Le spectacle fut grandiose, comme toujours. Après le dernier morceau, Brooks dit :

– Merci à tous d'être venus. Nous sommes les Crooks et nous sommes vraiment très heureux que vous nous ayez laissés vous voler votre cœur, ce soir.

* * *

Brooks

– Papa, je t'ai trouvé vraiment bon, ce soir ! dit Haley en bâillant.

Elle avait les yeux bleus de sa maman et aussi son sourire, qui me faisait accéder à tous ses désirs. Elle avait noué ses bras autour de mon cou pendant que je l'emmenais dans sa chambre. J'avais beau avoir fait le tour du monde et vu beaucoup de merveilles, il n'y avait rien de mieux que d'être chez moi avec mes amours.

– Ouais ? Tu trouves ?

Elle hocha la tête.

– Ouais. Je trouve que maman chante mieux que toi, mais quand même, tu étais bien.

Je haussai un sourcil.

– Ah ouais ? Tu trouves que maman chante mieux ?

Je la posai sur son lit et commençai à la chatouiller.

– Dis que c'est moi qui chante le mieux ! Allez, dis-le !

– Papa !

Elle gloussa.

– Ok, ok, c'est toi qui chantes le mieux ! C'est toi qui chantes le mieux !

Je me mis à rire et l'embrassai sur le front.

– C'est bien ce que je pensais.

– Papa ?

– Oui ?

– Un secret ?

Je hochai la tête.

– Un secret.

Elle s'approcha de moi, en me tirant vers elle pour me dire un secret, et me murmura à l'oreille :

– J'ai menti en disant que tu chantais mieux.

La bagarre des chatouilles recommença et continua jusqu'à ce que nous soyons tous les deux hors d'haleine. J'attrapai le chat qui tournait en rond dans la chambre et le posai au pied du lit de Haley, où il dormait toutes les nuits.

– Ok, il est l'heure de dormir pour vous deux.

Je l'embrassai sur le nez.

– Au fait, Haley ?

– Oui, papa ?

– Ce sont les battements de ton cœur qui font tourner le monde.

Je quittai sa chambre après avoir allumé sa veilleuse, et en sortant dans le couloir, je vis Maggie sortir de la chambre de Noah. Nous nous fîmes un sourire et descendîmes les escaliers ensemble.

– Skippy est avec lui ?

Elle fit oui de la tête.

– Et Confiture est avec Haley ?

– Ouais.

Quand Maggie entra dans le salon, j'allai vers l'interrupteur pour baisser la lumière. Elle me sourit, se mordilla la lèvre inférieure et se dirigea vers le juke-box que madame Boone nous avait offert plusieurs années auparavant comme cadeau de mariage. Elle choisit sa piste préférée – notre chanson.

Quand la musique commença, je pris les mains de Maggie et l'attirai contre moi. Nos lèvres se frôlèrent et je lui donnai un petit baiser avant de murmurer :

– Tu danses ?

Elle disait toujours oui.

Ces moments.

Nous autres, être humains, nous rappelons toujours les moments qui ont compté. Nous gardons en mémoire les événements déterminants qui nous ont conduits au point où notre destin nous attendait. Les propos qui nous ont inspirés ou nous ont dévastés. Les incidents qui nous ont marqués ou nous ont totalement absorbés. J'ai eu beaucoup de moments comme cela dans ma vie. Des moments qui m'ont changé, qui m'ont mis au défi, qui m'ont effrayé et qui m'ont submergé. Cependant, quand je repense aux plus notables – les plus bouleversants et les plus troublants –, je sais qu'elle en faisait toujours partie.

Tout finit avec deux enfants, un chien nommé Skippy, un chat du nom de Confiture, et une femme qui m'aimait en toutes circonstances.

UN PETIT MOT DE L'AUTEUR

***

Ok, ok, je sais que je viens juste de vous raconter une histoire, mais j'aimerais vous en raconter une autre, maintenant. Ne vous inquiétez pas, elle est plus courte. Bien loin des huit mille mots. Celle-ci est un peu plus réelle, un peu plus personnelle, mais alors voilà. *The Silent Waters* n'a pas été facile à écrire. Contrairement à Maggie May, je n'étais pas muette lorsque j'étais enfant, mais je parlais rarement. À l'école primaire, j'étais super bavarde. Quand j'étais en CE2, j'étais très sociable et fofolle. J'aimais les gens et apparemment ils me le rendaient bien. À l'exception d'une fille, que j'appellerai

Kelly. Kelly et moi prenions le bus scolaire ensemble, et une fois Kelly me dit qu'un jour elle mesurerait plus de deux mètres !

Plus de deux mètres. Vous imaginez ça ?

– C'est drôlement grand. Tu dépasserais le monde entier.

Kelly plissa les yeux.

– Qu'est-ce que tu viens de dire ?

– J'ai dit que tu dépasseras tout le monde !

– Est-ce que tu me traites de baiseuse ? dit-elle d'une voix cinglante, furieuse.

Sa colère me prit de court : qu'est-ce que j'avais dit ? Qu'est-ce que j'avais fait de mal ?

En fait, vous voyez, j'avais un défaut de prononciation. Il y avait certaines lettres que je n'arrivais pas à prononcer, et certains mots, en sortant de mes lèvres, ne sonnaient pas comme les mots que j'avais en tête. Encore maintenant, il y a des mots dont j'écorche la prononciation quand je suis nerveuse. C'est plutôt gênant la vitesse à laquelle, à vingt-neuf ans, je peux avoir en un clin d'œil l'impression d'être de nouveau cette enfant de CE2.

J'avais dit *dépasseras* – elle avait entendu *baiseras.*

Et elle ne me l'a jamais pardonné.

Je ne savais même pas ce que baiser voulait dire. J'étais en CE2. Tout ce que je savais, je l'avais appris en regardant *Incorrigible Cory*[9] et Cory n'employait jamais le mot baiser.

Kelly ne l'oublia pas, pourtant. Elle fit de ma vie un enfer, se moquant de mon élocution, me harcelant dans le bus scolaire et me pinçant les oreilles en disant :

---

9. En anglais, *Boy Meets World* : série télévisée américaine diffusée, entre 1993 et 2000, sur le réseau ABC, et en France sur TF1, puis sur Disney Channel, entre 1995 et 2002.

– Je veux voir à quel point les oreilles de la Cherry[10] peuvent devenir rouges !

C'était fou de voir la vitesse à laquelle les autres enfants se joignirent à ces moqueries. C'était horrible. Je rentrais chez moi en pleurs, et ma mère ne savait pas quoi faire, alors elle alla protester à l'inspection d'Académie, et, en mode parent d'élève, elle exigea que les choses changent. P.-S. : ça a marché (merci maman !).

Mais à ce moment-là, j'avais déjà changé.

J'avais perdu ma voix.

Je me mis à faire super attention aux mots que j'employais, par conséquent je n'en employais presque aucun. J'étais une cinglée, une excentrique qui ne pouvait pas parler normalement. Ma voix ne méritait pas d'être entendue.

Au collège, on m'a élue la fille la plus silencieuse dans l'album de l'année. Quand il fallait lire à voix haute en classe, je me souviens de mes crises de panique et de mes tremblements. Quand je savais à l'avance que nous allions lire à voix haute, je restais chez moi en me faisant porter malade. Si je ne pouvais pas rester à la maison, j'allais à l'infirmerie après m'être aspergée d'eau chaude sur le front pour faire semblant d'avoir de la fièvre. S'il arrivait que je sois quand même obligée de lire à voix haute, j'y repensais pendant des jours et des jours après coup, en imaginant les mots que j'avais mal prononcés, et les gens de ma classe qui s'était probablement moqués de moi.

J'étais timide au point que mes professeurs se sont demandé si je n'avais pas un trouble de l'apprentissage. On a dit à ma mère que je ne serais jamais capable de communiquer normalement à cause de ma timidité

---

10. En anglais, cherry = cerise.

et de mon défaut d'élocution, mais elle a répondu qu'elle ne pouvait pas croire ça. Vous voyez, j'étais tellement bavarde, chez moi. À la maison, c'était mon refuge. Ces murs étaient ceux entre lesquels ma voix était entendue. C'était le seul endroit où je pouvais être moi-même après avoir passé huit heures dans une école à faire tout mon possible pour *ne pas* être moi.

Ma sœur aînée, Tiffani, ne le sait pas, mais c'est elle qui m'a aidée à trouver ma voix. Elle était cette pom-pom girl si populaire et drôle, et je l'admirais beaucoup. Un jour elle me dit que je devrais essayer d'entrer dans l'équipe des *cheerleaders* – oui, facile à dire.

J'ai essayé et j'ai réussi.

Je pouvais me trouver au milieu d'une foule, et même si j'étais terrifiée à l'idée de ce que les gens pensaient de moi, je me donnais à fond. Je me suis mise à parler plus souvent en classe. Je me suis mise à rire plus souvent, aussi. Me mettre en avant comme ça a été la meilleure idée du monde. Un jour, pendant mon année de terminale, au lycée, un garçon s'est retourné sur son siège et m'a dit :

– Je t'aimais mieux quand tu ne parlais pas.

Pendant une fraction de seconde, j'ai failli rentrer dans ma grotte de mutisme, mais je me suis dit, « *Sois forte, comme Tiffani* ». Alors j'ai répliqué : « C'est drôle, parce que moi je ne t'ai jamais aimé. »

Le culot. J'ai découvert le culot.

Il y avait du culot dans ma voix, parfois. Ce qui dans ma vie future me causerait probablement des ennuis, mais c'est une autre histoire.

C'est pourquoi *The Silent Waters* est si cher à mon cœur.

J'étais Maggie May, et elle, d'une certaine façon, était, et est toujours, moi. Il m'arrive parfois d'avoir encore des crises de panique, surtout avant la sortie d'un de mes romans, ou avant de tomber amoureuse, ou avant toutes les grandes décisions que je dois prendre, parce que dans ma tête je suis toujours cette élève de CE2 qui se sent jugée. Et si je rate ? Et si je ne suis pas digne d'être aimée, ou de réussir, ou de réaliser mes rêves ?

Mais à ce moment-là, je respire et je me rappelle que c'est bien d'être moi. C'est normal d'avoir peur certains jours, et d'être intrépide le lendemain. C'est normal d'avoir peur d'avoir une voix, et pourtant de s'en servir tous les jours. C'est normal d'être un peu fêlée, et pourtant toujours entière.

Donc ce livre a été écrit pour moi, mais pas uniquement. Il est pour toutes les Maggie May du monde qui se sentent parfois si seules et si paumées. Pour celles qui se sentent invisibles. Pour celles qui font des crises de panique dans l'obscurité de leur chambre la nuit. Pour celles qui s'endorment en pleurant et se réveillent le matin avec les traces de leurs larmes sur leur oreiller. Ce livre est pour vous. Ce livre est votre ancre. Ce livre est la preuve que vous aussi vous allez trouver votre voix. N'arrêtez jamais de parler, même lorsque votre voix se met à trembler, d'accord ? N'abandonnez jamais. Vous êtes importantes, vous êtes aimées, et votre belle voix compte.

À PROPOS DE L'AUTEUR

Brittainy C. Cherry, auteur à succès d'Amazon, a toujours été amoureuse des mots. Elle est sortie de l'Université Carroll avec, en poche, une licence de théâtre et un diplôme de Creative Writing. Brittainy vit à Brookfield, dans le Wisconsin, avec sa famille. Quand elle n'est pas occupée à faire un million de courses ou à imaginer des histoires, elle joue probablement avec ses adorables animaux de compagnie.

Autres romans de Brittainy C. Cherry : *The Air He Breathes, The Fire, Loving Mr. Daniels, Art & Soul, The Space in Between.*

Retrouvez-la sur Facebook
www.facebook.com/BrittainyCherryAuthor

REMERCIEMENTS

Il est très difficile d'écrire un livre, mais encore plus difficile d'écrire les remerciements. J'ai toujours l'impression d'oublier quelqu'un et que je m'apercevrai, une fois le livre publié, que j'ai oublié cette personne – ce qui est terrifiant.

Mais hélas, c'est parti. Premièrement, je vais remercier Danielle Allen – mon âme sœur. Merci d'être toujours là pour moi. Tu m'as tiré plus de larmes par ton rire et tes appréciations que quiconque. Merci d'être une véritable amie.

À ma tribu. Vous vous reconnaîtrez tous, avoir croisé votre chemin à tous a fait de moi une femme plus forte.

À Allison, Alison, Christy, Tammy et Beverly. Celui-ci a été RUDE. Merci pour votre franchise et votre soutien qui m'ont aidée à faire de cette histoire ce qu'elle est aujourd'hui.

Merci à mes éditrices Caitlin de chez Editing by C. Marie, Ellie de Love N Books, et Kiezha d'avoir tant fait pour ce livre. Vous me faites paraître meilleure que je ne le suis vraiment, et je vous dois tout !

Merci à mes relectrices, Virginia et Emily – il n'y a pas de mots pour décrire vos talents et votre souci du détail. Merci d'avoir saisi ces erreurs de dernière minute.

Un grand merci à Indie Solutions de chez Murphy Raw pour le formatage du roman, à Staci Brillhart pour la superbe couverture, et à Luke Ditella d'être un exceptionnel mannequin.

Aux lecteurs, bloggeurs, membres de la famille et aux amis qui, non seulement soutiennent mon travail mais de plus en parlent autour d'eux sans honte ni gêne – merci. Merci de me permettre de vivre ce rêve fou, et de me donner chaque jour matière à sourire. Merci de m'entendre même quand ma voix tremble. Merci de croire en moi, même quand j'ai envie de fuir pour aller me cacher. Merci pour votre amour. Merci pour votre énergie. Merci d'être vous. Ce sont les battements de vos cœurs qui font tourner le monde.

Du même auteur

Série The Elements
(Romans indépendants)

The Air He Breathes

The Fire

Ne manquez pas le dernier roman de la série
The Elements – axé sur la Terre – :
The Gravity of us
à paraître prochainement.

DÉCOUVREZ LES AUTRES TITRES DE LA COLLECTION HUGO NEW ROMANCE®

NEW ROMANCE®
AUDREY CARLAN
CALENDAR GIRL
Mai
Hugo Roman

AUDREY CARLAN
CALENDAR GIRL
Juin
Hugo Roman

NEW ROMANCE®
AUDREY CARLAN
CALENDAR GIRL
Juillet
Hugo Roman

NEW ROMANCE®
AUDREY CARLAN
CALENDAR GIRL
Août
Hugo Roman

NEW ROMANCE®
AUDREY CARLAN
CALENDAR GIRL
Septembre
Hugo Roman

NEW ROMANCE®
AUDREY CARLAN
CALENDAR GIRL
Octobre
Hugo Roman

AUDREY CARLAN
CALENDAR GIRL
Novembre
Hugo Roman

AUDREY CARLAN
CALENDAR GIRL
Décembre
Hugo Roman

BRITTAINY C. CHERRY

THE AIR HE BREATHES

SÉRIE THE ELEMENTS

THE FIRE

THE SILENT WATERS

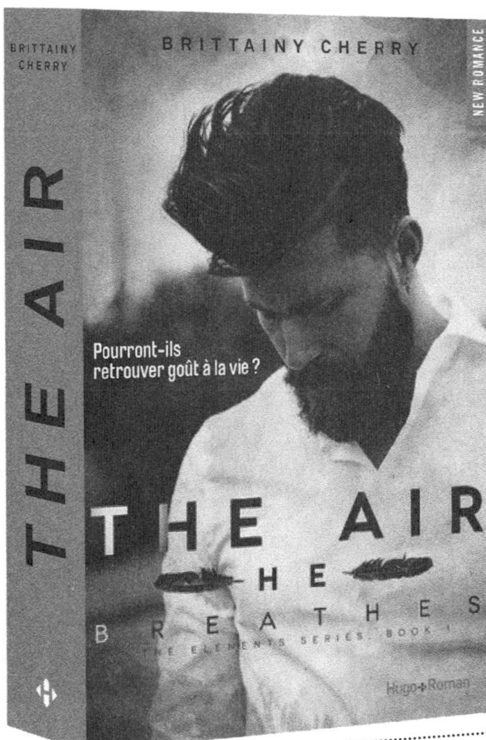

THE AIR

TITRE CANADIEN

L'AIR QU'IL RESPIRE
LIVRE 1

Hugo Roman

UP IN THE AIR

IN FLIGHT

R.K. LILLEY

TITRE CANADIEN
EN VOL - SAISON 1

IN FLIGHT
SAISON 1

MILE HIGH
SAISON 2

GROUNDED
SAISON 3

MISTER B.
SAISON 4

◆ BLANCHE
Hugo Roman